Sandra Lüpkes kennt sich an der Nordsee und auf den Inseln bestens aus: Die Autorin ist auf Juist aufgewachsen und war viele Jahre selbst Gastgeberin für Nordseeurlauber. Mit ihren zwei Töchtern und dem Schriftsteller und Drehbuchautor Jürgen Kehrer wohnt sie seit einigen Jahren in Münster. Zahlreiche Romane, Sachbücher, Drehbücher und Erzählungen hat Sandra Lüpkes bereits veröffentlicht. Dies ist der 4. Band ihrer erfolgreichen Inselhotel-Reihe.

Zu den Vorgängern:

«Was für ein großartiges Lesevergnügen! ... Bei diesem Buch stimmt einfach alles: Charaktere, Schauplatz, Handlung – so macht Lesen Spaß!» (Lübecker Nachrichten)

«Eine witzig-romantische Geschichte voller Nordseeflair und mit einer Heldin, die man sofort ins Herz schließt.» (Für Sie)

«Einer der besten Schmöker für den Urlaub am Meer.» (Hamburger Morgenpost)

Sandra Lüpkes

Inselfrühling

Roman

Rowohlt Taschenbuch Verlag

Originalausgabe
Veröffentlicht im Rowohlt Taschenbuch Verlag,
Reinbek bei Hamburg, April 2017
Copyright © 2017 by Rowohlt Verlag GmbH,
Reinbek bei Hamburg
Redaktion Susann Rehlein
Umschlaggestaltung any.way, Barbara Hanke / Cordula Schmidt
Umschlagabbildungen Günter Gräfenhain / huber-images.de;
mauritius Images / Christian Bäck; IndustryAndTravel,
SusaZoom, df028/shutterstock.com
Satz und Layout Das Herstellungsbüro, Hamburg
Druck und Bindung CPI books GmbH, Leck, Germany
ISBN 978 3 499 27226 4

Auf dieser Insel lastet ein Fluch. Auch wenn sie so friedlich erscheint mit ihren sanften Dünen, in deren Tälern hübsche rote Häuschen stehen: Die Insulaner haben große Schuld auf sich geladen in der Nacht der grässlichen Frühjahrsflut anno 1825. Getrieben von maßloser Gier, schickten sie zwanzig tapfere Seeleute in den nassen Tod. Deren Seelen lauern nun ruhelos am Grunde der Nordsee, um Rache zu üben an diesem gottlosen Volk. So hat es der Kapitän der elend gesunkenen Gebecca mit seinem letzten Atem zu mir gesagt: «Wir werden das Land zum Meer machen, kein Stein wird mehr auf dem anderen sein, und sterben sollen alle, die da leben auf diesem gottverdammten Eiland.»

Einzig das Leuchtfeuer kann das Eiland vor dem Untergang bewahren. Gewiss steht der Turm auf der Hellen Düne, um Sühne zu leisten. Möge sein Licht viele Jahre strahlen und den Schiffen auf hoher See den Weg in den rechten Hafen weisen. Doch sollte es jemals erlöschen und die Küste mehr als sieben Nächte im Dunkeln lassen, so bricht der Fluch sich Bahn und wird die Insel zerstören.

Johann Steuermann Wittkamp

G oldene Münzen, silberne Münzen, kupferne Münzen fielen vom wolkenlosen Himmel, verfingen sich in Jannikes komplizierter Hochsteckfrisur oder schlüpften ihr frech ins Dekolleté.

«Soll ich's rausholen?», bot Mattheusz an und näherte sich auf unverschämte Weise ihrem Ausschnitt, was ihm einen sanften Hieb auf die Finger einbrachte.

«Da musst du dir schon bessere Tricks einfallen lassen!»

Sie standen vor der Kirche, um sie herum ein Meer aus bonbonfarbenen Hüten auf wassergewellten Häuptern und knalligen Seidenkrawatten auf weißen Hemden. Die Taschentücher, mit denen gerade Freudentränen getrocknet worden waren, wurden eben wieder zurück in die Hand- oder Hosentaschen gesteckt, als ein erneuter Geldregen auf Jannike und Mattheusz niederprasselte. Vereinzelt waren auch Euro- und Centstücke dabei, doch Złoty und Groszy waren eindeutig in der Überzahl. Kein Wunder, schließlich handelte es sich um einen einheimischen Brauch, dem frischvermählten Paar Geld zuzuwerfen, und sie befanden sich auf polnischem Boden. Denn Jannike hatte ihr kleines Hotel verlassen, ihre geliebte Insel in der Nordsee, um das Land, in dem Mattheusz aufgewachsen war, besser kennenzulernen.

Und in Żukowo lief eben alles ein bisschen anders. Statt mit Sekt würden die Gäste gleich mit Wodka anstoßen, eigens für den großen Tag gebrannt und in Flaschen gefüllt, auf deren Etiketten *Jannike & Mattheusz* stand. Eine Trauung im kleinen, familiären Rahmen war in einem Sechstausendseelendorf am östlichen Rand der Kaschubischen Schweiz schlichtweg unmöglich, selbst wenn Jannike das unter den gegebenen Umständen besser gefallen hätte.

Sie versuchte, sich zu bücken, leider ohne nennenswertes Ergebnis. Zum einen war das weiße Kleid nicht gerade für sportliche Einsätze geschneidert worden, zum anderen störte diese Kugel, rund wie ein Globus, schwer wie mit nassem Sand gefüllt. Jannike hatte das Gefühl, wenn sie sich nur einen Zentimeter weiter nach unten beugte, würde sie platzen. *Wie soll das erst in zwei Monaten sein?*, überlegte sie, denn ungefähr so lange würde sie damit noch herumlaufen müssen.

«Das gilt nicht!», beschwerte sie sich lachend. «Mattheusz ist so was von im Vorteil!»

«Pech gehabt!», rief Lucyna, die nun offiziell ihre Schwägerin war, und warf erneut eine Handvoll polnisches Kleingeld in die Luft. «Bei diesem Brauch gibt es keine Sonderbehandlung für Schwangere.»

«Na dann!» Jannike löste die Klammern aus ihrem Haar und breitete den daran befestigten Schleier aus wie Sterntaler einst ihr Nachthemd. Eine gute Idee, denn der nächste Münzwurf ging deutlich zu ihren Gunsten aus.

«Das ist gegen die Regeln!» Mattheusz versuchte, ihr das selbstgebastelte Fangnetz zu entreißen, doch sie war schneller, zog ihren Mann zu sich heran und küsste ihn auf den Mund. Der Jubel um sie herum übertönte die Glocke, die im Fachwerkturm der kleinen Dorfkirche bimmelte.

Am lautesten freute sich natürlich Trauzeuge Danni, Jannikes liebster Wegbegleiter, der an diesem Tag viel aufgeregter zu sein schien als bei seiner eigenen Hochzeit vor anderthalb Jahren, bei der er dem Inselbürgermeister Siebelt Freese das Jawort gegeben hatte. «Ist das schön!», rief er, und da er sowieso immer zum Überschwang neigte, fügte er noch hinzu: «Ihr seid mit Abstand das hübscheste Paar der Welt!» Danni war immerhin Experte auf dem Gebiet. Alles, was hier und heute hübsch oder sogar schön aussah, ging auf sein Konto: Die knallbunten Ranunkelsträuße in den Händen der Gäste und auf dem Altar zum Beispiel oder der opulent geschmückte Oldtimer, der schon an der Straße wartete. Jetzt juchzte er: «Jannike, du siehst so süß aus.» Klar fand er das, schließlich hatte er sie höchstpersönlich zum Dorffriseur begleitet, damit dieser etwas Festliches aus ihrem unscheinbaren dunkelblonden Haar zauberte. Nie hatte Jannike mehr Haarspray eingeatmet als heute. Die in mühevoller Kleinarbeit ondulierten Locken klebten noch immer bombenfest, auch nachdem sie die restlichen Haarnadeln entfernt und den Schleier beiseitegelegt hatte.

Neben Danni standen mit überglücklichen Gesichtern Schwiegermutter Bogdana und Oma Maria. Beide hatten sich in Schale geschmissen. Bogdana trug normalerweise mit Stolz und Würde ihren bequemen, dunkelblauen Zimmermädchenkittel, auf dessen Brust das Logo vom *Hotel am Leuchtturm* prangte, und ehrlich gesagt stand ihr der auch wesentlich besser als das himbeerfarbene Kostüm, in das sie sich gequetscht hatte. Trotz des beseelten Lächelns wirkte sie, als müsse sie die ganze Zeit die Luft anhalten. Oma Maria, die viel kleiner und drahtiger war, trug eine alte Tracht, die in dieser Gegend wohl eine besondere Bedeutung hatte. Das weinrote Schürzenkleid mit den weißen Pumpärmeln war aufwendig bestickt und stand ihr ausgezeichnet. Angeblich hatte sie darin sogar selbst geheiratet, vor mehr als fünfzig Jahren. Erstaunlich, dass es noch immer wie angegossen passte. Damals mochte sie blond gewesen sein, heute hatte Oma Maria ihr zauseliges Weißhaar unter einer kostbaren Samthaube versteckt. Wenn Jannike richtig sah, klebte an einer vorwitzigen Strähne noch etwas Mehl. Kein Wunder, seit einer Woche war Oma Maria mit den Hochzeitsvorbereitungen beschäftigt, hatte Berge von Speisen gekocht, gebacken, gebraten oder frittiert, um die mehr als hundert Gäste satt zu bekommen, die gleich ins Haus der Familie Pajak strömen würden.

Nein, Mattheuszs Familie bewohnte keinen Palast, sondern eine recht bescheidene Doppelhaushälfte mit vier Zimmern. Doch sie hatten eine gastfreundliche Nachbarschaft, die ihre Räumlichkeiten ebenfalls zur Verfügung stellte. Die dreiköpfige Band spielte im Wohnzimmer der Familie Krawczyk, Getränke gab es in der Küche der Familie Wróbel, die Geschenke türmten sich im Kinderzimmer der Familie Nowak – und die Waschräume konnte man praktischerweise einfach überall benutzen. Jannikes Schwiegervater Boris war zudem kreativ geworden und hatte alle Häuser durch ein riesiges, mit Holzboden ausgelegtes Festzelt miteinander verbunden. Vielleicht nicht gerade optimal im kalten Februar, doch glücklicherweise regnete es nicht, und ansonsten musste man sich eben mit Essen, Trinken, Tanzen und Lachen warm halten. Manche Dinge, die auf den ersten Blick kompliziert erschienen, wurden in diesem Dorf einfach weggefeiert. Heizpilze waren zwar ein ökologisches Desaster, doch auf diesem Ohr war Boris Pajak taub: «*Jeszcze się taki nie urodził, co by wszystkim dogodził*», hatte er auf eine entsprechende Anmerkung bloß vor sich hin gebrummelt. Laut Mattheusz bedeutete das sinngemäß, man müsse eben hin und wieder Kompromisse eingehen. Und wenn in der Familie Pajak geheiratet wird, dann hat die Sonne gefälligst zu scheinen, selbst wenn die Energie dazu aus der Steckdose kommt. Jannike war so glücklich, in ihrer Mitte gelandet zu sein. Am liebsten hätte sie ihren Mattheusz geschnappt und sich mit ihm endlos im Kreis gedreht, um all diese liebgewonnenen Gesichter gleichzeitig anzulächeln. Jeder sollte hautnah mitbekommen, wie wunderbar sich dieser Moment gerade anfühlte.

Mattheusz bremste sie natürlich aus. «Übertreib es nicht!» Dann streichelte er ihren Bauch. «Was, wenn die beiden dadrin eine – wie sagt ihr? – Drehschlange kriegen?»

«Drehwurm!» Wahrscheinlich hatte er recht, zur Zeit fühlte Jannike sich einfach so sauwohl, dass sie dazu neigte, ständig Vollgas zu geben. Selbst wenn sie im siebten Monat war. Mit Zwillingen, toll, oder? Ein Junge und ein Mädchen – welch ein Geschenk! So viel Geld konnten die Verwandten und Freunde gar nicht in die glasklare Winterluft werfen, dass es dieses Wunder auch nur annähernd aufwiegen würde.

Alle waren aus dem Häuschen gewesen, als der Gynäkologe letzten Herbst die doppelte Freudenbotschaft verkündet hatte. Na ja, fast alle. Es gab einen, auf dessen Stirn sich Sorgenfalten zeigten, als Jannike ihn damals angerufen hatte. Wirklich, sie hatte ihn gar nicht extra sehen müssen, sie hatte es an der Stimme erkannt, über mehr als dreihundert Kilometer Entfernung hinweg. «Zwillinge! In deinem Alter! Und bei deinem Job!» Auch jetzt war er der Einzige weit und breit, dessen Mundwinkel nicht nach oben zeigten. Zum Glück auch nicht nach unten, also war Jannike schon mal erleichtert. Heinrich Loog, der ein paar Meter abseits neben einer haushohen, gekrönten Marienskulptur stand, trug immerhin eine neutrale Miene zur Schau. Das war besser als erwartet.

Jannike löste sich aus dem Pulk der ausgelassenen Hochzeitsgäste, trat zu ihm und hauchte ihrem Vater ein Küsschen auf die Wange. Das Rasierwasser, das schon in Jannikes Kindheit dasselbe gewesen war, stieg herb in ihre Nase. Erinnerte sie nur ganz entfernt an Moos in Irland, sondern eher an gemähten Rasen in Bergisch Gladbach; an eine Hollywoodschaukel neben einem Bungalow; an ihre Mutter, die zufrieden damit war, in der Nachbarschaft für ihren Marmorkuchen gelobt zu werden. Das erste Mal an diesem Tag wurde Jannike ein klein wenig traurig.

«Alles klar?», fragte sie, obwohl das doch eigentlich eine Frage war, die der Brautvater seiner frischvermählten Tochter stellen sollte. «Schade, dass Mama nicht mehr dabei sein kann.»

Er nickte. Dass er darauf eingehen würde, war nicht zu erwarten. Sein Witwerdasein, das nun schon mehr als zwanzig Jahre währte, war nichts, worüber Heinrich Loog gern sprach. «Hab ich dich eigentlich schon von Steffen gegrüßt?», fragte er stattdessen.

«Ja, hast du.»

«Er hat jetzt eine Professur an der Uni. Und die Praxis ist immer voll.»

«Dann läuft es ja richtig gut für ihn.»

«Übrigens ist er noch immer nicht verheiratet.»

«Tja, aber ich bin es inzwischen.» Jannike hoffte, damit einen Vortrag über Prof. Dr. Steffen Eckmann erfolgreich abgewendet zu haben. Heute war nicht der richtige Tag, um über Exfreunde zu sprechen. Auch wenn sie noch so erfolgreich und solo und der Traum eines jeden Schwiegervaters waren.

«Du hättest auch bei uns heiraten können», wechselte ihr Vater nun ungeschickt das Thema. «Im *La Trinité*, der Koch hat drei Sterne, und ich kenne den Souschef persönlich.»

«Warte ab, bis du Oma Marias *kurczak dla zakochanych* gekostet hast, das Hähnchen für Verliebte stellt alles, was du je gegessen hast, in den Schatten.»

«Aber der Saal dort wäre auf jeden Fall beheizt.»

«Papa.»

«Aber zu Hause …», machte er weiter.

«Zuhause ist für mich sowieso die Insel. Wo du übrigens noch nie gewesen bist.»

«Was ist eigentlich aus der schönen alten Tradition geworden, dass der Brautvater die Feier zu zahlen hat? Ich hätte mich nicht lumpen lassen, bei meinem einzigen Kind.»

«Das weiß ich. Und das ist auch lieb von dir. Aber mir war es wichtig, Mattheuszs Familie kennenzulernen.»

Die Cousins zum Beispiel, mit denen Mattheusz in den nahegelegenen Badeseen Steineditschen geübt und angeblich einen Rekord von mehr als zwanzig Hüpfern aufgestellt hatte. Außerdem hatten Mattheusz und sie sich in seiner alten Schule auf die Holzstühle gesetzt und waren anschließend die weiße Küste der Danziger Bucht entlangspaziert, wo Jannike sogar einen Bernstein gefunden hatte. Die Trauung, vollzogen von einem uralten Pater, der bereits Mattheusz das Taufwasser über die Babystirn geträufelt hatte, war nun der krönende Abschluss, bevor sie als frischgebackenes Ehepaar endlich wieder auf die Insel und ins Hotel zurückkehren würden. Rechtzeitig zum Saisonstart, in sechs Wochen begannen die Osterferien. Und nicht nur das: In sechs Wochen würden sie vielleicht schon Eltern sein. Zwillinge kamen oft ein paar Wochen zu früh. Und ihre beiden waren nicht gerade Zwerge, hatte der letzte Ultraschall verraten. Die Zeit lief ab. Und wenn die Zwillinge erst einmal auf der Welt waren, würde es deutlich anstrengender werden als jetzt, wo der doppelte Nachwuchs es sich in ihrem Bauch bequem machte und automatisch rund um die Uhr versorgt wurde. Noch trug sie allein die Verantwortung. Bald würden es viele tun. Jannike schob den Gedanken zur Seite. Er machte ihr ein bisschen Angst. Auch wenn das wahrscheinlich völlig unnötig war, schließlich stand ein wunderbar funktionierendes Team hinter ihr, sie würden die Kinder schon schaukeln.

«Ich muss auf einer Ausziehcouch schlafen», nörgelte ihr Vater weiter. «In Bergisch Gladbach hätte ich alle First Class im Schlosshotel unterbringen können.»

«In Polen gilt es als unhöflich, die Gäste in einem Hotel übernachten zu lassen.»

«Höflichkeit hin oder her, bequemer wäre es schon gewesen. Auch für dich.»

«Mach dir um mich keine Gedanken, meine Schwiegereltern haben ihr Ehebett für uns geräumt.» Jannikes Vater verzog das Gesicht, als hätte sie ihm gebeichtet, dass sie sich in ihrer Hochzeitsnacht auf den blanken Fliesenboden legen werde. Oder in den Hühnerstall. «Ehrlich, es macht mir nichts aus. Ich fühle mich wohl. Und ich wünschte, du würdest dich auch wohlfühlen, Papa.»

Er schaffte ein Lächeln. Immerhin verstand er sich mit Mattheusz, das war sowieso das Wichtigste. Vorgestern hatten die beiden zusammen Fußball geguckt und zur selben Mannschaft gehalten. Spätestens beim Sieg schien das Eis gebrochen zu sein. Da hatte Heinrich Loog seinem Schwiegersohn auch endlich das Du angeboten, Jannike hatte schon befürchtet, er werde damit bis zur Silberhochzeit warten.

«Es ist nur alles so fremd hier», sagte er schließlich. «Von der Predigt habe ich zum Beispiel kein Wort verstanden.»

«Wir bekommen noch eine deutsche Übersetzung. Aber ich bin mir sicher, es ging um Liebe.»

Damit ließ er sich jedoch nicht besänftigen. «Und die Sache mit dem Geld. Was soll das? Warum bewerfen die euch nicht mit Rosen oder meinetwegen auch mit Reis, wie es üblich ist?»

«In Polen sagt man, wer am meisten Geld einsammelt, der hat später in der Ehe das Sagen.»

Jannike sah ihrem Vater an, dass ihm ein Kommentar auf der Zunge lag, wahrscheinlich nichts Nettes, sondern irgendetwas, in dem die Begriffe Geld, Komfort und Prof. Dr. Steffen Eckmann vorkamen. Welch ein Segen, es blieb unausgesprochen, denn ein energisches Hupen erlöste Jannike.

«Wir wollen los!», rief Danni, der am Steuer saß, die Scheibe heruntergedreht hatte und sich offensichtlich darauf freute, den Chauffeur zu spielen. Das hellblaue Auto hatte er in der Garage eines Onkels aufgestöbert, irgendeine polnische Marke, die seit den Siebzigern nicht mehr gebaut wurde und die im polierten Zustand den Charme eines besseren Trabbis verströmte, aufgetakelt mit Blumengebinden, Fähnchen und allerhand Schmuck. Und wieder sorgte ein Geruch dafür, dass Jannike kurz in die Kindheit reiste, an lange Autofahrten in Papas Mercedes dachte. Sie hatte die Rückbank und die von der Hitze ganz klebrigen Gummibärchen für sich allein und brauchte sich nicht anzuschnallen. Aber ihr war sterbenslangweilig gewesen, blödes Einzelkindschicksal, mit einem Bruder oder einer Schwester hätte man sich wenigstens ein paar Stunden zanken können. Und dann diese Übelkeit, in erster Linie auf den Genuss von zu vielen Gummibärchen zurückzuführen, aber auch auf den Gestank der zugestopften Autobahnen.

15

Katalysatorfreie Abgase, genau das war es, wonach ihr Hochzeitsauto roch. Seit Jannike schwanger war, funktionierte ihre Nase außerordentlich gut.

Mattheusz kam zu ihr, nahm sie bei der Hand, sie winkten den Gästen und liefen zum Wagen. Das Einsteigen war mühsam, schon auf der Hinfahrt hatten sie sich entschieden, dass Jannike nicht neben ihrem Bräutigam, sondern besser auf dem Beifahrersitz Platz nehmen sollte. In der Reihe dahinter wäre sie bei ihrem Leibesumfang vielleicht bis zur Niederkunft zwischen den hellbeigen Kunstledersitzen eingeklemmt gewesen.

Danni, der sich kurz in das fremde Schaltsystem einfinden musste und dann einen prächtigen Kavalierstart hinlegte, musterte sie von der Seite. «Das war doch eine zu Herzen gehende Zeremonie», fand er und fasste kurz nach ihrer Hand.

Jannike spürte den neuen Ring an ihrem Finger, er war schlicht, nicht zu schmal und aus Weißgold. Ob sie ihn wirklich bis ans Ende ihrer Tage tragen würde? Ganz bestimmt, schließlich hatten sie es sich ja eben versprochen. Mit Mattheusz und ihr war es nicht immer einfach gewesen, inzwischen kannten sie gegenseitig ihre Macken und konnten sich darauf einstellen, dass der eine nun mal schüchtern und wortkarg und die andere manchmal etwas zu forsch war. Bestimmt würde das noch oft zu Missverständnissen führen, aber Jannike war optimistisch, dass sie, egal was passierte, immer wieder zueinanderfänden. Besonders durch die Zwillinge, die waren doch ein Statement: Wir gehören zusammen, sind eine Familie, uns bringt so leicht nichts ins Wanken. Schwierigkeiten sind dazu da, gemeinsam bewältigt zu werden, lautete das Motto der Familie Pajak, zu der Jannike nun zählte, auch wenn sie ihren alten Namen behalten hatte. Zumindest vorerst, denn Jannike und Mattheusz hatten sich auf einen Deal eingelassen:

Die Kinder sollten die Entscheidung fällen, welcher Name in Zukunft auf dem Türschild stehen würde. Wenn der Junge als Erster auf die Welt kam, würden sie alle Pajak heißen, wäre es das Mädchen, dann Loog.

«Machst du dir Sorgen?», fragte Danni, dem nicht entging, dass die Braut gerade ins Grübeln geraten war. «Denkst du etwa an dein schnuckeliges Hotel? Keine Sorge, Siebelt und ich haben alles in bester Ordnung hinterlassen. Wenn ihr zurückkommt, brauchst du dich um nichts zu kümmern. Sämtliche Belegungspläne sind in den Computer eingegeben, und die ersten Gäste kommen Mitte März. Ein Ehepaar, ziemlich wichtige Leute, sie schreiben für ein Reisemagazin. Natürlich dürfen die beiden dann die neue Suite einweihen.»

Jannike lächelte. Vor einigen Monaten hatte Danni noch überlegt, aus dem Hotel auszusteigen, weil er sich mehr um seinen Pflegesohn kümmern wollte. Doch dieses Schreckensszenario war nicht eingetreten. Der Junge hatte sich nach einigen Startschwierigkeiten gut eingelebt und war froh, nicht ständig betüdelt zu werden. Also konnte Danni all seine im Übermaß vorhandene Energie in die Renovierungsarbeiten investieren, die nach dem Brand im letzten Herbst nötig gewesen waren. Und natürlich hatte er nicht irgendein stinknormales Doppelzimmer mit Dusche und WC eingerichtet, sondern ein Luxusrefugium geschaffen. Quasi die Präsidentensuite des kleinen Inselhotels, nur dass sie in Ermangelung eines zu erwartenden Präsidenten *Bürgermeistersuite* getauft worden war. Ein kleiner Gag, den Danni sich seinem Liebsten zu Ehren nicht verkneifen konnte.

«Ich kann es kaum erwarten, bis du alles siehst», seufzte er und bog mit Bedacht auf die Hauptstraße. Hinter ihnen reihten sich die Autos der Hochzeitsgäste ein. Bei diesem gemächlichen Tempo waren sie bis zum Haus der Familie Pajak bestimmt zehn Minuten unterwegs. Durch das Gehupe wusste man dann auch im Nachbardorf Bescheid, dass heute Abend in Żukowo eine Party stattfand. «Es war eine gute Entscheidung, echte Schiffsdielen zu verlegen. Der Kontrast zur Natursteinwand ist der Hammer! Insbesondere durch die indirekte Beleuchtung ...» Aha, Danni war bei seinem Lieblingsthema angekommen. Da konnte man prima abschalten. Während der Chauffeur also von einer Sprudelbadewanne schwärmte und zu beschreiben versuchte, wie bequem man in einem Boxspringbett schlief, schloss Jannike die Augen. Wahrscheinlich dachte Danni, sie würde sich die phänomenalen Veränderungen im kleinen Inselhotel bildhaft vorstellen. Doch in Wirklichkeit ging ihr etwas anderes durch den Kopf: Jannike überlegte, was ihr Vater wohl gerade machte. Saß er in seinem silbergrauen Mercedes SLC und drückte ebenfalls ordentlich auf die Hupe, damit die ganze Welt erfuhr, dass seine Tochter einen wundervollen Mann geheiratet hatte und furchtbar glücklich war? Vermutlich nicht. Jannike wünschte, diese Wahrheit würde nicht so wehtun. Natürlich kannte sie ihren Vater. Er war keine Emotionsbombe wie Danni, aber wer war das schon? Heinrich Loog hatte bis vor einigen Monaten als Kieferorthopäde in seiner eigenen Praxis in Bergisch Gladbach gestanden, und was er da in den Mündern zahlreicher Teenager bewerkstelligt hatte, war ihm wohl auch zum Lebensprinzip geworden: Die Dinge hatten gerade zu stehen, und wenn etwas oder jemand aus der Reihe tanzte, so gab es irgendwo eine Schraube, die angezogen werden konnte, damit alles wieder akkurat passte. Die Begegnung mit der Familie Pajak mochte ein Kulturschock für ihn sein. Denn hier war nichts perfekt.

«Was ist los?», fragte Mattheusz besorgt von der Rückbank. Jannike öffnete die Augen und musste ein paar Tränen wegblinzeln. «Geht schon.»

«Freudentränen?»

«Klar.»

Doch das nahm er ihr natürlich nicht ab, kein Wunder, sie waren seit fast zwei Jahren ein Paar, und er hatte im Grunde schon von Anfang an jede ihrer Stimmungen deuten können. «Willst du dich kurz hinlegen?»

«Ausgerechnet jetzt, wenn die Gäste kommen? Auf keinen Fall!»

«Das würde dir niemand übelnehmen, schließlich bist du schwanger.» Mattheusz war ein Schatz. Man konnte sich auf ihn verlassen. Auf ihn und seine Familie, hundertprozentig.

Doch dann kamen sie an, fuhren auf den aufgeplatzten Asphalt der schmalen Garageneinfahrt und hielten vor dem rostigen Tor. Natürlich hatte Jannike auch schon vorher bemerkt, dass in der Dachrinne das Moos wucherte, es hatte sie jedoch nie gestört. Es war, als würde sie plötzlich alles durch eine Brille betrachten, die ihr gestochen scharf zeigte, wie provisorisch und armselig das Haus ihrer Schwiegereltern in Wirklichkeit war. Sie ahnte, wer ihr diese Sehhilfe aufgesetzt hatte: natürlich ihr perfekter Herr Vater.

«Wir sind da!» Mattheusz sprang aus dem Auto und hielt die Beifahrertür auf. Das Gentlemangehabe stand ihrem Liebsten eigentlich ganz gut. Jannike brauchte eine Weile, bis sie ausgestiegen war – das Kleid und der Bauch und die weichen Knie eben … Inzwischen hatte sich ein Großteil der Hochzeitsgesellschaft als Begrüßungskomitee versammelt, einige hielten bereits Gläser in der Hand, Schwiegervater Boris verteilte den ersten Wodka, von drinnen war Musik zu hören. Bogdana hielt ihnen auf einem Tablett das obligatorische Brot entgegen. Darauf war Jannike vorbereitet: Sie mussten jeder eine dicke Scheibe mit Salz essen, damit es in ihrer Ehe nie daran mangeln würde. Ein schöner Brauch. In den hohen Lindenbäumen, die die brüchige Straße säumten, baumelten tausende Papierherzen. Jannikes frischangetrauter Ehemann reichte galant seinen Arm und küsste ihre Nasenspitze. «Du weißt schon, dass ich dich jetzt über die Schwelle tragen werde.»

«Du Ärmster. Seit du mich das letzte Mal getragen hast, habe ich locker zwölf Kilo zugenommen.»

«Keine Sorge, ich lasse euch nicht fallen!» Mattheusz legte sich ihren Arm um die Schultern und griff ihr beherzt unter die Kniekehlen, dann wuchtete er Jannike hoch und erhielt tosenden Applaus. Als seine Lippen ganz nah bei ihrem rechten Ohr waren, flüsterte er: «Ich bin unendlich glücklich!» Eine wohlige Gänsehaut überlief Jannike, sie schmiegte sich an ihren Liebsten, und obwohl Hunderte Leute um sie beide herumstanden, war es, als wären sie nur für sich.

«Ich auch», sagte Jannike. Auch wenn ihr Vater es niemals glauben würde.

Liebe geht durch den Magen. Das war einer der wichtigsten Sprüche der Welt.

Und weil er Wort für Wort stimmte, mussten sich gerade bei einer Hochzeit die Tische biegen. Jedes freie Stückchen, durch das die gute alte Damastdecke schimmerte, war eine Schande. Da hätte doch sicher noch ein Stapel *placki kartoflane* Platz gefunden, Oma Maria hatte schließlich über hundert dieser Kartoffelpfannkuchen gebacken. Wenn man links und rechts noch ein bisschen rückte und sortierte, würde auch die Porzellanschüssel dazwischenpassen, aus der die *zupa koperkowa* ihren köstlichen Dillduft verströmte.

«Boris, komm sofort her! Ich brauche noch einen Beistelltisch.»

Ihr Sohn sah aus, als hätte sie ihm befohlen, eine Brücke über die Ostsee zu bauen. «Wozu?»

«Für das *Gołonka w piwie po Bawarsku* natürlich.» Da sprang Boris los. Schließlich war das in Bier eingelegte Eisbein eines seiner Leibgerichte.

Oma Maria schaute sich um. Kaum zu glauben, da hatte sie sieben Tage lang in der Küche gestanden und so ziemlich jedes

Gericht aus dem Kochbuch ihrer Familie zubereitet, und doch war sie nicht wirklich sicher, ob es für alle reichen würde. Gerade kamen Urszula und ihr dicker Sohn herein, die schafften schon allein einen Berg Quarkklöße. Und der alte Pfaffe, der neugierig in den Topf mit dem Kraut linste, würde sicher gern die Gelegenheit nutzen, sich nach getaner Arbeit mal so richtig den Magen vollzuschlagen, wo er doch sonst keine Frau im Haus hatte. Mochte er glauben, als Pfarrer nach dem Brautpaar die Hauptrolle zu spielen, so lag er falsch. Nein, die wichtigste Person nach Jannike und Mattheusz war sie, Maria Pajak, Großmutter des Bräutigams und Köchin aus Leidenschaft.

Oma Maria konnte sich beim besten Willen nicht erinnern, wie ihre Hände früher einmal ausgesehen hatten. Es gab wohl eine Zeit, in der die Haut nicht Rote-Bete-rot oder schnittlauchgrün gewesen war, aber daran hatte sie einfach keine Erinnerung mehr. Das feine Reiben der getrockneten Kartoffelstärke zwischen den Fingern gehörte genauso zu ihr wie der kräftige Geruch nach Zwiebeln, der wohl schon in die Poren eingedrungen war und nie wieder verfliegen würde. Warum auch? Es roch besser als Parfüm.

Jeder hier dachte, das Kochen sei ihr in die Wiege gelegt worden. Doch ihre Eltern hatten sich eigentlich eine andere Beschäftigung für Marias Hände gewünscht. Sie waren beide stramme Kommunisten gewesen und hatten ihrer Tochter, die sie für klug hielten, einen Posten in der Verwaltung in Gdańsk zugedacht. Da hatte Maria sich beim Vorstellungsgespräch so dämlich angestellt, hatte Plus und Minus verwechselt und gleich dreimal die Bleistiftmine abgebrochen, dass der Verwaltungschef – obwohl er ein Freund der Familie gewesen war – plötzlich behauptet hatte, die Stelle als Bürofräulein sei leider schon besetzt. Maria war nun mal am glücklichsten, wenn sie

in der Küche stand und es um sie herum brutzelte und dampf-
te. Vielleicht hätte sie in der Verwaltung Karriere gemacht,
hätte einen Ortsvorsteher geheiratet oder wäre Politikergattin geworden. Doch was hätte ihr das gebracht? Macht war in
Polen vergänglicher als sonst wo auf der Welt. Ihr Heimatland
hatte sich seit ihrer Geburt Ende des Großen Krieges so viele
Male neu erfunden, dass man gar nicht mehr hinterherkam:
Land der Kommunisten, der Gewerkschafter, der Bauern und
Geldsäcke, neuerdings erinnerten die Reden des Präsidenten
wieder an die längt vergangene Zeit der deutschen Besatzung.
Egal, denn eines war all die Jahre gleich geblieben: Die Kar-
toffeln schmeckten am besten, wenn sie zusammen mit dicken
Rippchen und sauren Gurken als Eintopf auf den Tisch kamen.

Sie vermisste nichts. Ihr Leben hatte nach Kohlgemüse gerochen, nach Kümmel, Wurst und Bohnensuppe. Sie hatte als
junge Frau in der Hafenkantine gearbeitet und den Lageristen
Igor Pajak kennengelernt, ihn in ebendieser kaschubischen
Tracht, die sie auch heute voller Stolz trug, geheiratet und
drei Jungen zur Welt gebracht und großgezogen. Heute hatte
sie so viele Enkel, dass sie sich beim besten Willen nicht alle
Namen merken konnte, und seit zwei Jahren arbeitete sie in
einem kleinen Hotel, welches nicht an der vertrauten Ostsee,
sondern auf einer Insel in der wesentlich wilderen Nordsee
lag. Die Gäste dort zahlten viel Geld für ihr Essen und mussten
sich zusammenreißen, um nicht anschließend die Teller abzu-
lecken. Das Restaurant war im Sommer jeden Abend ausgebucht – ihretwegen! Vielleicht konnte man behaupten, sie habe
es auf ihre alten Tage doch noch zu etwas gebracht. Der Trick,
sich immer ein bisschen unwissend zu geben, war jedenfalls zu
ihrem ganz persönlichen Erfolgsrezept geworden. Sollten die
anderen glauben, sie bekomme nichts mit, sei längst jenseits

von Gut und Böse. Oma Maria wusste, dass sie allein mit ihren Piroggen die Weltherrschaft an sich reißen könnte, wenn sie nur wollte.

Weitere Hochzeitsgäste betraten das Festzelt. Es war eine Freude, in ihre hungrigen Gesichter zu sehen. Gerade trug ihr Enkel seine lachende Braut über die Türschwelle. Jannike war eine strahlend schöne Schwangere mit rosigen Wangen, Mattheusz hatte den wilden Lockenkopf von seinem Großvater geerbt. Was für ein Paar! Auch wenn sie irgendwie in einer verkehrten Welt lebten, weil Mattheusz in der Küche arbeitete und Jannike die Geschäfte tätigte. Wie sollte das erst werden, wenn die Zwillinge geboren waren? Es würde niemanden wundern, wenn Mattheusz sogar die Windeln wechselte. Nun ja, Hauptsache, sie waren glücklich und aßen viel.

Endlich schleppte Boris den gewünschten Tisch heran. «War nicht so einfach. Inzwischen wird jedes Möbelstück genutzt, um deine Essensberge zu präsentieren. Sogar der Wickeltisch von Nowaks Baby ist von uns beschlagnahmt worden, weil wir noch Platz für den Heringssalat brauchen. Sag mal, Mama, wer soll das alles essen?» Dabei lachte er von einem Ohr zum anderen. Wahrscheinlich weil er selbst dafür sorgen würde, dass nicht der allerletzte Krümel übrig blieb.

Die meisten hatten inzwischen Platz genommen. Es war ein Stühlescharren und Raunen, ein Kichern und Plaudern, wann waren die endlich so weit? Pjotr stimmte als Erster das *Sto lat* an, in das alle begeistert einstimmten: Hundert Münder oder mehr wünschten dem Brautpaar, dass es hundert Jahre leben möge. Dieses Lied würde heute sicher noch öfter gesungen werden, doch nach der ersten Strophe, so lautete die ungeschriebene Regel, durfte endlich gegessen werden. So auch heute: Kaum war die letzte Zeile verklungen, vernahm Oma Maria wohltuende Schmatzlaute. In ihren Ohren klangen die viel melodiöser als das Ständchen. Sobald die ersten Bissen genommen waren, fing sie an, sich etwas zu entspannen. Lächelnd stand sie im Türrahmen und überblickte die Gesellschaft.

«Oma Maria, du bist die Beste!», rief Jannike ihr zu, und alle klatschten. Dieser nette Satz war zwar der einzige, den ihre Schwiegerenkelin bislang fast akzentfrei auf Polnisch aussprechen konnte, doch die Verständigung zwischen ihnen beiden funktionierte auch ohne Wörterbuch ganz gut, da Jannike eine offene Frau war, der man an der Nasenspitze ablesen konnte, was sie wollte. Zum Glück hatte ihr schüchterner Enkel ein solches Exemplar erwischt. Oma Maria hatte schon befürchtet, er wolle es dem alten Dorfpfarrer nachmachen und bis ans Ende seines Lebens unverheiratet bleiben.

«Jetzt setz dich doch auch endlich mal hin und iss etwas!», forderte Mattheusz. Dabei wusste er ganz genau, dass sie hier die Verantwortung trug. Nein, sie blieb lieber stehen und sah den Menschen beim Essen zu. Außerdem musste sie gleich noch den Nachtisch zubereiten.

Töpfe wurden gereicht, Löffel zum Probieren getauscht, Messer und Gabeln, Gläser und Porzellan trafen aufeinander und sorgten für das ihr so vertraute Orchester des gesegneten Appetits. Wenn das nicht rundum glücklich machte, was sonst auf der Welt?

Doch was war das? Zwischen der rothaarigen Wanda, die sich gerade die Finger ablutschte, und dem buckligen Jakub, der schon den zweiten Nachschlag nahm, saß ein fremder Mann mit zusammengekniffenem Mund und hängenden Schultern – vor ihm ein leerer Teller! *Tego już za dużo!* Wer war der Mistkerl? Oma Maria quetschte sich zwischen zwei Bänken hindurch, um ihn von nahem zu betrachten. Der Mann mochte in ihrem Alter sein, er trug das Haar sehr kurz und sehr ordentlich und irgendwie seltsam. Wenn Oma Maria nicht wüsste, dass Männer sich nicht das Haar färbten, sie hätte fast geglaubt, dieser hier schmiere sich Tusche in die grauen Strähnen. Jetzt gerade reichte Bogdana, die ihm gegenübersaß, eine Schüssel Heringssalat in seine Richtung, doch er schüttelte den hellbraun gefärbten Kopf. Das war ja wohl eine Unverschämtheit! Ihren Heringssalat hatte noch niemals irgendjemand verschmäht.

Sie machte drei Schritte nach vorn und baute sich bedrohlich neben seinem Sitzplatz auf. Selbst wenn sie diesem Kerl womöglich nur bis zum Bauchnabel reichte, jetzt saß er ja, er sollte wissen, dass man sich mit ihr besser nicht anlegte. «Schmeckt es nicht?»

Der Fremde schaute sie mit großen Augen an und sagte nichts.

«Oder ist nicht das Richtige dabei? Ich habe zehn verschiedene Hauptgänge gekocht, Fisch und Schwein und Huhn und Ente und Rind. Dazu noch mal so viele Beilagen, Suppen und Salate. Es kann nicht sein, dass hier jemand sitzt, ohne zu essen.»

Immer noch schwieg der Kerl. Jetzt, wo sie ihm direkt gegenüberstand, erkannte sie die Ähnlichkeit zu Jannike. Dieselben graugrünen Augen, das schmale Gesicht, der selbstbewusste Zug um den Mund. Kein Zweifel, das hier war Mattheuszs Schwiegervater.

«Wir sind immerhin ab heute miteinander verwandt. Da kann man nicht einfach das Essen stehenlassen! Ich bin schließlich die Familienälteste!»

Bogdana zupfte sie am Blusenärmel. «Oma Maria, er kann kein Polnisch.»

«Und futtern kann er auch nicht?»

«Es ist ihm wohl zu fettig.» Bogdana zog die Schultern nach oben, und ihre Mimik machte deutlich, dass sie das genauso lächerlich fand wie wahrscheinlich jeder hier im Raum. Das Essen war doch nicht fettig! Butter war nur eben ein sehr guter Geschmacksträger. Wenn man da mit dem Sparen anfing, konnte man gleich Zwieback servieren.

Dem Spaßverderber sah man doch auf den ersten Blick an, dass er lieber nörgelte und stänkerte, als es sich mal richtig gutgehen zu lassen. Typisch deutsch, könnte man denken, doch Oma Maria hatte auf der Insel so viele genussvolle Deutsche kennengelernt, dass sie sich dieses Vorurteil gleich wieder verkniff. Dennoch, Oma Maria kochte, und dieses Mal ausnahmsweise nicht am Herd. «Er soll gefälligst das Gemüse probieren!»

«Sein Magen verträgt angeblich keinen Kohl.»

«Dann schöpfe ich ihm verdammt noch mal eine Portion *Barszcz* in den Suppenteller.» Oma Maria entging nicht, dass der Pfaffe am Nebentisch bei ihrem Fluch zusammengezuckt war. Dieser Scheinheilige. Hatte Jesus nicht gesagt: Und nun esset und trinket miteinander … oder so ähnlich? «Da ist kein Kohl drin. Kein Fett. Nur ein klitzekleiner Klecks Sahne.» Sie nahm die große Schöpfkelle aus dem Topf, die samtige rote Suppe floss fast über den Rand. Das sah dermaßen appetitlich aus, da konnte nun wirklich kein Mensch widerstehen. Doch Jannikes Vater legte seine Hände über das Porzellan und sagte etwas. Es klang nach einer Abfuhr. Jetzt wäre Oma Maria am liebsten explodiert.

Inzwischen schien auch Jannike auf das Krisengebiet zu ihrer Linken aufmerksam geworden zu sein, jedenfalls stieß sie Mattheusz in die Seite, beide standen auf und eilten mit sorgenvollen Blicken herbei. «Was ist los?», wollte Mattheusz wissen.

«Dein Schwiegervater beleidigt mich!»

Es folgte ein kurzes Gespräch auf Deutsch, das Oma Maria nicht so recht verstehen konnte und wollte. Wahrscheinlich versuchte ihr wie immer viel zu braver, viel zu freundlicher Enkelsohn, gut Wetter zu machen. Erzählte etwas über die Bedeutung des gemeinsamen Essens in Polen und vielleicht auch über den Stolz einer Maria Pajak, die eine Woche lang in der Küche gestanden hatte und nun alles andere als erfreut war, wenn jemand an ihren Gerichten herummäkelte. Recht hatte er, aber seinem Tonfall nach zu urteilen, machte Mattheusz diesem feinen Herrn aus Deutschland nicht wirklich klar, wie kurz er davorstand, gleich einen Schwall Rote-Bete-Suppe über das piekfeine weiße Hemd zu bekommen. Noch hielt Oma Maria die Schöpfkelle in der Hand!

Auch Jannike mischte sich ein, plapperte, gestikulierte, gab ihrem Vater erst einen Kuss, um anschließend mit ihm zu schimpfen. Wie konnte ein solch vertrockneter Knochen nur eine so liebenswerte Tochter haben, fragte sich Oma Maria.

Obwohl die Musiker noch immer spielten, war inzwischen die ganze Hochzeitsgesellschaft auf den Zwischenfall aufmerksam geworden. Hunderte Augen schauten herüber in Erwartung nahenden Unheils. Immerhin lagen hier auch ein paar Messer herum. Doch dann musste es Jannike irgendwie gelungen sein, ihren Vater zur Vernunft zu bringen. Mit fast feierlicher Geste griff dieser *butny strojniś* nach einer Scheibe Roggenbrot – na also, ging doch –, schmierte sich eine wirklich jämmerlich dünne Schicht Heringssalat darauf und biss hinein, kaute, schluckte, tupfte sich die Mundwinkel ab und sagte für alle hörbar: «Lecker!»

Mattheusz und Jannike blickten zu ihr herüber. Was erwarteten die jetzt? Dass Oma Maria zufrieden war? Mit einem einzigen kläglichen «Lecker»?

«Oma, bitte», versuchte der Enkel sie zu besänftigen.

«Sehr lecker!», steigerte sich Jannikes Vater immerhin.

Nun, damit konnte sie es gut sein lassen. Für den Moment jedenfalls. Schließlich hielten sie mit diesem Theater die ganze Tischgesellschaft auf. Also ließ Oma Maria die Suppenkelle wieder in den Topf sinken, atmete einmal tief durch und schritt hoch erhobenen Hauptes in die Küche, denn es war Zeit für das Apfelsoufflé, für die Mohncreme und die frittierten Teilchen mit Zimt und Kompott. Als Krönung wartete die Hochzeitstorte aus Marzipan, die aber erst nach Mitternacht, wenn Jannike ihren Schleier geworfen hatte, serviert würde.

Doch bei jedem Stückchen Butter, bei jedem Löffelchen Zucker ärgerte Oma Maria sich unglaublich, weil sie sich schon vorstellen konnte, wie ihr neuer Lieblingsfeind auf all die Leckereien reagieren würde: mit angeekeltem Gesicht, mit abweisender Geste, mit diesem überheblichen, besserwisserischen Gehabe. Gut, vielleicht waren nicht alle Zutaten, die sie zum Kochen und Backen benutzte, gesund. Doch wenn man so verbiestert war, wurde man auf lange Sicht bestimmt erst richtig krank. Da hatten sie sich ja was in die Verwandtschaft geholt! Zum Glück war seine Tochter wohl eher nach ihrer verstorbenen Mutter geraten. Und Gott sei Dank – so entfuhr es ihrer atheistischen Seele – war dieser Mann normalerweise weit, weit weg. In den zwei Jahren, die Oma Maria in Jannikes Hotel arbeitete, hatte sich Herr Loog kein einziges Mal dort blicken lassen. Auf der Insel hatten sie alle ihre Ruhe und verstanden sich auch meistens ganz prima – bis auf ein paar kleine Streitigkeiten. Beispielsweise als Jannike letztes Jahr bei einem eigens für sie zubereiteten Romantikmenü die Schweinskopfsülze hatte stehenlassen. Da war Oma Maria auch sehr, sehr wütend gewesen und hatte gezweifelt, ob eine solche Person überhaupt in den Familienkreis passte. Doch letzten Endes hatte sich die Abneigung gegen Aspik mit Jannikes Schwangerschaft begründen lassen, es wurde nie wieder ein Wort darüber verloren. Ansonsten aß Jannike ja alles gern, zählte keine Kalorien und hatte sich noch nie über zu viel Butter im Gemüse beschwert. Doch, man musste es wirklich sagen, diese Frau war ein Gewinn, für Mattheusz sowieso, aber auch für Bogdana, die im Hotel die Zimmer reinigte, für Lucyna, die im Restaurant kellnerte, und für sie, Oma Maria, die nun kochen konnte, bis sie irgendwann endgültig den Löffel abgab.

Über diese ganzen Gedanken hinweg hatte sie nun bereits vier Kilo Äpfel geschält, zwanzig Eier getrennt, einen Berg Eischnee aufgeschlagen und Puderzucker und Speisestärke gemischt. Nun noch kurz den Teig angerührt, und dann konnte das Ganze in den Ofen. Oma Maria schaute zur Uhr. Oh nein, sie war ja viel zu früh dran. Die inzwischen verpuffte Wut hatte ihr Tempo beschleunigt. Doch das Soufflé durfte nicht länger als höchstens zwanzig Minuten in die Hitze, und danach musste es sofort auf die Tische gebracht werden. Zu der Zeit würden die meisten Gäste aber vielleicht noch genüsslich an ihren Eisbeinen nagen.

Was sollte sie so lange machen? Doch nicht etwa hinsetzen und Däumchen drehen, nein, dazu war sie viel zu aufgewühlt. Die Tür zum Festzelt stand ein Stück weit offen, durch den Spalt war Jannike zu sehen, die sich wieder auf ihren Platz gesetzt hatte. Das Unglück über den kleinen Zwischenfall war der Braut anzusehen. Schweigend hockte sie zwischen Mattheusz und Danni, bekam von den um sie herumschwirrenden Gesprächen nichts mit, nur ab und zu schaute sie verstohlen zu ihrem Vater hinüber. Oma Maria wurde das Herz schwer.

Es gab da nämlich eine kleine, fast verblasste Erinnerung an die blutjunge Maria Pajak in einer weinroten Tracht, die auf ihrer Hochzeit neben Igor Pajak saß und immer wieder die Blicke der enttäuschten Eltern auffing. Nein, sie war keine Politikergattin geworden, auch nicht die Sekretärin eines kommunistischen Ortsvorstehers, sondern hatte als Köchin einen schlichten Lagerarbeiter geheiratet. Liebe hin oder her, das war nun mal nicht die Erfüllung der elterlichen Träume gewesen. Wahrscheinlich war die eigene Hochzeit der einzige Tag im Leben der Maria Pajak gewesen, an dem sie keinen einzigen Bissen herunterbekommen hatte. *Przez żołądek do serca*, Liebe geht durch den Magen. Doch wenn sie mit Schwierigkeiten verbunden ist, mit Zweifeln und Enttäuschungen, dann liegt sie manchmal auch wie ein Stein im Bauch.

Jannike musste sich jetzt gerade genauso fühlen. Das hatte sie nicht gewollt! Es kam selten vor, dass Oma Maria eine sanftmütige Ader an sich entdeckte. Doch in diesem Moment bereute sie es schon ein wenig, so einen Aufstand angezettelt zu haben. Zwar hatte sie allen Grund dazu gehabt, aber vielleicht war sich Jannike nun gar nicht mehr so sicher, ob das Jawort die richtige Entscheidung gewesen war.

Es nutzte nichts, Oma Maria musste die Sache wieder geradebiegen. Der Abend war noch lang, die Nacht noch länger, wenn sie diesen Streit nicht aus der Welt räumte, würden Jannike und Mattheusz in der Hochzeitsnacht womöglich familiäre Probleme wälzen – so wie Igor und sie damals. Aber was sollte sie bloß tun? Sie musste Jannike zu verstehen geben, dass sie in der Familie Pajak willkommen war, egal wie unerhört ihr Herr Vater sich benahm. Sagen konnte man solche Sachen nicht, das wirkte so kraftlos wie *panieńskie pierożki*, in denen man die Hefe vergessen hatte. Man musste es zeigen.

Vom vielen Denken wurde ihr ganz warm, und sie fasste sich an den Kopf, um die Samthaube ein wenig anzuheben und das Haupthaar zu lüften – prompt kam ihr die passende Idee: Diese Kopfbedeckung war genau das richtige Geschenk! Schließlich hatte sie selbst vor mehr als einem halben Jahrhundert das Mützchen bei ihrer eigenen Hochzeit in derselben Dorfkirche getragen. Oma Maria setzte es vorsichtig ab, nahm es in die Hände und strich liebevoll darüber. So viele Erinnerungen! Wochenlang hatte sie den edlen Stoff mit bunten Fäden bestickt, das war Tradition in der kaschubischen Schweiz und wurde damals von den jungen Frauen erwartet, egal ob Köchin, Bürofräulein oder Politikergattin. Viele tausend Nadelstiche als Test, ob sie dem Leben gewachsen war – es war das erste und letzte Mal, dass sie sich mit Handarbeiten herumgequält hatte. Auf den ersten Blick wirkte es wie ein aufwendiges Blütenmuster, doch hatte Oma Maria zwischen den Margeriten und Glockenblumen zwei Buchstaben eingeflochten: I und M. Igor und Maria. Und da das I sehr verschnörkelt aussah, ging es notfalls auch als ein J durch – dann könnte man in den Ornamenten auch Jannike und Mattheusz lesen. Wie wunderbar das passte!

Natürlich hätte sie das wertvolle Stück auch einer ihrer Schwiegertöchter vermachen können, doch Bogdana hatte einen viel zu runden Kopf, die andere kam aus Warszawy und wusste mit solchen Traditionen nichts anzufangen, und ihr jüngster Sohn hatte zwar vier Kinder, war aber noch immer unverheiratet. Also würde Jannike die Ehre zuteilwerden, schließlich war sie die Frau, die Oma Maria demnächst die ersten Urenkel bescherte.

Mit einem feierlichen Gefühl im Bauch eilte Oma Maria in den Gastraum. Jannike und Mattheusz fingen ihren Blick auf und wussten sofort, dass nun etwas Bedeutungsvolles passierte. Erwartungsfroh erhoben sie sich von ihren Stühlen, und Mattheusz gab den Musikern, die ohnehin gerade ein Stück beendet hatten, ein Zeichen, dass nun eine kurze Pause angesagt war. Das ließen die Männer sich nicht zweimal sagen, hastig schnallten sie Gitarre und Akkordeon ab, hatten sie doch ohnehin schon die ganze Zeit sehnsüchtig Richtung Braten geschaut.

Fast schon peinlich fand Oma Maria, dass jetzt alle still waren und sie beobachteten. Im Mittelpunkt stand sie nicht gern, das überließ sie lieber ihren Gerichten.

«Liebe Gäste», setzte Mattheusz nun an. Eigentlich war es nicht seine Art, das Wort zu erheben. Normalerweise würde das seine selbstbewusste Frau übernehmen, doch die konnte kein Polnisch. «Wir sind froh, dass ihr alle zu unserem Fest erschienen seid. Offensichtlich schmeckt es euch bereits. Und dass dies so ist, haben wir meiner Großmutter zu verdanken, der legendären Oma Maria!» Die Leute johlten. Es war wie bei einer Aufführung des Heimattheaters. Sie hätte sich am liebsten unter einem der Tische verkrochen.

Doch da das nun mal nicht möglich war, blieb sie einfach vor dem Brautpaar stehen und schaute Jannike an. «Ich möchte dir ein Geschenk machen.» Mattheusz übersetzte, Jannike strahlte und sagte etwas.

«Sie sagt, du hast uns bereits ein großes Geschenk gemacht», übersetzte Mattheusz.

«Es ist auch nur ein kleines Geschenk.» Sie streckte die Hand mit der Samthaube aus. Jannike nahm sie behutsam an sich. Ihre Augen füllten sich mit Tränen, und sie begann zu stammeln. Da brauchte man keinen Dolmetscher, das verstand nun wirklich jeder, trotzdem teilte Mattheusz mit: «Jannike

33

ist total gerührt. Sie weiß, welche Bedeutung diese Haube für dich hat.»

«Dann ist es ja gut», sagte Oma Maria und wollte auf dem Absatz kehrtmachen, um endlich zu ihrem Apfelsoufflé zurückzukehren. Doch sie lief ausgerechnet dem Brautvater in die Arme, der sich in der Zwischenzeit hinter ihr aufgebaut haben musste. Um seine Mundwinkel herum war zweifelsfrei ein Hauch von Spott zu erkennen, selbst wenn er versuchte, wie ein fröhlich beschwingter Hochzeitsgast auszusehen.

Herr Loog begann seine feierliche Rede, und schnell war klar, dass Jannike ihr Talent, die Leute in ihren Bann zu ziehen, von ihm geerbt haben musste. Seine Stimme war laut, er betonte jede Silbe, wahrscheinlich sprach er auch besonders langsam, weil er dachte, dann verstünden ihn die dummen Polen besser. Und tatsächlich, mit einigen Wortbrocken konnte Oma Maria etwas anfangen:

«… meine Tochter Jannike … viel Geld … fangen.» Er machte die passenden Gesten dazu, anscheinend spielte er gerade auf den alten polnischen Brauch an, bei dem die Gäste Münzen warfen, so wie vorhin vor der Kirche. «… wer am meisten sammelt … der hat das Sagen …» Aha, die Bedeutung dieses kleinen Spielchens hatte Herr Loog also auch schon kapiert. Aber was machte er jetzt? Er griff in die Tasche seines Sakkos, holte eine dicke Geldbörse hervor und zog zwei neue, glatte lilafarbene Scheine heraus, die er für jedermann sichtbar in die Höhe hielt. So genau kannte Oma Maria sich mit dem deutschen Geld nicht aus, aber wenn sie sich nicht täuschte, waren das tausend Euro. Im Festzelt breitete sich Raunen aus: So viel Geld! Dafür konnte man wahrscheinlich zehn handbestickte Hochzeitshauben kaufen.

«… es Jannike einfach machen …» Er drückte seiner Tochter

die Scheine in etwa so lieblos in die Hand, als handle es sich um eine Rolle Küchenkrepp. «... damit klar ist, du hast in Zukunft das Sagen.» Er grinste. Fand sich wohl besonders toll in diesem Moment.

Jannike wurde weißer als ihr Kleid.

Niemand sprach ein Wort.

Niemand klatschte.

Oma Maria schlich zurück in die Küche. Sie wusste nicht, wie und wann, aber es würde sich hoffentlich einmal eine Gelegenheit ergeben, es diesem Mann heimzuzahlen.

Sie konnte sich nicht daran erinnern, jemals so schäbig behandelt worden zu sein.

Es roch weder nach Salz noch nach Meer noch nach Fisch oder irgendetwas anderem, was man schick im Werbeprospekt der Reederei hätte erwähnen können. Es roch nach Bockwurst, so als hätten die Matrosen diese eben gerade extra aus der Nordsee gefischt. Ein Phänomen, das Jannike erst auffiel, seit ihr die Schwangerschaft den Geruchssinn schärfte.

«Kommt es dir auch so vor, als habe das hier alles während unserer Abwesenheit nicht existiert?», philosophierte Jannike. Sie befanden sich wieder an Deck, lehnten genau an der Stelle, an der sie sich vor vielen Wochen vom Eiland verabschiedet hatten. Erst die Reling, dann der Bauch, dann Jannike. Und Mattheusz stand dahinter und versuchte, sie einigermaßen zu umfassen. «Solange wir in Polen waren, haben sie der Nordsee den Stöpsel gezogen, die Bürgersteine hochgeklappt und den Himmel zum Lüften nach draußen gebracht.»

«Aber jetzt steht wieder alles da, wo es hingehört!», sagte Mattheusz. «Jedenfalls auf den ersten Blick.»

Der Inselwinter war nämlich eine Art Parallelwelt, in der all die Dinge erledigt wurden, für die in der Saison keine Zeit blieb. Sämtliche Vereine hielten ihre Jahreshauptversammlungen ab und feierten das Ereignis anschließend zünftig in der *Schaluppe*. Die Straßen wurden neu gepflastert, Dächer gedeckt, Zimmer renoviert. Und auch beziehungstechnisch wurde entrümpelt und aufgemöbelt, endlich kam man mal dazu, sich neu zu verlieben, den Partner zu betrügen, den Schlussstrich unter eine frustrierende Ehe zu ziehen – nicht selten in genau dieser Reihenfolge. Die Paarungen wechselten zwischen Oktober und März in einem fröhlichen Reigen. Und wenn die letzten Nachtfröste vorüber waren, kuschelten in den warmen Inselbetten ganz neue Konstellationen. Angeblich hatte der attraktive Bademeister Nils seine Pleite bei Jannike endlich verkraftet und war jetzt mit der etwas knochigen Schuldirektorin Sonka Waltermann zusammen. Welch gute Nachricht! Dafür hatten sich leider laut Inselfunk, der bis nach Polen zu empfangen war, Hausmeister Uwe und seine Elka einvernehmlich getrennt, weil beide beim Feuerwehrball fremdgegangen waren. Ach ja, und es gab eine romantische Wiedervereinigung der besonderen Art: Gerd Bischoff – seines Zeichens Jannikes unangenehmster Konkurrent, der nichts unversucht ließ, dem Team des *Hotels am Leuchtturm* das Leben schwerzumachen – und seine Exfrau Monika Galinski wollten es nach mehr als zwanzig Jahren Trennung noch einmal miteinander versuchen. So richtig vorstellen konnte Jannike sich das nicht, denn Bischoff war ein stockkonservativer Obermacho mit cholerischen Anwandlungen. Seine Verflossene hingegen hatte sich der spirituellen Selbstfindung zugewandt und plante jetzt, Schutzengel-Tage und Seelen-Seminare ins Programm des *Hotels Bischoff* aufzunehmen. Ob das klappte? Hatten sich doch die Gäste dort bislang nur mit einer tiefergehenden Frage pro Tag beschäftigen müssen, und zwar ob sie am Abend lieber Fisch oder Fleisch als Hauptgang wünschten. Gäbe es auf der Insel ein Wettbüro für derartige Angelegenheiten, die Quoten für eine erfolgreiche Wiedervereinigung im *Hotel Bischoff* stünden bestenfalls eins zu hundert. Nun, wenigstens bis April wünschte Jannike dem Paar etwas Harmonie und Durchhaltevermögen, denn Monika Galinski war praktischerweise Hebamme und hatte für die kommende Woche einen Geburtsvorbereitungskurs für die beiden derzeit schwangeren Insulanerinnen angeboten: Friseurin Celina, die mit dem hiesigen Dachdecker Hauke dauerverlobt war, und eben sie, Jannike, deren Schwangerschaft deutlich fortgeschrittener war und zudem noch zwei Babys auf einen Streich hervorbringen würde. Sie sollten demnächst hecheln und entspannen und das Becken kreisen lassen, gemeinsam mit den werdenden Vätern gab es dann noch einen Einführungsworkshop im Wickeln, Baden und Nackenmassieren. Schaden konnte das nicht, außerdem sparten Jannike und Mattheusz sich so einige stressige Fahrten zum Festland. Denn einen Frauenarzt gab es hier nun mal nicht. Auch kein Ultraschallgerät, keinen Wehenschreiber, keinen Kreißsaal und keinen OP-Raum. Viele Schwangere verließen deshalb schon einige Wochen vor dem Geburtstermin die Insel, für alle Fälle. Das Schicksal könnte Jannike auch blühen, doch erst einmal freute sie sich darauf, endlich wieder zu Hause zu sein.

«Und, was steht auf deiner To-do-Liste?», fragte sie ihren Liebsten, nachdem die Fähre die Leuchttonnen passiert hatte, die links und rechts die Hafeneinfahrt markierten.

«Ich werde ab morgen das Kinderzimmer einrichten. Eine hellblaue Ecke mit Auto-Tapeten-Bordüre und eine mit rosa Blümchen. Die Farbe hab ich dabei.»

Diese Idee hatte Jannike ihrem Mann nicht austreiben können. Er schien regelrecht vernarrt zu sein in die Vision, Vater einer braven Prinzessin und eines wilden Rabauken zu sein.

Ständig malte er sich aus, wie er seine Tochter vor irgendwelchen Gefahren beschützen und mit seinem Sohn lustige Streiche aushecken würde. Natürlich könnte sie ihm Vorträge halten, dass auch alles anders kommen könnte und ein neutrales Gelb oder Grün vielleicht die bessere Wahl wäre, doch warum sollte sie ihrem Liebsten einen Dämpfer verpassen? Er würde die Kinder lieben, auch wenn der Junge später Ballett tanzte und das Mädchen mit dem Boxen anfing. Mattheusz war schließlich der unkomplizierteste Mann der Welt.

«Du durftest die beiden neun Monate in deinem Bauch herumtragen. Jetzt bin ich als Vater an der Reihe, es unseren Kindern schön gemütlich zu machen. Darauf freue ich mich wirklich riesig!»

«Auch auf das Hotel?», bohrte sie weiter. Denn das war es ja, was als Erstes auf sie zukam: dieses große, etwas verwinkelte Leuchtturmwärterhaus aus rotem Backstein, das abgelegen in den Dünen am Westende der Insel stand und in dem acht Doppelzimmer und ein Restaurant mit achtzig Stühlen auf die Ostergäste warteten. Ein Haufen Arbeit, manchmal auch ein Haufen Ärger. Der Stress würde nicht ausbleiben, nur weil sie demnächst um zwei schreiende Säuglinge reicher waren. Jannike war nicht ganz sicher, wie Mattheusz dazu stand. Diskussionen über ungelegte Eier waren nämlich absolut nicht sein Ding, und wenn er auf eine ihrer vielen bangen Fragen nun mal keine eindeutige Antwort geben konnte, schwieg er lieber.

Ein Segelflieger landete auf dem Flugplatz am Ostende, verscheuchte von den benachbarten Salzwiesen ein paar Eiderenten, die sich nun ihrerseits in die Lüfte erhoben. Laut schnatternd, im Gegensatz zu Mattheusz, der noch immer nichts sagte. Jannike drehte sich erwartungsvoll zu ihm um, doch er zuckte nur die Achseln.

«Mattheusz?»

Endlich gab er auf. «Ansonsten bleibt doch alles beim Alten, oder nicht? Ich helfe Oma Maria in der Küche und spiele den Hausmeister. Meine Mutter und meine Schwester wissen ebenfalls genau, was sie zu tun haben. Und Danni wird zwischendurch immer mal wieder für Chaos und Aufregung sorgen.»

«Na ja, erst einmal fahren er und Siebelt morgen in den wohlverdienten Urlaub.»

«Mit oder ohne ihren Sohn?»

«Nur zu zweit. Lasse muss arbeiten, die Zwischenprüfung steht bald an. Außerdem hat er in dem Alter bestimmt keine Lust, stundenlang mit seinen beiden Ziehvätern spazieren zu gehen.»

«Wohin fliegen die noch mal? Kanarische Inseln?»

«Es würde mich nicht wundern, wenn die Dünen auf Fuerteventura demnächst schick dekoriert sind. Danni ohne kreative Aktionen kann ich mir nämlich nicht wirklich vorstellen.» Jannike lachte. «Und Siebelt wird sich bestimmt per Skype bei seinen heißgeliebten Inselratssitzungen dazuschalten lassen.»

«Also, wenn du mich fragst, ob ich mich auf diese verrückte Truppe und unser altmodisches Hotel freue, liebe Jannike, dann kann ich dir versichern: Ja, klar, das ist schließlich unser Leben.»

Mattheuszs Einstellung war einerseits wunderbar, völlig tiefenentspannt begegnete er den Dingen, die da in den nächsten Wochen auf sie zukommen würden. Andererseits ... «Aber was ist, wenn etwas dazwischenkommt und nicht so läuft wie geplant? Die Kinder könnten gesundheitliche Probleme haben, bei Zwillingen ist das gar nicht so selten. Drei-Monats-Koliken zum Beispiel, darüber habe ich was in meinem Schwangerschaftsbuch gelesen, da sollen die Babys ununterbrochen heulen, und man kann nichts dagegen tun.»

«Solange es nichts wirklich Schlimmes ist, gehen drei Monate auch irgendwann mal vorbei.»

Langsam fühlte Jannike sich von seiner Lässigkeit provoziert. «Oder stell dir vor, der Sommer würde dieses Jahr komplett verregnen, dann haben wir bestimmt einige Stornierungen und können die Raten nicht mehr zahlen.»

«Noch scheint in meiner Vorstellung die Sonne.»

«Aber denk nur an das Feuer letztes Jahr: Ein Zimmer und der Fahrradschuppen wurden komplett zerstört!»

«Die Versicherung hat den Schaden gezahlt, und nach Dannis Berichten ist die neue *Bürgermeistersuite* das schönste Zimmer im ganzen Haus. Unterm Strich haben wir sogar von dem Brand profitiert.»

«Was, wenn so etwas in der Art wieder passiert? Gleich zu Beginn der Saison? Wenn diese wichtigen Gäste kommen, die für das Reisemagazin schreiben.»

Plötzlich nahm Mattheusz seine Hände von ihrem Bauch und drehte sie zu sich um. Auf seiner Stirn zeigte sich eine steile Falte, die Jannike noch nie zuvor gesehen hatte. «Was ist eigentlich los mit dir?», fragte er ungewöhnlich schroff. «Seit unserer Hochzeit sagst du dauernd solche Sachen: Alles wird ganz schwierig. Wir bekommen das nicht hin. Zweifelst du etwa daran, dass ich in der Lage bin, dich und die Kleinen glücklich zu machen?»

Da hatte er sie kalt erwischt. «Nein», sagte sie und meinte, ja. Denn irgendwie war sie tatsächlich seit ein paar Tagen verunsichert. Natürlich konnte man das Leben locker sehen und erst einmal voller Optimismus an alles herangehen. Wird schon schiefgehen ... Aber war das vernünftig?

Diesen Floh hatte niemand anders als ihr Vater Jannike ins Ohr gesetzt. Durfte man dessen siebzig Jahre Lebenserfahrung einfach so in den Wind schlagen? Der Mann war überall hoch angesehen und niemals tief gefallen. Und dass Mattheusz und seine Familie neben aller Liebenswürdigkeit eventuell auch etwas zu salopp mit den Unwägbarkeiten des Lebens umgingen, war nicht von der Hand zu weisen. Wenn alles glattlief, kein Problem! Aber was, wenn das Schicksal es weniger gut mit ihnen meinte?

«Was geht dir jetzt schon wieder durch den Kopf?», fragte Mattheusz.

«Nichts.» Es war nicht nett, so zu denken, das wusste Jannike. Nur weil das Haus in Polen ein bisschen schäbig war und die Familie Pajak lieber gemeinsam das Leben feierte, statt sorgenvoll über Wirtschaft und Politik zu diskutieren. Das musste überhaupt nichts bedeuten. Sie wünschte, sie könnte einen Hebel umlegen und alles wäre wieder sonnig und heiter wie in den Wochen vor dem großen Hochzeitsfest. Aber so einfach war das leider nicht. Jannike hatte nun mal ihre Wurzeln, und die waren tief in den unkrautfreien Rasen eines Siebziger-Jahre-Bungalows in Bergisch Gladbach geschlagen. «Du hast ja recht, ich hör schon auf!»

Passgenau ließ der Kapitän das Signalhorn erschallen, um alle Menschen im Umkreis von mindestens fünf Seemeilen in Kenntnis zu setzen, dass der Inselhafen erreicht war. Das langanhaltende Tuten ging durch Mark und Bein, da wäre ein Gespräch ohnehin unmöglich gewesen. Sogar die Zwillinge wurden in Alarmbereitschaft versetzt, es rumpelte in Jannikes Bauch, als wäre sie eine Waschmaschine im Schleudergang. Das Oberdeck begann sich zu füllen, jeder Passagier wollte als Erster an Land gehen, und auch Jannike spürte eine gewisse Ungeduld in sich aufsteigen, endlich wieder zu Hause zu sein. So lange hatte sie ihr kleines Inselhotel noch nie alleine gelassen, und sie freute sich schon auf das vertraute Pfeifen, wenn der Wind nachts um die Mauern wehte, und auf den beruhigenden Rhythmus der Strahlen, die vom Leuchtturm quer durch die Dunkelheit geschickt wurden.

Nun tauchten auch Oma Maria, Schwiegermutter Bogdana und Mattheuszs Schwester Lucyna auf, die die Überfahrt lieber dazu genutzt hatten, unter Deck Kaffee zu trinken und eine Kleinigkeit zu essen – höchstwahrscheinlich Bockwurst. Wie schön, allen dreien war die Vorfreude auf die nahende Saison anzusehen, nach mehr als drei Monaten Urlaub in der polnischen Heimat waren sie tatendurstig wie selten. Lucyna konnte es kaum erwarten, wieder bei ihrem Frachtschiff-Ingo zu sein. Bogdana hingegen war wohl eher froh, eine Pause von Gatte Boris zu haben. Und Oma Maria hatte sich neue Rezepte ausgedacht, mit denen sie die Gäste im Hotelrestaurant verwöhnen wollte. Von Danzig bis zum Autobahndreieck Leer hatte sie über nichts anderes gesprochen. Zumindest laut Mattheusz, der alle hundert Kilometer das Wichtigste in drei Sätzen zusammengefasst für Jannike übersetzte: «Sie will Grünkohlsuppe kochen, die jedoch wie Borschtsch zubereitet und gewürzt wird», hieß es kurz vor Stettin. Zwischen Berlin und Hannover war es dann um Fasanenbrüstchen gegangen, die man unter einer Sauerkrautkruste rösten würde. Und in Delmenhorst war die Entscheidung gefallen, die neuen Rezepte noch vor den Osterferien bei einem gemeinsamen Willkommensessen zu testen. Oma Marias angenehm unverständlicher Monolog war einlullender als jedes Autoradio, und Jannike waren zwischendurch immer wieder die Augen zugefallen. Deshalb hatte sie die dreizehn Stunden zu fünft in

einem Wagen gut überstanden und fühlte sich jetzt noch halbwegs munter.

Das Schiff legte mit einem kleinen Ruck an. Niemand sagte «Huch» oder hielt sich erschrocken am nächstbesten Gegenstand fest. Ein untrügliches Zeichen, dass sie sich noch im
Wintermodus befanden. Da reisten nur hartgesottene Menschen über das Wattenmeer, die nicht zuckten, weil sie längst
wussten, dass es beim Anlegemanöver immer etwas wackelte.

Die Matrosen schoben die Reling zur Seite, ein gewaltiger
Kran hob die Gangway in die richtige Position, dann war der
Weg auf die Insel frei. Jannike und Mattheusz fassten sich an
den Händen und liefen nebeneinander die Rampe hinab. Es
waren kaum Leute zum Fährschiff gekommen, doch die wenigen, die neben dem Hafengebäude warteten, grüßten gewohnt knapp, aber freundlich mit dem hier üblichen «Moin!».
Es waren bekannte Gesichter: Wiebke Ahrens, die in ihrer
Strandboutique hässliche und überteuerte Badeanzüge verkaufte, stand neben ihrer Busenfreundin, der Gleichstellungsbeauftragten Hanne Hahn; kein Zweifel, die beiden tratsch-
ten gerade über Jannikes Bauchumfang. Okko Wittkamp, der
freundliche, aber doch sehr wortkarge Museumsleiter und zudem Gatte ihrer besten Freundin Mira, grüßte freundlich und
fragte nach ihrem Befinden.

«Hey, Jannike, brauchst du für deinen Bauch einen extra
Bollerwagen?», witzelte der radelnde Inselpolizist Bernd Voll-
mer und klopfte Mattheusz im Vorbeifahren anerkennend auf
die Schulter.

Wie schön, sie alle wiederzusehen! So eine Inselgemeinde
war sehr überschaubar. Laut Einwohnermeldeamt zählte man
hier angeblich anderthalbtausend Seelen, doch die Zahl konnte unmöglich stimmen, rechnete bestimmt ein paar Möchte-

gerninsulaner dazu, die zwar eine sündhaft teure Eigentums-
wohnung besaßen, aber nur im Sommer für wenige Wochen
anreisten, falls die Nordsee mal über zwanzig Grad warm war
und absolute Windstille herrschte. Der harte Kern – also die,
die das ganze Jahr blieben, die es aushielten, wenn im Januar
mal eine Woche lang wegen Eisgang die Schiffsverbindungen
gekappt wurden; die nicht jammerten, wenn der Supermarkt
keinen pflückfrischen Rucola im Angebot hatte – das waren
deutlich weniger. Das konnte anstrengend sein, so viel Nähe
zu einer Handvoll oft schrulliger Menschen, aber es vermittelte einem auch das Gefühl von Geborgenheit.

Siebelt hob bereits die schweren Koffer aus den Gepäckcon-
tainern, während Danni auf Jannike zugerannt kam und sie so
fest in die Arme nahm, dass Mattheusz die Sorge äußerte, die
Wehen könnten in Gang gesetzt werden.

«Endlich seid ihr da!», freute Danni sich. Er hatte zur Feier
des Tages eine Planwagenkutsche bestellt. Zwei hellbraune
Haflinger und Heiner, der Wagenlenker, warteten geduldig
auf die Passagiere. Eine gute Idee, denn die herkömmliche
Fortbewegungsart auf der Insel, per Fahrrad, kam für Jannike
wohl nicht mehr in Frage. Nicht genug Platz zwischen Lenker
und Sattel. Oma Maria bestand darauf, auf dem Kutschbock
Platz zu nehmen, auch wenn die kleine, drahtige Frau, die in
ihrem etwas zu voluminösen Anorak aussah, als stamme sie
aus einem Zwergenstaat und sei aus Versehen in der Welt der
Riesen gelandet, ganz schön klettern musste, um nach oben zu
gelangen.

«Ich habe ihr das Versprechen abgenommen, dass sie den
Kutscher unterwegs nicht mit Geschichten über in Rotwein
geschmorten Rossbraten quält», sagte Lucyna und umarm-
te Jannike zum Abschied. «Auch wenn Heiner kein Polnisch

spricht, ich bin mir sicher, Oma würde ihr kleines bisschen Deutsch zusammenkratzen, um ihn zu überzeugen, dass so ein Pferd auch als Salami eine gute Figur macht.» Dann entdeckte Lucyna ihren Liebsten, der ihr vom Fenster seines Hafenbüros aus zuwinkte, und machte, dass sie wegkam.

Danni verteilte Wolldecken an alle, denn der Weg bis zum Hotel dauerte eine gute halbe Stunde, und bis sie ankamen, war es wahrscheinlich bereits dunkel und noch etwas kälter als jetzt. Dann klappte er die gelbe Plane zur Seite, ließ Bogdana, Mattheusz und Jannike in den kleinen Pferdebus einsteigen und setzte sich gemeinsam mit Siebelt ihnen gegenüber hin. Der Kutscher schnalzte, die Haflinger schritten gemütlich voran, die Kutsche holperte über das grobe Straßenpflaster am Fuße des Deiches Richtung Westen, das war der direkte Weg zum Leuchtturm.

Das Geruckel hatte eine beruhigende Wirkung, und Jannike lehnte schläfrig an Mattheuszs Schulter. Danni versuchte sie wachzuhalten, indem er das Neueste von Gott und der Küstenwelt zum Besten gab: «Übrigens, zwei Inseln weiter ist ein Schweinswal gestrandet, der soll erbärmlich stinken!» Jannike nickte. Ihr fielen beinahe die Augen zu. «Und stellt euch vor, in der *Schaluppe* ist das Bier zehn Cent teurer geworden, die Insulaner laufen Amok!» Das war Jannike im Moment ziemlich egal, Bier würde sie so bald nicht trinken, und die Inselkneipe war heute nicht gerade ein Sehnsuchtsort. «Ach ja, und der Deutsche Wetterdienst gibt eine Sturmflutwarnung für die Nordseeküste raus.»

«Ein Sturm?», hakte Mattheusz dann doch nach, denn der Himmel war den ganzen Tag blau gewesen und der Wind absolut harmlos. Zwar konnte das Wetter an der See mitunter schneller umschlagen, als der Regenschirm aufgespannt oder die Sonnencreme eingezogen war, nach einem drohenden Orkan sah das hier trotzdem nicht aus.

Doch Siebelt, der ihnen in seinem gelben Ostfriesennerz gegenübersaß, bestätigte mit ernstem Gesicht: «Das Tiefdruckgebiet baut sich gerade über Skandinavien auf und soll morgen oder übermorgen hier ankommen, wir erwarten Windstärken zwischen zehn und zwölf.» Wenn ein waschechter Bürgermeister in wetterfester Kleidung solche Sätze sagte, klang das gleich viel besorgniserregender. Da schwangen Sätze mit wie: «Füllt die Sandsäcke! Bringt Kinder und Frauen in Sicherheit! Schleppt alles, was wertvoll ist, unter die Dachbalken!»

Tatsächlich wirkte Mattheusz etwas beunruhigt: «Könnte es gefährlich werden? Ich meine, wenn was mit Jannike und den Kindern ist, und dann geht kein Schiff, kein Hubschrauber ...»

Jannike lachte auf. «Mach dir keine Sorgen, der Arzt meint, die beiden lassen sich Zeit, sie sind noch nicht mal ins Becken gerutscht!»

Mattheuszs Stirnfalte zeigte sich wieder. «Eben hast du dir noch die schlimmsten Szenarien ausgedacht und dich beklagt, dass ich immer alles so locker sehe.»

«Ja, aber mit der Schwangerschaft läuft alles bestens. Das spüre ich doch.»

«Was höre ich denn da für einen Unterton?» Danni versuchte erst gar nicht, seine Verwunderung zu verbergen. «Kaum verheiratet, schon werdet ihr beiden zickig?»

Weder Jannike noch Mattheusz reagierten auf diesen Satz. Die Pferde legten einen Zahn zu, außerhalb des Dorfes durfte auch getrabt werden. Jannike spähte durch die Plastikfenster. Die Sonne war fast untergegangen, doch ab und zu blitzte das rote Hoteldach zwischen den Sandbergen auf, noch fünf Minuten, dann waren sie da.

«Ich bin schließlich Trauzeuge, also fühle ich mich verpflichtet, ein wachsames Auge auf euch beide zu haben», rechtfertigte Danni sich. «Und ich stimme Mattheusz zu: Wenn es zu wild wird mit dem Wetter, könnt ihr beide ja wieder rüberfahren und euch eine Ferienwohnung in Aurich oder Wilhelmshaven mieten.»

«Wir haben schon fast Frühling, und die Zeit der heftigen Unwetter müsste eigentlich vorbei sein», sagte Jannike. «Außerdem dauert ein Sturm doch höchstens zwei bis drei Tage.»

«Und wenn der Bürgermeister in aller Ruhe verreist, kann es ja nur halb so schlimm werden», witzelte Danni.

«Stimmt. Wann geht es los?»

«Morgen früh. Rechtzeitig vor dem Sturm. Auf Fuerteventura herrschen gerade zweiundzwanzig Grad, ihr Lieben!»

«Brr», machte Heiner, und die Kutsche kam quietschend und ruckelnd zum Stehen.

Jannike konnte gar nicht schnell genug aussteigen. Schon der erste Blick auf ihr geliebtes Haus machte klar: Hier war ihre Heimat, hier wollte sie erst einmal eine Weile bleiben nach der ganzen Herumreiserei. Notfalls gab es schließlich eine Hebamme vor Ort.

Alles war so wunderbar vertraut. Die blaue Gartenpforte, an der sie sich ganz zu Beginn ihrer Zeit als Hotelbesitzerin täglich mit Mattheusz auf einen Becher Kaffee getroffen hatte. Er war damals noch Briefträger gewesen und hatte den Garten nicht betreten können, weil er sich vor einem bissigen Kaninchen gefürchtet hatte, das hinter der knorrigen Kastanie lauerte. Wahrscheinlich hatte sie sich genau deswegen in ihn verliebt. Die Erinnerung daran ließ sie lächeln.

«Endlich seid ihr wieder da!», rief Mira Wittkamp, die Jannikes beste Freundin und Nachbarin war. «Ich hab schon Tee aufgesetzt und ein paar Waffeln gebacken.»

Vor dem Eingang flatterte die Fahne im Wind, die sie von Mira Wittkamp zur Eröffnung des Restaurants bekommen hatte, Grün für «Wir haben geöffnet» und Rot am Ruhetag, so wie heute. Sehr gut, ein bisschen Ruhe war nach der anstrengenden Fahrt genau das Richtige. Mit einer Tasse Ostfriesentee auf dem Sofa, die Füße hochgelegt, vielleicht konnte sie Mattheusz überreden, ihr vor seiner Tapezier-Aktion noch kurz den beanspruchten Rücken zu massieren, das wäre einfach wunderbar.

Der Eingang war von einem Kranz aus Tannengrün und weißen Blüten umrahmt, zwei miteinander verhakte Ringe aus Alufolie baumelten in der Mitte unter einem Schild, auf dem «Herzlich Willkommen zu Hause» stand. Mira stand so stolz davor, dass klar war, dieser Schmuck ging auf ihr Konto.

«Das ist ja so süß!» Jannike musste regelrecht mit den Tränen kämpfen.

«Was soll das?», fragte Bogdana, die inzwischen auch ausgestiegen war und gemeinsam mit Oma Maria auf das Hotel zuging.

«Ein alter ostfriesischer Brauch», erklärte Mira stolz. «Die Nachbarn schmücken das Haus des Brautpaares mit selbstgebastelten Papierrosen, um ihm auf diese Weise alles Gute zu wünschen.»

«So viel Arbeit habt ihr euch gemacht. Und das, obwohl wir uns zum Heiraten klammheimlich aufs Festland verpieselt haben.» Tatsächlich hatte Jannike ein schlechtes Gewissen. Sie wusste, wie gern die Inselbewohner feierten.

«Keine Sorge. Das ist ja das Schöne an dem Brauch. Man feiert nicht, wenn der Bogen aufgestellt wird.»

«Sondern?»

«Wenn er wieder wegkommt. Den Termin könnt ihr also selbst bestimmen.» Mira grinste.

«Wie praktisch.»

Siebelt trug gerade den schwersten aller Koffer ins Haus. «Danni und ich hoffen natürlich, dass ihr damit wartet, bis wir aus dem Urlaub wieder da sind.»

«Klar, machen wir!»

«Dann könnt ich es auch gleich noch weiter aufschieben, denn wenn die Kinder kommen, gibt es von uns Nachbarn einen zweiten Bogen dazu, mit Stramplern und Schnullern geschmückt. Habt ihr denn schon Bohntjesopp angesetzt?»

«Bohnensuppe?», bekam Oma Maria mit.

«Dafür ist doch unsere Köchin zuständig», sagte Jannike.

«Nein!» Siebelt blieb im Eingang stehen und schaute sie an, als hätte sie vor, die Kulturgeschichte seiner Heimat umzuschreiben. «Das machen immer die Eltern!»

Mira lachte. «Das ist keine Bohnensuppe mit Speck oder so, sondern ein Getränk. In Branntwein eingelegte Rosinen. Gibt's immer bei Nachwuchs. Und die Früchte sollten mindestens vier Wochen im Alkohol schwimmen.»

«Na toll, dann darf ich davon aber keinen Schluck probieren. Geht ja sofort in die Muttermilch über ...»

«Ich glaube, die echten Küstenfrauen trinken es genau aus diesem Grund. Dann schlafen die Kleinen schön durch!» Siebelt zwinkerte ihr zu. Vielleicht wollte er damit zeigen, dass der letzte Satz nicht ganz ernst gemeint war. Obwohl, den knallharten Ostfriesen war alles zuzutrauen. Und Mira, selbst zweifache Mutter, widersprach ihm nicht.

«Die Überraschung ist euch jedenfalls gelungen», sagte Mattheusz, der mit zwei schweren Kartons bepackt durch die bekränzte Tür schritt. In den Pappboxen hatte er zwei Eimer Wandfarbe, die Tapetenbordüren, Kleister und Malerutensilien verstaut. Den Kram hatte er tatsächlich aus Polen mitgeschleppt. Nicht nur weil das perfekte Prinzessinnenrosa und Rabaukenhellblau dort um einiges kostengünstiger zu kaufen war, sondern weil seiner Ansicht nach niemand so gute Wandfarben herstellte wie die Polen. Jannike kannte sich nicht damit aus und vertraute ihrem Liebsten diesbezüglich voll und ganz.

«Aber das Allerbeste kommt ja noch», verriet Danni und hielt Jannike die Tür ein Stück weiter auf, als hätte sie bereits den Umfang eines Geländewagens.

Sie ließen das Gepäck neben der Rezeption stehen, und alle bis auf Oma Maria und Mira, die natürlich gleich in ihre Küche eilten, liefen die Treppe hinauf. Hier roch es nach Renovierungsarbeiten, nach neuen Möbeln, Lack und feinem Baustaub. Aufgeregt hüpfte Danni ihnen voran durch den schmalen Flur, der in den hinteren Teil des Hauses führte. Als Jannike im Dezember abgereist war, hatte hier noch die rauchgefärbte Tapete gehangen und der vom Löschwasser ruinierte Teppich an die Katastrophe im letzten September erinnert. Dabei war der Brand glimpflich ausgegangen. Doch der Schock saß noch immer tief, und der verkohlte Raum hatte für den Rest der Saison weiträumig mit einer Plastikplane abgesperrt werden müssen. Ein Schandfleck. Wie schön, dass davon nichts mehr zu sehen war.

Danni hatte Dielenboden verlegen lassen. Von den Wänden war der Putz abgeschlagen worden, und die dahinterliegenden dunkelroten Backsteine, die durch einen transparenten Schutzanstrich so richtig zur Geltung kamen, verliehen dem vorher stinknormalen Hotelgang einen sehr edlen Loftcha

51

rakter, insbesondere, weil dazu passend silberne Schiffslaternen für die entsprechende Beleuchtung sorgten.

«Wow!», sagte Jannike.

Danni freute sich über ihre Begeisterung. «Wenn es dir gefällt, dann können wir die ganze Etage so gestalten.»

«Nächstes Jahr, okay?», bremste Jannike. Sie kannte ihren Kompagnon, der würde liebend gern dafür sorgen, dass noch eben mal ganz schnell vor den Osterferien eine Menge Dreck, Lärm und Hektik im Haus herrschten. Zum Glück lenkte Danni sofort ein, wahrscheinlich weil er ansonsten von Fuerteventura aus kluge Ratschläge an die Raumausstatter erteilen müsste. Neben der Tür zum ehemaligen Zimmer 6 war eine Schiffsplanke angebracht worden, auf der in verschnörkelter Schrift *Bürgermeistersuite* zu lesen war.

«Ich habe mir erlaubt, den Preis für dieses Refugium um dreißig Prozent anzuheben», berichtete er. Als Jannike den Raum betrat, verstand sie auch, weshalb. Irgendwie musste es Danni gelungen sein, noch einige geheime Quadratmeter herbeizuzaubern, denn das ehemals etwas unpraktische, zugestellte Zimmer wirkte nun großzügig und hell. Die bodentiefen Fenster ließen bei Tag bestimmt viel Licht herein. Die Wand zum Bad reichte nicht ganz bis zu den sichtbaren Deckenbalken, sondern war durch einen schmalen Streifen lindgrünen Milchglases abgesetzt, was für einen luftigen Gesamteindruck sorgte. Es war eine gute Idee gewesen, das hellgraue Bett mit dem gepolsterten Kopfteil an die Steinmauer zu stellen, so hatte man viel mehr Platz drum herum. Und wie kuschelig die pastellfarbenen Zierkissen wirkten!

Mattheusz interessierte sich mehr für das Badezimmer, schritt durch den Raum und schob die ebenfalls gläserne Tür zur Seite. «Komm her und guck dir das an!», staunte er. «Fünf

Sterne, mindestens!» Recht hatte er. In der Ecke beim Fenster breitete sich eine Badewanne aus. Wer dadrin saß, konnte durch eine Lücke in den Dünen das Meer sehen. Bombastisch!

«Die Sprudeldüsen haben acht verschiedene Massagefunktionen!», verkündete Danni.

«Sieht aus wie ein Raumschiff», fand Bogdana.

«Dann komm mal her», rief Danni nach der Sauberkeitsexpertin. «Schau, das Klo hat nicht mehr diese blöde Kante, unter der es sich so schlecht putzen lässt. Trotzdem gibt es keine Spritzer beim Spülen. Allerneuestes Design!»

«Die Zeit, die ich beim Klo spare, wird bei der Dusche draufgehen.» Bogdana untersuchte die schneckenförmige Glaskonstruktion kritisch. «So neu sieht das toll aus. Damit es so bleibt, muss ich bestimmt viel polieren wegen Kalk.»

«Nein!», triumphierte Danni. «Lotuseffekt!» Und dann schwadronierte er noch eine ganze Weile über die vielen raffinierten Details im nagelneuen Luxuszimmer des kleinen Inselhotels. Zugegeben, es war wirklich alles sehr schick, sehr durchdacht. Trotzdem, wenn Mattheusz und Jannike die Renovierung in die Hand genommen hätten, wäre all das weniger pompös ausgefallen. Eigentlich waren sie kein Gästehaus, in dem sich die Beleuchtung des Badezimmerspiegels mit Sprachsteuerung regeln lassen musste. Aber schaden konnte es auch nicht.

Jannike brachte ihren besten Freund, der immer weitere aufregende Details nannte, schließlich mit einem Belohnungsküsschen auf die Wange zum Schweigen. «Tausend Dank, Danni! So toll habe ich es mir nicht vorgestellt.»

«Du kennst mich doch», tat er das Lob mit gespielter Bescheidenheit ab. «Wenn ich mal dabei bin, dann mache ich es auch richtig.» Er grinste so breit, dass Jannike glaubte, seine

Mundwinkel träfen gleich am Hinterkopf aufeinander. «Und wo die Handwerker und ich schon mal so richtig in Fahrt gewesen sind, haben wir auch gleich noch eine Etage höher weitergemacht!»

Mattheusz zog die Stirn in Falten. «Im zweiten Stock? Da wohnen doch Jannike und ich.»

«Genau. Und in ein paar Wochen noch zwei Personen mehr. Kommt mal mit!»

Jannike schwante Böses. Hatte Danni es mal wieder übertrieben? Beklommen lief sie den beiden Männern hinterher und stieg schnaufend weitere Stufen hinauf. Vor ihrer Wohnungstür lagen Pappen. Dass diese mit Farbe besprenkelt waren, verstärkte ihre Vorahnungen. Bitte nicht!

Danni schloss die Wohnung auf, machte einen großen Schritt zu der Tür, hinter der sich bislang eine Abstellkammer verborgen hatte, öffnete diese, knipste das Licht an und trällerte einen Tusch. «Et voilà: das Kinderzimmer!»

Es war lila. Kein schlimmes Lila, nein, im Grunde die perfekte Farbe, schließlich war es eine Mischung aus Rosa und Blau, und kombiniert mit den weißen Kinderbettchen und dem hellgrauen Holzboden sah es wirklich geschmackvoll aus. Über dem einen, mit Patchworkdecke bezogenen Gitterbettchen kreiste ein Mobilé aus kleinen Schiffchen, über dem andern waren es Schmetterlinge. Man hätte in Jubelschreie ausbrechen können, so bezaubernd sah es aus.

Jannike traute sich jedoch nicht, einen Blick hinter sich zu werfen. Denn dort stand Mattheusz, und sie konnte sich gut vorstellen, dass er wenig begeistert war.

Danni schien langsam zu dämmern, dass er übers Ziel hinausgeschossen war. «Was ist los? Freut ihr euch nicht? Diese Arbeit ist immerhin erledigt!»

«Man sieht's», sagte Mattheusz tonlos.

«Ihr könnt euch nicht vorstellen, wie viel Krempel wir aus dem Kabuff hier geschleppt haben. Ist alles sortiert, verstaut oder entsorgt.»

«Prima.»

«Deswegen der Urlaub, den haben Siebelt und ich uns redlich verdient. Also, was sagt ihr jetzt?»

«Es ist hübsch.»

«Hübsch? Das ist alles? Immerhin haben wir nur die allerbesten Materialien verwendet. Alle Möbel ökologisch einwandfrei und kindgerecht, die Wandfarbe komplett ohne Lösungsmittel oder sonstige Chemie, Stiftung Warentest sehr gut.»

Das konnte die Farbe in Mattheuszs Kartons wahrscheinlich nicht von sich behaupten.

«Und Jannike, Mattheusz: Macht euch keinen Kopf wegen der Kosten. Wir hatten einen großzügigen Spender!»

Jannike schluckte. «Wen?»

«Deinen Vater. Er hat mir schon in Polen einen Scheck ausgestellt. Für seine Enkel nur das Feinste, so lautete der Auftrag!»

SCHEITEL CHAKRA
DRITTES AUGE
KEHLKOPF CHAKRA
HERZ CHAKRA
SOLAR PLEXUS
SAKRAL CHAKRA
WURZEL CHAKRA

Sie konnte diese Person partout nicht ausstehen. Allein die Stimme, so penetrant wie ein Laubgebläse, und meistens war, was sie von sich gab, gehässig. Das war schon damals so gewesen, vor mehr als zwanzig Jahren. Aber da hatte es Monika Galinski noch nicht irritiert, jemanden absolut unsympathisch zu finden. Da war sie noch ein anderer Mensch gewesen und hatte sich nach Herzenslust über diese Frau aufgeregt, hatte geschimpft und gelästert: diese Glubschaugen, diese Neugierde, diese Art, mit der Hanne Hahn ihren Kopf in alle Richtungen drehte, um ja nichts zu verpassen. Heute würde Monika Galinski sich das nicht mehr erlauben. Heute war Abneigung eine Aufgabe.

Sie stellte die Musik ein kleines bisschen lauter. Vögel fiepten, ein Bach plätscherte, die heiseren Töne eines japanischen Zupfinstruments verbanden alles zu einer Melodie, die Monikas *Chakren* in nur wenigen Minuten in die richtige Schwingung bringen würde. *Himmlische Harmonie* versprach schließlich der CD-Titel. «Lauschen Sie den fernöstlichen Klängen von Natur und Musik, und Sie finden Ihr inneres Gleichgewicht, aus dem Sie positive Energie für sich und andere schöpfen.»

Positive Energie, genau das brauchte Monika Galinski jetzt. Dringend!

Denn als erste und leider auch einzige Teilnehmerin hatte ausgerechnet Hanne Hahn den Seelen-Schnupperkurs im *Hotel Bischoff* belegt. Und auch wenn Monika sich diesen Gedanken eigentlich nicht erlaubte: Sie hatte überhaupt keine Lust, etwas über die Seele dieser Schreckschraube herauszufinden.

Es liegt nie an den anderen, maßregelte sie sich. *Wenn du jemanden nicht annehmen kannst, so findet sich der Grund dafür allein in dir selbst. Reiße die inneren Grenzen ein, und du wirst bereichert werden durch jede Begegnung, die dir widerfährt.*

Selbst wenn es sich um Hanne Hahn handelte? Es nutzte nichts, sie musste diesen Termin souverän hinter sich bringen, denn gleich würde auch noch der Redakteur vom *Inselboten* kommen und ein Foto machen. Wichtige Werbung!

Monika wickelte die großen, cremefarbenen Meditationskerzen aus und überlegte, wo das Licht in diesem quadratischen Raum am besten zur Geltung käme, denn die Deckenbeleuchtung bestand aus kalten, durch Spiegellamellen reflektierten Energiesparlampen, die, wenn man genau hinhörte, auch noch in hoher Frequenz surrten, schlimmer als Stechmücken. Für ihre Zwecke als Lichtquelle also völlig ungeeignet. Deshalb hatte sie Anfang der Woche die Kerzen gleich im Zwanzigerpack bestellt, damit sie für den Seelen-Schnupperkurs, den Schutzengel-Kennenlernworkshop und die ganzheitliche Geburtsvorbereitung reichten. Die brennbaren Wachsstumpen waren fair gehandelt und enthielten Amyris-Aromen – ein Duft, der mit dem Planeten Venus verbunden war, dem Herz-Chakra schmeichelte und somit versöhnlich stimmte. Am besten wäre es wahrscheinlich, wenn sie die Kerzen direkt ins Zentrum stellte, dort konnten sie ihre Wirkung in alle Richtungen entfalten.

Jeder Gegenstand musste schließlich seinen ihm vorbestimmten Platz haben, nicht nur für das Pressefoto, sondern in erster Linie, um mit Feng-Shui die Elemente zu harmonisieren. Das klang nach einer einfachen Übung, war es meistens auch, doch nicht in diesem Raum hier. Egal ob es um die Beleuchtung ging, die Teppiche, den Zimmerbrunnen, die Yogamatte oder das Regal mit den Klangschalen neben der Tür, nichts fühlte sich passend an. Monika war sich beinahe sicher, es lag am Raum selbst. Das kleine Konferenzzimmer, das sie Gerd nach einigem Bitten und Betteln für die Einrichtung ihrer Praxis abgerungen hatte, lag im Erdgeschoss des Hotels, zwischen Zigarettenautomat und Wickelkommode, und wenn man die Fenster öffnete, vernahm man die nervtötende Lüftung aus der Waschküche.

Oder das Bellen von Pepsi, ihrem kleinen Bichon Frisé, den sie bei den Sitzungen immer in den Innenhof führte, damit er Auslauf bekam und doch in ihrer Nähe blieb. Der süße Fratz hatte einen deutlich gesteigerten Bewegungsdrang, seit sie auf der Insel waren. Von seiner früheren Schoßhundattitüde war eindeutig nicht mehr viel übrig. Im Sommer, wenn genügend Gäste da waren, würden sich bestimmt einige Hundeliebhaber finden, die freiwillig Gassi mit ihm gingen. Hoffentlich, denn schon bald würde sich *Monika's Seelenstube* etablieren, und sie würde nur noch wenig Zeit für Pepsi haben.

Gerd bezweifelte das wie überhaupt fast alle Dinge, die ihr wichtig waren. Wenn man es genau nahm, gab es nur eine einzige These, der er Glauben schenkte, und zwar dass sie beide nach mehr als zwanzig Jahren Trennung noch eine Chance verdient hatten. Weil ihre Liebesgeschichte noch nicht zu Ende erzählt war. Diese tiefe Erkenntnis hatte Monika nur nach monatelangem Zwiegespräch mit ihrem emotionalen

Schutzengel für sich zulassen können, doch auch das hielt Gerd für Hokuspokus. So war er nun mal, ein sturer Ostfriese, der nur glauben konnte, was er sah, und regelrecht wütend wurde, wenn man ihn mit der Tatsache konfrontierte, dass es der Mond war, der die Ozeane in Bewegung setzte. Ebbe und Flut resultierten aus dem Zusammenspiel der Himmelskörper, warum also sollte der Kosmos nicht auch eine Auswirkung auf uns kleine, unbedeutende Menschenkinder haben? Nun, bis zum Sommer würde sie Gerd überzeugt haben, ganz sicher, sie schickte ihm schließlich mehrmals täglich etwas Reiki, seitdem war sein Sodbrennen schon deutlich besser geworden.

Ihr erneutes Zusammenleben war ein Experiment, das aus getrennten Schlafzimmern, behutsamer Annäherung und wohldosierter Zärtlichkeit bestand. Gerd wollte mehr, Monika jetzt noch nicht, vielleicht sogar niemals, aber das behielt sie lieber für sich. Ein Segen, dass Gerd bislang geduldig blieb.

«Moin!», schallte es durch die Hotellobby. «Ich suche die Monika!»

Monika legte beide Hände auf ihren Qihai-Punkt und atmete tief in den Bauch. Sie hoffte, diese Energiezufuhr würde wenigstens eine Dreiviertelstunde ausreichen, denn so lange dauerte der Seelen-Schnupperkurs. Obwohl, mit nur einer Teilnehmerin könnte sie auch um zehn Minuten verkürzen. Da hatte der magere Zuspruch auf ihr neues Angebot ja wenigstens einen Vorteil.

Sie streckte den Rücken durch und trat Hanne Hahn entgegen. «Herzlich willkommen, es ist schön, dass du da bist!» Es war Monika gelungen, die Worte ganz sanft, mit unaufgeregter Stimme und ohne einen Hauch von Ironie auszusprechen.

Hanne Hahn hatte sich in all den Jahren kaum verändert, war zwar älter, faltiger und zeigte leichte Pigmentstörungen auf der Stirn, die man bestimmt mit einer Drachenblut-Tinktur ganz schnell verschwinden lassen könnte, doch ansonsten wirkte sie noch immer unangenehm hager und war mit flusigem Haar gestraft.

«Monika! Wie toll, dass du endlich wieder hier bist.» Hanne kam schnurstracks auf sie zu und drückte sie an sich. Normalerweise eine schöne Art der Begrüßung, doch Monika spürte, wie sich ihr die Nackenhaare aufstellten. «Da machst du den Gerd bestimmt zum glücklichsten Mann der Insel.»

Etwas, das dir ja nie gelungen ist, dachte Monika und schämte sich im selben Moment für diese Boshaftigkeit. Solche Gedanken hatten hier nichts zu suchen. «Komm rein, leg deine Jacke ab und suche dir einen Platz, an dem du dich geborgen fühlst.»

Hanne trat mit purer Neugierde im Gesicht ein. «Und das ist jetzt also deine Praxis?»

«Vorerst, ja. So ganz optimal finde ich es noch nicht, aber Gerd sagt, dies sei der einzige Raum im Hotel, auf den er verzichten könne.»

«Stühle hast du auch keine?»

«Ich persönlich bevorzuge es, ganz relaxed im Schneidersitz auf dem Meditationskissen Platz zu nehmen, damit der Atem frei fließen kann.» *Das kannst du dir nicht vorstellen, du ungelenkige Schachtel!* «Doch wenn du magst, hole ich dir gern einen Stuhl aus dem Nebenraum.»

Hanne Hahn schien überlegen zu müssen und entschied sich dann doch für eine herkömmliche Sitzgelegenheit. «Wenn das dann mit dem Seelendingsbums trotzdem noch funktioniert», fügte sie hinzu, und spätestens jetzt war Monika klar, dass ihre erste Kursteilnehmerin kaum wegen der spirituellen Erfahrung gekommen war, sondern bloß um mal genauer zu inspizieren, was denn da bei den Bischoffs neuerdings los war. Bestimmt hatte sich Hanne Hahn längst verabredet, um direkt im Anschluss Wiebke Ahrends von der Strandboutique und den anderen Tratschweibern haarklein zu erläutern, was ihr beim Seelendingsbums widerfahren wäre. Dann würden sie sich die Mäuler zerreißen über Monikas Arbeit, ganz sicher, sie würden sich scheckig lachen über Vokabeln wie *Herzöffnung* oder *Atemlenkung*. Und während Monika in den Speisesaal lief, um einen der hässlichen, kantigen Holzstühle heranzuschleppen, wurde sie Schritt für Schritt wütender und verspürte eine unbändige Lust, auf etwas einzuschlagen, besser auf das Meditationskissen als auf ihren Besuch natürlich.

Wut ist wertvoll, sie ist wie ein Feuer, wenn wir sie erst verstehen, können wir sie sogar zu unserer Verbündeten machen. Schön und gut, doch wenn Monika gleich ihre erste Stunde mit einer solch feurigen Emotion startete, würde das ihrem Ruf nachhaltig schaden. Nein, sie musste den Spieß umdrehen, musste diese Person zu ihrer Verbündeten machen. Denn wenn Hanne Hahn sich in *Monika's Seelenstube* wohlfühlte und erkannte, welch heilsame Wirkung das gemeinsame Meditieren hatte, würde das Haus sich von allein füllen. Hanne war nämlich eine von den Alteingesessenen auf dem Eiland und mit mindestens der halben Insel verwandt, zudem extrem gesprächig. Man könnte sich tagelang mit einem Megaphon auf den Kurplatz stellen und Reklame für die Praxis machen. Oder Hanne Hahn überzeugen, dann ginge das mit der Mundpropaganda deutlich schneller.

«Bitte sehr», sagte Monika deswegen mit der professionellsten Singsangstimme aus ihrem *Nimm-die-Teilnehmer-für-dich-ein*-Repertoire und stellte den Stuhl neben die Kerzen. «Mach es dir bequem, meine Liebe, und dann wollen wir uns ganz dir und deinem inneren Gleichgewicht widmen.»

61

«Aber der Stuhl wackelt.»

«Jetzt schließe die Augen und versuche, ganz in dich hineinzuhören.»

«Kommt das Trallala von so einer indischen Gitarre? So eine, wie die Geishas sie immer spielen? Oder kamen die aus China?»

«Zeit und Raum sind dir gleichgültig.»

Hanne Hahns Augen ploppten wieder auf. «Apropos Raum. Ich hab mir grad überlegt, da gibt es doch diese Dachkammer, die wäre viel geeigneter für so 'n Seelenkram.»

«Dachkammer?»

«Du weißt doch, Gerd und ich sind schon zusammen zur Schule gegangen.»

«Natürlich weiß ich das.» *Und auch dass du damals schon ein Auge auf meinen Mann geworfen hattest, weil er schließlich der Sohn einer traditionellen Hoteliersfamilie ist. Ein guter Fang also. Aber Gerd wollte nichts von dir wissen. Ätschbätsch.*

«Damals haben wir uns manchmal mit ein paar Freunden da oben getroffen, um heimlich zu rauchen. War strengstens verboten, weil unterm Dach alte Familiendokumente lagern. Aber das war uns piepegal. Wir hatten viel Spaß.»

«Ich werde Gerd mal danach fragen.» Von einer Dachkammer hatte der nämlich keine Silbe erwähnt, was in Monika sofort einen Anflug von schlechter Laune auslöste. Hatten sie nicht stundenlang darüber gesprochen, dass sie eine eigene Praxis brauchte, um weiterhin unabhängig zu bleiben? Gerd hätte es natürlich lieber gesehen, wenn sie wieder im Hotel eingestiegen wäre, er brauchte dringend eine tüchtige Bürokraft. Aber dann hätten sie schließlich da weitergemacht, wo sie vor gut zwanzig Jahren aufgehört hatten, und das wäre ein böser Fehler gewesen. Damals war sie unglücklich gewesen mit dem Leben, das über den Bergen von Personalabrechnungen und Warenbestelllisten verkümmert war. Ihre emotionale Schieflage hatte dann der hoteleigene Physiotherapeut ausgenutzt, auf der Massageliege, was leider nicht lange unbemerkt geblieben war. Einziger Gewinn dieser unglückseligen Affäre war gewesen, dass ihr Liebhaber nicht nur in der Horizontalen eine ganz neue Welt für sie eröffnet hatte. Monika hatte den Scheidungsunterhalt dazu genutzt, nach Indien zu fliegen, nach Japan und an die Wirkungsstätten der Maya. Sie hatte in San Francisco einen *Doula*-Kurs belegt und auf Bali das Atmen neu gelernt, einige Monate in einem Kloster in der Toskana hatten sie ihrem Engelchor nahegebracht, und der Rest ihres Vermögens war in die Erlangung sämtlicher Reiki-Grade geflossen. Dann war jedoch eine Gesetzesänderung in Kraft getreten, die den nachehelichen Unterhalt neu regelte, und Monika war nach einer schmerzhaften Phase der Suche endlich bewusst geworden, wie sehr sie sich nach dem Mann sehnte, den ihr Herz auch nach zwei Jahrzehnten Trennung noch als den ihren empfand. Aber nicht alles war so stetig wie ihr Herz. Gerd musste doch klar sein, dass die Monika von heute nicht mehr die Monika von damals war. Er konnte froh darüber sein, wenn sie sich eine eigene Existenz aufbauen wollte. Warum war er jetzt so stur und hatte verschwiegen, dass es unter dem Dach diese Kammer gab?

«Gibt es eigentlich auch was zu essen?», fragte Hanne Hahn, die noch immer auf ihrem Stuhl saß und das Charisma eines wasserabweisenden Schonbezugs verströmte. «Und ein Gläschen Prosecco dazu?»

«Alkohol ist bei ganzheitlichen Übungen keine gute Idee.»

«Was für Übungen?» Hanne Hahn sprang nun tatsächlich auf, als hätte sie erst jetzt bemerkt, auf einer Reißzwecke gesessen zu haben.

«Du hast dich für meinen Seelen-Schnupperkurs angemeldet. Wir starten mit einer kleinen Reise in unser Zentrum.»

«Was soll ich da?»

«Wir schauen, welche Wünsche, welche Sehnsüchte dort verborgen sind.»

«Da brauche ich nicht auf Reisen zu gehen. Ich weiß auch so, dass ich hungrig bin. Eure Küche macht doch diese phantastischen Lachsschnittchen mit Bärlauchmousse.» Hanne Hahns erwartungsvolles Gesicht schrumpfte allmählich zu einer deutlich enttäuschten Miene zusammen. «Heute nicht?»

«Nein. Man kann auch von anderen Dingen satt werden als von Lachsschnittchen.»

«Aber doch nicht auf einer Eröffnungsparty!»

Wie hatte Monika nur so naiv sein können zu glauben, dass eine Frau wie Hanne Hahn ein ernsthaftes Interesse daran hatte, an ihrer Seele zu schnuppern? Die wollte sich nur die Wampe vollschlagen und Prosecco süffeln … *Halt! Der profane Hunger kann Ausdruck sein für einen unstillbaren Hunger tief in unserem Innern!* Egal, diese Person war eine elende Schnorrerin … *Wenn die Seele nach etwas giert, ist es unsere Aufgabe, diese Gier zu stillen durch Zuneigung und Verständnis!* Ach Quatsch. «Hanne, ich glaub, mit uns beiden hat das erst mal keinen Zweck.»

«Wie bitte?»

«Komm wieder, wenn du dich wirklich für das interessierst, was ich mache.» Monika eilte zur Tür, riss sie auf und wies ihrer lästigen Besucherin den schnellsten Weg nach draußen. Ob es ihr gelang, diese unmissverständliche Geste irgendwie nonchalant wirken zu lassen? Eher nicht, dazu hätte sie deutlich mehr Einfluss der Elemente Luft und Wasser gewinnen müssen, vielleicht noch einen Tacken Erde dabei. Stattdessen brannte es in ihr lichterloh. «Wenn du bloß hier bist, weil du

Appetit auf Fingerfood hast: Ab elf Uhr bietet unsere preis-
günstige Mittagskarte eine abwechslungsreiche Auswahl. Du
musst dich nur ein wenig gedulden, in zehn Minuten öffnet das
Restaurant.»

«Das ist ja wohl eine Frechheit. Da brauchst du dich nicht zu
wundern, wenn niemand in deine Praxis kommt.»

«Du irrst dich, meine Liebe. Nächste Woche habe ich einen
Geburtsvorbereitungskurs, der ist bereits ausgebucht!»

«Ausgebucht?» Hanne Hahn schnaubte verächtlich. «In diesem mickrigen Loch kein Wunder. Da muss nur Jannike Loog
dabei sein, die ist inzwischen so aus dem Leim gegangen, dass
links und rechts kein Quadratmeter mehr für andere Teilnehmer bleibt.»

Da war sie wieder, die Hanne Hahn, wie Monika sie all die Jahre in Erinnerung behalten hatte. Damals Vorsitzende der *Jungen
Landfrauen*, heute in der Kommunalpolitik, denn Hanne Hahn
nannte sich inzwischen Gleichstellungsbeauftragte, obwohl
Monika niemanden kannte, der so frauenfeindlich war wie
diese Person. Höchstwahrscheinlich diente das Engagement
im Inselrat sowieso nur dem Zweck, ständig an Gerds Seite zu
kleben. Eigentlich, und da würde Monika all ihre Reiki-Grade
verwetten, wäre Hanne Hahn viel lieber eine Frau Bischoff geworden. Aber daraus war nichts geworden. Nicht einmal in den
Jahren, in denen Monika der Insel ferngeblieben war.

Hanne blieb einfach stur sitzen. «Gerd ist nicht so geizig, der
hätte mir schon längst eine Tasse Kaffee serviert.»

«Um dich möglichst schnell wieder loszuwerden!»

«Dann hätte ich eben ein Kännchen bestellt.»

«Das hättest du dann aber schön selbst bezahlen müssen.»
Monika verschränkte die Arme vor der Brust. «Glaub mal
nicht, dass Gerd jeden Tag seine Spendierhosen anhat. Drei-

hundert Euro muss ich monatlich abdrücken für diese Besenkammer – sogar im Winter.» Mist, das war Monika in ihrem Zorn herausgerutscht. Eigentlich gingen vertragliche Details ja niemanden etwas an. Ganz abgesehen davon, dass die Miete echt eine Frechheit war, aber da hoffte sie, Gerd noch zur Vernunft zu bringen. Immerhin hatte er die Werbeflyer für die Kursangebote auf seine Kosten drucken lassen, und wenn Gerd erst mal den Mehrwert einer *Seelenstube* für sein Hotel erkannte, würde er gewiss noch mehr draufzahlen, nur damit sie blieb.

Hanne Hahn schnappte nach Luft. «Das macht er genau richtig, der Gerd! Nachdem du ihn jahrelang ausgenommen hast wie eine Weihnachtsgans.»

Und da war es leider endgültig vorbei mit der inneren Balance. Da kippte die Stimmungslage so sehr, dass Monika schwankte, sich am Regal neben der Tür festhielt, dort ausgerechnet eine der mittelgroßen Klangschalen zu fassen kriegte und – es war nicht zu verhindern, beim besten Willen nicht, Wut war nun mal leider keine Verbündete, wenn es hart auf hart kam – das Ding quer durch den Raum schleuderte, sodass es mit seiner scharfen Metallkante ausgerechnet in einer der Meditationskerzen stecken blieb. Nur eine Handbreit von Hanne Hahns *Wurzel-Chakra* entfernt.

Die darauffolgenden Schrecksekunden wurden durch einen grellen Blitz jäh beendet. Erst dachte Monika, sie sei versehentlich an den Lichtschalter gekommen und diese ekelhaften Energiesparlampen hätten sich angeknipst, doch dann erkannte sie die eigentliche Lichtquelle.

«Moin!» Ein junger Kerl mit Fotoapparat stand direkt hinter ihr. «Redaktion *Inselbote*. Hab nur wenig Zeit wegen der Unwetterwarnung, aber das Bild eben ist ja schon ganz ordentlich geworden. Wenn Sie mir jetzt noch kurz erklären, was diese Wurfübung mit dem Gleichgewicht der Seele zu tun hat, dann bin ich auch schon wieder weg.»

Monika war sprachlos, und zweifelsohne wäre das eine gute Gelegenheit für Hanne Hahn gewesen, um so richtig schön zu petzen. Sie hätte dem Journalisten alles haarklein berichten können: vom wackeligen Stuhl über die fehlenden Lachsschnitten bis hin zu Monikas peinlichem, absolut unentschuldbarem Wutausbruch. Doch irgendetwas in Hanne Hahn tickte doch nicht so ganz verkehrt, denn stattdessen lobte sie *Monika's Seelenstube* in höchsten Tönen und begab sich sogar für ein weiteres Foto bereitwillig in Yoga-Pose. Zum Erstaunen aller beherrschte sie den Herabschauenden Hund, obwohl sie dabei trotzdem weiterhin wie eine Henne aussah. Dennoch musste Monika ihrer neuen alten Erzfeindin Tribut zollen: Die fünf Minuten, die der junge Schreiberling für seine Recherche vor Ort opferte, benahm sie sich, als wäre nie etwas zwischen ihnen vorgefallen. Vielleicht lag es aber auch nur daran, dass Hanne auf diese Weise der Weltöffentlichkeit – oder zumindest den Insulanern – vorführen konnte, wie gelenkig sie noch immer war.

«Bekomme ich jetzt einen Kaffee?», fragte Hanne, kaum war die Presse abgezogen. «Und eine Waffel?»

«Meinetwegen!» Monika gab dem Service Bescheid, dass alles, was Hanne Hahn heute bestellte, auf ihren Deckel ginge. Dann entschuldigte sie sich und war sehr froh, endlich der unangenehmen Lage entfliehen zu können. Sollte diese Person ihretwegen die ganze Karte rauf- und runterbestellen, Sahnetorte, Schampus, Austern, Kaviar, es war Monika egal. Selbst wenn sie damit rechnen musste, dass Gerd ihr keinen noch so klitzekleinen Personalrabatt gewährte, solange sie nicht endlich im Büro arbeitete. Und in seinem Bett schlief. Auch darüber wollte sie sich jetzt nicht ärgern. Sie hatte heute schon viel zu viel Energie verschleudert, in erster Linie negative, da hatte sie ganz schön was aufzuarbeiten.

Sie wählte die Feuertreppe, die hinter der Rezeption in die oberen Stockwerke führte, und hoffte, dass ihr niemand über den Weg lief. Zum Glück waren kaum Angestellte da, die meisten reisten erst eine Woche vor Ostern an, und die Auszubildenden, die im Winter den Laden hauptsächlich am Laufen hielten, waren derzeit zum Blockunterricht in der Berufsschule in Emden. Im Treppenhaus schlug ihr der vertraute Geruch nach Käsefuß und verschüttetem Bier entgegen, dazu das billige Parfüm, mit dem man die anderen beiden Gerüche zu übertünchen versuchte. Monika war schon etwas geschockt, weil sich hier in den vergangenen zwanzig Jahren anscheinend nichts, aber auch gar nichts verändert hatte. Und das obwohl die Butzen damals schon renovierungsbedürftig gewesen waren. Die Stufen knarrten jedenfalls erbärmlich. Nicht ihretwegen, nein, sie war im zweiten Stock stehen geblieben, um sich das Elend genauer anzuschauen. Doch von oben näherten sich schwere, fast schlurfende Schritte.

«Monika, mien Tüti! Was suchst du denn hier im Backstagebereich?» Gerds ausladende Figur machte sich am oberen Absatz breit, und obwohl er treppab lief, war sein Gesicht ungesund gerötet, und seine letzten graublonden Ponyfransen klebten ihm auf der Stirn. Er sah alles andere als begeistert aus, sie hier zu treffen.

«Wie kannst du deine Leute so schäbig unterbringen?» Angriff war in diesem Fall die beste Verteidigung. Dass sie eigentlich auf der Suche nach einer Dachkammer war, die Gerd ihr aus welchen Gründen auch immer verschwiegen hatte, musste er nicht unbedingt erfahren.

Gerd schaute sich verwundert um. «Schäbig? Wir haben erst vor kurzem neu tapeziert.» Als Beweis trat er ein Stück zur Seite. Hinter ihm hing das Poster der deutschen Nationalelf an der Wand, die ihren Weltmeistertitel feierte. Den von 1990.

«Die hausen hier noch wie zu Zeiten der Wiedervereinigung. Schäm dich!»

«Alle Investitionen sind in den Gästebereich geflossen. Die neue Wellnessabteilung, die glamouröse Bar. Das ist wichtiger, vor allem, seit hinten am Leuchtturm neue Konkurrenz ist.»

«Ach komm, Gerd. Ich kenne die Hotelfinanzen. Schließlich habe ich einige Jahre jede einzelne Rechnung für dich geschrieben. Ich weiß, was auf deinen Konten ist.» Sie lächelte ihn an. «Und in deiner Schwarzkasse.» Sie lächelte noch breiter und ging ihm ein paar Stufen entgegen. Schließlich wollte sie ihn nicht verärgern. Auf dem Treppenabsatz angekommen, nahm sie seinen Kopf in beide Hände und drückte ihm einen Kuss auf die erhitzte Stirn. Leider ohne die erhoffte Wirkung.

«Du hättest ja all die Jahre auf deinen fürstlichen Unterhalt verzichten können, dann würden hier jetzt goldene Türklinken hängen.» Manchmal konnte Gerd sehr nachtragend sein, und Monika fragte sich, ob sie wirklich irgendwann einmal gemeinsam den Pfad der Versöhnung beschreiten würden.

Gerd war beileibe kein einfacher Mensch. Wie auch? Drei Generationen schauten ihm tagtäglich über die Schulter. Die in Öl gemalten Porträts seiner Vorfahren hingen bezeichnenderweise an der Wand hinter seinem Schreibtisch. Wahrscheinlich wäre ihr Mann auch gern etwas anderes geworden. Wäre ebenfalls gern nach Indien gereist, hätte etwas Künstlerisches studiert oder sonst etwas mit seinem Leben angestellt. Damals, als sie sich kennen- und lieben gelernt hatten, hatte

Gerd noch ein klein wenig gegen seine Familie rebelliert, dann aber letztendlich doch getan, was von ihm erwartet wurde. Schade, sie hätte ihn auch ohne das Hotel genommen. Je mehr sie darüber nachdachte, desto allumfassender wurde Monikas Mitleid. Und das fühlte sich tatsächlich auch ein bisschen wie Liebe an. Statt zu protestieren, schenkte sie ihm also einen zweiten Kuss, dieses Mal auf den Mund. Er protestierte nicht. Im Gegenteil, er schien es zu genießen. So oft berührten sich ihre Lippen nicht.

«Übrigens, Hanne Hahn sitzt unten im Restaurant und trinkt Kaffee. Ich glaub, sie wartet auf dich.»

Gerd verdrehte die Augen. «Ich hab echt andere Sachen zu tun. Eben war ich oben auf dem Dach und habe kontrolliert, ob die Schindeln noch gut liegen. Die kommende Nacht soll stürmisch werden.»

«Wenn du dich nicht zu ihr setzt, werden wir sie wahrscheinlich gar nicht mehr los. Hanne Hahn ist nun mal dein größter Fan.» Kuss Nummer drei. «Nach mir!»

Gerd seufzte. «Meinetwegen. Und warum bist du hier, mien Tüti?» Tüti war der plattdeutsche Kosename schlechthin, und wenn Gerd sie so nannte, wurde Monika immer warm ums Herz.

«Stell dir vor, ich hatte dieselbe Idee: Schauen, ob alles sturmsicher ist. Aber wenn du schon alles inspiziert hast, gehe ich jetzt ganz entspannt in unsere Wohnung und ruhe mich ein wenig aus.» Sie gähnte demonstrativ. «War sehr anstrengend, meine Seelenstunde mit Hanne Hahn.» Nachdem sie Hand in Hand ein paar Stufen hinabgegangen waren, machte Monika am Personalflur halt, durch den man in den Privatbereich gelangte. Doch kaum hatte die Treppe aufgehört zu knarzen, schlich sie wieder zurück. Nein, sie würde sich keinesfalls aufs

Ohr legen. Dazu musste sie viel zu dringend diesen Dachboden sehen, vielleicht ihr künftiges Refugium.

Zum Glück brachte sie nur knapp die Hälfte von Gerds Kampfgewicht auf die Waage, die hölzerne Stiege, die ziemlich steil und in einem schmalen Bogen unter das Spitzdach führte, quietschte kaum hörbar unter ihren Füßen. Monika konnte sich nicht daran erinnern, jemals hier gewesen zu sein. Es war wie in einem dieser Träume, wenn man in seinem eigenen Haus plötzlich ein unbekanntes Zimmer, einen verborgenen Kellerraum oder eine ganz neue Etage entdeckte. Über die Bedeutung hatte sie mal etwas bei einem Traumdeutungsseminar erfahren, es ging um ungenutzte Ressourcen, aber das hier war ja gar kein Traum, sondern die Realität. Feine Spinnweben strichen über ihre Hand, mit der sie sich am Geländer festhielt. Kein Zweifel, hierhin verirrte sich so gut wie kein Mensch. Viel weiter kam man auch nicht, denn am oberen Ende der Treppe versperrte ein Holzgatter den Weg. *Privat, kein Zutritt* stand auf dem Schild neben dem auffallend modernen Türschloss. Was konnte so spannend und wichtig sein, dass Gerd es hier oben mit einem nagelneuen Sicherheitszylinder gegen Unbefugte schützte?

Durch die Holzlatten hindurch erspähte Monika einen großzügigen Dachboden, in der Spitze, zu der die rauen Balken sich zusammenfanden, war er sicher drei Meter hoch. Durch die Gaubenfenster links und rechts fielen Sonnenstrahlen auf den staubigen Dielenboden, ihr überirdisches Licht sammelte sich im Zentrum dieses absolut wunderbaren Raumes. Ja, genau dort würde sie die Meditationsmatratze hinlegen!

Kurz zwickte Monikas Gewissen, ob es in Ordnung war, hier einfach so herumzuschnüffeln. *Unsinn! Gerd hat nicht das Recht, diesen mystischen Ort zu verheimlichen. Es ist die Bestimmung dieses Dachbodens, eine Seelenstube zu sein!*

Es war einen Versuch wert, beschloss Monika. Gerd hatte vor ein paar Jahren eine neue Schließanlage im Hotel anbringen lassen. Das ausgeklügelte System erlaubte es nur bestimmten Personen, in die entsprechenden Zimmer zu kommen. Die Köche in die Vorratsräume, die Bürokräfte in den Trakt, in dem Server und Tresor untergebracht waren, die Putzkolonne hatte Zugang zum Wäscheraum, zur Putzkammer und natürlich in alle Gästezimmer des Hotels. Gerd jedoch musste mit seinem Generalschlüssel überall hineinkommen, insbesondere in seinen Privattrakt, in dem nun auch Monika ein Zimmer bewohnte. Sie hatten also wahrscheinlich denselben Schlüssel.

Sie hielt die Luft an, steckte den Schlüssel ins Loch, ruckelte ein paarmal, damit er ganz hineinpasste, und dann … öffnete sie das geheimnisvolle Zimmer unter dem Dach. Staub wirbelte auf, als sie über den stumpfen Bretterboden lief. Man konnte haargenau erkennen, welchen Weg Gerd vor wenigen Minuten genommen hatte. Seine Spuren zeichneten sich deutlich ab und führten eindeutig nicht zu den Fenstern, durch die er hätte schauen müssen, wenn es ihm wirklich um die Festigkeit der Dachschindeln gegangen wäre.

Ganz hinten, in einer Ecke, in die das Sonnenlicht wahrscheinlich niemals gelangte, stand eine alte, klobige Truhe. Hatte Hanne Hahn nicht etwas von wichtigen Familienunterlagen gefaselt? Nun, die Bischoffs konnten auf eine lange Tradition zurückblicken, es wäre nicht verwunderlich, wenn die Zeugnisse ihrer Geschichte stilecht in diesem altertümlichen Möbelstück verstaut wären. Schwere eiserne Scharniere umfassten das Holz, doch glücklicherweise fehlte ein Schloss, und der Deckel ließ sich mühelos öffnen. Er quietschte nicht, schade, das hätte irgendwie gut gepasst, und auch der Inhalt sah auf den ersten Blick eher unspektakulär aus. Alte Langspielplatten mit den Hitparadenstars der sechziger und siebziger Jahre des vorigen Jahrhunderts. Ein Aschenbecher aus Hirschhornimitat, bei dem man per Knopfdruck den Geruchsverschluss aktivierte – wahrscheinlich aus der Zeit, als Gerd und Hanne hier oben heimlich geraucht hatten. Dann gab es noch ein paar alte Bilderrahmen mit gelbstichigen Aufnahmen des Hotels, sogar ein Hochzeitsfoto von ihr und Gerd klemmte dazwischen, meine Güte, wie jung sie damals gewesen waren. Monika schaute weiter, schob ein paar fettfleckige Speisekarten beiseite, auf denen nostalgische Leckereien wie *Strammer Max*, *Toast Hawaii* und *Ragout fin* unter der Rubrik *Die moderne Küche* angeboten wurden. Ein bisschen enttäuscht war Monika schon. Da schlich sie sich das erste Mal in eine verbotene Kammer und entdeckte nur Dinge, die man auf jedem Kleinstadtflohmarkt auch gefunden hätte. Sie wollte den Deckel schon wieder schließen, als sie am Grund der Truhe einen kleinen Griff bemerkte, mit dem man tatsächlich einen doppelten Boden anheben konnte. Was Monika natürlich sofort, nachdem sie den ganzen Krimskrams zur Seite gelegt hatte, tat – atemlos vor Aufregung.

Ein Schatz? Oder vielleicht Gerds heimliches Schwarzgelddepot?

Dort im Verborgenen lag ein Buch mit sehr altem, brüchig gewordenem Ledereinband. Die eingestanzten Buchstaben waren kaum mehr zu entziffern. Was stand da? *Gebecca?*

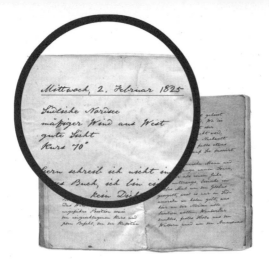

Gern schreib ich nicht in dieses Buch, ich bin ein Seemann und kein Dichter. Doch gehört es zu meinen Aufgaben als Steuermann, das Logbuch zu führen und alles zu notieren, was an Bord der Gebecca geschieht. Das Wetter, den Wind, die ungefähre Position sowie den eingeschlagenen Kurs und jeden Befehl, den der Kapitän gibt. Welches Segel gehisst oder eingeholt wird. Wo die Richtung geändert oder volle Fahrt gemacht wird. Damit es für die Nachwelt erhalten bleibt, falls etwas passiert. Und auf See passiert so vieles.

Wir sind neunzehn Mann und ein Schiffsjunge namens Tönne, seit mehr als einem Jahr schon unterwegs, beinahe ein halbes Mal um den Globus gesegelt, weil es nur in Südamerika zu holen gibt, was hier an der Nordsee alle besitzen wollen. Wunderbar dunkles, festes Holz aus den Wäldern rund um den Amazonas. Doch vor allem

Diamanten von atemberaubender Größe und Schönheit, die nun gut gesichert und versteckt im verschlossenen Kästlein lagern. Für diese Schätze machen sich Tausende Seeleute auf den langen, beschwerlichen Weg. Doch nicht wenige von ihnen kehren nie zurück. So uns das Glück hold ist, wird diese Ladung den Kapitän zu Hause in Bremen zu einem reichen Mann machen. Und auch wir Seeleute gehen nicht leer aus.

Gestern haben wir den Ärmelkanal passiert, da haben wir gejubelt. Denn von nun an taucht der Bug unseres Schiffes in die Wasser der Heimat. Und siehe da, die Nordsee begrüßt uns freundlich, beinahe brav. Ungewöhnlich für diese Jahreszeit, doch wir wollen uns nicht beschweren, die Reise war anstrengend genug, da ist die Fahrt durch seichte Wellen eine willkommene Erholung.

Tönne, der Schiffsjunge, ist aufgeregt. Nie war er so lange fort von zu Hause. Er kann es kaum erwarten, seine Mutter wiederzusehen. Ihr seinen Bartflaum zu zeigen, von dem damals bei der Abreise noch nichts zu ahnen war. Ich kenne die Mutter, eine freundliche Frau, die stolz am Hafen stand und winkte, als wir ausfuhren. Stolz und doch voller Angst, ob sie ihren Sohn je wiedersehen würde. Tönne ist ihr Ältester. Er soll einmal die Familie ernähren.

Ich sage zu Tönne, er könne nun anfangen, sich zu freuen. Steuerbord erkenne man den Hafen von Rotterdam, dies sei das Zeichen, dass es nun wirklich nicht mehr lange dauert. Der Junge strahlt. Er klettert in Windeseile die Takelage empor, erklimmt das Krähennest, hält eine Hand über die Augen und ruft in die Richtung, in der er Bremen vermutet, dass er bald da sei, dass er sich freue, dass es ihm gutgehe und er schon ein echter Seemann geworden sei.

Wie macht es mir Freude, ihm dabei zuzuschauen.

Steuermann Johann Wittkamp

V on Norden her nä-
hert sich Tief Linda
der Deutschen Bucht.» Die
Wetterfee, die heute ausnahmsweise mal die Top-Nachricht des
Tages präsentieren durfte, zeigte auf das
Display, ahmte mit den Händen den dort abgebildeten Wirbel
nach, der Jannike an das Muster im Marmorkuchen ihrer Mutter erinnerte. Die Moderatorin lächelte dabei, sie trug eine lustig bunte Bluse, ihr Auftritt sah wirklich eher nach Kinderge-
burtstag aus als nach einer ernstzunehmenden Sturmwarnung
des Deutschen Wetterdienstes. «Es handelt sich um ein Or-
kantief des sogenannten Skandinavien-Typs, diese Stürme
sind meist weniger intensiv, dafür können wir uns auf gleich
mehrere Tage einstellen, an denen uns der Wind mit Stärke
acht bis zehn die Pudelmützen vom Kopf weht.» Jetzt wurde
eine lachende Familie eingeblendet, die sich gegen den Wind
stemmte. Hui, wenn der Sturm kommt, das wird ein Riesen-
spaß! «Tief Linda sorgt also dafür, dass unser erhofftes Früh-
lingserwachen noch ein wenig auf sich warten lässt. Bleiben Sie
am besten gleich im Bett und machen sich's bequem, während
es draußen richtig ungemütlich wird. Mit diesem Kuschel-
tipp gebe ich zurück an meine Kollegen aus der Nachrichten-
redaktion.»

Kuscheln war eine gute Idee, fand Jannike, die zwar nicht im
Bett, dafür aber mit ihrem Liebsten auf dem Sofa lag, Studen-

tenfutter und alkoholfreies Bier griffbereit. Sie zog die Wolldecke ein bisschen höher und umfasste Mattheuszs Bauch. Wie schön, im Warmen und Trockenen zu sein, solange es draußen tobte.

Eine Nachricht von Danni blinkte auf ihrem Smartphone. *Sind gut gelandet. Was macht der Sturm?*

Halb so wild, tippte Jannike in ihr Handy. Auch wenn das etwas untertrieben war. Aber sie wollte Danni und Siebelt nicht den Urlaub verderben, solange es nur etwas heftiger wehte.

Eine nasse Sturmböe klatschte gegen die Fensterscheibe und rüttelte wütend an den Dachgauben. Die Regentropfen auf dem Glas wurden regelmäßig mit weißgelbem Leuchtturm-Licht gefüllt und blinkten dann vor dem schwarzen Unwetter wie Sterne, bis sie vom Wind zu langen Striemen gezogen wurden, die zuckend am Glas hinunterrannen. Der Metallhaken, mit dem man draußen die Tür zum Fahrradschuppen aufstellte, klapperte lautstark gegen die Mauer, manchmal passte er sich zufällig dem Takt der Strahlen an, dann wirkte es wie Disco. Sturmdisco.

«Linda schlägt jetzt schon Alarm.»

«Wer ist Linda?», fragte Mattheusz. Er schien von den Nachrichten nichts mitbekommen zu haben. Wahrscheinlich war er mit den Gedanken ganz woanders.

«Der Sturm.»

Im Fernsehen ertönte die altbekannte Musik für den Sonntagabendkrimi, da ging es heute laut Programmzeitschrift mal wieder um Prostitution, gleich die erste Szene spielte in einem rot beleuchteten Hinterhof und zeigte eine halbnackte Pobacke im Großformat. Jannike gähnte, bis ihr Tränen in die Augen traten, hoffentlich stand sie die neunzig Minuten bis zum Show-down überhaupt durch. Sie war fix und fertig.

Zwar hatte Danni nicht zu viel versprochen, und im Hotel war wirklich alles in bester Ordnung und nichts Dringendes zu erledigen. Doch die Schwangerschaft strengte Tag für Tag mehr an, zudem steckte ihr die Reise noch in den Knochen. Und die bodenlose Enttäuschung von Mattheusz.

Wie ein Mahnmal standen die Farbeimer im Wohnungsflur, genau an der Stelle, an der er sie vorgestern beim Anblick des fix und fertigen lila Kinderzimmers abgestellt hatte. Jannike konnte seinen Frust verstehen und hoffte, dass die Arbeit ihn ein wenig ablenkte. Seit heute Morgen schon ging es im Hotel so richtig rund. Oma Maria begann mit dem Testen der Rezepte und ließ Mattheusz eimerweise Gemüse schnippeln. Und Mutter Bogdana hatte nach ihrem ersten Rundumschlag in Sachen Sauberkeit auch eine lange Liste zusammengestellt, wo ein Handtuchhaken locker oder eine Glühbirne auszuwechseln war. Darüber vergaß Mattheusz vielleicht, dass sein unsensibler Schwiegervater ihm die liebste Arbeit von allen einfach so abgenommen hatte. Ohne ihn zu fragen. Ohne ihn überhaupt in Betracht zu ziehen.

Die junge Prostituierte fand ihren Zuhälter tot in seinem Ferrari, Kopfschuss. Selbstmord? Eher nicht, schließlich waren gerade erst fünf Minuten vergangen. Eigentlich war es Jannike egal, wer diesen Mistkerl erledigt hatte, doch sie war zu faul zum Umschalten. Der Wind schlug massiv gegen das Fensterglas, als habe er die Luftmassen zu einer Faust geballt. Immer höher heulte der Sturm, man hätte den Ton aufnehmen und als Soundtrack für einen Gespensterfilm verwenden können, so unheimlich klang es. Selbst Mattheusz horchte auf.

«Wenn jetzt die Insel untergeht, beschützt du mich dann?», fragte Jannike und blickte treuherzig zu ihm auf.

Mattheusz streichelte ihre Schulter, irgendwie mechanisch, als sei ihm gerade erst eingefallen, dass so ein bisschen Zärtlichkeit zum Krimigucken dazugehörte. «Du kannst doch deinen Vater fragen, der kümmert sich bestimmt um dich.»

«Das war gemein.» Denn auch wenn Mattheusz zu Recht wütend war, er wusste genau, dass er einen wunden Punkt traf. «Ich habe ihn schließlich nicht darum gebeten, uns irgendwelche Aufgaben abzunehmen.»

«Aber es hat ihn all die Jahre nicht interessiert, was wir hier treiben. Als du damals den finanziellen Engpass hattest, warum hat er da nicht mit einem Kredit ausgeholfen? Oder nach dem Brand? Du warst immerhin schwanger, hattest Probleme mit dem Kreislauf, und dir war ständig übel. Wir hätten Unterstützung gebrauchen können. Aber da hat der feine Herr Loog sich nicht gemeldet.»

«Weil ich ihm nichts davon erzählt habe», gab Jannike zu.

«Und warum nicht?»

«Keine Ahnung. Ich wollte ihn nicht damit belasten.»

Mattheusz war anzusehen, dass er ihr nicht so recht glaubte. «Oder lag es daran, dass du ein Kennenlernen verhindern wolltest?»

«Warum sollte ich?»

«Weil du Angst hattest, dass er dir die Hochzeit mit mir ausreden will?»

Jannike schwieg. So konkret hatte sie noch nie darüber nachgedacht, aber die These hatte durchaus einen wahren Kern. Sie kannte ihren Vater.

«Weil ich nicht gut genug bin für seine einzige Tochter», machte Mattheusz weiter. Es kam selten vor, dass er so resolut die Gesprächsführung übernahm. Eigentlich war das sogar erfreulich, wenn Mattheusz den Mund aufmachte, statt alles in sich hineinzufressen. Angenehm war es trotzdem nicht. «Er gibt sich ja noch nicht einmal Mühe zu verbergen, was er von mir und meiner Familie hält. Diese Sache mit Oma Maria und den tausend Euro …» Er schüttelte den Kopf.

Jannike seufzte. «Das war wirklich furchtbar, und ich habe mich deswegen auch tausendmal bei deiner Großmutter entschuldigt.»

«Du ja. Aber dein Vater hat keine Reue gezeigt.»

Mattheusz hatte leider recht. Und – was mindestens genauso selten vorkam wie ein Redeschwall von seiner Seite – Jannike wusste nichts zu erwidern. Stattdessen lauschte sie mit einem Ohr dem Unwetter, mit dem anderen verfolgte sie das Verhör, bei dem der raubeinige Kommissar die verängstigte Prostituierte ausquetschte, ob ihr Zuhälter wohl Feinde hatte. Oder Schulden. Oder mit Drogen zu tun. Die Prostituierte schüttelte das zitternde Köpfchen. Wohl auch weil ihr vom Barkeeper warnende Blicke zugeworfen wurden. Der wurde übrigens von einem ziemlich bekannten Schauspieler dargestellt. Alles klar, dann war er der Mörder. Prominent besetzte Nebenrollen waren immer verdächtig, das sollte den Fernsehkommissaren auch allmählich mal auffallen, sie würden sich locker die Hälfte an Sendezeit sparen, könnten gleich nach Auftauchen des Promischauspielers die Handschellen rausholen und sich den Rest des Films um ihre privaten Probleme kümmern, die sowieso meistens verworrener waren als der Mordfall, den es zu lösen galt.

«Ehrlich gesagt habe ich Angst, dass es so weitergeht», fuhr Mattheusz fort. «Dass Herr Heinrich Hundertprozent Loog sich jetzt regelmäßig in unsere Angelegenheiten einmischt, um zu zeigen, wie toll er ist.»

«Glaub ich nicht.»

«Dass er unseren Kindern ständig sauteure Geschenke macht, neben denen dann mein … keine Ahnung … selbstgebautes Baumhaus total popelig wirkt.»

«Ich weiß jetzt schon, dass dein Baumhaus von nichts und niemandem in den Schatten gestellt werden kann.» Sie drückte ihm einen Kuss auf die Schulter.

«Und dass du dann heimlich denkst: Warum hab ich mir so einen armen, langweiligen Polen ausgesucht, wo ich doch einen Professor Doktor Irgendwas hätte heiraten können.»

Ach, daher wehte der Wind. «Hat mein Vater dich mit Steffen vollgetextet?»

«Das muss Supermann persönlich sein!»

«Quatsch. Der war ein Arsch. Ich war während der Abizeit mit ihm zusammen. Dann hab ich rausgekriegt, dass Steffen mich mit sämtlichen Austauschschülerinnen unserer Schule betrogen hat, egal ob amerikanisch, französisch oder spanisch. Er war wohl nur mit mir zusammen, weil er scharf auf die Praxis meines Vaters war. Und die hat er ja auch bekommen, sogar ohne mich zu heiraten. Wenn auch nicht ganz umsonst.»

Endlich blitzte in Mattheuszs Gesicht mal wieder so etwas Ähnliches wie ein Lächeln auf. «Ich hoffe, er musste richtig dafür blechen!»

«Darauf kannst du wetten. Mein Vater ist nämlich ein brillanter Geschäftsmann!»

Schon war das Lächeln wieder verschwunden.

«Ach, Mattheusz! Lass die beiden in Bergisch Gladbach doch das ganz große Geld verdienen, wir beide haben dafür hier das ganz große Glück erwischt, oder?»

Plötzlich klirrte es gewaltig, direkt darauf fiel etwas Schweres zu Boden. Erst dachte Jannike, im Krimi habe der Barkeeper eine seiner farbigen Flaschen auf dem Schädel des Kommissars zertrümmert, doch auf der Mattscheibe schmuste gerade die Witwe des Zuhälters ganz friedlich und leise mit einem Pitbull. Erst da begriff Jannike, dass das Geräusch tatsächlich aus ihrer Wohnung gekommen war.

Mattheusz war schon aufgesprungen. «Das war im Schlafzimmer!» Er stürzte los.

Jannike schaffte es nur in Zeitlupentempo in den Stand. Einerseits weil sie furchtbar schwerfällig geworden war, andererseits wollte sie lieber gar nicht so genau wissen, was nebenan passiert sein mochte.

«Oh nein!», rief Mattheusz. Es klang ziemlich verzweifelt. «Das Fenster!» Dann tauchte er im Türrahmen auf, sein Gesicht war klitschnass, und es tropfte von seinen Locken, als sei er gerade schwimmen gewesen. Seine Hände hielt er hinter dem Rücken versteckt. «Geh da besser nicht rein!»

Natürlich ging Jannike jetzt erst recht – und bereute es sofort. Sobald der Leuchtturm sein Licht zu ihr herüberschickte, wurde das Ausmaß sichtbar: Der Raum war verwüstet. Kaum vorstellbar, dass hier bis vor wenigen Augenblicken noch alles warm, sauber und trocken gewesen sein sollte, denn jetzt war der Boden übersät von Glassplittern, und durch das zerborstene Fenster drang dreist der Sturm ein, machte sich einen Spaß daraus, an den Vorhängen zu zerren, die Stehlampe und den Kleiderständer umzuwerfen. Fette Regentropfen ergossen sich – durch den Wind fast waagerecht hereingeschleudert – auf den Teppich, auf die Kommode, auf das ungemachte Bett.

«Wie konnte das denn passieren?»

Mattheusz zeigte nun, was er bislang vor ihr verborgen gehalten hatte: einen dicken Ast, wahrscheinlich stammte der von der knorrigen Kastanie hinter dem Haus. «Wahnsinn! Den muss der Sturm gegen die Scheibe geschleudert haben.»

Wie zum Beweis warf die nächste Windböe ihnen ein weiteres, dieses Mal etwas kleineres Baumteil vor die Füße. Mattheusz krempelte die Ärmel hoch. «Im Keller haben wir vielleicht noch ein paar alte Teerpappen. Mit etwas Glück passen die, und ich kann das Fenster abdichten, bevor wir mit dem Schlauchboot zum Bett fahren müssen.»

«Warte, ich helfe dir!»

«Ganz bestimmt nicht.»

«Das ist kein Problem für mich!»

«Aber wenn du es übertreibst und bei diesem Scheißwetter die Wehen einsetzen, dann ist es ein Problem. Und zwar nicht nur für dich!»

«Was soll ich denn stattdessen machen?»

Er schaute sie strenger an als ihr Chemielehrer damals, nachdem sie mit dem Bunsenbrenner aus Versehen den Pferdeschwanz ihrer Sitznachbarin angekokelt hatte. «Du setzt dich aufs Sofa und guckst Fernsehen!»

«Wie willst du denn ganz allein …?»

«Das lass mal meine Sorge sein. Notfalls frage ich meine Mutter, ob sie mit anfassen kann. Von dir erwarte ich nur, dass du mir später erzählst, ob die Sache mit dem Frauenhändler Selbstmord war oder nicht!» Mit dieser unmissverständlichen Ansage verließ Mattheusz die Wohnung, und sie hörte ihn die Treppe hinunterhasten.

Natürlich fiel es ihr alles andere als leicht, sich einfach wieder aufs Sofa zu pflanzen und so zu tun, als sei nichts passiert. Nebenan breitete sich die unverschämte Linda in ihrem Schlafzimmer aus, und sie schaute in die Glotze, knabberte Nüsschen und trank alkoholfreies Bier. Nichtstun und Vernünftigsein war viel anstrengender, als ein bisschen im Keller zu wühlen, um den Tacker zu suchen, Nägel und Hammer. Genervt beobachtete sie den Kommissar dabei, wie er sich in die Prostituierte verknallte. Jetzt war doch eh klar, dass das Mädchen dann am Ende sterben musste. Die Frauen der Fernsehermittler hatten nun mal eine verdammt geringe Lebenserwartung. Jannikes Augenlider wurden schwer, bis sich urplötzlich die Spannung doch noch steigerte. Weshalb ging der Kommissar nicht endlich mal ans Telefon? Die Prostituierte befand sich in der Gewalt der Zuhälterwitwe, die gerade dem gar nicht mehr so verschmusten Pitbull den Beißbefehl erteilte …

Aus. Dunkel. Stille.

Bis auf den Sturmlärm da draußen.

Jannike brauchte einige Sekunden, bis sie verstand, dass nicht nur der Fernseher plötzlich den Geist aufgegeben hatte. Auch die Deckenlampe war aus. Das Licht im Flur – futsch. Plötzliche Finsternis konnte sich anfühlen wie ein Schlag auf den Kopf, selbst wenn man unbeschadet auf der Couch herumlungerte. Was war passiert?

«Mattheusz?»

Keine Antwort. Bestimmt hatte Mattheusz aus Versehen die Sicherung herausgedreht. Alles absolut harmlos, versuchte Jannike sich zu beruhigen. Sie tastete nach der Wand neben dem Sofa und stand auf. «Mattheusz, alles okay?»

Langsam wurde ihr unheimlich. Es war nicht normal dunkel. Nicht so, wie wenn man abends ins Bett ging, dem anderen eine gute Nacht wünschte und das Licht ausknipste. Es war mehr als das.

Zum Glück hörte sie jetzt Mattheuszs Stimme, sie kam von draußen, sein Rufen vermischte sich mit dem Lärm der unnachgiebigen Böen. Was suchte ihr Mann im Garten? War das nicht viel zu gefährlich? Was, wenn ein weiterer Ast kapitulierte und Mattheusz mit voller Wucht traf?

Vorsichtig einen Schritt vor den anderen schiebend, bewegte Jannike sich Richtung Fenster. Und erst jetzt, als sie hinausblickte in den ihr so vertrauten Garten, die Umrisse der Dünen erahnte, den aufgewühlten Himmel sah, da verstand sie, was es mit dieser allumfassenden Dunkelheit auf sich hatte: der Leuchtturm! Er blinkte nicht mehr. Keine Strahlen, noch nicht einmal eine klägliche Funzel war an, nichts. Stockfinster stand der steinerne Riese vor ihr. Als hätte Linda eben der ganzen Welt den Stecker gezogen.

KIEFERORTHOPÄDISCHE
FACHPRAXIS

PROF. DR. STEFFEN ECKMANN
DR. HELMUT LOOG

TEL. 90 32 11

TERMINE NACH VEREINBARUNG

Im Wartezimmer mit den modernen pinkfarbenen Sofas – die hatte Marlies damals noch ausgesucht, sie waren nicht billig gewesen und laut den Patienten wohl auch nicht sonderlich bequem, dafür aber außerordentlich schick – saßen fünf gelangweilte Teenager neben zwei in Wohnzeitschriften blätternden Müttern. Keine bekannten Gesichter, nun ja, das war wenig verwunderlich. Seit etwas mehr als einem Jahr hatte er sich aus der Praxis zurückgezogen, die meisten seiner Patienten würden inzwischen ihrer festen Zahnklammer ade gesagt haben und somit auch ihrem behandelnden Arzt. Aber wenigstens herrschte volles Haus, na also, der Laden lief besser als bei ihm damals, da waren die Möbel stets nur zur Hälfte besetzt gewesen. Heinrich Loog war erleichtert. Dann war das ja alles sicher nur ein dummes Missverständnis, und sein dringendes Anliegen würde sich schnellstens erledigt haben.

«Warten Sie bitte ein Momentchen, Doktor Loog?», bat Corinna, die ihn etwas unterkühlter als sonst begrüßt hatte, wahrscheinlich weil er ohne Anmeldung in der Praxis erschienen war. Trotzdem: ein schönes Gefühl, in vertraute Gesichter zu blicken. Corinna hatte damals ihre Lehre bei ihm gemacht und war all die Jahre geblieben, eine fleißige, freundliche Person, inzwischen verheiratet, Mutter von drei Kindern und sicher einen halben Zentner schwerer als zur Zeit ihrer Mittleren Reife.

«Muss ich noch die Parkuhr füttern?», fragte er vorsichtshalber. Er hatte eigentlich gehofft, ein Euro müsste locker reichen, länger als eine Stunde würden sie ihn wohl nicht ausharren lassen, schließlich war er der Seniorchef, und sein Name stand noch auf dem Praxisschild, zumindest pro forma.

«Würd ich Ihnen dringend empfehlen», mischte sich eine Patientenmutter ein. «Die Politessen sind hier knallhart. Hab schon dreimal ein Knöllchen kassiert.»

«Dann sollten Sie vielleicht mehr Geld hineinwerfen?»

«Zwei Stunden sind nun mal Höchstparkdauer, Sie Schlaumeier. Und Umparken nutzt auch nichts, die notieren sich die Kennzeichen.»

«Zwei Stunden?» Er warf einen interessierten Blick auf den pickeligen Jungen neben der Dame. Nach mandibulärer Retrognathie, schwerer Progenie oder einer ähnlich komplizierten Kieferfehlstellung sah der aber gar nicht aus, eher nach einem ganz normalen Kreuzbiss. Und eine Behandlung dauerte doch eigentlich selten länger als eine Viertelstunde, es sei denn, das Bebändern stand an, mit Röntgen und Abdruck und allem Drum und Dran. Wahrscheinlich wollte diese Person nur ein bisschen klagen, das taten die Eltern gern, dauernd diese Termine, dauernd dieses Warten – und natürlich: Was das alles kostet! Warum übernimmt die Krankenkasse das denn nicht komplett?

Corinna war schon wieder hinter der Rezeption verschwunden. Das Telefon klingelte unaufhörlich, und zwei neuangekommene Patienten warteten bereits im Flur, während ein anderer mit der Krankenakte in der Hand auf die Vergabe eines neuen Termins pochte. Wirkte alles ziemlich unruhig hier. Heinrich konnte sich nicht erinnern, dass es bei ihm damals auch so drunter und drüber gegangen wäre. Das Team war eigentlich dasselbe wie zu seinen Zeiten. Doch vielleicht lag es an Steffen Eckmann, ja, ganz sicher. Seit der die Stelle an der Uni bekleidete, hatte er einen Namen in Bergisch Gladbach. Da wollte bestimmt jeder, der was auf sich hielt, sein Kind in dessen Expertenhände geben, deshalb dieser Andrang.

Die andere Mutter holte ihr Handy aus der Handtasche, seufzte angesichts der Uhrzeit und tippte eine Telefonnummer ein. «Du, sorry, wir schaffen es heute wieder nicht. Bin noch immer beim Kieferorthopäden, und es sind noch zwei vor uns dran.» Dann versuchte sie lautstark und umständlich, eine Verabredung zu verschieben. Ein Hin und Her an Wochentagen und Uhrzeiten, es ging irgendwie ums Tennistraining, Nachhilfe und den Besuch beim getrenntlebenden Vater. Unverschämt, dass die Leute heutzutage immer meinten, alle Welt interessiere sich für ihre Privatangelegenheiten. «Ja, du, gib mir mal die Nummer von eurer Praxis. Ich glaub zwar nicht, dass man während der Behandlung einfach wechseln kann, aber so langsam reicht es mir hier.»

Corinna kam rein. «Josephine in Zimmer drei!»

«Endlich», knurrte ein Mädchen und stand auf.

Damals hatte Heinrich nur wenig mitbekommen von dem ganzen Klimbim, den sein Praxisteam mit den Patienten auszuhalten hatte. Da war er eigentlich nur von Behandlungsstuhl zu Behandlungsstuhl geflitzt, hatte in die geöffneten Münder geschaut, sich mit seinen Assistentinnen und dem Zahntechniker über Zahnspangendetails ausgetauscht, und fertig. Er hatte es gemocht, sich auf dem Computerbildschirm die Vorher-nachher-Bilder anzusehen, wenn aus einem Jägerzaun-

89

gebiss eine schnurgerade Reihe gleichmäßig gewachsener Zähne geworden war und die problematische Seitenansicht eines heranwachsenden Menschen sich unter seinen Händen zu einem ebenmäßigen Profil geformt hatte, auf das selbst Nofretete neidisch gewesen wäre. Welch ein erhebender Moment, wenn die Kauleisten am Ende perfekt ineinanderpassten. Dazu die strahlenden Gesichter der Jungen und Mädchen, wenn die Brackets rausgenommen wurden und sie sich überglücklich mit der Zunge über den endlich wieder völlig glatten Zahnschmelz fuhren.

Ähnlich der sanften Bewegung, die Heinrich gerade eben noch mit der Hand über die Motorhaube seines Mercedes vollzogen hatte. Keine Delle, keine Kratzer, kein Schmutz, nur wunderbar geschmeidiger silberner Lack. Er liebte diesen Wagen über alles. Um nichts in der Welt wollte er ihn jetzt einfach so wieder abgeben. Das kam überhaupt nicht in Frage. Deswegen war er auch hier, obwohl es eigentlich unter seiner Würde war, so kleinlich und penibel auf die vertraglichen Vereinbarungen zu pochen. Er musste dringend mit Steffen sprechen, dann war das Problemchen hoffentlich aus der Welt.

«Robin in Zimmer eins bitte», rief Corinna um die Ecke. Der Junge mit der ungeduldigen Mutter erhob sich lässig.

Je länger Heinrich hier saß, desto besser konnte er die Kritik am Sitzmobiliar nachvollziehen. Außerdem war er sowieso kein Mensch, der lange stillhalten konnte, also erhob er sich und schlenderte zur Rezeption. Glücklicherweise klingelte das Telefon nicht mehr, was bestimmt daran lag, dass die offizielle Sprechstunde bereits vorüber und der Anrufbeantworter angestellt war. Corinna tippte irgendetwas in den Computer.

«Wie geht's den Kindern?», fragte er.

«Prima. Nummer eins ist bald fertig. Will Mechatroniker werden.»

«Sehr gut!» Mechatroniker? Was das wohl war? Irgendwie schien es keinen der Berufe mehr zu geben, die man zu seiner Zeit gelernt hatte. Automechaniker zum Beispiel. «Und Ihr Mann?», betrieb er weiter Smalltalk.

Sie tippte einen Satz zu Ende, wirkte konzentriert, hoffentlich störte er nicht allzu sehr. Doch er war sich irgendwie blöd vorgekommen im eigenen Wartezimmer. Außerdem hatten ihn die Bilder an den Wänden an Marlies erinnert. Blumenaquarelle, passend zu den Polstern ebenfalls in Pink. Die hatten sie damals in Amsterdam in einer Kunstausstellung erstanden, auf ihrer Silberhochzeitsreise. Er hätte sich die Gemälde nicht eine Sekunde länger anschauen können, ohne Magendrücken zu bekommen.

«Alles in Ordnung?», hakte er dann doch nach, weil Corinna keinerlei Anstalten machte, ihm zu antworten.

«Muss ja.» Sie drehte sich auf dem Bürostuhl in seine Richtung, nahm die Lesebrille ab und schaute ihn an. Täuschte er sich, oder entdeckte er da etwas Säuerliches in ihrem Gesicht? Aber warum? Sie waren doch immer prima miteinander klargekommen. Obwohl, sie hatte ihm noch nicht einmal eine Tasse Kaffee angeboten. Und nun lenkte sie auch noch vom Thema ab: «Wie geht es Jannike?»

«Bestens.»

«Nach dem schlimmen Orkan, meine ich.»

Heinrich musste aufpassen, damit seine ehemalige Sprechstundenhilfe nicht bemerkte, dass er keinen Schimmer hatte, wovon sie sprach. Vorsichtshalber lachte er, als habe sie einen Witz gemacht.

Hatte sie aber nicht. «Totaler Stromausfall! Sechs Stunden lag die Insel im Dunkeln.»

Heinrich hatte heute tatsächlich noch keine Nachrichten gehört. Das war ihm einfach alles zu viel nach diesem Brief von der Bank. *Sollten Sie auch im kommenden Monat die Rate nicht zahlen, so sehen wir uns gezwungen, den Wagen als Sicherheit pfänden zu lassen.* Da konnte man doch unmöglich Musik oder das Geschwätz der Moderatoren hören.

«Und es dauert doch nicht mehr lange mit den Zwillingen, oder?»

Er nickte lahm.

«Bei allem Respekt, Herr Doktor, aber da wundert es mich schon, dass Sie uns hier einen Ihrer Mal-eben-gucken-Besuche abstatten, statt sich um Ihre Tochter zu kümmern!» Ihre Augen blitzten ihn wütend an. «Und jetzt entschuldigen Sie mich, ich habe zu tun.»

Was war denn das? Heinrich hatte das Gefühl, als sei er so ein Badetier, ein aufblasbares aus Plastik, das eben noch halbwegs prall und schwimmfähig gewesen war, aus dem man aber dann ganz plötzlich die Luft abgelassen hatte: platt, zerknautscht und am Boden zerstört. Corinna, seine geschätzte Corinna, die Seele der kieferorthopädischen Praxis, hegte einen gewaltigen Groll gegen ihn. Weshalb, da war er vollkommen überfragt.

Zum Glück tauchte in diesem Moment Steffen Eckmann im Flur auf. Ein stattlicher Kerl, bemerkte Heinrich wie immer, hochgewachsen, gut aussehend, braun gebrannt. Dass er diese mintgrünen Polohemden mit dem Reptil auf der Brust als allgemeine Praxis-Uniform eingeführt hatte, hielt Heinrich zwar für gewöhnungsbedürftig, schließlich ging es hier um Medizin und nicht um Tennis oder Golf, aber wahrscheinlich war das heutzutage so, und er wollte sich nicht als altmodisch outen, indem er hier Kritik übte.

«Heinrich, schön dich zu sehen!», sagte Steffen und zeigte dabei seine schneeweißen Zähne, auf denen auch mal eine Zahnspange geklebt hatte. Ungefähr zu dieser Zeit war Steffen auch mit Jannike zusammengekommen. Und Heinrich hätte schwören können, die Beziehung hielte für immer, so ein tolles Paar hatten die beiden trotz ihrer jungen Jahre abgegeben. Doch leider war alles anders gekommen und seine einzige Tochter inzwischen mit einem etwas zu klein geratenen Polen verheiratet. Aber das war eine andere Geschichte, darüber wollte er sich in diesem Moment nicht auch noch ärgern.

Sie gaben sich die Hand, eine verbindliche Geste unter zwei Männern, die sich in der Geschäftswelt bestens auskannten. Ein gutes Zeichen, fand Heinrich. «Hast du einen Augenblick Zeit?»

Steffen schaute Corinna an, die schüttelte den Kopf. «Leider nein, wie du siehst. Mein Praxisdrachen macht mir sonst noch die Hölle heiß.»

«Ich kann warten, bis die Patienten durch sind», schlug Heinrich vor und holte doch noch mal sein Portemonnaie raus, um nach Kleingeld für die Parkuhr zu kramen. «Es dauert auch bestimmt nicht lange.»

«Danach habe ich aber direkt einen Termin an der Uni.»

«Tut mir leid, Steffen, da musst du mich irgendwo dazwischenquetschen. Ich kann wirklich nicht länger warten!» Es war kein schönes Gefühl, hier wie ein Bittsteller um ein paar Minuten Zeit zu buhlen. Das hatte er als Seniorchef eigentlich nicht nötig. Doch als er an diesen Brief von der Bank und das schöne Auto dachte, änderte Heinrich seine Meinung: Er hatte es leider doch nötig, bitternötig sogar. Seit mehr als einem

Dreivierteljahr wartete er nun schon auf die monatliche Leibrente, die bei der Praxisübergabe vereinbart worden war. Das Ersparte war langsam aufgebraucht, die neue Pflasterung vor dem Haus noch nicht bezahlt, dann eine satte Steuernachzahlung, die er unterschätzt hatte, die Karibikkreuzfahrt, die Hochzeit in Polen, das Kinderzimmer für seine Enkel ... Noch nie in seinem Leben hatte Heinrich Loog den Pfennig zweimal umdrehen müssen. Er wollte, dass diese Durststrecke ein Ende hatte. Nur deswegen war er hier, auch wenn es ihm noch so schwerfiel, und genau deswegen würde er sich auch nicht so einfach abspeisen lassen. «Wir müssen noch mal die Details unseres Vertrages durchgehen. Die Paragraphen mit der Kürzung der regelmäßigen Zahlungen.»

«Hab ich dir doch erklärt, Heinrich. Ich musste unglaublich viel Geld investieren, um die Praxis auf den neuesten Stand zu bringen. Das ist komplett abzugsfähig.»

Heinrich dachte an die pinkfarbenen Sofas, an die Aquarelle – eigentlich waren die hässlichen Polohemden das Einzige, was hier erkennbar neu angeschafft worden war, und die konnten ja unmöglich so teuer gewesen sein. Sogar das Computerprogramm, mit dem Corinna arbeitete, war noch dasselbe wie vor fünf Jahren, davon hatte er sich eben mit einem kurzen Seitenblick überzeugt. Heinrich nahm allen Mut zusammen. «Ich würde aber doch ganz gern einmal ein paar Belege überprüfen. Soweit ich weiß, steht mir das auch zu.»

«Natürlich, gern, kein Problem», sagte Steffen, nachdem Corinna ihm eine Akte mit Patientendaten gereicht hatte – nicht ohne zu erwähnen, dass dieser Patient unter akuten Schmerzen leide und schon vor anderthalb Stunden einen Termin gehabt hätte. «Ich nehme dich später in meinem Auto mit, wenn ich zur Uni fahre, dann können wir unterwegs reden.»

«Das ist ungünstig, mein Wagen steht unten auf dem Parkplatz.»

«Du kannst ja mit dem Bus zurückfahren.» Steffen eilte zum Behandlungszimmer. «Hast ja Zeit genug, bist schließlich Rentner!»

Heinrich war bemüht, sich die Demütigung nicht anmerken zu lassen. Nicht vor den Müttern, die neugierig herüberschauten, weil sie vor lauter Warterei ganz froh waren, ein bisschen indiskret lauschen zu können.

Am schlimmsten aber traf ihn, dass Corinna nichts sagte. Unbeirrt wie ein Roboter tippte sie auf die Tastatur ein. Warum beugte sie sich nicht zu ihm herüber und flüsterte ihm etwas zu. Etwas in der Art wie: «Der neue Chef hat es einfach nicht so gut im Griff wie Sie, Herr Doktor.» Sie hätte ihm dabei noch verschwörerisch zublinzeln können, ja, das wäre schön gewesen. Doch Corinna ignorierte ihn nach allen Regeln der Kunst.

«Gut, dann rufe ich mal bei Jannike an, ob das Hotel noch steht», sagte er in Corinnas Richtung. «Soll ich grüßen?»

Sie zuckte nur die Achseln. Die Stimmung hier drin war wirklich unterirdisch. Besser, er telefonierte draußen auf der Straße, auch wenn das Wetter schmuddelig war und der Verkehrslärm nicht gerade angenehm. Er nahm seinen Mantel vom Haken und verließ grußlos die Praxis. Das Grummeln im Bauch nahm er wohl wahr, versuchte jedoch, es zu ignorieren. Die ganze Sache schlug ihm gehörig auf den Magen.

Draußen suchte er sich eine überdachte Ecke im Hinterhof und holte sein Handy heraus. Ein Sturm? Nun, so schlimm konnte das ja nicht sein, oder? Vor lauter eigenen Sorgen hatte er ganz vergessen, sich über Jannike und ihre chaotischen Familienverhältnisse aufzuregen. Absolut unverständlich,

was Jannike sich dabei dachte, ihr ganzes Lebensglück ausgerechnet inmitten einer offensichtlich sehr bescheidenen,
chaotischen und dazu noch polnischen Sippe zu suchen. Sie
hätte schließlich jeden haben können. Professor Doktor Steffen Eckmann zum Beispiel, dann gäbe es jetzt auch nicht dieses Problem mit der Leibrente. Oder damals, als Jannike als
erfolgreiche Sängerin beim Fernsehen gewesen war, da hatten
angeblich Showgrößen wie der Gitarrist von Howard Carpen-
dale und einer der bekanntesten Formel-1-Sportreporter um
sie geworben, leider vergeblich. Clemens Micke, ein Produ-
zent, mit dem Jannike einige Monate inoffiziell liiert gewesen
war, hatte auch einen guten Eindruck gemacht, war jedoch
leider verheiratet gewesen. Von all den potenziellen Schwie-
gersöhnen, die seine Tochter ihm im Laufe ihres Lebens prä-
sentiert hatte, war dieser Mattheusz Pajak mit Abstand der
unscheinbarste. Ein netter Kerl, zweifelsohne, aber eigentlich
unter Jannikes Niveau.

Heinrich drückte die Nummer des Inselhotels, doch auf ein
Freizeichen wartete er vergeblich. Stattdessen piepte es ganz
sonderbar, und dann meldete eine Computerstimme, der Anschluss sei vorübergehend nicht erreichbar. Also versuchte er
es auf Jannikes Handy, obwohl auf der Insel ja angeblich kein
anständiges Netz existierte – was sich prompt bestätigte. Ver-
antwortungslos, fand Heinrich. Schließlich war Jannike hochschwanger und Geschäftsfrau, da konnte man nicht einfach so
nicht erreichbar sein. Er durchforstete die Kontakte auf seinem Mobiltelefon und fand die Nummer von Dankmar Verholz, Jannikes ehemaligem Musikerkollegen, der sich Danni
nannte und inzwischen ebenfalls auf diese Nordseeinsel gezogen war.

«Herr Loog, was verschafft mir die Ehre?»

Dieser Danni war ein schräger Vogel, ein Typ, mit dem Heinrich eigentlich nichts zu tun haben würde, doch jetzt war er froh, seine Stimme zu hören.

«Ich kann Jannike überhaupt nicht erreichen.» Die Verbindung rauschte, und Heinrich hörte seine eigene Stimme als Echo, was ihn enorm irritierte.

«Kein Wunder. Auf der Insel gab es einen ziemlich heftigen Sturm. Und die Westseite hat es wohl am härtesten getroffen. Es soll verheerende Dünenabbrüche am Leuchtturm gegeben haben.»

«Wie geht es Jannike?» Die Angst, dass Jannike etwas Schlimmes passiert sein könnte und er als Einziger nicht Bescheid wusste, traf Heinrich wie ein Schlag.

«Ich denke, gut, allerdings bin ich nicht vor Ort. Sie erwischen mich im Urlaub auf Fuerteventura. Hier ist das Wetter um Längen besser, aber glauben Sie mir, trotz Sonnenschein wären mein Mann und ich jetzt lieber zu Hause. Eines der Hauptstromkabel für die Insel ist zerstört.»

Ach du liebe Güte, das war eine Information, die Heinrich an das Schicksal von Robinson Crusoe erinnerte. Von der Außenwelt abgeschnitten …

«Nun machen Sie sich mal keine unnötigen Sorgen, Herr Loog. Jannike und Mattheusz geht es gut, auch wenn durch den plötzlichen Stromausfall die EDV Schaden genommen hat. Ach ja, und im Schlafzimmer ist eine Scheibe zu Bruch gegangen …»

«Um Himmels willen!»

«Zudem gibt es wohl irgendwelche Probleme, weil das Meer die Fundamente vom Leuchtturm angegriffen haben könnte …»

«Wirklich?» Das klang nach Weltuntergang.

«Aber wie gesagt, die kommen klar. Man hilft sich gegenseitig auf der Insel. Und noch ist genug zu essen da.»

«Was?»

«War nur ein Scherz, Herr Loog. Die Schiffe fahren wieder. Vor dem Verhungern braucht jedenfalls keiner mehr Angst zu haben.» Danni lachte.

Was für ein verschrobener Humor, fand Heinrich.

«Na dann! Wir hören voneinander!»

Heinrich kam nicht dazu, sich vernünftig zu verabschieden, dieser Danni hatte schon aufgelegt. Fassungslos hielt er das so plötzlich verstummte Mobiltelefon in der Hand, als hoffe er, dass es sich von selbst wieder anschalten würde, um ihn zu beruhigen. Um ihm zu sagen, dass bei Jannike lediglich ein Blumentopf von der Fensterbank geweht worden war.

Jannike war inzwischen über vierzig, sie hatte einen gesunden Eigensinn und war bislang nach jedem Schiffbruch einigermaßen auf die Beine gekommen. Darauf war Heinrich ziemlich stolz, auch wenn er mit diesem Gefühl nicht gerade hausieren ging. Doch nun war Jannike in einer ganz anderen Situation. Sie hatte demnächst für zwei Kinder zu sorgen. Und für ein Hotel. Und wahrscheinlich obendrein für eine merkwürdige Schwiegerfamilie. Und warum flog ihr Geschäftspartner in einer solchen Situation ganz entspannt in wärmere Gefilde?

Inzwischen hatte es angefangen zu regnen, und der Sturm, der vor einem Tag noch an der Nordsee gewütet hatte, ließ sich hier im Bergischen Land zumindest ein wenig erahnen, kalt wehte der Wind um die Häuserecken, und Heinrich zog sich den Mantel am Hals etwas enger. Wenn es hier schon so ungemütlich war, wie würde es erst da oben an der Küste sein? Fast schämte er sich, weil er den ganzen Tag nur an sich und die Raten für sein Auto gedacht hatte, während es Jannike in diesem Moment vielleicht gerade den letzten Ziegel vom Dach fegte.

«Heinrich?», rief eine ungeduldige Männerstimme. Es war Steffen, der aus dem Hintereingang der Praxis getreten war, sich im Hof umschaute und eine missmutige Fratze zur Schau stellte, ob seinetwegen oder aufgrund des Regens, konnte Heinrich nicht so recht deuten. «Wo steckst du denn? Mein Wagen parkt vor dem Haus. Sieh zu, dass wir loskommen, ich habe meine Zeit auch nicht beim Aldi gekauft.»

«Ich hab's mir anders überlegt», entschied Heinrich so plötzlich, dass er über sich selbst erstaunt war. Ja, er hatte seinen Praxisnachfolger auf den Pott setzen wollen, hatte ihm das ultimative Versprechen abringen wollen, ab heute regelmäßig und in voller Höhe zu zahlen. Doch die Aussicht darauf, dieses unangenehme Gespräch noch ein wenig zu vertagen, war auch nicht schlecht. Und er hatte ja auch einen triftigen Grund, dies zu tun.

«Wie jetzt?», hakte Steffen nach.

«Fahr alleine.» Es war nicht ganz unwahrscheinlich, dass man ihn gerade für dumm verkaufte. Womöglich brachte Steffen ihn Monat für Monat mit fadenscheinigen Begründungen um seine wohlverdiente Rente. Und es war absolut scheußlich, sich das so schonungslos einzugestehen. Vor allem, wenn man immer ein patenter, cleverer und engagierter Geschäftsmann gewesen war. Heinrich Loog streckte den Rücken durch. «Die Sache kann warten. Ich muss zu Jannike auf die Insel, die kommen da ohne mich überhaupt nicht zurecht.»

Die Möwen verkünden seit dem frühen Morgen den Sturm, der sich auf den Weg zur Nordsee macht. Wer sein ganzes Leben auf dem Meer verbracht hat, versteht die Sprache der Wasservögel. Wenn die große Silbermöwe eine Sturmflut voraussagt, wird sie seltsamerweise fast still. Ich höre sie flüstern: Passt auf, ihr Seeleute. Sucht einen sicheren Hafen, werft dort die Anker, holt die Segel ein und wartet ab.

Heute Nacht haben wir Vollmond. Springtide, die Himmelskörper stehen in einer Linie, ziehen gemeinsam die Flut herbei wie riesige Magneten. Eigentlich müssten sich längst die Sandbänke vor der Küste hell und glatt vom Wasser abheben wie die Rücken weißer Wale, die gemächlich durch den Atlantik ziehen – doch da ist nichts zu erkennen außer den sich immer höher auftürmenden Wellen.

Tönne, der Schiffsjunge, fragt, warum wir nicht in den nächsten Hafen fahren, wenn schon alle Zeichen auf Sturm stehen.

Doch der Kapitän sagt, er habe Kap Hoorn in drei Wochen geschafft, da wolle er sich von der Nordsee nicht bange machen lassen. Ich verstehe den Kapitän, er will zu seiner Frau und den vielen Kindern. Er fragt sich, ob wieder ein neues Balg dabei ist, das seinem Vater bei der ersten Begegnung schon auf allen vieren entgegenkrabbeln wird. Auch wir Seeleute können es kaum erwarten, an Land zu gehen, das köstliche Bier der Heimat zu trinken und ein paar hübsche Mädchen zu treffen, die unsere Sprache sprechen. Und hat Tönne nicht gestern erst hoch oben vom Mast seiner Mutter zugerufen, dass es nun nicht mehr lange dauern wird?

Nicht zuletzt wird unser Schiff, die schwere, tapfere Gebecca, sehnsüchtig erwartet, hat sie doch den Bauch voll mit Tropenholz und Diamanten. Für einen solchen Schatz lohnt jede Gefahr.

Wir waren eine lange Zeit unterwegs. Die Vorräte gehen zur Neige, einige blasse Kartoffeln liegen noch in der Kombüse, der Speck schmeckt bereits ranzig, und die dunklen Bohnen aus Südamerika verursachen uns Bauchkrämpfe. Die Sehnsucht nach frischem Braunkohl mit Grützwurst, wie er traditionell den Seeleuten in Bremen serviert wird, ist fast eine Qual, und der Gedanke

an einen knackigen, süßen Apfel aus meines Vaters
Keller kann mich stundenlang wach halten. Es gibt viele
gute Gründe weiterzufahren, selbst wenn die Möwen
warnen.

Ich versuche Tönne zu beruhigen. Unser Kapitän weiß,
was er tut. Man muss ihm vertrauen, auch wenn es
schwerfällt, er kennt das Wattenmeer wie die Taschen
seiner vom Salzwasserregen ganz speckig gewordenen
Lederweste. Er weiß, diese Untiefen können es an Ge-
fährlichkeit durchaus mit der Biskaya aufnehmen. Zwar
gibt es an der Nordsee keine Felsen, an denen der Rumpf
unserer tapferen Gebecca zerbersten könnte. Doch ein
falscher Kurs, eine halbe Seemeile zu weit südlich, und
der hölzerne Bug unserer schmucklosen Schonerbark
steckt in einer Sandbank fest. Und ist Sand nicht im
Grunde aus demselben Material wie ein Felsen? Unzählige kleine Steinchen, die ihr zerstörerisches Werk in
qualvoller Langsamkeit verrichten.

Ich habe gehört von einem gewaltigen Viermaster, den es
in Nordfriesland zerlegt hat, Holzplanke für Holzplanke
durchgescheuert vom weichen Meeresgrund. Die ganze
Mannschaft elendig abgesoffen, obwohl die Küste in Ruf-
weite war. Davor habe ich fast mehr Angst als vor einem
Zusammenstoß, bei dem das Ende schnell und schrecklich
ist. Diese Geschichte behalte ich freilich für mich, sie taugt
nichts für die Ohren eines Schiffsjungen.

Der Kapitän sagt, es gebe ein Feuerschiff am Hohen Weg, welches die Einfahrt in die Weser markiert. Wir können also nichts falsch machen. Sobald wir dieses Feuer sehen, heißt es hart Steuerbord segeln, dann werden wir bald geschützt sein durch das Budjardinger Land. Ich vertraue unserem Schiffsführer. Ich muss ihm vertrauen. Alles andere wäre Meuterei.

Also segeln wir weiter gen Osten. Das Schiff stampft durch die Wellen. Die Planken ächzen und stöhnen wie alte Weiber, die des Lebens überdrüssig sind. Ich kann es dem Holz nicht verdenken, dieser Sturm ist anstrengend, auch für die mit allen Wassern gewaschene Mannschaft.

Der Tag scheint sich nicht richtig zeigen zu wollen. Grau wie Asche sind Meer und Himmel, keine Sonne, an der wir uns orientieren könnten. Der Sextant, der uns sonst den richtigen Kurs weist, ist nutzlos. Seit dem frühen Morgen müssen wir koppeln, also das Log zu Wasser lassen und die Zeit messen, die das verknotete Band braucht, um sich gänzlich abzurollen. Es geht höllisch schnell, hektisch scheuert der Hanf über die Reling. Ich weiß nicht, wie ich mit dem Notieren der Werte hinterherkommen soll. Tönne, der Schiffsjunge, wendet die Sanduhr Mal um Mal, für eine exakte Auswertung kann ich nicht garantieren. Derweil lässt der Kapitän den Kompass nicht aus dem Blick, der Kurs muss stimmen, nur dann funktioniert die Navigation.

Als steuerbord das Licht erscheint, jubelt er. Das Feuerschiff im Hohen Weg, die sichere Pforte zur Weser hinauf, verkündet er der erleichterten Mannschaft. Ich jedoch melde meine Zweifel an. Ja, wir haben eine zügige Fahrt gemacht, wir sind auf dem rechten Kurs geblieben, soweit ich als Steuermann das bei all dem Durcheinander beurteilen kann. Doch noch sind wir nicht so weit, sage ich dem Kapitän. Es kann nicht die Marke sein, an der wir die Richtung wechseln sollen. Es ist zu früh, wir müssen weiter gen Osten. Hart Steuerbord, ruft der Kapitän. Er lacht. Er fragt mich, ob ich denn das Feuer nicht sähe. Den warmen Schein auf selber Höhe wie unser Mast. Doch, ich sehe ihn, gebe ich zu, allein ich glaube nicht, dass es der Hohe Weg ist. Ja, was denn sonst, fragt mich der Kapitän. Entlang der Küste ist es dunkel, keine der Inseln verfügt über Leuchtsignale, also weiß man genau: Wo das Licht erscheint, da ist der Weg in die Heimat. Abermals will ich meine Stimme erheben. Doch ich kenne den Kapitän. Ich weiß seinen Blick zu deuten wie die Sterne und den Kompass und den Wind und das Log. Er befiehlt mir zu schweigen. Hart Steuerbord ist das letzte Kommando. Und: Volle Fahrt voraus!

Ins Verderben, will ich rufen. Doch ich schweige. Und bete, auch wenn ich vor Jahren schon den Glauben verloren habe, irgendwo zwischen Südamerika und Bremen. Bitte, flehe ich ins Nichts, lass uns ankommen.

Denn ich habe gehört von Insulanern, die falsche Lichter
setzen. Aber nicht in einer stürmischen Nacht wie dieser,
denke ich, hoffe ich. So bösartig kann kein Mensch sein.
Im Sturm hängt doch ein jeder an seinem Leben, da setzt
man kein Irrfeuer, um den tapferen Seeleuten den sicheren
Tod zu bringen.

Wir jagen voran.

Ich habe Angst.

Steuermann Johann Wittkamp

DER INSELBOTE

Sturmtief „Linda" richtet verheerende Verwüstungen auf der Insel an

In der Nacht von Sonntag auf Montag hat an der deutschen, niederländischen und dänischen Nordseeküste ein Orkan gewütet, es wurden Windstärken zwischen zehn und zwölf gemessen, und das mittlere Hochwasser lag knapp drei Meter über dem normalen Stand. Ausgerechnet unsere Insel hat es dabei offensichtlich am schwersten erwischt, denn die von der Seeseite hereinbrechenden Wellen haben schwere Beschädigungen in Höhe der sogenannten Hellen Düne angerichtet, dies ist die Stelle, an der sich auch der Leuchtturm befindet. Direkte Sicherungsarbeiten waren nicht möglich, da seit ungefähr neun Uhr auf der gesamten Insel der Strom ausgefallen ist, ebenso Telefon und Mobilfunk. Grund dafür ist das Hauptkabel, welches unterhalb des Leuchtturms verläuft und die ganze Insel mit Elektrizität versorgt. Es wurde durch die Wucht des Sturms beschädigt und ist bis auf weiteres nicht benutzbar. Glücklicherweise gibt es noch ein etwas älteres Ersatzkabel, sodass für einen Großteil der Bevölkerung bereits um Mitternacht der Spuk vorbei war. Lediglich das markante Seezeichen wird noch etwas länger im Dunkeln liegen müssen, weil der Stromausfall für einen Kurzschluss in der Elektrik gesorgt hat. Die Angst, dass es einen weiteren Sturm geben könnte, der die zerstörerische Arbeit von „Linda" fortsetzt, macht den Insulanern schwer zu schaffen. Heute treffen sich die Mitglieder des Inselrats vor Ort. Ungünstigerweise ist der Inselbürgermeister Siebelt Freese derzeit im Urlaub, weswegen Okko Wittkamp, der Vorsitzende des Umweltausschusses, dessen Aufgabe übernommen hat. Deutlich weniger Eile sieht Dr. Christoph Wagenrath geboten, der als Leiter des zuständigen Landesamtes für Küstenschutz und Wasserwirtschaft in Norden/Norddeich auf Anfrage mitteilte, dass man erst einmal die Satellitenbilder auswerten und dann den Schaden vor Ort betrachten müsse, um über sinnvolle Maßnahmen zur Beseitigung der Schäden nachzudenken. Eine Pressekonferenz wurde für den morgigen Tag einberaumt. Der Inselbote wird seine Leser selbstverständlich auf dem Laufenden halten.

Es gab mal eine Zeitlang den Trend, Menschen farbschematisch einzuordnen in Frühling, Sommer, Herbst und Winter. Inzwischen war das sicher gnadenlos out, doch Jannike erinnerte sich noch, dass sie angeblich ein Frühlingstyp gewesen war. Die Farben, die sie demnach besonders gut tragen konnte, hatten appetitliche Namen gehabt: Champagner, Honig, Cognac, Apricot, Lachsrot, Hummerrot, Mohnrot … Der Inhalt ihres Kleiderschranks war kaum vom Vorratsraum eines Gourmettempels zu unterscheiden gewesen.

Daran musste sie in diesem Moment denken, weil der Anblick, der sich ihr jetzt gerade bot, mit Frühling genauso wenig zu tun hatte wie dieser Modehokuspokus. Die zerfransten Dünen unterhalb des Leuchtturms erinnerten eher an Schlechtwetterherbst oder Sturmwinter. Der Himmel war asphaltgrau, der Sand betongrau, das Meer bleigrau. Nichts da mit leckeren Farben. Und die freigelegten Wurzeln des Strandhafers, die in den höhlenartigen Mulden hingen, die die Nordsee in die Insel gerissen hatte, wirkten wie ein trauriger Vorhang aus vergammeltem Sackleinen, in dem der Regen sich sammelte und schlammig heruntertropfte.

«Die schlimmsten Zerstörungen seit mehr als hundert Jahren», beklagte Okko Wittkamp, der als Vorsitzender des Umweltausschusses den gesamten Gemeinderat zu einer Sondersitzung zusammengetrommelt hatte, um den Schaden vor Ort genauer in Augenschein zu nehmen. Der hagere Mann musste mächtig gegen den Wind anbrüllen, um die versammelte Politikerbande akustisch zu erreichen. Sie standen schlotternd am Strand, alle bis unter das Kinn verpackt in Ölzeug, an den

Füßen wasserdichte Stiefel und auf den Köpfen enge Wollmützen, die nicht so leicht vom Scheitel geweht werden konnten. Jannike und Mira Wittkamp waren als direkt betroffene Anwohnerinnen mit von der Partie. Bei den Wittkamps, die nur zwei Ecken weiter ihre *Pension am Dünenpfad* hatten, war in der Sturmnacht der Keller vollgelaufen, und es hatte eine Silberpappel komplett entwurzelt.

Dummerweise ließ sich Jannikes Winterparka beim besten Willen nicht mehr schließen. Kalte Feuchtigkeit kroch in ihren Fleecepullover. Wehmütig dachte sie an letztes Jahr, als um diese Zeit die Temperaturen das erste Mal in den zweistelligen Bereich geklettert waren und man in sonnigen Ecken sogar ohne Jacke sitzen konnte. Eigentlich sollte man das vom März erwarten dürfen. Stattdessen könnte das hier rein optisch auch die Hauptversammlung der Polarforscher sein.

Doch es ging um viel mehr als nur das Lamentieren über scheußliches Wetter: Die stürmische Linda hatte nicht bloß am Schlafzimmerfenster in Jannikes Wohnung und im EDV-System des Hotels Schaden angerichtet, sondern gleich mehrere Dächer abgedeckt, das Hauptstromkabel lahmgelegt und – was wohl am schlimmsten war – den natürlichen Inselschutz, der durch die Randdünen gewährleistet wurde, empfindlich beschädigt. Mehr als fünf Meter waren durch die Abbrüche verloren gegangen, und die sogenannte Helle Düne, auf der der Leuchtturm seit mehr als hundertfünfzig Jahren stand, wirkte seit dieser Sturmnacht beängstigend instabil.

Wie sieht es aus bei euch?, fragte Danni per Handynachricht. Mindestens einmal pro Stunde blinkten besorgte SMS von ihm oder Siebelt auf Jannikes Display auf. Tja, wie sah es aus? So schlimm, dass sie den beiden da unten im Süden besser kein Foto schickte. Beide versuchten händeringend, einen Rückflug zu ergattern. Doch da durch den Sturm etliche deutsche Flughäfen in Mitleidenschaft gezogen worden waren, war das nicht so einfach.

Alle Ratsmitglieder da, Okko macht seine Sache gut, seid also unbesorgt. Jannike. Das musste reichen.

«Es war abzusehen, dass es mal so weit kommt», trug Okko Wittkamp vor. «Sämtliche Umweltgutachten haben es längst vorausgesagt: Das Ausbaggern des Hafenbeckens der Nachbarinsel und die Offshore-Anlagen weiter draußen haben für eine dramatische Verlagerung der Sandbänke gesorgt. Wir kriegen die Flut jetzt mit voller Wucht ab, besonders, wenn das Wasser so hoch steigt wie vor zwei Nächten.» Miras Mann saß seit Jahren im Inselrat, nach Gerd Bischoff hatte er bei der Kommunalwahl die meisten Stimmen für sich verbuchen können, obwohl er, anders als sein Kontrahent von den Konservativen, nicht mit der halben Insel verwandt war. Die Bürger wussten seine ruhige, besonnene Art zu schätzen, zudem hatte Okko eine Ausbildung als Vermessungstechniker beim Landesamt für Küstenschutz und Wasserwirtschaft absolviert und war somit quasi Experte, was den Inselschutz betraf, zumindest im Vergleich zu den übrigen Ratsmitgliedern. Dass er seit Jahren das Inselmuseum leitete, wurde ihm ebenfalls hoch angerechnet, und jeder hörte zu, schließlich hatte er – wenn er denn mal den Mund aufmachte – immer etwas Wichtiges zu sagen. «Wir sollten dringend Verstärkung vom Festland holen. Bislang hat sich Dr. Christoph Wagenrath vom Amt für Küstenschutz ja eher bedeckt gehalten, aber wir vom Inselrat könnten einen Dringlichkeitsantrag auf ein Inselschutz-Team stellen.»

«Bloß nicht! Die Ökofuzzis machen doch immer nur Ärger!», beschwerte sich Bischoff. War ja klar, dieser Mann hielt

109

grundsätzlich dagegen, wenn jemand einen vernünftigen Vorschlag äußerte.

«Die Truppe könnte, sobald wir das Okay vom Küstenamt haben, erst einmal Wellenbrecher und einen Wall aus Sandsäcken errichten. Wir dürfen keine Zeit verlieren. Die Dünen am Leuchtturm sind die Sollbruchstelle unserer Insel. Noch eine Flut dieses Kalibers, und wir haben Land unter.» Die eine Fraktion stimmte vehement zu, die andere fand es lächerlich und tat, als habe Okko eben übertrieben kreativ das Endzeitszenario aus einem Wolfgang-Petersen-Film an die ostfriesische Küste verlegt.

«Das bringt doch alles nichts!», sagte Bischoff. Der hatte gut reden. Bis vor zwei Jahren hatte er noch heimlich den Strandhafer geschnitten, damit die Gäste seines Cafés eine bessere Sicht auf den Sonnenuntergang hatten. Es war herausgekommen, er hatte eine satte Strafe zahlen müssen, eines Besseren belehrt war er aber anscheinend noch immer nicht. «Dann kommen die, buddeln ein bisschen im Sand rum, klopfen schlaue Sprüche, was wir angeblich alles in Zukunft nicht mehr machen dürfen, und dann hauen sie wieder ab.»

«Außer Spesen nichts gewesen», trötete Hanne Hahn ins selbe Horn.

Ihre Stimme war immer schrill genug, sich gegen Wind und Wetter zu behaupten. Was sie als Gleichstellungsbeauftragte da überhaupt mitzumischen hatte, war nicht wirklich klar, meistens ging es dieser Person aber sowieso nur darum, sich irgendwie zu profilieren. «Ich hatte diesen Dr. Wagenrath vom Amt für Küstenschutz mal bei uns in der Pension wohnen. Vor zwei Jahren, als er den Deich überprüft hat. Der wollte jeden Morgen zwei Frühstückseier haben. Zwei! Hartgekocht! Wo kommen wir da denn hin?»

«Also wenn es daran scheitern sollte: Ich kann gern zwei Leute bei uns in der Pension unterbringen», meldete sich Mira zu Wort.

«Ich auch!», sagte Jannike. «Und wenn nötig, würden wir auch die Verpflegung vor Ort übernehmen.» Alle schauten Jannike und Mira an, als wären sie sich eben erst ihrer Anwesenheit bewusst geworden. «Na ja, mein Hotel ist nur ein paar Schritte entfernt, und es fühlt sich ehrlich gesagt nicht so toll an, direkt an einer Sollbruchstelle zu wohnen.»

«Hast du denn überhaupt schon wieder Elektrizität?», fragte Hanne Hahn.

«Inzwischen ja. Es wurde ein Behelfskabel vom Inseldorf aus verlegt. Und wir versuchen, die Computeranlage wieder in Gang zu kriegen. Seit dem Stromausfall haben wir keinen Zugriff mehr auf unsere Buchungsdaten, das Programm ist komplett abgestürzt. Das ist derzeit unser dringendstes Problem.»

«Der Leuchtturm ist aber immer noch dunkel!»

«Da müssen die Fachleute ran. Vereinfacht gesagt ist die Glühbirne durchgebrannt, als wieder Strom da war. Da müssen irgendwelche Dioden ausgetauscht werden.»

«Im Hotel haut es dir doch bestimmt die Sicherung raus, wenn du bloß den Wasserkocher anstellst», witzelte Gerd Bischoff. Ganz so schlimm war es zum Glück nicht, und der Stromanbieter hatte ihr zugesichert, dass bis zum Beginn der Osterferien das gebrochene Kabel repariert und somit für einen reibungslosen Ablauf gesorgt wäre.

«Wenn ihr wollt, können wir jetzt im Hotel einen Tee trinken», schlug Jannike vor. «Bei mir ist es deutlich gemütlicher, und wir müssen uns nicht so anschreien. Nebenbei dürft ihr euch dann vergewissern, dass bei uns keine nachkriegsähnlichen Zustände mehr herrschen.»

Diese Einladung nahmen die Ratsmitglieder dankend an. Inzwischen war Jannike so kalt, dass sich die Kinder im Bauch zu beschweren begannen. Zumindest strampelten die beiden ziemlich herum, was in der Mitte der Schwangerschaft noch richtig spannend gewesen, aber inzwischen wirklich kein Vergnügen mehr war. Ein Füßchen klemmte unter den Rippen, ein Ellenbogen drückte eine beachtliche Beule neben ihren Nabel. Langsam wurde es eben richtig eng dadrin. Es war höchste Zeit, ins Warme zu kommen.

Die Gruppe setzte sich gebückt in Bewegung, stapfte schwerfällig durch den nassen Sand, bis sie endlich am Trampelpfad angelangt war, über den man sicheren Schrittes am Leuchtturm vorbei bis zum Hintereingang des Hotels marschieren konnte. Jannike bemerkte die kritischen Blicke von Hanne Hahn und Gerd Bischoff. Ja, der Garten sah noch ziemlich mitgenommen aus, in der Ecke bei der Außensauna hatten sich alle möglichen Gegenstände, die der Sturm mit sich gerissen hatte, verfangen: eine zerbeulte Plastikgießkanne, der erbärmliche Rest eines Sonnenschirms, jede Menge Tüten und Planen und Pappkartons. Sobald das Wetter wieder berechenbarer wäre, müsste Mattheusz sich dringend ans Aufräumen machen. Doch bislang äußerten sich die Meteorologen alles andere als optimistisch, was einen geschmeidigen Frühlingsanfang betraf.

Die knorrige Kastanie hatte etliche Äste abgeworfen, die nun weit verteilt auf dem Rasen lagen. Die Silhouette des alten, fast nackten Baumes wirkte geradezu gespenstisch, der Regen färbte die raue Borke schwarz, und die krummgewachsenen Hölzer, die den Windstärken getrotzt hatten, standen erschrocken vom Stamm ab, als habe jemand «Hände hoch, oder ich schieße» gerufen.

Plötzlich spürte Jannike eine Berührung auf ihrer Schulter, behandschuhte Finger versuchten, ihren Schritt zu bremsen. Hanne Hahn ging nun neben ihr und warf Jannike ihren weltberühmten Jetzt-mal-ganz-vertraulich-unter-uns-Blick zu. «Kann ich dich kurz sprechen?»

«Wollen wir nicht erst in die warme Stube?»

«Lass die anderen besser vorausgehen.» Hanne Hahn blieb stehen. Ihr Gesicht war nass vom Regen, und in ihren leicht hervorstehenden Augen konnte man so etwas wie ... tja, Sorge? Angst? Oder doch wieder nur Sensationslust? ... entdecken. «Muss ja nicht jeder mitbekommen.»

«Das klingt aber sehr geheimnisvoll», sagte Jannike und hoffte inständig, dass Hanne Hahn sich entgegen ihrer Gewohnheit kurz fassen würde. Inzwischen drückten die Zwillinge ihr nämlich auf die Blase. Noch so eine unangenehme Nebenwirkung der späten Schwangerschaft.

Hanne Hahn schien es jedoch nicht besonders eilig zu haben. «Wahrscheinlich hat dir noch niemand wirklich die ganze Wahrheit erzählt», raunte sie.

«Darüber, was zuerst da war? Das Huhn oder das Ei?» Den nächsten Spruch konnte Jannike sich beim besten Willen nicht verkneifen. «Oder in deinem Fall: Hanne Hahn oder das Gerücht?»

Hanne zog eine missbilligende Grimasse. «Mit Gerüchten geb ich mich überhaupt nie ab. Es geht um das Hotel.» Sie hielt ihren Kopf still, als sei jede Regung gefährlich, lediglich die Augen bewegten sich und blickten bedeutungsschwer vom Haus zum Leuchtturm und wieder zurück. «Hast du dich nie gewundert, warum du es damals zu einem solchen Spottpreis erworben hast?»

Doch, natürlich hatte Jannike das. Eine halbe Million für ein

Haus mit acht Doppelzimmern, Hotelküche, Speisesaal und Gartengrundstück, das war ein erstaunliches Schnäppchen gewesen, selbst wenn es am Ende der Insel lag und sie noch einiges an Geld in die Renovierung hatte stecken müssen. «Komm, Hanne, es liegt dir doch auf der Zunge – hau es einfach raus.»

«Dann hat dir also niemand etwas von dem Fluch erzählt?»

Jannike musste lachen. «Nein. Das hat der Immobilienmakler seinerzeit wohl vergessen zu erwähnen. Aber falls der Fluch lautet, dass jedesmal, wenn eine Gästefrau meint, ihre gesammelten Kosmetiktücher auf einmal im Klo herunterspülen zu müssen, der Abfluss verstopft, du, dann muss ich sagen: Der Fluch lastet schwer auf mir. Letzte Saison ist das gleich dreimal passiert.» Jannike wollte weitergehen. Die anderen waren alle schon im warmen Speisesaal. Durch die Fenster konnte sie sehen, dass Mira ihnen Tee und Kaffee servierte. Jannikes Freundin lebte seit ihrer Geburt auf der Insel, wenn also wirklich ein Fluch auf dem Haus läge, dann hätte Mira ihr das doch bestimmt erzählt, oder?

«Nimm das nicht auf die leichte Schulter, Jannike. Fakt ist: Kein Insulaner wollte den alten Kasten haben. Aus gutem Grund.»

«Mach's nicht so spannend. Mir ist kalt, und ich muss mal.»

«Das Leuchtfeuer ist erloschen.»

«Stimmt. Ist mir auch schon aufgefallen, stell dir vor.» War das jetzt ein Themenwechsel, oder was?

«Seit wie vielen Nächten?»

«Heute ist es die zweite. Aber die Elektriker haben mir versichert, dass sie spätestens in einer Woche …»

«Das ist zu spät!», rief Hanne Hahn hysterisch. «Dann wird etwas Furchtbares passieren!»

Langsam reichte es. Jannike war zu alt für Gruselgeschichten. *Die drei Fragezeichen und der erloschene Leuchtturm* – darauf hatte sie keine Lust. «Weißt du was, Hanne? Ich bin schwanger. In ein paar Wochen bekomme ich Zwillinge. Und nur ganz besonders unsensible Menschen» – *mein Vater beispielsweise*, dachte sie, sprach es aber nicht aus – «reden in Gegenwart von kugelbäuchigen Beinahe-Muttis davon, dass etwas Furchtbares passieren wird.» Jannike schüttelte die immer noch schwer auf ihr lastende Hand ab und ließ Hanne Hahn einfach stehen.

«Sieben Nächte nur darf es dunkel sein», rief, nein, kreischte Hanne Hahn und folgte ihr hartnäckig. «Wenn der Leuchtturm dann nicht wieder strahlt, wird sich der Kapitän der *Gebecca* rächen.»

«Den kenne ich nicht.»

«Kannst du ja auch nicht. Der ist seit fast zweihundert Jahren tot.»

«Dann hab ich keine Angst vor ihm.»

«Solltest du aber.»

Jannike blieb abrupt stehen, sodass Hanne Hahn beinahe in sie hineingelaufen wäre. «Sag das doch den Leuten vom Stromanbieter. Die ziehen sich dann flugs ihre Blaumänner über, holen eine lange Leiter, klettern siebzig Meter hinauf und knipsen die Lampe da oben einfach wieder an, fertig. Aber ich mach das bestimmt nicht.»

Selbst wenn ansonsten was Furchtbares passiert, vervollständigte Jannike in Gedanken und versuchte, die sich ihr aufdrängenden Katastrophenvisionen gleich wieder beiseitezuwischen. Noch nie hatte sie von diesem komischen Fluch gehört, außerdem war sie nicht abergläubisch, und von dem, was aus dem Munde von Hanne Hahn kam, konnte man neunzig Prozent getrost vergessen. Mindestens.

Jannike wollte sich ihre Zuversicht nicht einfach vermiesen lassen. Hatte sie diese grässliche Sturmnacht nicht erstaunlich locker weggesteckt? Mattheusz hatte das Fenster wieder abgedichtet, Bogdana hatte überall Teelichter aufgestellt, damit es hell wurde, und weil es mit dem Krimi Essig war, hatte Jannike mit Hilfe einer Taschenlampe allen anderen aus einem deutschen Märchenbuch vorgelesen, das sie zur Hochzeit geschenkt bekommen hatten. Es war seit langem der erste friedliche Abend gewesen, ohne Grübeln und Zweifeln, ohne Streitereien mit Mattheusz, der über diesem nächtlichen Reparatureinsatz sogar seine Enttäuschung wegen des Kinderzimmers vergessen hatte. Im Grunde hatte Linda ihr gezeigt, dass alles nur halb so schlimm war und Jannike im Kreise ihrer neuen Familie absolut sturmfest. Auf keinen Fall würde sie sich von einer Person wie Hanne Hahn erneut verunsichern lassen. Es! Wird! Nichts! Schlimmes! Passieren!

Dachte sie. Bog um die Ecke. Nahm die Türklinke in die Hand. Drückte sie herunter. Trat in den Flur.

Und stand ihrem Vater gegenüber.

Gott schuf das Meer,
der Friese die Küste.
Dieser Spruch zierte den First des denkmalgeschützten Stufengiebels wohl schon eine halbe Ewigkeit. Eine passende Inschrift für ein Gebäude, in dem seit dem letzten Jahrhundert das Landesamt für Küstenschutz und Wasserwirtschaft untergebracht war. Man musste den Kopf schon arg weit in den Nacken legen, um die Buchstaben überhaupt entziffern zu können. Die Mühe machten sich nur wenige Passanten. Die blieben meistens kurz stehen, lobten die aufwendigen Verzierungen im Backstein und die hübschen, hölzernen Sprossenfenster und trabten dann weiter zum Marktplatz, zum Teemuseum, zu all diesen Sehenswürdigkeiten, die der kleine Küstenort laut Reiseführer zu bieten hatte.

Anscheinend war der eingemeißelte Satz wohl auch noch keinem der zahlreichen Kamerateams aufgefallen, die vorhin mit ihrer sperrigen Ausrüstung durch die ein paar Meter darunter liegende Tür getreten waren. Gut so, denn der Spruch war Schwachsinn, zumindest wenn es nach Dr. Christoph Wagenrath ging. Weder hatte seiner Überzeugung nach Gott die Welt erschaffen noch der Friese die Küste. Vielmehr war alles ein logisches, in sich verwobenes, naturwissenschaftlich

117

berechenbares Konstrukt aus Sedimentverlagerung und dem durch die stete Klimaerwärmung beschleunigt ansteigenden Meeresspiegel.

Zugegeben, früher einmal hatte Christoph Wagenrath selbst bis zu einem gewissen Grad daran geglaubt, dass es in der Hand der Menschen lag, wie sich die Ufer der Nordsee gestern, heute und in Zukunft gestalteten. Dass die richtigen Bollwerke bei intensiver Pflege und ständiger Anpassung jeder Sturmflut trotzen könnten. Inzwischen war er zehn Jahre klüger, hatte mehr als drei Deiche gebaut, unzählige Buhnen in die Wellen gezogen und darüber hinaus in den Dünen die üblichen Maßnahmen zur Befestigung vollzogen. Zudem hatte er seit ein paar Jahren die Leitung des hiesigen Küstenamtes inne und eine Doktorarbeit zum Thema *Nachhaltigkeit im modernen Küstenschutz* verfasst. Er wusste längst, der Kampf war hoffnungslos.

Das Glockenspiel, das nur wenige Schritte entfernt am Kirchturm einen Choral ertönen ließ, verkündete, dass es gleich Mittag war. Ihm blieb nicht mehr viel Zeit. Eilig betrat Christoph das Amtsgebäude und nahm zwei Stufen auf einmal, um in sein Büro im zweiten Stock zu gelangen. Dort wollte er nur schnell seinen Laptop holen, auf dem die Präsentation gespeichert war. Gestern waren nämlich die ersten Satellitenbilder eingetroffen, die zweifelsfrei zeigten, dass seine Befürchtungen keine Schwarzmalerei gewesen waren. Es stand schlecht um die Insel. Das Westende war akut gefährdet. Aus der Weltraumperspektive wurde deutlich, um wie viele Meter die Helle Düne abgetragen worden war. Die Lokalpresse hatte es hochdramatisch *Ostfriesisches Armageddon* getauft, und der Inselbürgermeister hatte völlig aufgelöst bei ihm angerufen, weil er auf einer kanarischen statt auf seiner ostfriesischen

Insel saß, keinen Flieger bekam und sich Sorgen um seinen kleinen Sandhaufen machte. Es war Christophs Aufgabe, die allgemeine Panik der Küstenbewohner mit Hilfe einer sachlichen Pressekonferenz wieder in den Griff kriegen.

Seine Mutter hatte vorhin am Telefon befohlen, er solle sich was Ordentliches anziehen, am besten Hemd und Krawatte, das wirke seriös und vielleicht sei ja sogar jemand von der Tagesschau anwesend. Doch Christoph war Mitte dreißig und somit nicht mehr in dem Alter, in dem man die Ratschläge seiner Mutter für besonders wertvoll hielt. Er trug den hellbraunen Rollkragenpullover, aber dazu immerhin die neueste Jeans, die er besaß.

«Soll ich dir tragen helfen?», fragte Deike und eilte herbei.

Er schüttelte schnell den Kopf. Das fehlte noch, dass ausgerechnet die neue Kollegin seinen Technikkram schleppte. Womöglich stolperte sie dann auf der Treppe über ihre weiten Pluderhosen, und die ganze Vorbereitung für den heutigen Termin wäre umsonst gewesen. Es war wichtig, dass alles klappte. Christoph sah sich schon im Umweltministerium, erst Hannover, dann Berlin, so war der Plan. Da war Öffentlichkeitsarbeit das A und O, er durfte sich bei dieser Pressekonferenz nicht blamieren. Außerdem war seine Vorgesetzte aus Oldenburg extra angereist, Frau Rottbecker-Mätzigheim, die hielt alle relevanten Fäden in der Hand.

«Oder 'nen Kaffee? Ist noch frischer in der Kanne.»

«Nein danke.» Er kannte Deikes Kaffee. Der war zwar fair gehandelt, aber ansonsten fiel er unter das Waffengesetz, so stark, wie der war. «Wir kommen sonst zu spät!»

«Dann halte ich dir die Türen auf», schlug sie vor.

Gut, dabei konnte sie wenigstens nichts verkehrt machen. Und doch nervte es ihn, weil Deike jedes Mal, wenn sie ihm das Türblatt übertrieben weit geöffnet hielt, so fröhlich grinste, um sich anschließend eng und flink an ihm vorbeizuschieben. Und sie plapperte in einem durch, Christoph hörte gar nicht mehr hin, genau wie er ihre ausführlichen und unpassend emotional gefärbten Mails nur überflog, in denen es von seltsamen Smiley-Gesichtern nur so wimmelte. Deike Knopfling war ein Energiebündel, da hätte man sich etliche Windkraftanlagen an der Küste sparen können. Eigentlich eine seltene und somit willkommene Eigenschaft bei Kollegen. Soweit er wusste, hatte Deike Wasserwirtschaft studiert oder Landschaftsökologie oder Umweltwissenschaften, eventuell auch alles zusammen. Dabei vermittelte sie durchaus nicht den Eindruck einer ewigen Studentin, die nicht so recht wusste, wohin mit ihrem Übermaß an Interessen. Nein, Deike Knopfling arbeitete zielgerichtet und effektiv. Aber sie strengte ihn an. In vielerlei Hinsicht.

«Mann, bin ich aufgeregt. Der Raum war schon um Viertel vor proppevoll, ist das nicht super?»

«Ja.»

«Fünf Fernsehteams. Mindestens zehnmal Radio. Die Zeitungsreporter haben kaum noch Platz gefunden. Ich freu mich, dass unsere Einladung auf so eine große Resonanz gestoßen ist. Du auch?»

«Ja.»

«Wir müssen den Menschen das Schicksal der Inseln nahebringen, nur dann gewinnen wir die Lobby, die wir für unsere wichtige Arbeit brauchen. Siehst du das auch so?»

«Ja.»

«Wenn du wüsstest, wie stolz ich bin, mit einem Menschen wie dir zusammenarbeiten zu dürfen!» Sie legte kurz den Arm um seine Schulter und zog ihn an sich. Er ertrug es schweigend.

Es gab eine Hintertür, die in den Sitzungssaal führte, so mussten sie sich nicht zwischen den Leuten hindurchschlängeln. Christoph erkannte an den Logos auf den Mikrophonen und Kameras, dass tatsächlich auch etliche überregionale Reporter aufgetaucht waren. Was für ein Aufhebens.

Frau Rottbecker-Mätzigheim saß bereits auf dem Podium und schenkte Wasser in die bereitgestellten Gläser. Dann nickte sie ihm knapp zu. «Dr. Wagenrath! Wer macht die Begrüßung?» Und ohne eine Antwort abzuwarten: «Ich dachte, ich. Danach geben wir an Sie weiter.» Christoph war alles recht. Seufzend machte er sich daran, den Laptop mit dem Beamer zu verbinden, richtete das Bild auf der Leinwand aus, stellte etwas heller und schärfer, dann setzte er sich.

Frau Rottbecker-Mätzigheim hingegen stand auf. «Sehr geehrte Damen und Herren, es ist fünf nach zwölf, und das meine ich durchaus auch im metaphorischen Sinne.»

Oje, seine Vorgesetzte war also auch der Ansicht, dass ein bisschen Katastrophenstimmung nicht schaden konnte, um die informationsgesättigten Medien bei der Stange zu halten.

«Jedenfalls ist es höchste Zeit, Sie alle zu dieser Pressekonferenz zu begrüßen. Es geht um die Schäden, die das Sturmtief Linda vor ein paar Tagen an der ostfriesischen Küste und auf den Inseln angerichtet hat. Wie schlimm ist es wirklich? Was bedeutet es für die Sicherheit unserer Heimat? Wie können wir uns in Zukunft vor Vergleichbarem schützen? Darüber wird nun Dr. Christoph Wagenrath Auskunft erteilen. Er hat unter anderem in den Niederlanden und Brasilien Wasserbau und Geologie studiert und leitet seit nunmehr fast drei Jahren das Amt für Küstenschutz und Wasserwirtschaft. Einen ausgewiesenen Experten wie ihn findet man im deutschsprachigen Raum sonst wohl kaum.»

Das war eine Ankündigung nach Christophs Geschmack. Obwohl seine zahlreichen Publikationen auch hätten erwähnt werden können. Ganz aktuell zum Beispiel die Abhandlung über die Bedeutung des Korngrößenabrisses im Rückseitenwatt, sehr spannendes Thema. Aber vielleicht hätte man die Journalisten damit überfordert.

«Toi, toi, toi», flüsterte Deike ihm zu und grinste schon wieder. Erst jetzt fiel ihm auf, dass sie neben ihm auf dem Podium Platz genommen hatte. Verstohlen linste Christoph auf das Schild, das vor ihr auf dem Tisch stand. *Deike Knopfling – Koordination Soforteinsatz Helle Düne* war darauf zu lesen. Aha, das war ja interessant. Warum hatte ihn denn niemand darüber informiert? Dass es demnächst zur Insel gehen sollte, um die Dünenabbrüche eingehend zu untersuchen, leuchtete ein. Doch dass dies sofort und zudem noch unter der Leitung einer Debütantin passierte, war ihm neu. Er versuchte, den Frust, übergangen worden zu sein, hinunterzuschlucken. Für Verärgerung blieb jetzt keine Zeit. Die ersten Fotoapparate blitzten bereits durch den Raum.

«Um die Bedeutung des Sturms der letzten Woche zu begreifen, müssen wir mit dem Ende der letzten Eiszeit beginnen.» Einige Journalisten hielten das wohl für einen Scherz und lachten. Ungerührt startete Christoph seine Präsentation. «Hier haben wir die Küstenregion, wie sie vor ungefähr achttausend Jahren am Ende des Pleistozäns ausgesehen haben muss.»

Es entging Christoph nicht, dass im Publikum einige mit den Augen rollten. Sollten sie doch. Er hatte ja selbst auch mühsam begreifen müssen, dass es ein Fehler war, das Verhältnis zwischen Land und Meer erst ab dem Beginn des Deichbaus zu betrachten. «In dem Moment, in dem der Mensch in die Natur eingegriffen hat, um seinen Lebensraum zu sichern, wurde die Zerstörung desselben prädisponiert.»

Ein offensichtlich ungeduldiger Mann vom Privatradio stand auf und richtete das Mikrophon in Christophs Richtung. «Wie viel wird die Reparatur den Steuerzahler kosten?»

Welch banale Frage. «Das System Wattenmeer ist doch kein VW Käfer, bei dem nach hunderttausend Kilometern der Motor schlappmacht und wir einen Kostenvoranschlag von der Werkstatt einholen können.» Als Christoph im Augenwinkel sah, dass sowohl Frau Rottbecker-Mätzigheim als auch Deike nickten, bemühte er das eigentlich etwas schiefgeratene Bild direkt noch einmal. «Auch wenn wir von uns behaupten können, dass wir mit diesem Kleinwagen, der unsere Erde ist, die ganze Zeit viel zu schnell gefahren sind, ohne einmal beim TÜV vorbeizuschauen.» Es war nun mal so: Journalisten wollten die Welt grundsätzlich in weniger als einer Minute begreifen, und dann am besten auf demselben Niveau wie bei der *Sendung mit der Maus*. Der Radiomann jedenfalls hatte einen brauchbaren O-Ton eingefangen und setzte sich zufrieden hin.

Christoph klickte das nächste Bild an. Es zeigte die Verlagerung der Ostfriesischen Küste im Laufe der letzten Jahrhunderte. «Wie Sie sicherlich wissen, sind die Inseln in ihrer Form und Position alles andere als statisch.»

Nun erhob sich eine Frau, die einen Notizblock in der Hand hielt. «Ich bitte Sie, Dr. Wagenrath, Ihr Expertenwissen in Ehren. Aber wenn Sie uns jetzt erklären wollen, dass die Inseln von West nach Ost wandern, dann muss ich Ihnen sagen: Das wissen wir schon. Dieses Thema hat mein vierjähriger Sohn vergangene Woche im Kindergarten durchgenommen.» Sie erntete einige Lacher.

Christoph blieb ernst. «Dann bringt man Ihrem Sprössling leider großen Unsinn bei, denn die Verlagerung der Inseln geschieht von Nord nach Süd, und genau da liegt der Hase im Pfeffer.»

Doch diese Mitteilung schien auf keinerlei Interesse zu stoßen. Die dachten vermutlich im Stillen: West oder Ost, Nord oder Süd, Wandern ist Wandern – und lagen mit dieser Einschätzung völlig daneben. Denn die Richtung hatte mit Segmentverlagerung zu tun, mit der Notwendigkeit von Gezeitenbecken, mit morphodynamischen Anpassungskonzepten. Aber da konnte man sich hier wohl den Mund fusselig reden.

«Ich schreibe für den *Naturfan*», stellte sich die renitente Dame nun vor. «Und unsere Leser wird ohnehin am meisten interessieren, ob die Heftigkeit des Sturms etwas mit dem Klimawandel zu tun hat.»

«Ja und nein», antwortete Christoph und wollte gerade ausholen, um den Unwissenden zu erklären, dass es zwar einen Klimawandel gab, dieser aber – entgegen der landläufigen Meinung – nicht zwangsläufig auf die CO_2-Emission zurückzuführen, sondern im Weltgeschehen schon mehrfach passiert war. Eine unpopuläre Ansicht, das hatte Christoph schon mehrfach zu spüren bekommen. Nicht umsonst saß er in einem Kaff mit dreißigtausend Einwohnern fest, statt als Dozent an der Uni zu unterrichten.

Prompt schnitt ihm nun Frau Rottbecker-Mätzigheim das Wort ab. «Wir wissen nicht, woran genau es liegt. Stürme hat es immer gegeben, und ob sie schlimmer werden und durch das Ozonloch beeinflusst sind, können wir in diesem Rahmen nicht adäquat beantworten.» Sie drehte sich nach rechts und zeigte auf Deike. «Doch was wir jetzt im akuten Fall zu tun gedenken, darüber kann Ihnen Frau Knopfling Auskunft geben.»

Das war ja wohl eine Unverschämtheit. Er war erst bei der dritten Karte seiner Präsentation angekommen und wurde von einer völlig unerfahrenen Mitarbeiterin abgelöst. Christoph bereute, den Rollkragenpullover angezogen zu haben, denn die Wut kroch ihm heiß bis zu den Ohren, und er begann mächtig zu schwitzen.

Deike hatte so eine Angewohnheit. Ständig fuhr sie sich mit den Händen ins Haar, fasste die roten Locken zusammen, als wolle sie sich einen Dutt binden, dann ließ sie die Strähnen wieder los, als habe sie es sich anders überlegt, und schüttelte den Kopf. Eine fast intime Geste, die wirkte, als säße man gemeinsam im Wohnzimmer auf dem Sofa und spiele *Mensch ärgere dich nicht*. Dies war kein Auftreten, das einer Pressekonferenz angemessen wäre. «Danke, Frau Rottbecker-Mätzigheim», sprach sie ins Mikro, «und danke an dich, Christoph, für die extrem wichtige Einleitung.» Sie schenkte ihm abermals einen Blick auf ihre makellos weißen Zähne. Diese Frau lächelte zu viel. Sie war ihm ein Rätsel.

«Wir werden noch heute mit einem kleinen Team auf die Insel reisen, um uns die Zerstörung der Hellen Düne anzuschauen.» Aha, heute schon, davon hatte Christoph nichts gewusst. «Vor Ort hat sich bereits eine Truppe Freiwilliger zusammengetan, die uns dabei helfen werden, Sofortmaßnahmen zu ergreifen. Die Wetterlage ist alles andere als stabil, wir müssen jederzeit mit einem zweiten Sturm rechnen. Falls es uns gelingt, bis dahin das größte Loch mit Sandsäcken zu stopfen, wäre das beruhigend. Wie die genaue Vorgehensweise sein wird, können wir erst absehen, sobald wir uns ein exaktes Bild gemacht haben. Und übrigens», sie wandte sich wieder an den Mann vom Privatradio, «erst dann ist es uns möglich, den Schaden in Euro zu beziffern. Das werden Sie sicher verstehen.»

Komischerweise verstanden das wirklich alle. Sie nickten Deike zu, stellten nur noch vereinzelt Fragen – jedes Mal an die Kollegin, er wurde fortan ignoriert. Auf den Fotos, die nun geschossen wurden, stand Deike im Vordergrund, und für die anschließenden Einzelinterviews warteten die Leute mit den Mikrophonen und Kameras in der Schlange – auf Deike. Christoph wurde lediglich von einem Redakteur der *Erde & Leben* gefragt, ob sein Rollkragenpullover selbstgestrickt sei.

Nach einer knappen Stunde meldete sich dann Frau Rottbecker-Mätzigheim, die mit dem Verlauf der Veranstaltung ganz zufrieden zu sein schien, wieder zu Wort. «Zum Ende unserer Pressekonferenz möchte ich noch erwähnen, dass dieser Einsatz nur deshalb möglich ist, weil die Insulaner uns unbürokratisch unterstützen. Die Feuerwehr wird bei Bedarf zur Seite stehen, ebenso einige Freiwillige, die sich auf den Aufruf des Umweltausschuss-Vorsitzenden Okko Wittkamp gemeldet haben. Zwei Wasserbauingenieure werden in dessen *Pension am Dünenpfad* untergebracht. Dr. Wagenrath und Frau Knopfling sind im *Hotel am Leuchtturm* zu Gast. Das Gästehaus wird sich auch um das leibliche Wohl der Einsatzkräfte kümmern. Dafür möchten wir uns an dieser Stelle jetzt schon mal herzlich bedanken.»

Dann war der Spuk vorbei, und der Saal leerte sich zügig. Christophs Mutter würde heute Abend bei der Tagesschau der Anblick ihres unseriös gekleideten Sohnes erspart bleiben, kein Mensch hatte sich für ihn und seine Meinung auch nur die Bohne interessiert. Das war nicht so schlimm, das kannte er bereits. Die Medien wünschten nun mal oberflächliche Erklärungen für das, was um sie herum passierte. Und sollten sie doch mal in die Tiefe gehen und genauer nachfragen, empörten sie sich über Christophs Ansichten, weil diese nun mal nicht besonders hip und trendy waren. Er hatte den Schwarzen Peter, seit seiner vielleicht etwas überspitzten, aber dennoch ernstgemeinten Äußerung, dass es langfristig vernünftiger wäre, den Inselschutz komplett einzustellen und das Geld stattdessen in den Abriss und Wiederaufbau der Häuser zu investieren, die durch die natürliche Inselwanderung sprichwörtlich den Boden unter den Füßen verlieren würden. Keiner mochte ihn. Keiner wollte mit ihm zu tun haben. Egal, damit konnte er umgehen. Was ihm aber gehörig gegen den Strich ging, war das Verhalten seiner Kolleginnen. Deswegen nutzte er die erstbeste Gelegenheit, die beiden Damen, die mit ihm das Podium geteilt hatten, zur Seite zu nehmen. «Wann genau geht noch mal die Fähre?», fragte er scheinheilig.

«Um halb fünf», verriet Deike. «Ich hab die Tickets schon online bestellt.»

«Ach, das ist ja schön. Und hast du auch schon mein Gepäck dabei?»

Sie schien nicht zu verstehen, worauf er hinauswollte.

«Ich meine nur, wenn man seinen Koffer packen soll, ist es immer von Vorteil zu wissen, dass man am Abend verreisen wird.»

Sie schaute ihn noch immer an, sprachlos, was bei ihr selten vorkam.

«Hat es niemand für nötig befunden, mir zu sagen, dass wir heute zur Insel fahren?»

«Aber das habe ich doch!», verteidigte sich Deike. «Gestern habe ich die offizielle Anfrage des Umweltausschusses an alle per Mail rundgeschickt.»

«Hab ich nicht bekommen», entgegnete Christoph, obwohl er sich doch an einen Eingang in seinem Postfach erinnerte, der Betreff lautete *Reif für die Insel*, und über der ersten Zeile hatten ein paar Sonnenschirme, Surfbretter und Sandburgen um die Wette geblinkt. Das hatte nun wirklich nicht nach einer beruflichen Mitteilung ausgesehen, eher nach der Einladung zu einer spontanen Beachparty.

Jetzt mischte sich auch Frau Rottbecker-Mätzigheim ein. «Ich hatte Frau Knopfling darum gebeten, so bald wie möglich ein geeignetes Team zusammenzustellen und die Betreffenden nach ihrer Bereitschaft zu fragen.»

«Genau so hab ich es auch gemacht. Felix und Georg haben gleich zugesagt.»

«Und dass ich mich nicht gemeldet habe, hast du dann einfach so als Zusage gewertet?»

Deike wurde tatsächlich rot. «Wir sind uns gestern und heute schon mindestens zehnmal über den Weg gelaufen. Wenn du nicht hättest dabei sein wollen, würdest du es mir doch bestimmt gesagt haben.»

«Verstehe ich dich richtig? Wenn ich nichts sage, heißt das automatisch ja?»

«Sorry, Christoph, bei dir kann man nun mal nicht wirklich mit einer klaren Antwort rechnen.»

«Das ist kein Grund, vor der versammelten Mannschaft zu verkünden, dass ich zur Insel fahre.»

«Aber …» Inzwischen war Deike nicht mehr rot, sondern blass. «Ich hab dich eben noch mal gefragt. Auf der Treppe. Auf dem Weg zur Pressekonferenz. Da hab ich dich gefragt, ob ich jetzt mit dir rechnen kann. Und du hast ja gesagt. Laut und deutlich.»

Mist, dachte Christoph, da hatte er wahrscheinlich wirklich nicht so genau hingehört. Konnte man ihm bei dieser Quasselstrippe ja nicht verdenken. «Ist schon gut. Zum Glück hab ich Zeit und komme mit.»

Jetzt strahlte Deike wieder.

«Auch wenn den Insulanern meine Meinung nicht gefallen wird», fügte er hinzu.

«Weshalb?», fragte Frau Rottbecker-Mätzigheim nach.

«Weil ich schon seit Jahren sage: Das geht nicht gut. Die Helle Düne können wir langfristig kaum retten. Und wenn es um die Häuser ringsherum noch so schade ist.»

Wir waren zu schnell. Wir fühlten uns zu sicher. Wir haben gedacht, nun naht die Rettung, und sind dabei geradewegs in unser Unglück gesegelt.

Ich habe es geahnt. Je näher das Licht kam, desto höher türmten sich die Wellen auf. Das Wasser wird flacher, habe ich gewarnt, wir laufen auf eine Sandbank. Der Kapitän hat gelacht. Hat gesagt, er erkenne die Küste, dies sei das Budjardinger Land, ganz sicher. Er rief es, als der Sand schon unter dem Kiel knirschte. Er glaubte es wohl auch noch, als wir mit einem furchtbaren Ruck auf Grund liefen, als uns alles, was nicht angebunden oder gesichert war, um die Ohren flog. Als die Gebecca zerbarst.

Mein Bein schmerzt, eine Wunde, ich weiß nicht, wie tief. Mir fehlt der Mut, genauer nachzufühlen. Ich stecke

*fest, eingekeilt zwischen Steuerstand und dem gesplit-
terten Holz, das eben noch den Rumpf der Gebecca
geformt hatte. Nichts ist mehr, wie und wo es war. Die
Wellen spielen mit uns wie auf einem Schifferklavier.
Wenn sie heranrollen, schieben sie uns ineinander, pressen Holz und Tuch und Mensch zusammen. Strömen sie
zurück, ziehen sie alles wieder auseinander. Der Klang,
den sie dabei erzeugen, ist schauerlich. Ein Knirschen,
ein Knacken und über allem das Jammern der zu Tode
verängstigten Seeleute. Die Masten hängen schief, biegen sich weiter, vom Sturm angeschoben. Das Segeltuch
liegt halb auf dem, was vom Deck übrig geblieben ist,
halb schwimmt es auf den Wellen, die darunter gefange-
ne Luft sammelt sich in Blasen.*

*In der Takelage hängt ein Körper. Tönne, der Schiffs-
junge. Er hatte eben noch die Segel einholen wollen, der
tapfere Kerl. Das Gaffel hat ihn erschlagen, es ging so
schnell, wahrscheinlich hat der Junge es nicht gemerkt.
Seine Mutter wird weinen um ihn. Ich habe es bereits getan. Als Seemann lebt man mit dem Tod. Doch wenn der
Schiffsjunge stirbt, nimmt er die Hoffnung mit sich.*

*Zur Bewegungslosigkeit verdammt, ertrage ich Welle
um Welle, die über mich hereinbricht. Es ist zum Ver-
zweifeln. Doch dieses Buch gibt mir die Kraft durchzu-
halten. Ich versuche, es mit dem Filz meines Mantels vor
dem Wasser zu schützen. Ich versuche, trotz der Dunkelheit zu schreiben. Mehr kann ich nicht tun.*

Einzig der Kapitän gibt nicht auf. Unverletzt steht er da wie eine Galionsfigur ohne Schiff. Das Licht, sagt er, wo ein Licht ist, da sind auch Menschen. Sie werden uns bemerken, Steuermann, ganz sicher. Und dann kommen sie mit ihren kleinen Booten und helfen uns an Land.

Ich weiß nicht, was mit seinen Augen los ist. Warum sieht er nur das Licht, nicht aber die Silhouetten, die sich von der Dämmerung abheben? Auf den Dünen stehen Männer und Frauen. Sie unternehmen nichts, gar nichts. Im Gegenteil, mir scheint eher, als warten sie ab, bis der Sturm vorbei ist. Vielleicht sind sie selbst in Not geraten, das Hochwasser ist so gewaltig, dass es wohl bis ins Inseldorf eingedrungen ist. Doch vielleicht warten sie auch, bis der neue Tag anbricht und sie sehen können, ob wirklich alle tot sind auf dem Schiff, das sie mit ihrem Irrlicht auf die Sandbank gelockt haben. Und dann werden sie kommen und zusammenraffen, was sie gebrauchen können. Das gute Tropenholz für ihre Häuser, die Schiffsplanken für ihre Öfen, das Geschirr aus der Kombüse und womöglich auch die Kleidung meiner verunglückten Kameraden. Und sie werden das Kästlein finden. Die Diamanten. Dann werden sie feiern und sagen, das Warten habe sich gelohnt.

Wird es so sein? Werde ich morgen früh die Sonne noch aufgehen sehen? Ich weiß es nicht. Ich wage nicht mehr, es zu hoffen. Ich harre aus, eingekeilt in den Trümmern der Gebecca, zum Schreiben verdammt. Und zum Sterben. (…)

Ich muss eingeschlafen sein. Als ich erwache, brennt
meine Haut. Das Salzwasser hat sich in sie hineingewa-
schen. Die Augen fühlen sich an wie verätzt. Wenn ich
sie schließe, wird es schlimmer. Wenn ich sie öffne, ist es
auch unerträglich. Denn dann versuche ich vergeblich,
den Arm in der Takelage zu finden. Das Meer hat den
Schiffsjungen fortgerissen. Wo ist Tönne nun?, frage
ich mich. Wird er an Land gespült, dorthin, wo die Insulaner stehen und noch immer warten? Sie würden ihn
nicht beachten, ihm weniger Aufmerksamkeit schenken
als den Gegenständen, die von unserem Schiff zu ihnen
geschwemmt werden, die Fässer und Tücher und Töpfe
und Seile. Es geht ihnen nur um unsere Habseligkeiten.
Und um die Schätze. Sie durchwühlen die Taschen der
Ertrunkenen. Unsere Seelen bedeuten ihnen nichts.

Oder zieht es den leblosen Körper des Jungen hinab in
die Tiefe?

Welches Grab soll ich ihm wünschen?

Ich bin zu schwach, es zu entscheiden. Zu durstig. Zu
hungrig. Zu verletzt.

Nur zwei Mann von uns sind übrig geblieben. Ich und
der Kapitän, der noch immer dort drüben steht und wirr
redet. Faselt von Menschen, die er sehen kann, die nun
kommen, um uns zu helfen. Er sagt, seine Frau und seine
Kinder liefen über das Wasser hinweg auf ihn zu. Ich
solle sie begrüßen. Und wie ich das Haar seiner Frau

fände, ob es nicht glänze wie Bernstein in der Sonne.
Ich sage, ja, seine Frau sei wunderschön. Der Kapitän
ist nicht mehr Herr seiner Sinne. Zu viele Nächte ohne
Schlaf. Er ist erschöpft. Ich lasse ihn in dem Glauben,
seine Familie eile herbei. Selten habe ich diesen Mann so
glücklich gesehen.

Natürlich habe ich etliche Male versucht, mich zu befreien. Habe das Holz mit den bloßen Fingern gegriffen,
habe einen Punkt gesucht, an dem man es aushebeln
könnte. Vergeblich, sonst stünde ich nicht weiterhin hier,
frierend und blutend und hoffnungslos.

Ich denke, es ist mein Schicksal. Ich muss bleiben, alles
mit ansehen, es dokumentieren. Damit die Welt die
Wahrheit erfährt. Damit die Menschen wissen, die Gebecca wurde nicht vom Sturm zerstört, sondern von den
Männern und Frauen dort drüben. Ich bin der Chronist
einer Katastrophe.

Doch wahrscheinlich werde ich einfach hier sterben, und
dann wird dieses Buch über Bord gehen. All meine mühselig gekritzelten Worte werden sich auflösen, den Sinn
verlieren.

Steuermann Johann Wittkamp

Das alles hatte Jannike sich völlig anders vorgestellt. Wenn sie sich in früheren Tagträumen ihren Geburtsvorbereitungskurs ausgemalt hatte, saß sie in flauschigen Jogginghosen ganz bequem im Schneidersitz in einem duftenden Kuschelraum, eine Tasse dampfenden Kräutertee in den Händen und einen starken Mann an ihrer Seite, der ihr die Verspannungen wegmassierte, bevor sie überhaupt auftraten. In ihrer Phantasie war der Bauch hübsch rund gewesen, die Arme und Beine schlank und gelenkig, die Laune irgendwo zwischen Seelenfrieden und Glückseligkeit, die Gedanken einzig und allein auf das Leben unter ihrem Herzen und die anstehende Geburt gerichtet. Eben wie in einer Reklame des Bundesfamilienministeriums.

Die Realität hatte erschreckend wenig damit zu tun. Denn erstens war ihr Bauch traumatisierend groß, im Schneidersitz würde sie sich zudem sämtliche Nerven an den aufgequollenen Gelenken abkneifen. Und in dem Raum, in dem sich Mattheusz und sie gemeinsam mit dem anderen schwangeren Paar eingefunden hatten, roch es nicht nach Lavendel oder Vanille, sondern nach einer ungesunden Mischung aus Klostein und Pommesfett. Dennoch war sie fest entschlossen, das alles mit Humor zu nehmen. Schließlich ging es auf der Insel generell etwas rustikaler zu als anderswo auf der Welt.

«Ich freue mich irrsinnig, dass ihr da seid», begrüßte Monika Galinski die Teilnehmer des überhaupt allerersten Ge-

135

burtsvorbereitungskurses auf der Insel. Ansonsten verlor hier zwischen Dünen und Deich nämlich niemand auch nur ein Wort über Atemtechniken, Schmerzpunkt-Akupressur oder anschließendes Beckenbodentraining. Hier waren die Frauen einfach schwanger und wussten, dass die Wehen oft bei zunehmendem Mond und auflaufendem Wasser einsetzten, spätestens dann mussten sie sich auf den Weg zum Festland machen. Oder sie ließen es darauf ankommen, dass das Kind im Sprechzimmer des Inselarztes zur Welt kam, worauf dieser allerdings nicht so scharf war, dreimal schon hatte er die Wände neu streichen müssen. Alternativ soll auch das Seenotrettungsboot bereits als Kreißsaal gedient haben, mit dem Rettungssanitäter als Hebamme und dem vibrierenden Motorblock als Unterlage. Immerhin hatte das Neugeborene dann die Längen- und Breitengrade und somit einen ziemlich exotischen Geburtsort im Pass stehen. Doch ganz ehrlich: Jannike konnte auf solche Sperenzchen gut verzichten. Sie hatte Stress genug. Weniger mit den noch zu gebärenden Kindern, auf die sie sich schließlich freute. Eher mit der Tatsache, dass ihr Vater spontan zur Insel gekommen war und gerade alles auf den Kopf stellte.

Welch ein Schock, als er da gestern im Flur gestanden hatte. Mit einem Gesicht, aus dem man durchaus Sorge hatte herauslesen können, doch in erster Linie den Vorwurf: «Kind! Warum meldest du dich nicht! Ich habe Himmel und Hölle in Bewegung gesetzt, um dich zu erreichen. Meinst du, ich als dein Vater mache mir keine Sorgen, wenn ich von dieser Sturmkatastrophe höre?» Anschließend hatte er sich von Jannike das ganze Hotel zeigen lassen. Ja, die Treppenstufen knarrten und waren ausgetreten. Zugegeben, bis auf die *Bürgermeistersuite* waren die Zimmer zwar gemütlich, aber alles andere als auf dem neuesten Stand. Im Speisesaal war an einer Ecke ein Stück Tapete locker, zur Nordseite hin zeigte sich die Backsteinmauer moosig grün, und der Garten ... nun ja, der Sturm eben. Ihr Vater hatte gar nichts sagen müssen, seine Blicke sprachen Bände. Am schlimmsten war es gewesen, als sie ihn in Zimmer 4 geführt hatten, das nach der Winterpause schon halbwegs geheizt und aufgeräumt war. «Hier kannst du schlafen», hatte Jannike gesagt. Und ihr Vater hatte sofort damit begonnen, die Matratze kritisch zu prüfen und in der Dusche nach Schimmelflecken zu fahnden. Auch wenn seine Inspektion ohne Beschwerden abgelaufen war, noch nie war Jannike ihr kleines Inselhotel so renovierungsbedürftig erschienen. Deswegen hatte sie auch nicht die Kraft gehabt, sein sicher gutgemeintes Angebot auszuschlagen, dass er sich jetzt erst einmal der abgestürzten EDV widmen werde. «Das kann ja nicht so kompliziert sein, in meiner Praxis in Bergisch Gladbach ist es doch im Prinzip dasselbe.» Seitdem saß er da, schüttelte in regelmäßigen Abständen konsterniert den Kopf und seufzte bei jeder Buchungsbestätigung, die er – da der Computer nach dem Stromausfall sämtliche Excel-Dateien ins World Wide Nirwana geschickt hatte – aus den Akten rupfte. Mattheuszs Versuch, ihm geduldig die grundlegenden Abläufe im Hotel zu erläutern und eine Übersicht über die aktuell erwarteten Gäste zu geben, nahm er widerwillig an und war offensichtlich froh, als man ihn endlich alleine ließ. «Viel Spaß beim Schwangerschaftsturnen, mein Kind. Das hat deine Mutter damals auch gemacht, war zu der Zeit noch ziemlich exotisch. Gebracht hat es ihr zwar nicht viel, zwanzig Stunden furchtbare Wehen. Die Prognosen waren denkbar schlecht, dass Mutter und Kind es schaffen! Dann gäb es dich heute gar nicht.» Für den Moment eine verlockende Vorstellung, fand

Jannike. «Aber geh du ruhig da hin, Mädchen. Ich bringe derweil ein bisschen Ordnung ins System.»

Toll, jetzt war Jannike hier und musste gegen diese unerträgliche Ungeduld und ihr Unbehagen ankämpfen. Der Gedanke, dass ihr Vater die nächsten zwei Stunden im Hotel den Chef raushängen ließ und Oma Maria, Bogdana und Lucyna herumkommandierte, wie er es damals mit seinen Sprechstundenhilfen getan hatte, war kaum auszuhalten. Wie sollte sie unter solchen Umständen die volle Konzentration auf ihr innerstes Zentrum lenken – so stand es nämlich in der Kursankündigung. Jannike hegte arge Zweifel, ob ihr das gelingen würde.

«Die meisten von euch kennen mich schon, aber ich stell mich doch mal kurz vor: Mein Name ist Monika Galinski. Bitte nennt mich beim Vornamen, und ich würde mich auch total über ein vertrautes Du freuen.» Monika war eine eher unauffällige Frau, graublonder Pagenschnitt und goldgerahmte Brille. Das war auch gut so, denn mit einer hennagefärbten Batik-Tante hätte Jannike sich womöglich schwergetan. Die vielen Klangschalen, Kerzen und samtigen Sitzkissen, dazu Bilder von Engeln und elefantennasigen Gottheiten aus Indien – das war für Jannikes Geschmack schon ein bisschen zu viel Hokuspokus, zumal hier alles auf knapp zwanzig Quadratmeter gequetscht worden war. «Seit vielen Jahren beschäftige ich mich mit alternativen Heilmethoden, Meditation und Energiequellen. Auf meiner Suche habe ich die halbe Welt bereist und geschaut, wie es andere Völker machen, die noch nicht durch unsere technisierte Gesellschaft in die Irre geleitet wurden.» Monika lächelte dermaßen relaxed, dass Jannike richtiggehend neidisch wurde. Kein Wunder, diese Frau tat den ganzen Tag nichts anderes, als sich ins Gleichgewicht zu bringen, hatte nichts zu tun mit nervtötenden Vätern, abgestürzten Computerprogrammen, wackeliger Stromversorgung und einem diffusen Fluch, der die Insel bedrohte, wenn nicht bald der Leuchtturm wieder blinkte. Nein, Monika Galinski machte sich den Tag zum Freund, während Jannike das Gefühl hatte, mit jeder Minute kämpfen zu müssen.

«Und wo genau hast du die Ausbildung zur Hebamme absolviert?», fragte Celina, die Friseurin, die erst im sechsten Monat war und neben Jannike wirkte wie eine magersüchtige Gazelle.

«Ähm … San Francisco.»

«Als Naturvolk hätte ich die Amis jetzt nicht gerade eingeschätzt», witzelte Celinas Freund Hauke, der auf der Insel der Dachdecker war und nach dem Sturm bestimmt auch anderswo gebraucht wurde als hier. Mattheusz fand lustig, was Hauke gesagt hatte. Kehliges Männerlachen übertönte das Gesumme der Küchenlüftung, die durch das geöffnete Fenster zu hören war.

Monika ging jedoch nicht darauf ein. Überhaupt schien sie dieses Thema etwas knapper behandeln zu wollen, denn sie lenkte über zur eindeutig verbesserungswürdigen Raumsituation. «Es tut mir leid, dass ich euch nur ein so winziges Zimmerchen bieten kann. Momentan arbeite ich daran, einen ganz schönen Raum mit wahnsinnig toller Energie für meine Arbeit herzurichten, aber ich befürchte, bis ich da so weit bin, krabbeln eure Kinder schon.»

Jetzt lachten die Frauen. Zwar waren die Paare gemeinsam angekommen, trotzdem schien das hier eine Veranstaltung zu werden, auf die beide Geschlechter unterschiedlich reagierten. Das lag wahrscheinlich in der Natur der Dinge. Schließlich waren die Rollen von vornherein verteilt: Die Frauen waren die Heldinnen, die Babys die Stars. Die Männer hatten lediglich die Auswahl, ob sie eine glorreiche Nebenrolle übernahmen, lieber Statist blieben oder sich zum Pausenclown erklärten. Noch standen alle ziemlich verloren herum, was bei diesem knappen Platzangebot schon fast ein Kunststück war. Mattheusz suchte ihre Hand und drückte sie. Jannike musste sich zusammenreißen, um sich ihm nicht zu entziehen. Nein, sie hatten nicht gestritten. Und Mattheusz machte auch gar nichts verkehrt. Doch die Verhältnisse hatten sich seit gestern verschoben. Es war alles so schrecklich kompliziert geworden.

Mit einem seltsam tiefen Ausatmen leitete Monika nun zum Wesentlichen über: «Wir beginnen mit dem Allerwichtigsten, und zwar für Mann, Frau und Kind gleichermaßen: Wir wollen unseren Körper kennenlernen. Wollen erfahren, wie wir gezielt zur Entspannung finden können, um mit dem Stress vor und unter der Geburt gelassener umzugehen.»

«Genau das Richtige für uns, oder?», flüsterte Mattheusz ihr von hinten ins Ohr.

«Ich bin völlig entspannt», schwindelte Jannike.

«Dazu würde mich von euch werdenden Müttern interessieren, wovor ihr eventuell ein klein wenig oder auch ganz viel Angst habt.»

Celina begann als Erste. Sie hatte Angst vor einem Dammschnitt. «Die Schmerzen und so», flüsterte sie.

Dann blickten alle erwartungsvoll zu Jannike. Ihr fielen spontan eine Menge Dinge ein, vor denen sie sich ganz akut fürchtete. Erstens: dass die Elektriker ihr Versprechen nicht hielten und die Stromversorgung noch nicht wieder im Gang war, wenn die Osterferien begannen. Zweitens: dass sich die Dünenabbrüche als so schwerwiegend herausstellten, dass dadurch Leuchtturm und Hotel in Gefahr wären – dazu brauchte es noch nicht einmal diesen albernen Fluch, von dem Hanne Hahn gestern gefaselt hatte. Drittens, ganz klar: dass ihr Vater sich in ihrem Haus einnistete. Obwohl das unwahrscheinlich war, immerhin hatte er seinen schicken Bungalow in Bergisch Gladbach und liebte es, mit seinem Mercedes über die Autobahn zu heizen, was auf der Insel schlichtweg unmöglich war. Es gab auch noch ein Viertens, Fünftens und Sechstens, aber Jannike sagte nur lahm: «Ich auch. Dammschnitt.»

Dem folgte ein ausführlicher Vortrag von Monika darüber, dass solche Eingriffe eigentlich nicht nötig und meistens der Hektik im Klinikalltag geschuldet waren, doch Jannike hörte kaum zu. Auch nicht als die Männer zu Wort kamen, die ebenfalls ganz ähnliche Ängste hatten, nämlich dass die Geburt total eklig würde und sie in Ohnmacht fallen könnten, statt ihren Frauen zur Seite zu stehen. Und ob sie die Nabelschnur anständig durchtrennten.

«Diese Sorgen sind ganz normal, und deswegen beginnen wir auch mit einer Übung, die euch sicherer im Umgang mit eurer Partnerin macht.» Endlich gab es etwas Praktisches zu tun, das schien den Männern zu gefallen, Hauke krempelte sogar die Ärmel hoch, als sei irgendwo ein Dachziegel locker. «Bitte, liebe Väter, setzt euch mit dem Rücken zur Wand. Wem der Boden zu hart ist, nimmt sich gern eines der Kissen.» Hauke ignorierte dieses Angebot. Ein Kissen war doch nur was für Weicheier. Oder für Mattheusz, der sich ausgerechnet ein pinkfarbenes mit silbernen Kordeln aussuchte, wofür er gleich einen abfälligen Kollegenblick kassierte. «Und jetzt nehmt ihr eure Partnerin zwischen die Beine. Umfasst sie von hinten, gleichzeitig zärtlich und fest. Der Sinn dieser Übung liegt darin, eure Körper in Einklang zu bringen. Die Atmung, die Haltung … Ja, das macht ihr ganz wunderbar!»

Mattheusz musste die Beine schon ziemlich weit auseinanderklappen, fast sah es aus, als trainiere er für einen Spagat. Trotzdem wurde es ziemlich eng, als Jannike sich an ihn schmiegte.

«Ich lasse euch jetzt ein paar Minuten Zeit, um im Hier und Jetzt anzukommen.» Monika drückte eine Taste des knubbeligen CD-Players, und es ertönte genau die Musik, die Jannike erwartet hatte, Panflöte, Wassergeplätscher, ab und zu ein Vogelpiepen, ansonsten künstliches Keyboardgewaber. Noch nie hatte Jannike verstanden, wie man bei einem solchen Kitsch zur Ruhe kommen sollte. Und sie war eine Expertin für Kitsch, schließlich hatte sie selbst früher ihr Geld mit Schlagermusik verdient. Diese Endlosschleife an belanglosen Akkorden war eine Zumutung, da wäre ihr der surrende Küchenabzug als Background deutlich lieber gewesen.

«Schöne Musik», fand hingegen Mattheusz, der ihr direkt einen Kuss aufs Ohr hauchte. Wie ein elektrischer Schlag fuhr diese Berührung Richtung Steißbein. Jannike quiekte kurz. «Psst, Liebste, mach doch einfach mal die Augen zu und genieß die Ruhe.»

Jannike folgte seiner Anweisung krampfhaft. Er hatte ja recht, wenn sie alles von vornherein blöd fand, dann konnten sie den Kurs auch gleich bleiben lassen. Dann wäre das hier verlorene Zeit, die sie besser im Hotel verbringen konnten. Leider blinkten trotz geschlossener Lider ständig Bilder auf: Oma Maria, die keinen Hehl daraus gemacht hatte, noch immer stinksauer auf Heinrich Loog zu sein. Auch Lucyna hatte beim Abendessen das Besteck neben dessen Teller geknallt, als würde sie ihm vorsorglich schon mal die Säbel präsentieren, mit denen von nun an gefochten wurde. Noch nie hatten die Pajak-Damen so schnell und ausschließlich polnisch gesprochen wie gestern Abend. Jannike hatte kein Wort verstanden und war sich vorgekommen wie eine Fremde im eigenen Haus.

Nur Mattheusz, der wegen des Kinderzimmers ja durchaus auch Grund gehabt hätte, seinem Schwiegervater zu grollen, war erstaunlich gelassen geblieben. «Er ist nun mal dein Vater», hatte er gesagt. «Das ist doch ein Grund, ihn zumindest ganz in Ordnung zu finden.» Dafür hätte sie ihren Mann küssen können. Tat es aber nicht. Irgendetwas hinderte sie plötzlich daran, Mattheuszs Nähe zu suchen.

Was die ersten Übungen nicht gerade beförderte. Sie sollten atmen, wünschte sich Monika, und zwar so, wie der Körper den natürlichen Rhythmus vorgab, nichts Verkrampftes, Gewolltes. War die Luft draußen, erst wieder einatmen, wenn der Impuls dazu ganz von selbst, fast automatisch kam. Nachspüren, wohin diese Energie floss. In den Bauch? In die Seiten? In den Rücken?

Bei Jannike puschte die Energie leider mal wieder den Geruchssinn. Mattheusz hatte Zwiebeln gegessen. Bestimmt keine rohen, und sicher hatte er anschließend die Zähne geputzt, gegurgelt, vielleicht sogar noch ein Kaugummi gekaut, da war er schon sehr gewissenhaft, weil er doch wusste, wie empfindlich seine Frau derzeit auf solche Aromen reagierte. Dennoch versuchte sie, mit ihrem Hinterkopf etwas Druck auf seinen Unterkiefer auszuüben in der Hoffnung, dass er sein Gesicht zur Seite wandte.

«Merkt ihr was?», fragte Monika. «Was geschieht mit euch?»

Hauke räusperte sich. «Wir atmen unterschiedlich.»

«Genau!», freute sich Monika. «Männer atmen bei dieser Übung meistens etwas schneller.»

Das stimmt überhaupt nicht, wollte Jannike rufen, *ich hatte vorhin schon das Gefühl, mein Liebster schläft ein, während ich gerade einen Hundert-Meter-Sprint absolviere.* Doch sie hielt besser ihre Klappe, denn das andere Paar nickte eifrig.

Monika stellte die Musik aus. «Und nun versuchen wir, die Atmung in Einklang zu bringen. Das ist eine schöne Übung für die Geburt, denn ihr Männer braucht gar keine Helden zu sein, oft hilft es den Frauen sehr viel, wenn ihr einfach nur mit ihnen ein- und ausatmet. Nutzt also die Stille, um euch in den anderen hineinzuhören.»

Das taten sie. Jannike vernahm sich selbst am lautesten, dann Mattheusz, dessen Atmung ihr zuliebe etwas schneller geworden war. Doch sie hörte auch das Rasseln, Hauke war Kettenraucher. Celina schnarchte ein bisschen. Und Monika, die natürlich einwandfrei atmete, weil sie sich das bestimmt auch bei irgendwelchen Naturvölkern abgeguckt hatte. Am lautesten hörte sie allerdings ein altvertrautes Gebimmel, das sich ziemlich aufdringlich unter das allgemeine Geschnaufe mischte.

«Wer hat denn hier sein Handy angelassen?», fragte Monika vorwurfsvoll.

Na, wer wohl? Jannike schob sich aus Mattheuszs Umklammerung und rappelte sich hoch. «Sorry», sagte sie und fischte das Smartphone aus ihrer Jackentasche. Es war ihr Vater. «Bin nur mal kurz …» Sie schlüpfte aus dem Zimmer, suchte sich ein ruhiges Eckchen in der Hotellobby und nahm das Gespräch an. «Papa?»

«Ich störe nur ungern, aber die Zustände hier sind einfach unzumutbar. Im Hotel herrscht ein Kommen und Gehen, aber niemand weiß über irgendetwas Bescheid!»

Jannike hatte keine Ahnung, worüber ihr Vater sich dermaßen aufregte. Schließlich war absolute Nebensaison, da war im Grunde überhaupt nichts los, ergo konnte eigentlich nichts Schlimmes passieren. «Wo liegt das Problem?»

Nun trat auch Mattheusz in die Eingangshalle und formte mit seinen Lippen die stumme Frage, was es denn so Dringendes gebe. Jannike wandte sich etwas von ihm ab und lauschte der empörten Stimme ihres Vaters.

«Hier steht ein Paar, das behauptet, bei uns gebucht zu haben.»

Bei uns?, dachte Jannike. Das konnte ja heiter werden. «Hat Mattheusz dir doch vorhin alles erklärt, Papa. Herr und Frau Schönbuch sind Journalisten, die für ein wichtiges Reisemagazin arbeiten. Gib ihnen auf jeden Fall die *Bürgermeistersuite*.»

«Die ist schon belegt.»

«Warum?»

Mattheusz machte klar, dass er sich hier nicht so einfach abdrängen lassen wollte, und schob sich erneut in Jannikes Blickfeld. Das war sonst gar nicht seine Art. Jannike machte eine weitere Neunzig-Grad-Drehung nach rechts.

«Da hab ich doch bereits das andere Paar untergebracht.»

«Welches andere Paar?» Da schien ja tatsächlich einiges durcheinanderzugehen.

Plötzlich nahm Mattheusz ihr das Telefon ab und hielt es sich ans Ohr. «Heinrich? Hier ist Mattheusz. Weißt du, das bekommst du bestimmt ganz toll in den Griff. Alles, was du wissen musst, habe ich dir vorhin erklärt und auf dem Notizzettel vermerkt, der am Bildschirm klebt. Deine Tochter und ich sind gerade mit Wichtigerem beschäftigt. Wir werden nämlich demnächst Eltern und haben da noch eine Menge zu lernen.»

«Mattheusz! Was soll das?»

Er drückte das Gespräch weg, stellte das Handy komplett aus und steckte es demonstrativ in die Gesäßtasche seiner Jeans. «Man muss Prioritäten setzen.»

Jannike war perplex.

«Und jetzt komm mit rein. Wir üben gleich die verschiedenen Geburtsstellungen, das will ich auf keinen Fall verpassen.»

145

Jannike folgte ihm, ohne sich wirklich klarzuwerden, ob sie Mattheuszs rigorose Entscheidung begrüßte oder sich darüber aufregen sollte. Jetzt war es sowieso schon egal, also ließ sie das Procedere einfach über sich ergehen, fand sich wenige Minuten später auf allen vieren wieder und wurde von Monika gelobt, weil sie Geräusche wie ein Hund fabrizierte, der nach einer Leberwurst lechzte. Sie erduldete widerstandslos, dass ihr Mann sie auf einen grellgrünen Plastikball setzte, und kreiste brav das Becken, obwohl ihr schwindelig wurde. Anschließend «gebar» sie eine ziemlich hässliche Babypuppe mit einem permanent zugeklappten Auge, die von Mattheusz trotzdem rührend gebadet und gewickelt wurde. Das alles zog an ihr vorbei, als schaue sie sich gerade einen mäßig komischen Film über ein etwas begriffsstutziges Elternpaar an. Ihre, wie Monika es nannte, Energieströme liefen überallhin, nur nicht gebündelt in ihre Mitte. Die ganze Zeit dachte sie an etwas anderes als an ihre Gebärmutter und hoffte, dass es niemand bemerkte.

Was natürlich gründlich misslang.

«Jannike und Mattheusz, habt ihr vielleicht noch ein paar Minütchen übrig?», fragte Monika, als sie das Programm im wahrsten Sinne des Wortes durchgehechelt hatten und Celina und Hauke schon aus der Tür waren.

«Leider nein», sagte Jannike.

«Ja, gern», sagte Mattheusz.

Sie blieben, ließen sich von Monika erneut in das Kissenmeer manövrieren und nahmen auch die Einladung zum Melissen-Lavendel-Tee an, der gar nicht mal so schlimm schmeckte und irgendwie gut für alles sein sollte.

«Insbesondere hilft er, wenn man unter allgemeiner Unruhe leidet», sagte Monika und schaute Jannike dabei an wie eine Richterin, die den Angeklagten zu einem umfassenden Geständnis bewegen will. «Diese Nervosität überträgt sich nämlich auf deine Kinder.»

«Weiß ich doch.»

«Und das kann tatsächlich zu Komplikationen führen.»

Mattheusz wurde sofort hellhörig. «Inwiefern?»

«Ich möchte euch da nicht Bange machen. Bislang liegen die beiden ja ganz günstig mit den Köpfchen nach unten.» Monika lächelte Mattheusz an. «Und du scheinst mir zum Glück auch die Gelassenheit in Person zu sein.» Der Blick in Jannikes Richtung fiel da deutlich ernster aus. «Aber bei dir spüre ich eine ungute Anspannung.»

Jannike zog die Schultern hoch, überlegte hektisch, welche der vielen Begründungen für diese ungute Anspannung sie nun aus dem Hut zaubern sollte, und entschied sich für die bescheuertste von allen: «Mir hat da jemand etwas von einem Fluch erzählt.»

«Fluch?», fragten Mattheusz und Monika unisono.

«Irgendwie so was in der Art: Wenn der Leuchtturm eine Woche lang nicht funktioniert, geht die Insel unter!»

Jannike hatte damit gerechnet, dass die beiden nun in schallendes Gelächter ausbrachen, weil das ja schon ziemlich albern klang. Stattdessen wurde sie von zwei weit aufgerissenen Augenpaaren angestarrt.

«Wer hat das gesagt?», wollte Mattheusz wissen und schob direkt die nächste Frage hinterher: «Und warum hast du mir nichts davon erzählt?»

«Der Schwachsinn kommt von Hanne Hahn, weswegen ich es für nicht unbedingt notwendig hielt, dich damit zu belasten.»

«Deine Sorgen sind auch meine Sorgen», sagte Mattheusz und erntete dafür ein anerkennendes Nicken von Monika. «Besonders jetzt.»

«Hanne Hahn hat was gefaselt von einem Seemann, der Rache üben will an den Inselbewohnern. Damit laufe ich doch nicht gleich zu dir, nur weil irgend so ein Kapitän von irgend so einer *Gebecca* ...»

«*Gebecca?*» Die ansonsten tiefenentspannte Monika schreckte aus ihrem Yogasitz hoch.

«Ja, keine Ahnung, was es damit auf sich hat.»

«Das kann kein Zufall sein!» Monika ging zu einem kleinen Sekretär, der in die hinterletzte Ecke neben das Regal mit den Klangschalen geklemmt worden war, zog die Schublade auf und holte ein sehr abgenutztes Buch und ein paar Blätter heraus. «Ich habe vor einigen Tagen hier im Hotel ein altes Logbuch gefunden.»

Sie setzte sich wieder auf ihr Kissen und reichte Jannike mit fast feierlicher Geste das Buch. Der lederne Einband ließ darauf schließen, dass es schon einiges mitgemacht haben musste, er war zerkratzt und fleckig, die Bindung so stabil, als hielten nur ein paar morsche Spinnweben die bräunlichen Seiten zusammen. Man traute sich kaum, darin zu blättern. Entziffern konnte man ohnehin fast nichts, denn die Buchstaben waren stark nach rechts geneigt, sehr eng und irgendwie fremd. «Diese Schrift ...» Jannike gab das Buch zurück.

«Altdeutsche Handschrift, frühes neunzehntes Jahrhundert. Der Fund hat mich neugierig werden lassen, also hab ich mir die Mühe gemacht ...» Monika hielt andere Blätter hoch, sie waren ebenfalls eng beschrieben, allerdings in einer modernen Schrift und mit Kugelschreiber. «Es handelt sich um den sehr anrührenden Bericht eines Seemanns, der bei einem Sturm im Frühjahr 1825 mit seinem Schiff vor der Insel auf Grund gelaufen ist.»

«Lass mich raten: Das Schiff hieß *Gebecca*?»

Monika nickte. «Sie wurden von einem Irrlicht ins flache Wasser gelockt. Wahrscheinlich waren Strandräuber hinter der Fracht her, die das Schiff geladen hatte. Neben jeder Menge Holz aus Brasilien sollen angeblich auch Diamanten an Bord gewesen sein, in einem Kästchen versteckt.»

«Hat die Mannschaft überlebt?»

«Das weiß ich nicht. Der Bericht endet ziemlich abrupt. Zu diesem Zeitpunkt sind zumindest Kapitän und Steuermann zwar verletzt und zunehmend verwirrt, aber am Leben.»

«Ach!»

«Sie warten auf Rettung, doch die Insulaner machen keine Anstalten, die Boote zu holen.»

«Wenn der Bericht an dieser Stelle endet, dann wird die Sache für die beiden nicht gut ausgegangen sein.»

«Allerdings hab ich den Eindruck, dass hinten etliche Einträge fehlen.» Vorsichtig schlug Monika die Seiten um, und tatsächlich zeigte sich zwischen dem letzten Blatt und dem Ledereinband eine deutliche Lücke. Kleine Papierfetzen verrieten, dass hier jemand recht brachial etwas herausgerissen hatte. «Wenn der Kapitän die Insel tatsächlich verflucht haben sollte, so wird in dem Teil, den ich ins Reine geschrieben habe, nichts davon erwähnt.»

«Vielleicht stand es auf den verschwundenen Seiten …», überlegte Jannike und fühlte sich ein wenig wie die Heldin eines dieser Abenteuerromane, die in ihrer frühen Jugend ständig auf ihrem Nachttisch gelegen und sie am rechtzeitigen Einschlafen gehindert hatten.

«Fragt doch einfach Hanne Hahn, woher sie diese Geschichte kennt», schlug Mattheusz vor.

Seine Idee wurde einstimmig abgelehnt. Monika schien ebenfalls kein Fan der geschwätzigen Gleichstellungsbeauftragten zu sein und schüttelte heftig den Kopf. «Damit diese Schreckschraube merkt, dass sie Jannike mit ihren Schauermärchen Angst eingejagt hat?»

«Wir könnten Okko Wittkamp fragen, was er von der Geschichte hält», kam Jannike die Idee. «Er ist der Mann meiner Freundin und leitet das Museum. Wenn jemand etwas über die *Gebecca* und einen angeblichen Fluch weiß, dann er.»

Damit war Monika einverstanden. Sanft legte sie ihre Hand auf Jannikes Unterarm. «Lass das aber ruhig meine Sorge sein. Ich werde mich darum kümmern und dir dann berichten. Bis dahin tu dir und deinen Kindern den Gefallen und verschwende keine Energie mehr an diese Sache. Versprochen?»

Jannike versprach es. Und war ein bisschen enttäuscht. Hätte ihr die Hebamme doch lieber den nervigen Vater abgenommen, davon hätte sie deutlich mehr gehabt.

Von:	\<h.loog@praxisloog.de\>
An:	\<gordon.mintaker@restaurant-la-trinite.de\>
Betreff:	Koch gesucht

Sehr geehrter Herr Mintaker,
wir haben einen gemeinsamen Freund, Prof. Dr. Steffen Eckmann, und
kennen uns von der feierlichen Praxisübergabe vor einem Jahr. Damals
haben Sie das Catering übernommen und mir bei einem überaus freundlichen Gespräch erzählt, dass Sie planen, irgendwann einmal das renom-
mierte «La Trinité» zu verlassen, um ein eigenes Restaurant zu eröffnen.
Als ich Ihnen daraufhin von meiner Tochter berichtete – Jannike Loog,
bekannt aus Funk und Fernsehen –, die ein Hotel auf einer Nordseeinsel
besitzt, waren Sie sehr interessiert, und wir haben unsere Visitenkarten
getauscht. Nun ergibt es sich, dass ich derzeit dabei bin, in die Geschäfts-
führung mit einzusteigen und entsprechend einige Umstrukturierungen
vornehmen werde, die unter anderem auch das Angebot der Küche betreffen. Sehr gern würde ich Sie hier begrüßen, um über eine eventuelle
Zusammenarbeit zu sprechen. Über eine rasche Antwort würde ich mich
sehr freuen.
Mit freundlichen Grüßen
Dr. Heinrich Loog, Hotel am Leuchtturm

Was, fragte sich Heinrich Loog, konnte an einem Hotel so grundlegend anders sein als an dem Gebiss
eines Teenagers? Man musste nur dafür sorgen, dass alles am
richtigen Platz saß und man die Punkte fand, an denen es sich
langfristig stabilisieren ließ. Im Mund befanden sich diese zu-
meist im Seitenzahnbereich. Im Hotel – tja, da war er sich noch
nicht ganz sicher. Fakt war, dass der Laden, den seine Tochter
nun seit fast drei Jahren managte, momentan einer massiven
Kieferfehlstellung glich, krumm und schief, nichts passte zusammen, nichts hatte den nötigen Biss. Wäre dieses Haus ein
Patient, er käme bestimmt mit Kopfschmerzen zu ihm in die
Praxis, mit Verspannungen und erhöhter Infektionsgefahr.

«Also was ist? Wir hatten eine lange Anreise und würden jetzt wirklich gern unsere Füße hochlegen.» Die Frau, die an der Rezeption stand, trommelte ungeduldig mit den Fingerspitzen auf das Holz des Tresens. Sie trug klobige Lederstiefel und eine Daunenjacke in Maisgelb. Der Mann an ihrer Seite, in olivgrüner Outdoor-Bekleidung, schaute sich gelangweilt in der Eingangshalle um. Beide machten nicht den Eindruck, als wollten sie hier ein paar vergnügliche Inseltage verbringen. Die waren beruflich angereist, ganz sicher. «Das Zimmer wurde auf den Namen Schönbuch reserviert. Edith und Walter.»

«Wir haben Probleme mit der EDV. Der Sturm …»

«Mir egal. Geben Sie uns halt irgendein Zimmer, Herrgott noch mal.»

Heinrich war irritiert, das musste er zugeben. War das ein Déjà-vu? Denn vor einer guten halben Stunde war schon einmal ein Pärchen hier aufgekreuzt und hatte nach einem Zimmer gefragt. Da war Heinrich gerade damit beschäftigt gewesen, seine wichtige Mail an Gordon Mintaker zu schreiben. Ein Mann, eindeutig schlecht gelaunt, in Rollkragenpullover und Jeans, und eine Frau, etwas überdreht, mit zerwühltem Haar und Zirkushosen. Beide trugen Laptoptaschen mit sich und sprachen über den Strand und die Dünen. Natürlich, hatte Heinrich gedacht, das müssen die beiden Journalisten von diesem Reisemagazin sein. Also hatte er ihnen wie besprochen den Schlüssel für die *Bürgermeistersuite* ausgehändigt.

«Nur ein Zimmer?», hatte der Rollkragenmann gemault, aber seine Begleiterin hatte gleich beschwichtigt, das sei nicht so schlimm, das werde schon passen und überhaupt sei es total nett, dass man hier so schön untergebracht werde.

Also alles in Ordnung, hatte Heinrich gedacht. Bis eben wenig später das zweite Paar eintrudelte. Etwas älter, beide so

Ende vierzig ungefähr. Und sie behaupteten ebenfalls, dass ein Zimmer für sie gebucht sei. Doch Heinrich konnte beim besten Willen keine Unterlagen finden. Wie denn auch, bei dem heillosen Durcheinander?

Er hatte Jannike telefonisch um Rat fragen wollen, war jedoch von seinem Schwiegersohn sehr unfreundlich abgewürgt worden. Angeblich stünde alles Wichtige auf einem Zettel. Konnte ja sein. Doch bei seiner großen Aufräumaktion hatte Heinrich diesen ganzen handschriftlichen Papierkram, der sich rund um die Rezeption ausgebreitet hatte, rigoros entfernt. Das sah ja schlimmer aus als Zahnstein! Alles gleich ab in den Papierkorb. Und darin konnte er jetzt ja wohl schlecht wühlen, wie würde das aussehen vor den Gästen? Nein, er hatte alles richtig gemacht. Ganz bestimmt. Am besten, er behielt einfach einen klaren Kopf und brachte dieses Chaos auf seine eigene lösungsorientierte Art in Ordnung.

Dumm war nur, dass er sich in diesem Haus noch gar nicht richtig auskannte.

«Nehmen Sie doch erst einmal Platz.» Heinrich wies auf die beiden Sessel, die zwischen Rezeption und einer üppig dekorierten Bodenvase standen. «Ich kontaktiere fix den Executive Housekeeper.» Soweit Heinrich wusste, war das die korrekte Bezeichnung für das leitende Zimmermädchen. Er konnte ja schlecht sagen, dass er die übergewichtige polnische Putzkraft Bogdana um Hilfe bitten musste. Wie stünde das Hotel dann da? «Bestimmt hat es ein Missverständnis gegeben, was Ihre Zimmerbuchung angeht.»

«Wir suchen keinen Schuldigen, sondern ein Bett für die Nacht.»

«Das verstehe ich natürlich. Gern kann Ihnen unsere Sommeliere einen Begrüßungschampagner bringen.» Jedenfalls hoffte Heinrich, dass diese flippige Lucyna einen halbwegs guten Tropfen im Keller finden würde. Und dass sie ihr Haar ordentlich zusammengebunden hatte und keine dieser zerrissenen Jeans trug.

Heinrich wusste, die Familie Pajak hatte sich gerade in der Küche versammelt. Das polnische Geschnatter war ja kaum zu überhören. Ihn hatten sie natürlich nicht dazugebeten. Warum auch? Er war ja schließlich nur der Einzige weit und breit, der überhaupt arbeitete.

Die Gäste schienen durch seinen Vorschlag besänftigt zu sein und nahmen Platz, während Heinrich eilig in die Küche schlich. Ganz wohl war ihm nicht dabei, ausgerechnet die drei Pajak-Damen mit seinen Sorgen zu behelligen. Kaum war er durch die Tür getreten, verstummten Oma, Mutter und Tochter und starrten ihn an, als läge eine aktuelle Kriegserklärung vor.

Heinrich beschloss, sich möglichst kurz zu fassen: «Das eben angereiste Ehepaar Schönbuch bekommt zwei Gläser Champagner. Möglichst schnell.» Er schaute Lucyna eindringlich an und hoffte, dass die junge Frau verstand, worum es ging.

«Kein Problem», sagte sie erstaunlicherweise, erhob sich von ihrem Küchenstuhl und lief zur Kellertreppe.

«Außerdem benötigen wir ein weiteres Zimmer.»

«Weiß ich», sagte Bogdana. «Sind Leute von Naturschutz oder so. Hab ich fertig Zimmer eins und zwei im Erdgeschoss.»

«Ist die Heizung an?»

«Natürlich! Alles warm.»

«Und frische Wäsche?»

«Mache ich das zum ersten Mal?»

Gern hätte er nachgefragt, warum diese Frau im Gegensatz zu ihm, der immerhin die Rezeption managte, über alles Bescheid wusste. Doch er traute sich nicht, das Gift zwischen ihren Silben war unüberhörbar gewesen. Inzwischen war Lucyna mit einer Flasche in der Hand aufgetaucht, die tatsächlich nach einem trinkbaren Schaumwein aussah, das leicht beschlagene Glas deutete darauf hin, dass auch die Temperatur in Ordnung sein könnte. Sehr gut, wenn man präzise Anweisungen gab, schienen die Damen tatsächlich das Richtige zu tun.

Er hielt Lucyna die Tür auf, damit sie das Tablett unbeschadet in den Flur tragen konnte. Dann wandte er sich noch einmal kurz um. «Bitte nicht verschwinden. Ich bringe die Herrschaften nur kurz aufs Zimmer, dann treffen wir uns hier in der Küche für eine wichtige Besprechung.»

Bogdana schaute ihn misstrauisch an. «Hat Jannike nichts davon gesagt.»

«Nein, meine Tochter weiß nichts davon. Sie ist schließlich schwanger, wir wollen sie doch nicht unnötig belasten, oder?»

«Brauchen Sie mir nicht erzählen, Heinrich. Auch ich werde Oma, schon vergessen?»

Meine Güte, diese Frau war wirklich sehr schnell eingeschnappt. «Ich wäre dafür, dass wir Privates und Dienstliches strikt trennen. Und was ich zu bereden habe, fällt in die zweite Kategorie.» Nun schaute er zu Oma Maria, die an den Herd getreten war und ihm demonstrativ den Rücken zukehrte. Er bemühte sich, ganz besonders langsam und laut zu sprechen. «Ganz wichtig! Alle da sein! Wegen der neuen Küche!»

Beim letzten Wort drehte Oma Maria sich so pfeilschnell um, dass er regelrecht erschrak.

«Küche?», fragte sie.

«Wie gesagt: Ich bin gleich wieder da.» Dann verließ er den Raum, um die Gäste in ihre vorbereiteten Zimmer zu geleiten. Welch ein Glück, dass er hier war. Ohne ihn wäre dieser Tag gründlich in die Hose gegangen, so viel stand fest.

«Ist das schön! Ist das schön! Ist das schön!», kreischte Deike schon wieder. Dabei ging es doch lediglich um ein Badezimmer. Und dass die Tür dorthin aus Milchglas bestand, fand Christoph absolut nicht schön, sondern furchtbar. Wer dachte sich denn so einen Unfug aus? Wenn er beim Zähneputzen das Licht anließ, könnte Deike vom Schlafzimmer aus zwar nichts im Detail erkennen, aber seine Umrisse sehen, vor dieser Vorstellung graute ihm jetzt schon. Wie mochte das erst beim Toilettengang sein? Und dann diese ausladende Badewanne! Wartete mit mehr Technik auf als ein japanischer Kleinwagen.

Deike allerdings war schwer begeistert. Sie hatte das Entpacken ihres Rucksacks geradezu zelebriert. Hatte ihre bunt gemusterten Kleider ehrfurchtsvoll auf die gepolsterten Bügel gehängt. «Schau mal, der Schrank ist von innen beleuchtet. Und hat einen Safe! Schade, dass ich meine Rolex vergessen habe, die hätte ich da prima reinlegen können.» Sie jubelte, weil sie ihre eigenen Kosmetikprodukte gar nicht erst herausholen musste, denn das Hotel hatte ein paar Flakons bereitgestellt. «Sanddorn und Meeresalgen!» Natürlich alles auf Naturbasis und garantiert ohne Tierversuche, da hatte Deike vor der ersten Benutzung kurzerhand den Hersteller gegoogelt.

Nach zwanzig Minuten war das Zimmer von Deike in Beschlag genommen worden, während Christoph außer Zahnbürste und Kamm nichts ausgepackt hatte. So weit kam es noch, dass er hier seine Unterwäsche aus der Tasche holte und neben ihre geblümten Baumwollslips legte. Allein schon dass er diese überhaupt sehen musste …

Nein, er war nicht besonders verklemmt und konnte durchaus auf zwei, drei längere Beziehungen zurückblicken, die er ganz anständig hinbekommen hatte. Das bedeutete aber noch längst nicht, dass er hier so ganz locker mit einer Kollegin das Doppelbett teilte. Apropos Bett: Wer kam bloß auf die Idee, einen solchen Haufen Kissen auf die Matratze zu legen, dass kein Millimeter Liegefläche übrig blieb?

Deike, die nach der ersten Inaugenscheinnahme der Dünenabbrüche etwas durchgefroren gewesen war und deshalb noch schnell geduscht hatte, kam, lediglich mit einem Laken verhüllt, ins Zimmer, musterte ihn von der Seite, grinste mal wieder und ließ sich mit einem Juchzen und weit ausgebreiteten Armen auf die Tagesdecke plumpsen. «Wir zwei! Wie die Flitterwöchner!»

Christoph räusperte sich. «Ich gehe noch mal zur Rezeption und frage diesen planlosen Herrn, ob er nicht doch ein zweites Zimmer hat. Ich nehme auch gern etwas Schlichteres.»

«Hey, Christoph, das war doch nur ein Spaß.» Deike schaute ihm hinterher. «Ich werde schon nicht über dich herfallen.»

Das wäre ja auch noch schöner, dachte Christoph, und hastete die Treppe hinunter. Die Rezeption war anscheinend nicht mehr besetzt, doch aus der Küche waren Stimmen zu hören. Er klopfte zaghaft, und eine füllige Frau mittleren Alters kam heraus und schaute ihn freundlich an. «Was kann ich für Sie tun?»

«Ist der Chef noch da?»

«Chef …» Aus irgendeinem Grund verzog sie kurz das Gesicht, doch dann riss sie sich zusammen und lächelte wieder.

«Ist beschäftigt mit neue Gäste in Zimmer eins und zwei. Sie sind …?»

«Aus der *Bürgermeistersuite*.»

«Aha. Alles in Ordnung?»

«Ja, es ist wirklich sehr schön. Dennoch wollte ich fragen, ob Sie eventuell noch ein weiteres Zimmer frei haben. Nichts Besonderes, es ist nur so: Wir sind nicht verheiratet.»

«Ach, das macht nichts.» Sie tätschelte seine Hand. «Ich bin zwar katholisch, aber meine Kinder haben auch alle schon vor der Ehe mit ihren Liebsten unter einem Dach gelebt.»

«Sie missverstehen mich …» Christoph war es sehr unangenehm, diese privaten Dinge mit einer ihm völlig unbekannten Frau zu besprechen. «Wir sind nur Kollegen. Kein Paar.» Vielleicht wäre es doch besser gewesen, diese Reise zur Insel gar nicht erst anzutreten. Heute Abend war es ohnehin schon fast zu dunkel gewesen, um sich die Dünenabbrüche genauer anzuschauen. Zwar hatte man die groben Ausmaße des Schadens erkennen können, doch für eine präzise Begutachtung war das letzte Licht des Tages nicht ausreichend gewesen, das mussten er, Felix und Georg morgen Vormittag mit dem entsprechenden technischen Equipment erledigen. Demnach hätten sie genauso gut dann erst mit dem Flieger anreisen können.

Die freundliche Frau nickte. Sie hatte verstanden. «Aber es ist dann ein Problem. Die anderen Zimmer, wissen Sie, die sind alle kalt. Und noch nicht geputzt und gelüftet. Wir hatten keine Gäste seit Oktober.»

«Das macht nichts. Ich friere nicht so leicht und bin auch sonst sehr unkompliziert.»

«Wenn Sie wirklich sind so unkompliziert, es wäre das Beste, Sie bleiben in *Bürgermeistersuite*.»

Er schluckte. «Hm. Ja. Dann machen wir es so ...» Mist! Eine sympathische Hotelangestellte gegen ihren Willen zur Herausgabe eines Zimmers zu bewegen kostete ihn noch mehr Überwindung, als die Nacht zusammen mit Deike in einem Zimmer zu verbringen. Er würde dann eben auf dem Sofa schlafen. Und sein Duschlaken vor die Badezimmertür hängen. Sollte jemand von ihnen beiden schnarchen, dann wohl eher Deike, die war schließlich immer irgendwie laut und ein bisschen peinlich.

Gerade als er resigniert die Stufen in den ersten Stock nehmen wollte, öffnete sich die Tür, und ein dicker Mann trat ein. «Moin!», grüßte er. Christoph erinnerte sich dunkel, diesem Mann schon einmal begegnet zu sein. Das bluthochdruckgefärbte Gesicht tauchte auch ab und zu in der Regionalpresse auf. Obwohl dieser Mann durchaus die Aura eines Ortsbürgermeisters verströmte, war er es nicht, so viel wusste Christoph noch.

«Gerd Bischoff», stellte der sich nun vor. Stimmt, das war dieser Herr, der ebenfalls im Inselrat saß und sich vor ein paar Jahren mächtigen Ärger eingefangen hatte, weil er unerlaubterweise das Dünengras vor seinem Strandcafé gekürzt hatte. Ein unangenehmer Zeitgenosse, der ihm jetzt die Hand reichte. «Und Sie sind doch Dr. Wagenrath, oder?»

Christoph nickte. Seine Finger taten weh, weil der Kerl ziemlich fest zugedrückt hatte.

«Ihretwegen bin ich hier, weil ich auf ein Gespräch unter vier Augen gehofft hatte. Und zwar vor dem offiziellen Termin morgen. Der Bürgermeister ist ja leider nicht da, wenn man ihn braucht, und Okko Wittkamp mag ganz engagiert daherkommen, ist aber kaum kompetent genug, sich dieser Thematik zu widmen.» Er schaute sich missbilligend um. «Hat man Sie in dieser Absteige untergebracht? Hoffentlich haben Sie auf Ihrem Zimmer wenigstens fließendes Wasser.»

«Man muss sich tatsächlich etwas einschränken», gab Christoph sich vage.

«Da hätten Sie es bei mir deutlich bequemer», sagte Bischoff. Ja, genau, jetzt fiel es Christoph wieder ein: Bischoff war einer der mächtigsten Bewohner dieser Insel, weil er das größte Hotel am Platze besaß.

«Gourmetrestaurant. Wellnessoase. Und neuerdings auch eine *Seelenstube*.»

«Ehrlich gesagt würde mir ein ruhiges Einzelzimmer schon völlig reichen.»

Bischoff zog die Augenbrauen interessiert nach oben. «Dann müssten wir aber wieder ein paar Kilometer zurückfahren. Im Gegensatz zu diesem bescheidenen Gasthaus hier liegt mein Hotel nämlich ziemlich zentral. Aber somit ein gutes Stück von den Dünenabbrüchen entfernt.»

«Kein Problem. Ich habe mir ohnehin ein Fahrrad gemietet.»

«Na dann!» Bischoff grinste. «Mein Anliegen kann ich Ihnen ja gleich auf dem Weg schon mal kurz erläutern. Oder besser noch: später bei einem guten Glas Whisky.»

«Okay.» Christoph mochte keinen Whisky. Auch keine anderen, ähnlich starken Getränke, die man üblicherweise unter Männern an der Hotelbar zu sich nahm. Doch das würde er dem gastfreundlichen Mann nicht gleich auf die Nase binden. Hauptsache, die Situation war fürs Erste gerettet. «Dauert nicht lange. Ich habe meine Tasche ohnehin noch nicht ausgepackt», sagte er und nahm zwei Stufen auf einmal.

Deike glaubte natürlich, er mache einen Scherz. «Hier ist doch wirklich Platz genug für uns beide. Wir könnten sogar aus den Kissen eine Art Wall in die Besucherritze bauen, hab ich mir überlegt, dann fühlt es sich wie Einzelzimmer an, ganz bestimmt.» Sie wirkte regelrecht enttäuscht. Wofür hielt diese Frau das Ganze denn? Für einen spaßigen Landschulheimaufenthalt? Mit Gummibärchen nach dem Zähneputzen und Gruselgeschichten um Mitternacht?

Er sammelte seine wenigen Utensilien zusammen, warf sie in die Tasche und machte sich auf den Weg. «Wir sehen uns morgen um halb neun am Strand. In alter Frische.»

Deike stellte sich ihm entgegen. «Aber ich dachte, wir beide besprechen heute Abend schon mal die Aktion. Felix und Georg wohnen in der kleinen Pension um die Ecke, die könnten spontan dazukommen. Wir müssen bald loslegen mit den Sicherungsmaßnahmen, wer weiß, wie lange das Wetter stabil bleibt.»

«Du kennst meine Einstellung. Die Helle Düne ist und bleibt eine Problemzone, daran können selbst wir nichts ändern. Wenn unsere Ortsbegehung morgen ergibt, dass eine kurzfristige Rettungsaktion ohnehin keinen Sinn macht, dann werden wir die Sache gleich abblasen.»

«Wie kannst du so etwas sagen? Schau dich doch mal um. Hier wohnen und arbeiten Menschen, die total viel Liebe in dieses Haus gesteckt haben. Willst du sie wirklich ihrem Schicksal überlassen?»

«Da hätten die Hotelbesitzer sich eben besser informieren müssen. Die ostfriesischen Inseln sind nun mal nicht für die Ewigkeit gemacht, und jeder, der sich hier niederlässt, hier Geld verdienen will, muss damit leben, dass das Meer seine Pläne jederzeit durchkreuzen kann.»

«Ich glaube einfach nicht, dass du so tickst, Dr. Christoph Wagenrath.» Deike schüttelte vehement den Kopf, ihre roten Locken, die noch immer feucht waren, verteilten Tropfen auf den Holzfußboden. «Und vielleicht haust du auch deswegen so plötzlich ab, weil du Angst hast, mit jemandem wie mir über diese Themen reden zu müssen.»

«Angst?» Diese Frau hatte wirklich einen ziemlichen Schatten. «Ich bin Wissenschaftler und bilde mir meine Meinung aufgrund von Zahlen und Fakten. Und wenn diese nun mal zweifelsohne ergeben, dass das Wohl einiger weniger die Gemeinschaft unverhältnismäßig viel kostet, dann lasse ich Emotionen ganz gezielt außen vor. Weil ich leider weiß, dass sämtliche Küstenschutzmaßnahmen, die uns Menschen in den letzten Jahrhunderten sinnvoll erschienen, die Situation letztlich immer weiter verschlechtert haben.» Fast hätte er noch gesagt, dass eine Diskussion mit einer gefühlsduseligen Anfängerin für ihn ohnehin in etwa so aufschlussreich wäre wie eine Staffel *Sponge Bob Schwammkopf* für einen Professor der Meeresbiologie, doch das verkniff er sich. Sie würden schließlich noch eine Weile miteinander auskommen müssen. Zum Glück nicht mehr im selben Zimmer!

«Was meint er nur mit ‹neue Küche›?», fragte Oma Maria zum wiederholten Male. Sie war wirklich besorgt und hoffte noch immer, sich einfach bloß verhört zu haben. Gerade war sie dabei, zwei Kilo Zwiebeln zu enthäuten, ganz ohne Tränen, nein, sie heulte schon lange nicht mehr bei dieser Arbeit.

Das Schneidebrett mit dem klugen Spruch hatte sie vor vielen, vielen Jahren von ihrem Igor geschenkt bekommen: «Wer heute lacht, wird morgen weinen». Bislang hatte sich das noch nicht bewahrheitet.

Dennoch entging ihr nicht, dass Bogdana, die dabei half, für diese Leute, die da morgen am Strand irgendwas zu tun hatten, ein paar Brote zu backen, die Achseln zuckte. Der fiel auch nichts mehr dazu ein, dass Heinrich Loog sie nach seiner wichtigtuerischen Ankündigung nun schon seit einer halben Stunde warten ließ.

«Vielleicht bekommst du ja einen neuen Herd?», überlegte Lucyna und stellte die Flasche, aus der sie den neu angekommenen Gästen eingeschenkt hatte, in den Kühlschrank. Champagner! So ein teurer Tropfen, das war doch die reinste Verschwendung. Bestimmt wären die beiden auch mit einem zünftigen Wodka zufrieden gewesen.

163

«Ich will aber keinen neuen Herd. Der hier ist ganz wunderbar. Er hat alles, was ich brauche.» Demonstrativ hob sie den Topfdeckel an. Heute hatte sie Miesmuscheln in einem Sud aus Roter Bete gekocht. Eine mit Lorbeer und Muskatnuss verfeinerte Eigenkreation. Wäre ihr auf einem supermodernen Küchenherd keinen Deut besser gelungen. «Womöglich noch einer mit diesen schwarzen, kratzempfindlichen Glasplatten, die rot aufleuchten wie ein Kinderspielzeug!», schimpfte sie. Der wäre bei einem Stromausfall wie neulich nämlich gänzlich unbrauchbar. Aber Gas funktionierte immer. War heiß, wenn man eine krosse Kruste braten wollte, und aus, bevor diese anfing, schwarz zu werden. So musste Kochen funktionieren und nicht anders.

Lucyna schnappte sich einen Löffel und kostete das neue Gericht. Es schien ihr zu schmecken, denn sie verdrehte genießerisch die Augen. «Jannikes Vater ist stinkreich. Bestimmt weiß er nicht, wohin mit seinem ganzen Geld, und will dir damit einen Gefallen tun.»

«Als Wiedergutmachung», schlug Bogdana vor. «Weil er dich auf der Hochzeit so blöd hat dastehen lassen.»

«Meine Zuneigung kann man aber nicht kaufen», sagte Oma Maria. «Die muss man sich erarbeiten.»

«Da sehe ich bei diesem überheblichen Kerl schwarz», sagte Lucyna. «Ich habe den Verdacht, dass er uns mehr Arbeit macht als abnimmt. Eben, als ich diesen Gästen den Champagner gebracht habe, hat er doch allen Ernstes behauptet, ich wolle mich damit im Namen aller für den Fehler entschuldigen.»

«Fehler?» Bogdana schüttelte den Kopf. Auch sie war sauer. Zu recht. «Also ich wusste, dass heute insgesamt vier Leute anreisen. Zwei Einzelzimmer, ein Doppelzimmer. Ich hab alles richtig gemacht.»

«Heinrich Loog hat die Leute verwechselt. Ihr hättet mal die Gesichter von den beiden Herrschaften sehen sollen, die ja für dieses Reisemagazin arbeiten und jetzt in unseren kleinsten, schlichtesten Zimmern untergebracht wurden. Getrennt voneinander!» Lucyna seufzte. «Ich hoffe nur, die schreiben jetzt nichts Schlimmes über unser Hotel!»

«Wenn, dann haben wir das Heinrich Loog zu verdanken.»

Lucyna holte das Brot aus dem Ofen. Diese spezielle Mischung aus Roggensauerteig mit einem Hauch Kümmel war zumindest auf der Insel inzwischen weltberühmt und Oma Maria entsprechend stolz darauf. Obwohl sie sicher schon weit über tausend Laibe davon gebacken hatte, lief ihr immer noch das Wasser im Munde zusammen, sobald es zum Abkühlen auf der Fensterbank lag. Ihrer Enkeltochter ging es nicht anders, sie schnappte sich ein Messer und schnitt sich eine daumendicke Scheibe ab. «Das Ende können wir doch sowieso nicht für die belegten Brote benutzen», fügte sie schuldbewusst, aber schmatzend hinzu, obwohl jeder wusste, dass gerade das knusprige Randstück mit Abstand das Beste von allem war.

Ach, wie schön könnte es sein, dachte Oma Maria. Sie war doch so gern auf die Insel zurückgekehrt, hatte regelrecht Heimweh nach ihrem Arbeitsplatz verspürt und sich nach der Geschäftigkeit ihrer Restaurantküche gesehnt. Sie liebte es, ihre Familie um sich zu haben, die gut miteinander zurechtkam, auch wenn sich Mattheusz beim Gemüseschneiden oft anstellte, als habe er zwei linke Hände, und Lucyna ständig klagte, wie anstrengend das Servieren sei. Trotzdem wollte keiner von ihnen etwas anderes tun oder an einem anderen Ort mit anderen Menschen beschäftigt sein. Welche Familie konnte das schon von sich behaupten? Dass Heinrich Loog gestern so plötzlich hier aufgetaucht war, passte vorn und hinten nicht. Er war wie ein Haar in der Suppe, wie ein Knorpel im Schnitzel, wie eine vergessene Gräte im Seelachsfilet. Am liebsten hätte Oma Maria ihn mit der Bratengabel aus dem Haus gejagt, aber das ging natürlich auch nicht, er war nun mal Teil der Sippe. Da musste man unauffälligere Waffen wählen. Oma Maria hatte auch schon eine vage Ahnung, welche. Am Samstag würde sie das große Willkommensessen kochen, um all ihre neu erdachten Rezepte auf den Tisch zu bringen. Dazu hatte Jannike ein paar Freunde eingeladen, Nachbarn, auch die wenigen Hotelgäste würden dabei sein. Und dann war der richtige Zeitpunkt gekommen, um Heinrich Loog eine längst fällige Lektion zu erteilen. *Co się odwlecze, to nie uciecze.* Oma Maria lächelte leise in sich hinein. Sie konnte es kaum erwarten.

Endlich ging die Tür auf. Heinrich Loog trat hoch erhobenen Hauptes in die Küche und sagte zwei, drei Sätze, die jedoch nicht nach einer Entschuldigung klangen, weil er erst so ein Chaos angerichtet und sich dann auch noch verspätet hatte. Oma Maria verstand nur wenig. «Speisekarte», «Hauptgang» und «Dessert» waren Begriffe, die ihr ja inzwischen durchaus geläufig waren. Dazu wedelte Heinrich Loog mit einigen Blättern herum, als handle es sich um furchtbar wichtige Verträge. Bogdana und Lucyna starrten ihn mit aufgerissenen Augen und offenen Mündern an. Das konnte nichts Gutes bedeuten.

«Was will er?», fragte Oma Maria. Doch sie bekam keine Antwort. Jedenfalls nicht sofort. Sie musste erst mit dem Fleischklopfer einmal ordentlich auf die Arbeitsplatte hauen, um die Aufmerksamkeit aller auf sich zu lenken. «Es geht hier um die Küche, oder nicht? Und da habe ich das Kommando! Deswegen würde ich jetzt wirklich gern wissen, was da auf den Zetteln steht und warum ihr beide ausseht, als habe er vorgeschlagen, dass wir ab morgen Hunde und Katzen servieren.»

«Oma, es sind keine Haustiere, aber ich glaube, du findest es fast genauso schlimm», rückte Lucyna endlich mit der Sprache heraus. «Er will, dass wir das Essen umstellen. Kein Roggenbrot mehr, keinen Heringssalat, keine Piroggen und keinen Borschtsch.»

So etwas in der Art hatte Oma Maria sich schon gedacht. «Und stattdessen?»

«Mediterrane Küche.»

«Was soll das denn sein?»

«Das ist so ein Sammelbegriff für südeuropäische Gerichte. Italien, Spanien, Griechenland.»

«Also doch Hunde und Katzen?»

«Eher Thunfisch, Ziegenkäse und Olivenöl.»

Oma Marias Kopf wurde heiß wie eine Ofenkartoffel. Was für eine dumme Idee! «Hat Heinrich Loog im Inselhafen einen Thunfisch geangelt? Stehen irgendwo Ziegen auf dem Deich? Oder ein Olivenbaum im Garten?»

Lucyna und Bogdana schüttelten die Köpfe.

«Richtig gut schmeckt nur, was hinterm eigenen Haus wächst und gedeiht. Alles andere ist grober Unfug.»

«Er meint, seine Menüvorschläge seien wesentlich moderner und würden mehr Leute ins Restaurant locken als osteuropäische Spezialitäten mit friesischem Einschlag.»

«Warum in drei Teufels Namen sollte eine polnische Köchin, die an der Ostsee aufgewachsen ist und an der Nordsee arbeitet, Sachen vom Mittelmeer zubereiten?»

Lucyna zögerte, dann kam sie auf Oma Maria zu und legte ihr eine Hand auf den Unterarm, woraufhin gleich sämtliche Alarmglocken schrillten. Eine solche Geste erlaubte ihre Enkelin sich nur, wenn da noch etwas Schlimmeres hinterherkam.

«Das ist ja der Haken an der Sache: Jemand anderes soll das kochen.»

Lucyna ging in Deckung, und Bogdana hielt die Luft an. Heinrich Loog grinste jedoch dämlich. Der hatte ja keine Ahnung, dass er gerade in Lebensgefahr schwebte. «Jemand anderes? Und wer?»

«Ein Koch aus England», raunte Bogdana.

«Der bislang in einem berühmten deutschen Restaurant kocht», ergänzte Lucyna. «Das zu allem Übel auch noch einen französischen Namen hat.»

Oma Maria wandte sich mit einem Ruck wieder ihrem Zwiebelberg zu. Das Herz schlug ihr bis zur Halsschleife ihrer Küchenschürze, doch sie sagte nichts.

Dafür ergriff Heinrich Loog mal wieder das Wort. Seine Stimme erinnerte an den lateinischen Singsang katholischer Priester, ein bisschen auswendig gelernt, ein bisschen selbstverliebt, ein bisschen bedrohlich. Sie fragte sich, ob das auch Jannikes Wunsch war, dass sie hier abgelöst werden sollte. Man musste es vermuten, schließlich war sie seine Tochter, und unter Familienangehörigen sprach man solche Entscheidungen gründlich durch. Oma Maria konnte sich jedoch keinen Reim darauf machen, warum Jannike auf einmal unzufrieden sein sollte mit dem, was sie in den letzten Jahren mit all ihrer Liebe und Hingabe auf die Teller gezaubert hatte.

«Er sagt, dass du dir keine Sorgen machen sollst, du kannst weiter hier arbeiten, wenn auch nur als Hilfsköchin», übersetzte Lucyna. «Eventuell will er auch die *Zupa ogórkowa* im Angebot behalten, weil die Gurkensuppe ja auf der Speisekarte ein echter Renner war. Jedenfalls im Hochsommer.»

Oma Maria reagierte nicht. Stattdessen sauste das Küchenmesser in rasender Geschwindigkeit wieder und wieder auf das Schneidebrett nieder. Noch nie hatte Oma Maria Zwiebeln so klitzeklein gehackt wie jetzt gerade. Etwas Nasses rollte an ihrem rechten Nasenflügel vorbei, sammelte sich am Kinn und tropfte schließlich auf die Arbeitsplatte.

Lucyna beugte sich zu ihr. «Oma Maria! Du weinst ja!»

Doch sie schüttelte energisch den Kopf. «Ich doch nicht. Vor allem nicht wegen so einem *dziwoląg*.» Denn dass Heinrich Loog ein absoluter Spinner war, stand außer Frage. «Siehst du nicht? Ich schneide Zwiebeln, mein Kind. Deswegen die Tränen. Also, keine Sorge, ich habe alles im Griff.»

Eigentlich waren Hunde verboten. Doch Monika hatte sich nur deswegen unauffällig aus dem Hotel schleichen können, weil sie vorgegeben hatte, mit Pepsi Gassi zu gehen.

Das kleine reetgedeckte Inselmuseum hatte bis zu den Osterferien geschlossen, so stand es jedenfalls auf dem handbeschriebenen Zettel, der von innen gegen die Butzenscheibe der Eingangstür geheftet worden war. Doch Okko Wittkamp verbrachte laut Aussage seiner Frau Mira momentan jeden Abend hier, weil er tagsüber vollauf mit der anstehenden Küstenschutzaktion beschäftigt war, sich aber dennoch pünktlich zum Saisonbeginn alle Exponate in akkuratem Zustand am rechten Platz befinden müssten. Pepsi kläffte begeistert und sprang neugierig erst an Monikas Hosenbeinen, dann an der Eingangstür hoch. «Ruhig, Pepsi, sei ein braver Hund.» Monika Galinski zog an der roten Kordel, und die Messingglocke gab einen hübschen, hellen Klang von sich. Kurz darauf hörte sie Schritte, dann wurde der Schlüssel von innen gedreht und ein großgewachsener, sehr schlanker Mann stand in der Tür. Sie war Okko Wittkamp gewiss schon mal über den Weg gelaufen, damals, vor dreißig Jahren, und vielleicht auch in den letzten Wochen, seit sie wieder auf der Insel lebte. Doch bewusst wahrgenommen hatte sie ihn nie, obwohl er eine sympathische Erscheinung war und eindeutig positive Schwingungen von ihm ausgingen. Karohemd, etwas ausgebeulte Jeans, üppige, leicht angegraute Haare und ein überaus freundliches, wenngleich etwas scheues Lächeln. «Ja?»

«Ihre Frau hat mich wahrscheinlich schon angekündigt. Monika Galinski.» Sie reichte ihm die Hand. «Ich habe seit neuestem die *Seelenstube* im *Hotel Bischoff* und wollte Ihnen etwas ganz Besonderes zeigen.»

«Kommen Sie rein», bot Okko Wittkamp an und trat einen Schritt zur Seite.

«Und der Hund?»

«Wenn er sich benehmen kann, ist es kein Problem.»

Pepsi lief selbstbewusst voraus. Was dem weiß getünchten Haus von außen gar nicht anzusehen war: Es verfügte über eine beachtliche Grundfläche, und der Innenraum wurde lediglich von den groben Pfeilern unterteilt, auf denen die hölzernen Dachbalken ruhten. Für eine angenehme Beleuchtung sorgten die Scheinwerfer, die in den Regalen und über den anderen Exponaten angebracht waren und mit warmem, gelbem Licht die Blickführung übernahmen.

Pepsis Nase schien geradezu überfordert von diesem spannenden neuen Raum, er beschnupperte intensiv jede einzelne Ecke. Hier drinnen roch es nach konservierter Vergangenheit. Nach Gegenständen, die man mit viel Mühe und Fleiß zu erhalten versuchte, die man regelmäßig entstaubte, imprägnierte und nur mit Vorsicht berührte. Ganz deutlich spürte Monika die Energie, die von all diesen Dingen ausging, ahnte, von wie vielen Augen sie bereits betrachtet worden waren, lange nachdem sie ihren eigentlichen Zweck erfüllt hatten. Ähnlich

171

wie ihre Klangschalen, die, bevor sie in ihre heutige Form gegossen und in Monikas Regale gestellt worden waren, früher einmal als Wagenfelgen in Bangladesch gedient hatten, zumindest garantierte dies der alternative Versandkatalog. Pepsi interessierte sich brennend für einen mitten im Raum liegenden Anker, rostig, seepockenbesetzt, der nun kein Schiff mehr hielt, sondern Teil einer Ausstellung war, umgeben von anderen maritim wirkenden Gegenständen, die Monika nichts sagten.

Wittkamp folgte ihrem Blick. «Das ist ein Klinometer aus dem neunzehnten Jahrhundert. Damit wurde die Krängung des Schiffes gemessen. Das Gerät war meist an der Kompasssäule angebracht, da man dessen Werte für die Deviationsberechnung benötigte.»

Krängung? Deviation? «Ich verstehe nicht besonders viel von Seefahrt», musste Monika zugeben.

Dennoch ließ der Museumsleiter es sich nicht nehmen, ihr zu berichten, dass daneben ein Seechronometer, ein Doppelrahmen-Quintant und ein Logglas zu bestaunen waren. Über allem baumelten ein Fischernetz, drei Harpunen und ein fadenscheiniges Segeltuch.

«Schon mal hier gewesen?», wollte Wittkamp wissen.

«Leider noch nie», musste sie kleinlaut zugeben.

«Wie wahrscheinlich mehr als die Hälfte aller Insulaner.» Er machte einen zerknirschten Eindruck. «Im Sommer haben wir pro Tag zwischen fünfzig und hundert Besucher. Ausnahmslos Touristen. Seltsam, dass sich die Menschen immer nur für die Heimatmuseen in der Fremde interessieren.»

Damit hatte er recht. *Hab ich mich nicht auch immer nur für die Länder begeistert, die mindestens zehn Flugstunden von meinem Zuhause entfernt waren?*, sprang ihr ein Gedanke in den Kopf, von dem sie wusste, dass er ihr Stoff für mindestens drei Meditationseinheiten bieten würde. *Was hätte ich nicht alles direkt vor meiner Nase entdecken können. Waren vielleicht während all ihrer Reisen Herz und Seele stets an der Nordsee geblieben?* «Nun ja, jetzt bin ich ja da», sagte sie schnell, bevor diese selbstkritischen Ideen zu viel Raum einnahmen. «Ich bin sozusagen eine Einheimische und will dringend etwas über die Geschichte dieser Insel erfahren. Insbesondere über den Februar im Jahre 1825.»

Wittkamps Gesicht leuchtete auf. «Der Frühjahrssturm! Eine der schlimmsten Flutkatastrophen, die der Nordseeküste in der Neuzeit widerfahren ist. Niemals zuvor oder danach wurde ein solch hoher Wasserstand gemessen.» Er sagte das voller Begeisterung, als sei das Unwetter das tollste Ereignis schlechthin gewesen, und wies auf einige gerahmte Skizzen, die an der gegenüberliegenden Wand hingen. Sie zeigten chronologisch von links nach rechts den durch die Jahre veränderten Verlauf der Küste. Man hätte kaum glauben können, dass es sich wirklich um ein und dieselbe Region handelte, denn keine der sieben Inseln ließ sich vor tausend Jahren in ihrer heutigen Form erahnen, und von den Eilanden, die so mystische Namen wie *Burchana*, *Oosterende* und *Buise* trugen, war auf der aktuellen Karte kein einziges Sandkorn mehr zu erkennen. Sofort verspürte Monika eine dringende Sehnsucht, dorthin zu fahren. Auf die Inseln der Vergangenheit. *Obwohl, bin ich nicht eigentlich längst da?*

«Anfang des neunzehnten Jahrhunderts hatten die Küstenbewohner bereits ein enormes Wissen über den Deichbau und den Dünenschutz erworben, dennoch kamen an den drei Sturmtagen im Februar insgesamt mehr als achthundert Menschen ums Leben», dozierte Wittkamp. «Viele verloren ihre Häuser, ihre Ländereien, das Vieh.»

«Woran lag das?»

«Diese Flut muss ziemlich heimtückisch gewesen sein. In manchen Überlieferungen ist die Rede davon, dass sie sich regelrecht angeschlichen hätte. Wetter und Wind ließen vorher nicht erahnen, dass die Nordsee eine solch verheerende Höhe erlangen würde.»

«Kommt mir bekannt vor», sagte Monika. «Am letzten Samstag hat auch noch kein Mensch kommen sehen, dass am Sonntag unsere Dächer abgedeckt werden.»

Wittkamp nickte. «Ich könnte Ihnen jetzt einen ausführlichen Vortrag halten über Hoch- und Tiefdruckgebiete, aber kurz gefasst darf man sagen: Tatsächlich erinnern die meteorologischen Daten – soweit sie damals schon erfasst wurden – ein wenig an diese Linda, die uns ja doch ziemlich hart getroffen hat.»

Monika lief ein kalter Schauer über den Rücken, obwohl der Vortrag eigentlich eher sachlich und ohne Effekthascherei formuliert war. *Zwischen dem Wetter im Februar 1825 und heute gibt es also tatsächlich einige Parallelen, Verbindungen über all die Jahrhunderte hinweg. Hat das etwas mit diesem ominösen Fluch zu tun?*

«Eines ist schon erstaunlich», fuhr Wittkamp fort. «Während in Hamburg beispielsweise komplett Land unter herrschte und die schlimmsten Verluste in den Niederlanden zu beklagen waren, kam unsere Insel, die ja eigentlich mittendrin liegt, vergleichsweise glimpflich davon. Laut Chronik gab es keine Toten.»

«Keine Toten?» Es war höchste Zeit, dass Monika zum eigentlichen Thema wechselte, denn sie wusste definitiv von Toten, zumindest von einem Schiffsjungen, der die tobende Nacht ganz sicher nicht überlebt hatte. «Sie als Inselhistoriker haben ja sicher schon mal etwas vom Schiffbruch der *Gebecca* gehört, oder?»

«Sie sprechen von diesem Fluch, der angeblich auf unserer Insel lastet?» Aus Wittkamps Mund klang das überhaupt nicht übersinnlich. «Ausgestoßen von einem weitgereisten Kapitän, dessen Schiff durch ein falsches Leuchtfeuer auf Grund gelaufen und zerbrochen ist.»

«Genau davon spreche ich.»

«Da weder in den alten Kirchenbüchern noch sonst wo ein schriftlicher Vermerk über eine solche Katastrophe zu finden ist, habe ich das eigentlich immer für ein Gerücht gehalten. Jede Insel hat so ihre Schauermärchen. Kommen Sie mal mit.» Er führte Monika und Pepsi in eine etwas abgelegene, in düsteres violettes Licht getauchte Ecke. Der Hund war völlig aus dem Häuschen, hier roch es wohl noch exotischer als in der Seefahrt-Abteilung.

«Das sogenannte Gruselkabinett, in dem es um Heimatsagen geht. Wahrscheinlich die beliebteste Abteilung in unserem Museum. Nichts für schwache Nerven.» Er zwinkerte ihr zu. Der letzte Satz war natürlich ziemlich übertrieben. Zwar waren auf den Bildern einige gespenstisch anmutende Fratzen abgebildet, und die mit Schaufensterpuppen nachgebildeten Spukgestalten machten schon was her, doch verglichen mit dem, was man heutzutage im Internet zu sehen bekam, war der Horrorfaktor dieser Ausstellung auf Kindergartenniveau.

«Die letzten Hexen, die in der Gegend verbrannt worden sind, sollen von Juist stammen. Vielleicht nennt sich die Insel deshalb auch heute noch *Töwerland*, was so viel wie Zauberland bedeutet.»

Pepsi blieb bellend und knurrend vor einem Zweimetermonster stehen, dessen Kopf in einer wild gefiederten Pelzmaske steckte und dessen erhobener Arm ein großes Kuhhorn hielt.

«Wer soll das denn sein?», fragte Monika und streichelte Pepsi, der sich gar nicht beruhigen wollte.

Wittkamp schmunzelte. «Wenn sich Ihr Hund vor diesem Ungetüm fürchtet, hat es ja seinen Zweck erfüllt. Das ist der sogenannte *Klaasohm* von Borkum. Übersetzt bedeutet das so viel wie Onkel Klaas, klingt harmloser, als er aussieht.»

«Ach. Und was macht der?»

«Früher sind die männlichen Insulaner den Sommer über als Walfänger auf den Weltmeeren unterwegs gewesen. Wenn sie dann Anfang Dezember zurückgekehrt sind, haben sie sich gruselig verkleidet, als *Klaasohm* eben, weil die Frauen während ihrer Abwesenheit etwas übermütig geworden sind und man ihnen Respekt einflößen wollte.»

«Nicht gerade emanzipiert.»

Wittkamp stellte sich neben einen nachgebildeten Grabstein, der gekonnt schief stand und dessen verwitterte Inschrift kaum lesbar war. «Auch *Hark Olufs* hat es wirklich gegeben. Ein Amrumer Seemann, der als Sklave einiges hat erleiden müssen und dann zu großem Reichtum kam. Er wandert noch immer des Nachts durch den Nebel seiner Heimatinsel, weil er den rechtmäßigen Erben endlich den Weg zu seinen verborgenen Schätzen zeigen will.»

Monika nahm ihren Baumwollrucksack ab, stellte ihn auf einen der wenigen Tische, auf denen kein *«Bitte nicht berühren»*-Schild stand, und löste die Schnalle. «Und die Geschichte der *Gebecca* halten Sie für weniger wahr?»

«Natürlich ist es denkbar, dass dieses Unglück tatsächlich passiert ist. Die Insulaner waren damals, in der Zeit nach der französischen Besatzung, bettelarm. Der karge Sandboden warf kaum Ernte ab, der Fischfang war unter Napoleons Militärherrschaft zum Erliegen gekommen. Nach einem harten Winter waren die Mägen leer, und die Nerven lagen blank. Wenn man dann so ein prächtiges Handelsschiff am Horizont entlangfahren sah, vollgepackt mit wertvollen Dingen, dann kann ich mir schon vorstellen, dass die Insulaner gierig geworden sind und in einer stürmischen Nacht ein falsches Feuer gelegt haben, um die Seeleute in die Irre zu leiten. Dennoch, es handelt sich eher um Mythen denn um belegte Geschichte.»

«Aber wenn es doch etwas Schriftliches gäbe?» Monika zog das alte Logbuch vorsichtig aus ihrem Rucksack. Sie hielt dabei den Atem an, so aufgeregt war sie.

«Was ist das?», fragte Wittkamp und legte den Kopf schief, um die Schrift entziffern zu können.

Monika drückte das Leder eng an ihre Brust. «Versprechen Sie mir, dass Sie diesen Fund diskret behandeln? Insbesondere mein geschiedener Mann darf nichts davon erfahren.»

Er schaute sie eine Weile an, als überlege er, ob er der besseren Hälfte von Gerd Bischoff überhaupt trauen durfte. Monika wusste, ihr Exmann war nicht bei jedem hier beliebt, wahrscheinlich aus gutem Grund. Zögerlich reichte sie Wittkamp das Logbuch. «Und fragen Sie mich bitte nicht nach den Umständen, unter denen das Buch in meine Hände gelangt ist.»

Äußerst behutsam schlug er die Seiten auf. «Erst einmal muss ich mich davon überzeugen, dass es sich um einen historisch relevanten Fund handelt. Solange das nicht feststeht, ist es mir egal, ob Sie das Buch auf der Kirmes gewonnen oder im Hotelgarten ausgebuddelt haben.» Aus der Brusttasche seines Hemdes fischte er eine zusammenklappbare Lesebrille, die er sich auf die Nase setzte. «Interessant!»

«Es sieht so aus, als seien hinten ein paar Seiten herausgerissen worden. Das war ich natürlich nicht, das muss jemand anderes verbockt haben.»

«Wirklich spannend!» Das Entziffern der altertümlichen Schrift schien ihm keine Probleme zu bereiten, eher das Schummerlicht, denn er beugte sich tief über die Zeilen. Nach wenigen Minuten entschuldigte Wittkamp sich und trug das Buch wie eine Beute in sein kleines Büro, wo eine deutlich hellere Schreibtischlampe die verblassten Buchstaben beleuchtete.

Monika hatte den Eindruck, dass er von ihrem Mitbringsel ziemlich beeindruckt war, was ihre Neugierde entsprechend beflügelte. Zwar lief sie weiter geduldig umher und tat so, als betrachte sie die anderen Ausstellungen, in denen es um den aufkommenden Bäderbetrieb ging, um Flora und Fauna und berühmte Persönlichkeiten der Insel: Pastoren und Dichter, Musiker und Maler. Doch in Wahrheit waren ihre Gedanken einzig und allein bei diesem Buch, und sie konnte kaum erwarten, die Expertise des Museumsleiters zu hören.

Wenn man wie sie die Welt bereist hatte auf der Suche nach der Energie, die alles Irdische und Überirdische miteinander verband, dann glaubte man nicht mehr an Zufälle. Dann wusste man, dass alles, was passierte, in einem größeren Zusammenhang stand.

Monika hatte nicht vorgehabt, irgendjemandem von ihrem geheimnisvollen Fundstück zu berichten. Schließlich hatte sie ohne Erlaubnis herumgeschnüffelt, was Gerd absolut nicht gefallen würde. Und sie konnte sich einen Krach mit ihm nicht erlauben, schließlich bewegten sie sich nach Jahren der Trennung gerade ganz vorsichtig wieder aufeinander zu, lernten einander neu kennen – und vielleicht auch irgendwann wieder lieben. Außerdem wollte sie die Chance, dass er ihr die Dachkammer als *Seelenstube* überließ, nicht aufs Spiel setzen. Doch dann hatte Jannike Loog heute bei ihrem Geburtsvorbereitungskurs wie aus heiterem Himmel von der *Gebecca* gesprochen und einen Hinweis darauf gegeben, dass die Geschichte der Seeleute doch weitergegangen und in einem Fluch geendet war. Deutlicher konnte das Schicksal ja nun nicht winken: *Es gibt einen Grund, warum das alles ausgerechnet jetzt passiert, und es ist meine Aufgabe, weiter nachzuforschen.*

Sie versuchte trotz Nervosität die Schautafeln zu deuten, die den Aufbau einer Sanddüne erklärten, doch es war sinnlos, sie konnte sich partout nicht konzentrieren und schweifte spätestens nach dem dritten Satz ab. Einmal ging sie kurz mit Pepsi vor die Tür, damit dieser nicht aus Versehen sein Beinchen an einem der wertvollen Sammlerstücke hob. Und dann, nach schier endlosen zwanzig Minuten, nahm sie doch allen Mut zusammen und klopfte zaghaft an die nur angelehnte Tür, hinter der Wittkamp über den Papieren brütete.

«Und? Was sagen Sie dazu?»

Er richtete sich auf und nahm die Lesebrille ab. «Erstaunlich.»

«Nicht wahr?» Monikas Herz klopfte. «Zum Glück haben wir die Schriften rechtzeitig gefunden.»

«Rechtzeitig?»

«Also, wenn man den Bericht des Steuermanns mit dem Fluch in Verbindung bringt, mit dem Stromausfall, der den Leuchtturm nun schon fünf Tage im Dunkeln lässt, dann ist wirklich Eile geboten, finden Sie nicht?» Jetzt tat sie einen beherzten Schritt ins Büro. «Wir sollten den Elektrikern Bescheid geben, wie dringend es ist. Wenn die nicht bald alles wieder zum Laufen kriegen, wird die Insel untergehen.» Als Monika seinen skeptischen Gesichtsausdruck bemerkte, ruderte sie vorsichtshalber ein bisschen zurück. «Zumindest hat Hanne Hahn es so oder ähnlich formuliert.»

«Ich glaube kaum, dass Sie bei vielbeschäftigten Elektrotechnikern mit einem alten Fluch argumentieren können.» Okko Wittkamp stand auf und kam auf sie zu. «Wissen Sie eigentlich, wer damals den Leuchtturm erbaut hat?»

«Keine Ahnung.»

«Mein Ururgroßvater. Okko Wittkamp der Erste. Er wurde 1835 auf der Insel geboren und hat in Hannover Baukunst studiert, was damals für einen Jungen aus der tiefsten Provinz noch fast ein Ding der Unmöglichkeit war.»

«Kann ich mir vorstellen.»

«Das erzähle ich Ihnen nicht bloß, weil ich natürlich stolz auf meinen Vorfahren bin. Sondern auch, weil ebendieser Okko Wittkamp der Erste die Insel nur deshalb verlassen konnte, weil sein Vater in der Lage war, ihm diese kostspielige Ausbildung zu bezahlen, obwohl er der Überlieferung nach ein armer Schlucker gewesen sein soll, über dessen Herkunft wenig bekannt ist.»

«Aha», sagte Monika. Sie verstand nicht so ganz, worauf der Museumsleiter genau hinauswollte. Er wirkte sehr feierlich und reichte ihr das aufgeschlagene Logbuch zurück, als sei es auf reinstem Gold geschrieben.

«Übrigens, dieser arme Schlucker, der Stammvater aller Wittkamps auf dieser Insel, hieß Johann.» Nun tippte er mit dem Zeigefinger auf die Signatur des Steuermanns, mit der jede einzelne Eintragung unterzeichnet worden war. Eine unleserliche Kritzelei, der Monika bei ihrer Abschrift keinerlei Aufmerksamkeit geschenkt hatte. Aber jetzt, wenn sie genauer hinschaute ...

«Das ist eindeutig seine Unterschrift», fasste Wittkamp zusammen. «Sie haben mir eben ein ungeheuer großes Geschenk gemacht, Frau Galinski. Denn wenn mich nicht alles täuscht, wurden diese Schriften von meinem Urururgroßvater verfasst.»

«Dann hat er das Unglück also überlebt?»

Wittkamp nickte. «Ja, so sieht es aus. Sonst gäbe es mich heute kaum.»

Das Schmunzeln, das sich nun auf seinem Gesicht ausbreitete, passte nicht so recht zum Ernst der Lage, fand Monika. «Was erfreut Sie daran?»

«Liebe Frau Galinski, wenn ich Ihnen erkläre, warum dieser arme Schlucker Johann Wittkamp dennoch in der Lage war, seinem klugen Sohn eine Ausbildung zu finanzieren …»

«Ja?»

«… würden Sie mir dann dabei helfen, die fehlenden Seiten zu finden?»

Monika platzte beinahe vor Aufregung. Sogar Pepsi kläffte, natürlich, Hunde waren sehr empfindsam für Schwingungen. Da war sie in Indien gewesen, in der Toskana, in Amerika und sonst auch fast überall. Hatte eine Menge Geld zum Fenster hinausgeworfen, weil sie ihre Bestimmung gesucht hatte. Aber kaum kam sie zurück auf diese kleine Insel, zu der sie unterwegs keine Sekunde Heimweh verspürt hatte, fand sich ganz nebenbei endlich etwas, das eine wirklich große, allumfassende, Zeit und Raum sprengende Bedeutung hatte. «Aber ja, das werde ich!»

«Du hast *was*?» Jannike starrte ihren Vater an. Sie war fassungslos, nachdem er ihr offenbart hatte, aus welchem Grund der weibliche Teil der Pajak-Familie seit gestern kaum ein Wort mit ihr sprach. Er wollte ernsthaft Oma Maria entlassen! Oder wie er sich pseudodiplomatisch ausdrückte: ihr etwas Verantwortung von den altersschwachen Schultern nehmen, zum Wohl des Restaurants, versteht sich.

«Gordon Mintaker stammt aus England, lebt aber seit ein paar Jahren in Bergisch Gladbach, weil er dort im Sterne-Restaurant gelernt hat. Und jetzt will er sich selbständig machen. Auf meine gestrige Mail hat er umgehend geantwortet. Er ist sehr interessiert und wird morgen anreisen, um sich bei uns vorzustellen.» Jannikes Vater saß an der Rezeption, als sei er zwischenzeitlich dort festgewachsen. Er wirkte ganz zufrieden, präziser formuliert: selbstzufrieden. Auf den ersten Blick war ersichtlich, dass nichts, aber auch gar nichts mehr an seinem Platz stand. Der Locher lag nun zusammen mit den Textmarkern in der Ablage verstaut, in der bislang die noch nicht bestätigten Zimmerreservierungen einsortiert gewesen waren. Niemand außer Heinrich Loog würde sich hier noch zurechtfinden. War das Absicht? Hatte er etwa vor, länger zu bleiben, und wollte sich auf diese Weise unentbehrlich machen? Also, wenn er jetzt schon anfing, die Personalfragen zu diskutieren ... «Aber Jannike, ich habe dir doch von ihm erzählt!»

«Keine Ahnung, ob du mir von dem erzählt hast, Papa. Du redest viel, wenn der Tag lang ist.»

«Auf deiner Hochzeit hab ich dir gesagt, Gordon Mintaker ist ein Patient von Steffen. Craniomandibuläre Dysfunktion, als Kind unbehandelt, furchtbares Gebiss, aber in England sind die lange nicht so gut mit der kieferorthopädischen Rundumversorgung. Jedenfalls hat er als Dankeschön für seine neuerdings akkuraten Frontzähne bei der Praxisübernahme hervorragende Häppchen gemacht.»

«Ist mir egal. Selbst wenn er Mister Kauleiste wäre und diese Häppchen mit den Kronjuwelen belegt hätte – er hat hier nichts zu suchen. Ich habe eine Köchin, mit der ich rundum zufrieden bin!» Jannike wurde etwas flau, sie wählte als Sitzgelegenheit, da ihr Vater den Bürostuhl ja weiterhin so stur in Beschlag nahm, einen Stapel Druckerpapier, der als Reserve griffbereit in einer Ecke lagerte.

Ihr ging es heute überhaupt nicht gut. Schon in der Nacht hatte sie sich unruhig hin und her gewälzt. Kaum hatte sie endlich eine bequeme Position gefunden und war beinahe eingeschlafen, machten die Zwillinge Radau. Die beiden schienen austesten zu wollen, wie dehnbar der Bauch ihrer Mama wohl war, wie stabil die Rippen und wie trittfest die Blase. Als Jannike sich schließlich gegen acht Uhr wie gerädert aus dem Bett erhob, hatte der Rücken furchtbar wehgetan, und bei jedem Schritt Richtung Badezimmer war sie kurzatmiger geworden. So langsam hatte sie es richtig satt, schwanger zu sein. Vor allem, weil heute ein wichtiger Termin anstand, bei dem sie lieber schlank und agil ihre Frau stehen wollte: In einer Viertelstunde würden sich hoffentlich viele Insulaner an der

Hellen Düne treffen, um gemeinsam mit dem Team vom Küstenamt erste Instandsetzungsmaßnahmen vorzunehmen, die der Sicherung des Leuchtturms und des Hotels dienten. Oma Maria, Bogdana und Lucyna hatten bereits etliche Proviantpakete gepackt und einige Thermoskannen voll Tee gekocht, um die freiwilligen Helfer zu stärken.

«Ich übernehme den Transport zum Strand», hatte Mattheusz entschieden, nachdem er bis zum Frühstück wortlos mit angesehen hatte, wie sich Jannike abmühte. «Geh du lieber zum Inselarzt und lass dich untersuchen.»

Doch Jannike hatte ihren Liebsten erst einmal beruhigt, dass solche Zipperlein am Ende der Schwangerschaft völlig normal seien.

«Wollen wir nicht wenigstens Monika Galinski anrufen?», schlug Mattheusz als allerletzten Kompromiss vor. Also hatte sie es ihm versprochen, ja, sie würde die Hebamme anrufen, gern auch den Inselarzt, sobald sich ihr Zustand verschlechterte. Zum Strand würde sie nur kommen, wenn es ihr wirklich hundertprozentig besserginge. Aber zu diesem Zeitpunkt hatte sie auch noch nicht geahnt, dass der dickste Brocken, der sich ihr in den Weg stellte, ihr überengagierter Vater war.

Für den schien das Wohlergehen seiner Tochter nebensächlich zu sein. Offensichtlich wertete er Jannikes dringendes Sitzbedürfnis als eine Art Eingeständnis ihrer Unfähigkeit, denn er schüttelte verständnislos den Kopf. «Mädchen, Mädchen, ich weiß wirklich nicht, welcher Teufel dich damals geritten hat, ausgerechnet osteuropäische Küche anzubieten.»

«Oma Maria ist das Beste, was unserem Hotel passieren konnte. Nudeln, Steaks und Salate machen schließlich alle. Piroggen und Borschtsch nicht.»

«Warum wohl.»

«Am Anfang war ich auch skeptisch, aber dann waren wir jeden Abend ausgebucht, alle Tische besetzt, die Besprechungen im Internet hervorragend. Weshalb also sollten wir uns einen Gordon Irgendwas hierherholen?»

«Weil er bundesweit einen hervorragenden Namen hat. Mir scheint, seit du hier an der Küste lebst, ist dein Horizont erstaunlich nah herangerückt. Wenn die Leute von der Insel zum Essen kommen, gut und schön. Noch besser wäre es aber, sie würden aus der ganzen Welt extra deswegen anreisen. Und das werden wir mit einer über siebzigjährigen Eintopfspezialistin nun mal nicht erreichen.»

«Papa, du bist selbst über siebzig! Und was heißt überhaupt wir?»

Darauf blieb er eine Antwort schuldig. «Nun lass Gordon Mintaker doch erst einmal hierherkommen. Die Fahrkarte ist bereits gekauft. Er wird für uns alle etwas Köstliches zubereiten ...»

«Morgen hat Oma Maria ihr Willkommensmenü geplant.»

«Das kann sie auch später noch brutzeln.»

«Sie wird ausflippen!»

«Ich habe das Gefühl, deine polnische Sippschaft hat dich ganz schön im Griff. Wer ist denn hier die Hotelbesitzerin? Wer trägt das unternehmerische Risiko? Wenn du eine Veränderung in der Küche willst, dann hat keiner aufzumucken.»

«Aber ich möchte das ja überhaupt nicht. Der Einzige, der das für nötig hält, bist du!» Ihr Tonfall erinnerte Jannike allmählich an ihre Trotzphase damals: «Papa, ich will aber zehn Pfennig für den Kaugummiautomaten, ich will, ich will, ich will!» Dabei war die Lage hier eine völlig andere und sie absolut im Recht. Tatsächlich stiegen ihr sogar Tränen der Wut in die Augen, und zu gern hätte sie sich jetzt auf den Boden geworfen

185

und mit den Fäusten auf die Fliesen gehämmert, doch das würde ihr Bauch ohnehin nicht ermöglichen, denn er kniff und drückte, die Haut schien an einigen Stellen bis an die Grenze ihrer Elastizität zu gehen.

Sie vermisste Danni, der könnte sich in diesem Moment an ihre Seite stellen. Sollte sie ihn einfach mal anrufen? Nein, besser nicht. Soweit sie wusste, hatten Siebelt und Danni sich inzwischen damit abgefunden, so bald keinen Rückflug zu bekommen, und sich auf eine ziemlich lange Warteliste setzen lassen. Mit etwas Glück würde es den beiden irgendwie gelingen, sich abzulenken und in der Zwischenzeit das Beste aus ihrer Situation zu machen. Schließlich sollte es eigentlich ein Urlaub sein, und zwar ein wohlverdienter. Danni hatte während ihrer Zeit in Polen alles gemanagt, auch die Renovierung war einzig an ihm hängengeblieben, da konnte sie ihm nun wirklich nicht die ohnehin schon angespannte Laune noch weiter vermiesen, nur weil ihr Vater sich anschickte, das Hotel auf den Kopf zu stellen.

Ebenso war es undenkbar, Mattheusz in die Sache mit hineinzuziehen. Spätestens seit der Sache mit den Kinderzimmern wusste sie, wie empfindlich ihr Liebster auf das Gepolter ihres Vaters reagierte. In einer Auseinandersetzung würde Mattheusz immer den Kürzeren ziehen. Und das Verhältnis zwischen der Großfamilie Pajak und dem kläglichen Rest der Familie Loog war schon jetzt ziemlich heikel.

«Oma Maria ist und bleibt hoffentlich noch lange die Küchenchefin in diesem Hotel. Wenn dein Mister Sowieso unbedingt hier kochen muss, dann soll er es tun. Das ändert aber nichts an meiner Meinung. Und jetzt mach mir bitte keinen Stress, ja? Mir geht es gerade nicht so gut, und meine Hebamme …»

«Hebamme …» Er schnaubte verächtlich. «Was soll die

schon groß von Geburtshilfe verstehen. Bei nur zehn bis zwölf Kindern pro Jahr, die hier auf der Insel zur Welt kommen. Ein Geschäftsmann wie ich fragt sich da schon, wie sich das überhaupt rechnet.»

«Monika Galinski gibt darüber hinaus noch andere Kurse», verteidigte Jannike die Frau, mit der sie gestern eifrig das Hecheln geübt hatte.

Heinrich Loog hatte seine Lesebrille auf die Nasenspitze geschoben und schaute sie über den Rand der Gläser hinweg an. «Besser, du fährst zur Niederkunft aufs Festland, bevorzugt gleich nach Bergisch Gladbach.»

«Ich werde nirgendwohin fahren …»

Doch ihr Vater schnitt Jannike das Wort ab. «Wenn ich meinen befreundeten Kollegen von der Gynäkologischen Klinik Bescheid gebe, bist du in allerbesten Händen.»

Jetzt reichte es! Jannike brauchte kein Blutdruckmessgerät, um zu wissen, dass ihr Puls gerade ungesund in die Höhe schnellte. «Papa!»

«Ich will nur helfen.»

«Du machst aber alles schlimmer. Wegen deiner tollen Aufräumaktion gestern hast du den Zettel verloren, auf dem die beiden Einzelzimmer vermerkt gewesen waren.»

«Den hab ich für Altpapier gehalten.»

«Mattheusz hat dich extra darauf hingewiesen. Aber da hast du wahrscheinlich gar nicht richtig zugehört, weil du sowieso immer alles besser weißt. Das Resultat: Ein Gast ist direkt wieder ausgezogen, und das Ehepaar Schönbuch, zwei wirklich namhafte Reisejournalisten, schlafen in unseren bescheidensten Zimmern im Erdgeschoss.»

Jannikes Vater gab ein Grunzen von sich, das alles und nichts bedeuten konnte. Nur einsichtig klang es definitiv nicht.

«Das Paar hat sich heute Morgen beim Frühstück wenig begeistert gezeigt. Kein Wunder, die residieren sonst wahrscheinlich in den dollsten Hotels, werden verwöhnt bis sonst wo, und hier müssen sie sich, wenn sie auf den mittelmäßigen Betten liegen, Bilder von Ikea anschauen. Die werden einen Totalverriss über uns schreiben.»

«Jeder kann mal Fehler machen.»

«Klar. Eine Notiz zu verschludern, das könnte ich jedem anderen hier verzeihen. Bloß bei dir fällt es mir schwer, denn du bist nun mal besonders gut darin, die Fehler bei anderen zu suchen. Bei Oma Maria, die dir nicht exklusiv genug kocht. Bei Bogdana, die dir als Hausdame zu übergewichtig erscheint. Bei Lucyna, die deiner Ansicht nach keine Nasenringe tragen sollte. Und bei Mattheusz, bei mir, neuerdings bei unserer Hebamme …»

«Musst du nicht zu deinem dringenden Termin?», lenkte ihr Vater ab. Er hatte sich schon während ihrer Schimpftirade dem Computerbildschirm zugewandt und tat so, als wären Jannikes Argumente nur das Gezanke einer hormongesteuerten Schwangeren. Es war wirklich zum Verrücktwerden!

Und das Allerschlimmste: Er hatte natürlich recht. Jannike hatte sich schon viel zu lange hier aufhalten lassen und musste in fünf Minuten unten am Strand sein. Denn sie wollte wirklich nichts von der Zusammenkunft der Katastrophenhelfer verpassen, insbesondere, weil dieser Dr. Wagenrath, der gleich seine Expertise abgeben würde, ausgerechnet ins *Hotel Bischoff* gewechselt war. So, wie Jannike ihren schlimmsten Konkurrenten kannte, würde Gerd Bischoff die Gelegenheit direkt am Schopfe packen und versuchen, Einfluss auf den Mann vom Küstenamt zu nehmen, damit der das Hotel mitsamt Leuchtturm am besten gleich abreißen ließe.

«Gut, Papa, dann mache ich mich jetzt auf den Weg. Aber versprich mir, dass du meine Abwesenheit nicht ausnutzt und wieder irgendwelche Entscheidungen fällst, die mich und das Hotel betreffen!»

«Wenn du meinst, auf meine Unterstützung nicht angewiesen zu sein ...», gab er sich beleidigt, doch Jannike hatte keinen Nerv mehr, diesen Zweikampf fortzuführen. Stattdessen fischte sie sich Bogdanas Daunenjacke vom Garderobenhaken. Die passte ihr inzwischen deutlich besser als die eigene. Draußen pfiff der Wind wieder garstig um die Ecken. Durch das Fenster konnte sie die knorrige Kastanie sehen, deren übriggebliebene Äste bebten, als hätten sie Angst vor dem nächsten Sturm. Besser, sie nahm auch noch Bogdanas Wollschal mit, ihre Mütze, die Handschuhe. Auch wenn die Verpackung sie nun noch unbeweglicher machte, als sie ohnehin schon war.

Gerade als Jannike sich abmühlte, die Haustür zu öffnen, die der Gegenwind zuzuhalten schien, hörte sie Schritte auf der Treppe. «Halt, warte, ich komme mit!» Es war die junge Frau, die in der letzten Nacht die *Bürgermeistersuite* für sich allein gehabt hatte, sie hüpfte die Stufen hinunter, dass ihre unter einer knallbunten Baskenkappe hervorguckenden roten Locken schaukelten. Schon heute Morgen im Speisesaal hatte Deike Knopfling das Hotelteam mit ihrer guten Laune angesteckt und allen ringsherum das Du angeboten. Normalerweise vermied Jannike es, sich mit Gästen zu duzen, doch dieses Mal machte sie eine Ausnahme, schließlich war die junge Frau nicht nur unglaublich sympathisch, sondern auch damit beauftragt worden, die Küstenschutzaktion zu koordinieren.

Deike hielt die Tür auf. «Weißt du, Jannike, das wollte ich dir sowieso mal sagen: Ich war noch nie in einem so schönen Hotel! Die Betten sind saubequem. Und das selbstgebackene

Brot von Oma Maria ist unfassbar lecker. Du musst doch platzen vor Stolz, weil hier alles so toll funktioniert.»

Wenn du wüsstest, dachte Jannike und schaute an sich herunter: «Vorher platze ich aus einem anderen Grund.» Das fand ihre Begleitung lustig. Wirklich, Deike schien nicht aus Höflichkeit über diesen doch etwas mauen Gag zu lachen, sondern hatte wirklich Spaß.

«Und dann bekommt ihr auch noch Zwillinge, ihr Glückspilze! Hier passt einfach alles.»

«Dein Begleiter, Dr. Wagenrath, war allerdings nicht so zufrieden.»

«Ach, das glaube ich nicht. Christoph ist eigentlich total bescheiden. Fast spartanisch, würde ich sagen, außer dass er angeblich jeden Morgen zwei Frühstückseier isst. Aber stell dir vor, er trägt sogar bei der Pressekonferenz seinen kratzigen Rollkragenpullover. Nein, ich glaube, da war eher ich das Problem als dein Haus.»

«Du? Ein Problem? Kann ich mir kaum vorstellen.»

«Ich glaube, er hat Angst, dass ich ihm seinen Posten streitig mache. Oder ihn sogar auf der Karriereleiter überhole und demnächst im Ministerium sitze. Wo er sich eigentlich sieht.» Sie gingen am Leuchtturm vorbei Richtung Strand.

«Und? Ist seine Sorge berechtigt?»

«Also, was mich betrifft, absolut nicht. Ich bin mit dem, was ich hier mache, gerade sehr zufrieden.»

«Darüber könnte sich dein Kollege doch freuen.»

«Manchmal kommt Christoph sich selbst ganz schön in die Quere.» Sie lächelte. «Er ist ein hervorragender Wissenschaftler – und ein ganz feiner Mensch. Letzteres kommt leider nur selten zum Vorschein.»

Der Wind schien von allen Seiten zu wehen, und am Himmel hingen die Wolken so dick und fett, als wären sie ebenfalls schwanger. Bis zum nächsten Regenguss würde es nicht mehr lange dauern. Trotzdem konnte Deike sich auch hier draußen für alles begeistern. Für die Ringelgänse zum Beispiel, die sich gerade aus dem Wattenmeer erhoben, um – wie die kundige Naturschützerin natürlich wusste – ins Sommerquartier loszufliegen. Weil es den Vögeln hier inzwischen zu warm wurde. Kaum vorstellbar, fand Jannike, die sich den Schal noch ein weiteres Mal um den Hals schlang, um nicht zu erfrieren.

Als sie sich schon ein ganzes Stück vom Hotel entfernt hatten, drehte Deike sich noch einmal um und seufzte. «Ich liebe alte Gebäude aus Backstein. Und dann noch dieses Eckchen mit dem Reetdach, die Sprossenfenster im Giebel, so hübsch! Ich kann mir richtig vorstellen, wie du hier auf die Insel gekommen bist und dich Hals über Kopf in das Haus verknallt hast.»

«Ist schon eine Weile her. Inzwischen weiß ich, wie viel Arbeit das alles macht. Und wie viel Ärger.»

Deike überhörte die Miesepetrigkeit. «Du lebst den Traum vieler Menschen, glaube ich. Gastgeberin auf einer so wunderbaren Insel zu sein. Ebbe und Flut bestimmen den Takt, die totale Entschleunigung. Man ist ganz dicht dran an der Natur. Wer würde nicht mit dir tauschen wollen?»

«Jeder, der diesen Traum schon mal mit der Realität verglichen hat», musste Jannike sie schon wieder bremsen. «Meistens kommt man vor lauter Stress gar nicht dazu, an den Strand zu gehen. Und die Gezeiten können auch ganz schön nerven, denn immer, wenn man mal dringend an Land muss, herrscht garantiert Niedrigwasser, und das Schiff kommt nicht übers Wattenmeer. Und so nah dran an der Natur, tja …» Sie waren auf dem höchsten Kamm der Hellen Düne angelangt, und Jannike ächzte, als sei das hier mindestens das Matterhorn. Während der kurze Aufstieg sie über sanfte Hügel geführt hatte, ging es nun plötzlich steil, fast senkrecht bergab. Seit Jannikes letzter Begutachtung der Sturmschäden musste noch einiges an Sand ins Rutschen gekommen sein, denn vor ihnen breitete sich ein gähnender Abgrund aus. «Du siehst es selbst, viel Platz bleibt nicht mehr für den Leuchtturm und mein Hotel.»

«Puh! So schlimm hab ich das gar nicht in Erinnerung.»

Deike Knopfling schaute in die Tiefe und hakte sich bei Jannike unter, als seien sie schon lange befreundet. Jannike war ganz froh über den zusätzlichen Halt, denn sie standen nur wenige Meter von der Kante entfernt, und jeder weitere Schritt barg ein Risiko. Schon durch eine unvorsichtige Gewichtsverlagerung könnte der nächste Meter Düne losgetreten werden. Dann würde es keinen Grashalm geben, nach dem man noch schnell greifen könnte, um den Absturz zu vermeiden, denn die Wurzeln lagen frei und wurden vom Wind hin und her geweht.

«Gestern Abend in der Dämmerung wirkte das irgendwie weniger ...»

«... hoffnungslos?», ergänzte Jannike.

Deike lächelte noch immer unerschütterlich. «Wenn ich keine Hoffnung hätte, wäre mein Beruf ja wohl falsch gewählt. Zuversicht ist schließlich meine Triebfeder.»

Die Wellen waren trotz des Windes nicht besonders hoch, doch es lag etwas in der Luft, das verriet, dass es sich hier lediglich um die Ruhe vor dem Sturm handelte, im wahrsten Sinne. Die Wetternachrichten hatten von auffrischenden Winden gesprochen, aber hier an der Küste konnte man das durchaus schon als Sturmböen interpretieren. Weit draußen, am Horizont, wo man die schweren Schiffe auf der Ost-West-Route fahren sah, ließen die hellgrauen Schaumkronen erahnen, wie wild das Meer bereits tobte.

«Und, haben sich deine Hoffnung schon mal zerschlagen?», fragte Jannike.

«Klar, das gehört wahrscheinlich dazu, wenn man sich mit dem Küstenschutz befasst. Jede Sturmflut fühlt sich nach einer Niederlage an. Früher, als die ersten Küstenbewohner anfingen, Deiche zu bauen, Wellenbrecher und Buhnen, sahen sie sich als Sieger. Aber auch nur so lange, bis sie verstanden hatten, dass das Meer sich lediglich einen anderen Angriffspunkt suchte.» Man musste Jannike ihre Bedrückung angesehen haben, denn Deike klopfte ihr beruhigend auf die Schulter. «Mach dir nicht solche Sorgen. Guck lieber, wie viele Leute wir zusammentrommeln konnten, trotz des Schietwetters. Toll!» Sie klatschte begeistert in die Hände.

Unten am Stand hatten sich tatsächlich bereits etliche Insulaner versammelt. Welch ein Glück, das Schicksal der Hellen Düne ließ die Einheimischen nicht kalt, und sie waren bereit, bei Wind und Wetter mit anzupacken, worüber Jannike sehr gerührt war. Sie erkannte Hanne Hahn, die ihr übertrieben fröhlich zuwinkte, als träfe man sich hier zum heiteren Picknick bei sommerlichem Klima. Auch Okko Wittkamp war schon da, er baute gemeinsam mit Mira ein Gerät zur Landvermessung auf und probierte, die drei Füße des Stativs halbwegs gerade und stabil in den Sand zu stecken. Mit so vielen Jugendlichen hatte Jannike nicht gerechnet, die ganze Dünenschule war anwesend, da die Direktorin zu diesem Anlass eine spontane Außenexpedition in den allgemeinen Lehrplan aufgenommen hatte. Die Schüler waren ausgerüstet mit Gummistiefeln, Arbeitshandschuhen, Spaten und Eimern. Der Reporter vom *Inselboten* lief von links nach rechts und machte Aufnahmen.

Womöglich ein lukrativer Auftrag, die Bilder würden sich über sämtliche Nachrichtenagenturen verkaufen lassen, denn das Interesse an der Zukunft der Insel war bundesweit enorm, selbst im fernen Bayern hatte die Meldung vom Sturmschaden in den Zeitungen gestanden. Auch Gerd Bischoff befand sich jetzt im Anmarsch und redete wild gestikulierend auf seinen Begleiter ein, bei dem es sich um Dr. Wagenrath handeln musste. Wahrscheinlich kein gutes Zeichen.

Während Jannike und Deike mit vorsichtigen Schritten zum Strand hinunterliefen, erzählte Deike noch eine ganze Menge von Sandfangzäunen und Holzpalisaden, wofür sie dienten, wie lange es dauerte, sie zu montieren, was eventuell schon jetzt dagegen sprach. «Ich kann es kaum abwarten, mit euch gemeinsam die Aktion durchzuziehen. Wenn alles glattläuft, wovon ich ausgehe, wäre die Helle Düne zumindest fürs Erste gesichert.» Ihr ansteckender Enthusiasmus würde bestimmt dafür sorgen, dass sich auch in den nächsten Tagen genügend Freiwillige einfanden, die das klaffende Sandloch rechtzeitig gestopft kriegten.

Endlich unten angekommen, fühlte Jannike sich zwar ziemlich wackelig auf den Beinen, aber dank Deike auch deutlich zuversichtlicher. Man begrüßte sich rundherum mit einem Nicken, einem freundlichen Lächeln, manchmal auch mit einem behandschuhten Händedruck und einer daunenjackendicken Umarmung.

Bischoff konnte sich eine schnippische Bemerkung natürlich nicht verkneifen: «Frau Loog! Darf ich vorstellen? Der Leiter des Landesamtes für Küstenschutz und Wasserwirtschaft, der heute Nacht übrigens ganz wunderbar unter meinem Dach geschlafen hat. Nicht wahr, Dr. Wagenrath?»

Dieser Wagenrath, ein spröder Kerl, nickte knapp und verschwand ohne ein Wort der Begrüßung Richtung Düne, wo bereits zwei seiner Kollegen damit beschäftigt waren, diverse Technik aus einem Wanderrucksack zu packen. Mit einem der Messgeräte, das einen roten Lichtstrahl absonderte, erfasste der kleinere der beiden Umweltingenieure die Ausmaße der Zerstörung millimetergenau. Der größere, der es sich auf einer leeren Getränkekiste bequem gemacht hatte, tippte vornübergebeugt die umfangreichen Daten in den mitgebrachten Rechner, der zum Schutz gegen den fliegenden Sand in durchsichtige Folie eingeschlagen war. Und Dr. Wagenrath schien das Ganze zu dirigieren. Die Männer mussten ein eingespieltes Team sein, sie arbeiteten ruhig und offensichtlich gewissenhaft, während Deike es sich zur Aufgabe gemacht hatte, den Anwesenden über alles, was passierte, Auskunft zu geben und die Freiwilligen zu delegieren. Wurde ein starker Mann gebraucht, der irgendein Gerät oder eine Leiter von A nach B zu tragen hatte, übernahmen Mattheusz und Lasse den Job.

Die Jugendlichen wurden direkt in die Pflicht genommen, um Strandgut einzusammeln, denn davon lag nach den stürmischen Tagen allerhand herum. «Wir brauchen insbesondere große Holzlatten, Fischernetze oder Metallfässer», erklärte Deike. «Aber auch alles andere, was irgendwie groß und stabil aussieht, könnt ihr herbringen.»

«Wofür eigentlich?», fragte Fridjof, der Sohn der Schuldirektorin, der immer gern ein bisschen stänkerte.

«Wir können heute schon damit beginnen, improvisierte Wellenbrecher zu bauen, die wir einige Meter vor den Dünen errichten, damit sie der Brandung die zerstörende Energie nehmen. Wenn der Wind weiterhin so zunimmt, haben wir heute Abend wahrscheinlich schon wieder anderthalb Meter über dem normalen Wasserstand, wir müssen also vorsorgen.»

«Anderthalb Meter sind doch total harmlos.» Fridjof war der Einzige seiner Klasse, der noch immer mit verschränkten Armen in der Gegend herumstand. «Dann reicht die Flut doch gerade mal eben an den Fuß der Dünen ran. Was soll da groß passieren?»

Deike ließ sich von ihm nicht beirren. «Die Wellen würden sich in den Sand graben und die Düne quasi von unten her aushöhlen. Du musst dir das hier vorstellen wie eine große Wunde, an die jetzt auf keinen Fall irgendwas drankommen darf, wodurch sie sich weiter entzündet.»

«Also dann hätte ich hier schon mal so was wie ein Pflaster», sagte Insa, die Tochter des Inselpolizisten, die mit ihrer Freundin ein Stück rostiges Wellblech herangeschleppt hatte und es nun stolz vorwies. «Früher, als kleines Mädchen, hab ich das immer mit meinem Vater gemacht. Sachen aus Strandgut bauen. Hütten und Flöße und so 'n Kram. Ich hab es geliebt, bis es irgendwann eben total uncool wurde.»

«Und was ist heute?», fragte Jannike.

«Jetzt haben wir ja einen vernünftigen Grund, es wieder zu tun. Das ist was völlig anderes!»

Die Stimmung war gut, beinahe ausgelassen wie bei einem Dorffest, auch wenn die Arbeit anstrengend war und der Wind fies. Zwar sollten morgen mit der Fähre einige tausend Säcke ankommen, die mit Sand gefüllt werden konnten, doch vorsorglich hatten die Mitglieder der Freiwilligen Feuerwehr bereits im ganzen Ort Stoffbeutel und Jutetaschen gesammelt. Rund zwanzig Leute waren unermüdlich damit beschäftigt, Sand heranzuschaffen, dennoch schien der Wall, den die Insulaner behelfsmäßig anhäuften, nur sehr langsam zu wachsen. Welch ein mühseliges Unterfangen. Entmutigen ließ sich trotzdem keiner.

Jannike bekam natürlich eine komfortablere Aufgabe als alle anderen zugeteilt: Sie durfte sich auf den Bollerwagen setzen, den Mattheusz zuvor mit einigen Decken und Kissen ausgepolstert hatte, und reichte unentwegt Brote, Tee und Wasser an die Helfer. Eigentlich hatte sie fest damit gerechnet, dass sich Hanne Hahn zu ihr gesellen würde, denn die Gleichstellungsbeauftragte suchte sich mit Vorliebe die Ecken aus, in denen es sich am besten gucken und tratschen ließ. Doch heute war sogar Hanne Hahn mit vollem Einsatz dabei, sie stand direkt an den zerrissenen Dünen und bastelte irgendwas Großes aus fransigen Tauen und Fischernetzen. «Mach dir keine Sorgen, Jannike, wir schaffen das schon!», sagte Frachtschiff-Ingo, bevor er, mit Schaufel und Schubkarre ausgerüstet, Richtung Meer lief. Die Sekretärin aus dem Rathaus bot Jannike noch eine weitere warme Decke an und versicherte ihr, dass alle, mit denen sie bislang gesprochen hatte, auch morgen wieder mit von der Partie wären. «Wenn ihr vorher noch jemandem zum Broteschmieren braucht, sag Bescheid!»

Es war so rührend. Deike Knopfling hatte Recht behalten, dachte Jannike. Wenn so viele Menschen an einem Strang zogen, ein gemeinsames Ziel vor Augen hatten, durfte man ruhig mal optimistisch sein, oder nicht?

Doch als Dr. Wagenrath und seine Kollegen ihre Instrumente zusammenpackten und mit undurchschaubaren Mienen den Dünenkrater verließen, wusste Jannike sofort, dass sie sich verschätzt hatte. Wäre alles im grünen Bereich, dann würden die Männer doch zumindest einen zufriedenen Gesichtsausdruck aufsetzen. Auch Deike musste bemerkt haben, dass etwas nicht stimmte, denn sie verließ die Gruppe, der sie gerade gezeigt hatte, wie man mit Hilfe von Wasserschläuchen verschieden große Holzlatten möglichst tief in den Sand spülte.

Als ob ein Heißgetränk die Lage irgendwie verbessern könnte, beeilte Jannike sich, vier der Pappbecher mit Tee zu füllen. Zum Glück war auch Mattheusz so weit fertig mit seinen Aufgaben, eilte herbei, stellte sich hinter den Bollerwagen und umfasste Jannike. «Alles klar?»

«Ich glaube nicht!», brachte Jannike gerade noch hervor.

Dr. Wagenrath schüttelte nur wortlos den Kopf, und seine beiden Kollegen blickten ebenso schweigsam wie konzentriert auf ihre Stiefelspitzen.

«Erzähl, was habt ihr herausgefunden?», wollte Deike wissen. «Sollen wir es anders angehen? Die Wellenbrecher vielleicht weiter nach Westen setzen?»

«Wir blasen das Ganze hier ab», sagte Dr. Wagenrath und griff sich einen der Becher. Seine Hand war vor Kälte ganz weiß, und man konnte die blauen Adern unter der Haut erkennen. Wie die Gräben im Wattenmeer, dachte Jannike und hoffte, der Küstenschutzexperte würde gar nicht erst weiterreden. Er tat es trotzdem. «Das, was wir hier mit bloßem Auge sehen können, ist nur das halbe Ausmaß. Die Ultraschallgeräte haben verraten, dass sich die Zersetzung der Düne noch weitere zehn bis zwölf Meter ins Innere durchzieht.»

«Was heißt das?», fragte Jannike.

«Der Leuchtturm steht auf einem Haufen Sand, der so löchrig ist wie ein Schweizer Käse.» Dr. Wagenrath wählte entsprechend seiner Aussage das passende Brot und biss hinein. War das ignorant von ihm? Gefühlskalt? Schließlich stand er vor der Frau, über deren Lebensmittelpunkt gerade ein vernichtendes Urteil gefällt worden war.

Deike musste zweimal nach Luft schnappen, und ausnahmsweise lag kein Lächeln auf ihren Lippen. «Wenn doch morgen die richtigen Sandsäcke gefüllt werden, dann …»

«Deike, wir brauchen keine falschen Hoffnungen zu wecken, damit ist niemandem geholfen.»

«Was meinen Sie damit?», fragte Jannike.

«Noch so eine Sturmflut, und der Leuchtturm ist akut einsturzgefährdet.»

Jannike war froh, dass sie saß. Denn alles, worauf sie ihr Leben aufgebaut hatte, schien gerade auseinanderzubrechen. In ihrem Mund klebte die Zunge trocken, beinahe taub, am Gaumen, und ihr Magen fühlte sich an, als habe sie einen dieser schwarzen Teerklumpen, die hier überall herumlagen, verschluckt. «Und man kann nichts dagegen tun?»

«Vielleicht … und ich betone ganz bewusst: vielleicht!», Dr. Wagenrath malte ein Ausrufezeichen in die Luft, «würden langfristige Baumaßnahmen zu einer Verbesserung führen. Aber da reden wir über Betonklötze, festes Mauerwerk, eventuell ein künstlich angelegtes Gezeitenbecken. Das bedeutet: mehrere Millionen Euro, unzählige Gutachten, Anträge und politische Entscheidungen. Bis das alles unter Dach und Fach ist, können Sie an dieser Stelle, wo wir jetzt stehen, wahrscheinlich schon Krabben fischen gehen.»

«Nein!», entfuhr es Jannike. Und dann schloss sie lieber für einen Moment die Augen. Das war zu viel. Denn genau in diesem Moment durchzuckte ein Schmerz sie von ganz tief drinnen, und ihr Bauch krampfte sich zusammen.

Bitte nicht das! Nicht jetzt! Nicht hier!

«Jannike? Was ist?», hörte sie Mattheuszs Stimme.

Doch für eine Antwort war sie einfach zu schwach.

Christoph Wagenrath fand es bemerkenswert, wie schnell auf einer autofreien Insel der Krankenwagen zur Stelle war. Vor einer Viertelstunde erst hatte die schwangere Hotelbesitzerin einen Kreislaufkollaps erlitten, nur wenig später waren Rettungssanitäter und Inselarzt an der Wasserkante entlang über den Sand gefahren. Offroad, links und rechts spritzte das Wasser, dass es schon etwas Abenteuerliches hatte. Jetzt stand der Mediziner neben Jannike Loog und kümmerte sich anscheinend sehr gewissenhaft um die Notfallpatientin, die inzwischen wieder aufrecht im Bollerwagen saß und mit ihrem Mann diskutierte, ob sie ins Krankenhaus gebracht werden musste oder nicht.

«Bei einer solchen Nachricht wäre ich auch im nicht schwangeren Zustand zusammengeklappt.»

«Aber Jannike ...»

«Heute geht doch sowieso keine Fähre mehr.»

«Dann nehmen wir den Rettungskreuzer.»

«Eine Überfahrt bei dem Seegang ist alles andere als bequem.»

«Und ein Hubschrauber?»

«Fliegt bei Windstärke sechs nicht.»

«Jannike, aber ...»

«Das sind keine Wehen, Mattheusz. Blutdruck und Puls verhalten sich auch wieder normal, oder, Herr Doktor?» Der

Inselarzt nickte. «Na also. Malen wir nicht den Teufel an die Wand, nur weil unsere beiden Kinder ein bisschen herumgetobt haben. Ich verspreche dir, dass ich mich zu Hause sofort aufs Sofa setze und mich von vorne bis hinten bedienen lasse. Monika Galinski darf mich auch noch mal gründlich untersuchen. Aber bitte, bitte, lass uns hierbleiben. Alles andere wäre für mich total stressig. Und Aufregung ist Gift für mich und die Zwillinge.»

Die Frau wusste genau, was sie wollte. Sie war gesund genug, um sich vehement durchzusetzen, also machte Christoph sich keine weiteren Sorgen, wandte sich ab und lief zu seinem Fahrrad. Das hier war ohnehin Privatsache und ging ihn nichts an. Er hatte seinen Job so gut wie erledigt und würde sich in sein Hotelzimmer zurückziehen, um die restlichen Formalitäten abzuwickeln. Er zog es vor, nicht länger als nötig durch die Gegend zu laufen, denn die Insulaner schauten ihn an, als habe er ihre Heimat aus reiner Boshaftigkeit dem Untergang geweiht. Dabei basierte seine Entscheidung, die Aktion abzublasen, ganz korrekt auf den aktuellen Messergebnissen, den Wettervorhersagen und nicht zuletzt auf seiner langjährigen Erfahrung.

Gleich trafen sich alle Einsatzkräfte noch mal im *Hotel am Leuchtturm*, dort musste er abschließend erklären, wieso, weshalb und warum es manchmal vernünftiger war, den Dingen ihren Lauf zu lassen, auch wenn es schwerfiel. Danach würde er den Bericht schreiben und die offizielle Pressemitteilung formulieren. Aber was ihn am meisten Zeit und Nerven kosten würde: Er musste mit Deike diskutieren. Sie hatte ihn vorhin angeschaut, als wolle sie ihn direkt an eines ihrer merkwürdigen selbstgebauten Küstenschutz-Bollwerke vertäuen und der nächsten Flut überlassen. Natürlich war sie sauer, schließlich hatte er ihren ersten offiziellen Auftrag abgeblasen, kaum dass sie durchgestartet war. Eines musste man ihr dabei lassen: Sie hatte es wirklich verstanden, die Einheimischen zu mobilisieren. Aber es machte nun mal keinen Sinn, und letztendlich war er der langjährige Leiter des Küstenamtes und sie ein absoluter Neuling.

«Halt, warten Sie doch mal!» Eine etwas überdrehte Frau, die vorhin schon die ganze Zeit mit ihrem Aktivismus genervt und ihnen bei der Arbeit andauernd dazwischengepfuscht hatte, holte ihn ein. «Hanne Hahn ist mein Name. Ich bin die Gleichstellungsbeauftragte. Sie haben schon mal bei mir übernachtet, als Sie den Deich kontrolliert haben, erinnern Sie sich?»

Tat er nicht.

«Haben Sie entschieden, dass die Reparaturarbeiten am Leuchtturm nicht weiter voranschreiten?»

Christoph blieb stehen. Die Frau schien mehr als nur ein wenig neugierig, wirkte regelrecht sensationslüstern. Als könne sie es kaum erwarten, ein paar Hiobsbotschaften aus seinem Munde zu hören. «Stimmt, vorerst sollte man abwarten.»

«Und was ist mit dem Fluch?»

«Davon weiß ich nichts.»

Sie senkte die Stimme. «Wenn das Licht auf der Hellen Düne länger als eine Woche nicht brennt, wird die Insel vernichtet!» So, wie sie ihn gerade anstarrte, hatte sie tatsächlich Ähnlichkeit mit einer der Hexen aus Christophs alten Kinderbüchern.

«Entschuldigen Sie, ich bin Wissenschaftler und kein Märchenonkel.» Er ließ die Frau einfach stehen. «Alles weitere erfahren Sie gleich bei der Versammlung.»

Sein Handy klingelte. Verwunderlich, dass es hier draußen überhaupt ein funktionierendes Netz gab. Weniger verwunderlich, dass alle Welt etwas von ihm wollte. Wer eine unbequeme Entscheidung traf, musste damit rechnen, die nächsten Stunden in Beschlag genommen zu werden. Er nahm das Gespräch an.

«Siebelt Freese hier. Aus Fuerteventura!»

«Der Herr Bürgermeister …» Christoph konnte sich denken, dass der nicht gerade begeistert war, in seinem Urlaub solch schlechte Nachrichten aus der Heimat zu erhalten.

«Meine Sekretärin hat mich gerade angerufen.» Die Verbindung war miserabel. «Stimmt es, dass … dass … weigern, weitere Küstenschutz…schutz… betreiben?» Die Stimme des Bürgermeisters hallte mehrfach nach oder war durch ein Knacken und Kratzen nahezu unverständlich, doch worum es ihm ging, war ohnehin klar.

«So drastisch würde ich es nicht ausdrücken, Herr Freese. Vorerst lassen wir es dabei bewenden, warten die nächsten Tage ab, vielleicht haben wir Glück und …»

«Glück? Hier stehen Existenzen…stenzen… auf dem Spiel.»

«Ja, die Ihres Lebenspartners, wie ich hörte.»

«Wahrschein…schein… Bischoff geplaudert?» Die folgenden Sätze waren nur noch Bruchstücke, anscheinend ließ sich Siebelt Freese gerade über seinen konservativen Ratskollegen aus. Dass Bischoff ein harter Knochen war, brauchte man Christoph nicht zu erklären, der Hotelier hatte seinen Charakter gestern Abend mehr als deutlich offenbart. Der wäre wahrscheinlich der Letzte, der sich beschwerte, wenn das Westende der Insel in Zukunft unbewohnt bliebe. Sogar einen kleinen Bestechungsversuch hatte es gegeben, eine Flasche limitierter Single Malt gegen ein vernichtendes Urteil. Christoph war natürlich nicht schwach geworden und konsequent beim Wasser geblieben. Das Urteil hatte er trotzdem gesprochen.

«Herr Bischoff hat mit meiner Entscheidung nicht das Geringste zu tun», stellte Christoph klar.

«Morgen sollen doch Sandsäcke …»

«Das kann sein, Herr Bürgermeister. Aber meine Behörde wird kein grünes Licht geben. Da würden wir eine unglaublich kostenintensive Maßnahme in Gang setzen, die dann womöglich überhaupt nichts bringt.»

«Geht es um … um … Geld?»

«Natürlich, es geht immer um Geld. Darüber hinaus aber auch um Vernunft.»

Erneut knackte es in der Leitung, diesmal heftig, und der Bürgermeister war futsch. Sollte er sich doch lieber am Strand von Fuerteventura sonnen, dort war das Wetter sicher besser als hier, und die Probleme waren schön weit weg. Ändern konnte Siebelt Freese an der Situation ohnehin nichts, das hatte er hoffentlich eingesehen.

Christoph stieg über einen Holzsteg die Dünen zum gestreiften Leuchtturm hinauf, um dessen Spitze einige Möwen kreisten. Sogar die schienen sich über ihn aufzuregen, hoffentlich kackten sie ihm nicht aus Rache auf den Scheitel. Ihm, dem Buhmann des Tages.

Natürlich war es schade, kein Zweifel. So ein Leuchtturm war ja mehr als nur ein Seezeichen, er war Postkartenmotiv, Symbol und ein lohnendes Ausflugsziel für Touristen. Wenn er schlimmstenfalls abgerissen werden musste, ginge der Insel ein Stück ihrer Identität verloren. Christoph war zwar lediglich Geologe und kein Heimatexperte, doch natürlich kannte er die Argumente der Insulaner, er verstand sie auch. Ihm war klar, dass dieses kleine Hotel für einige Menschen ein Zuhause war, nicht nur für die Inhaber und Angestellten, sondern auch für die Gäste, die dort übernachteten. Es ging um Arbeitsplätze, um ein Familienunternehmen, um ein hübsches Gebäude von kulturhistorischem Wert.

Dennoch, wenn man das eine gegen das andere aufrechnete, landete Christoph immer wieder beim selben Ergebnis: Unterm Strich stand der Aufwand, hier eine kostspielige Rettungsaktion zu veranstalten, in keinem Verhältnis zu dem zu erwartenden Erfolg. Dass musste er der versammelten Mannschaft nur noch plausibel machen.

Die Tür zum Hotel war trotz der Kälte weit geöffnet. Die Leute standen nicht nur im Speisesaal, sondern teilweise auch noch auf dem Flur. Anscheinend war Verstärkung aus dem Dorf angereist. Auch das Hotelpersonal war anwesend, eine ältere Frau, wohl die Köchin, hielt eine Pfanne in der Hand, als wolle sie ihm damit gleich eins überbraten. Wahrscheinlich würde eine der drei polnischen Damen der schwangeren Chefin, die sich ja ins Bett zurückziehen sollte, gleich Bericht erstatten. Nun wurde Christoph doch etwas mulmig.

«Was ist eigentlich hier los?», fragte ihn eine Frau im maisgelben Anorak, die gerade mit ihrem Mann aus einem der Gästezimmer im Erdgeschoss getreten war. Eine gepflegte, hochgewachsene Person mit dem offenen Blick einer Geschäftsfrau.

«Wir müssen die Insel schützen», gab einer der Insulaner Auskunft, so ein kerniger mit dunkelblauer Steppweste und Kappe auf dem Kopf. «Machen Sie doch mit. Wir brauchen jede Unterstützung.»

Die beiden Gäste blieben interessiert stehen.

Als Gerd Bischoff, der im Speisesaal stand, Christoph erkannte, sorgte er mit wichtigen Gesten dafür, dass die Anwesenden eine schmale Gasse bildeten, durch die er geradewegs bis zum Tresen gelangte. «Wurde auch Zeit, dass Sie kommen und mal Klartext reden», raunte er ihm zu. «Jemand muss die Leute doch zur Vernunft bringen.»

Christoph fühlte sich wie ein Pfarrer auf dem Weg durch die sonntägliche Gottesdienstgemeinde. Ihn erwartete jedoch keine heilige Madonna, sondern Deike, die auf einem Stuhl stand und mit allen Menschen um sich herum gleichzeitig zu kommunizieren schien. «Es tut mir leid, ich will ja, aber ich kann da nichts machen!» Sie fuchtelte abwehrend mit den Armen, dass ihre Schmuckreifen klimperten. Sie schüttelte vehement den Kopf, dass ihre Locken nur so herumwirbelten. Sie rollte die Augen, schürzte die Lippen, auf ihrem eigentlich ganz hübschen Gesicht spielte sich mehr ab als auf dem der Bundeskanzlerin im ganzen Jahr. Es war eine Wonne, ihr zuzusehen, musste Christoph gegen seinen Willen zugeben. Und sie tat ihm auch leid, sie war diesem Zorn anscheinend schon eine ganze Weile ausgeliefert und konnte nur froh sein, dass die Insulaner keine Tomaten dabeihatten.

«Aber man darf uns doch nicht einfach absaufen lassen!», rief ein älterer Mann. Und eine dicke Frau stieß ein paar sehr unschöne Beleidigungen aus, von denen Christoph die Worte «Sesselfurzer» und «Bürokratengesocks» noch am harmlosesten fand. Er stellte sich an Deikes Seite.

«Da ist er ja, mein Vorgesetzter, Dr. Wagenrath.» Sie zeigte auf ihn, als sei er der Star des Abends und sie nur die Vorgruppe gewesen. Folgerichtig stieg sie von ihrem Stuhl und zwang ihn hinauf, indem sie ihn bei der Hüfte nahm. «Bitte löchern Sie ihn mit Ihren Fragen, er kann dazu bestimmt mehr sagen als ich.»

Sofort prasselten vorwurfsvolle Sätze auf ihn ein, vor denen Christoph am liebsten in Deckung gegangen wäre. Obwohl er mit Widerspruch gerechnet hatte, dieser Aufstand überrumpelte ihn. «Die Sedimentverlagerung ist ein naturgegebener Ablauf, den wir durch ein paar Säcke und Holzzäune nicht aufhalten können», rettete er sich auf sicheres Terrain, sein Fachgebiet. Doch niemand hörte ihm zu. «Man darf nicht immer wieder denselben Fehler machen und an der einen Seite Sand abtragen, um ihn woanders aufzuhäufen. So funktioniert das nun mal leider nicht.» Er erntete Buhrufe, und über die Hälfte aller Zuhörer hatten die Arme vor dem Körper verschränkt. Es war sinnlos, begriff er, nachdem er ein paar weitere Zitate aus seinen hochgelobten Publikationen vorgetragen hatte. Gegen derlei Gefühlsausbrüche kam man mit Argumenten einfach nicht an. Das war fast schon dasselbe wie der Kampf gegen das Meer. Man tat und machte, aber dann kam die nächste Woge auf einen zugerollt, und man ging gnadenlos unter. Ein Sturm der Entrüstung, so würde die Presse es nennen, zu Recht, denn genau das wehte ihm gerade entgegen.

«Lasst ihn doch endlich mal zu Wort kommen», brüllte Gerd Bischoff mehrfach, aber die deutliche Bitte wurde ebenso ignoriert wie seine beschwichtigenden Gesten.

Inzwischen waren auch die beiden Gäste aus dem Erdgeschoss näher herangetreten. «Hallo? Kann ich auch mal was dazu sagen?» Kaum hatte die Frau ihre Stimme erhoben und sich geräuspert, verstummten die meisten. Vielleicht lag es daran, dass sie eine Unbekannte war, eine Fremde, bei der man nicht einschätzen konnte, auf wessen Seite sie stand. «Mein Name ist Edith Schönbuch. Mein Mann und ich schreiben für ein Reisemagazin, das vielleicht der eine oder andere unter Ihnen abonniert hat.» Niemand reagierte darauf, wahrscheinlich bezogen Inselbewohner keine Reisemagazine, da ihnen die Fahrt zum Festland schon wie schiere Weltenbummelei erschien. «Ehrlich gesagt haben wir damit gerechnet, auf die-

207

ser Insel nur wieder denselben Budenzauber vorgeführt zu bekommen, Trachtenröcke und Volkstänze, Sie wissen schon.» Christoph blickte in ratlose Gesichter. Die Ostfriesen waren es nicht gewohnt, dass jemand freiwillig so viele Sätze nacheinander sagte, ohne dazu aufgefordert worden zu sein. Edith Schönbuch ließ sich davon nicht beirren. «Stattdessen stolpern wir heute überraschenderweise in eine authentische Bürgerversammlung! Sind Sie alles echte Insulaner?» Die meisten nickten. «Und was ist der Anlass Ihres Treffens?»

Die aufgebrachte Menge ließ sich nicht zweimal bitten, und binnen weniger Minuten wusste Edith Schönbuch über alles Bescheid. Die Dicke schimpfte ausgiebig auf die Bürokratie, der Senior beschwor seine Heimatliebe. Gerd Bischoff hingegen blieb bei der Opposition, betonte die Sinnlosigkeit des Rettungseinsatzes. «Reine Sisyphosarbeit. Verschwendung von Geld und Zeit.» Auch Christoph hatte die Gelegenheit genutzt, seine Sicht der Dinge zu schildern, und dabei den Doktortitel nicht unerwähnt gelassen.

«Gut, dann fasse ich mal zusammen», schloss die Journalistin ihre Spontan-Recherche ab. «Der letzte Sturm hat demnach beträchtliche Schäden unterhalb des Leuchtturms angerichtet. Es steht zu befürchten, dass das Hochwasser in den nächsten Tagen die Lage verschlimmern wird, was eine Baufälligkeit des Leuchtturms und eventuell auch dieses Hotels zur Folge haben könnte.»

«Eben! Und genau dagegen wollen wir etwas unternehmen!», rief der Mann mit der dunkelblauen Weste. «Dürfen aber nicht.»

Edith Schönbuch ließ sich nicht aus dem Konzept bringen. Obwohl sie neben Christophs Stuhl stand und er auf ihren Scheitel blicken konnte, in dem ein Zentimeter Grau zu sehen war, strahlte die Journalistin doch mehr Autorität aus als er, musste Christoph sich eingestehen. «Das habe ich etwas anders verstanden. Der Herr vom Küstenamt sagte, er könne den Einsatz nicht reinen Gewissens bewilligen, weil er ihn für zwecklos hält. Als Behördenmensch muss er den Kopf hinhalten, wenn Staatsgelder verschleudert werden, ist es nicht so, Herr Dr. Wagenrath?»

Das war zwar stark vereinfacht und ließ die ganzen geologischen Erkenntnisse außer Acht, doch um es nicht noch komplizierter werden zu lassen, nickte Christoph.

«Wenn aber die Aktion den Steuerzahler erst einmal nichts kostet, könnte man doch mit den Sicherungsmaßnahmen weitermachen, denn schaden würden die schließlich auch nicht, oder?» Worauf wollte diese Frau hinaus?

«Aber so ein Sandsack kostet mit Transport und allem ...»

«Und wenn sich die Kosten anders tragen würden?»

Christoph wollte diesen albernen Vorschlag gerade zurückweisen, als Deike ihm das Wort abschnitt: «Dann würden wir selbstverständlich weitermachen! Sofort, ohne Zögern, oder, Leute?» Vereinzelte Zustimmung war die Antwort.

«Aber wer soll die Aktion denn bitte bezahlen?», warf Christoph ein. «Ich glaube, Sie machen sich keine Vorstellung, wie teuer das alles wird!»

Doch Deike hatte Feuer gefangen. «Wie viele Einwohner hat die Insel?»

«Etwas mehr als tausend!», antwortete jemand.

«Wenn jeder bereit wäre, hundert Euro zu zahlen, dann ...»

«Klar wären wir das!», rief jemand dazwischen.

«Man darf den Menschen keine falschen Hoffnungen machen», wandte Christoph ein. «Selbst wenn wir die Dünen vor der nächsten Flut schützen könnten – was schon schwierig und kostspielig genug wäre –, gibt es keine Garantie, dass sich dieser Teil der Insel auch langfristig erhalten lässt.»

«Wir würden Sie auf jeden Fall dabei unterstützen», sicherte Edith Schönbuch zu, als hätte Christoph gar nichts gesagt. Die freute sich, klar, hatte sie doch soeben zwischen Frühstück und Mittagessen eine Hammerstory an Land gezogen und darüber hinaus keine Ahnung, worauf sie sich einließ. «Unser Magazin könnte über die Aktion berichten und zu weiteren Spenden aufrufen. Mein Mann und ich haben gute Kontakte …»

«Aber, aber!», erhob Gerd Bischoff seine Stimme. «Es geht um Millionen!»

«Wir reden hier erst einmal nur von den Sofortmaßnahmen», entgegnete die Journalistin. «Von dem, was in den folgenden Tagen unternommen werden könnte. Sollte der Leuchtturm den nächsten Sturm überstehen – was vielleicht nicht wahrscheinlich ist, aber doch wünschenswert, da sind wir uns ja wohl einig –, dann wäre es wesentlich einfacher, einen überzeugenden Antrag auf offizielle Fördermittel zu stellen. Ist es nicht so?»

Edith Schönbuch wandte sich mit ihrer Frage nicht an ihn, Dr. Wagenrath, Leiter des Küstenamtes mit einem Doktortitel in Geologie, sondern an Deike Knopfling. Die nickte natürlich eifrig. «Es wäre eine wunderbare Chance!» Deike musste seinen missmutigen Blick bemerkt haben, denn sie schaute zu ihm hoch. «Bitte, sei mir nicht böse. Ich muss das einfach tun.»

Nein, er war nicht böse. Leider brachte er solche Gefühle nicht zustande, wenn es um Deike ging. Er sah ja das Feuer in ihren Augen, den unbändigen Eifer, die Insel, die Küste und am besten die ganze Welt retten zu wollen. Und er beneidete Deike darum. Nicht nur um diese überbordende Lebensfreude und das Charisma, mit dem seine Kollegin es bestimmt weit bringen würde, vielleicht sogar bis ins Ministerium, während er dann noch immer unter dem denkmalgeschützten Giebeldach eines Provinzamtes seinen Dienst verrichten würde. Nein, Christoph beneidete sie in erster Linie um den unerschütterlichen Glauben daran, dass ihre Arbeit etwas brachte. Er wünschte fast, sie würde auch ihn überzeugen. «Wenn wir Hunderttausend im wahrsten Sinne des Wortes in den Sand setzen, dann wird es keinen weiteren Cent für diese Insel geben, dass muss allen hier klar sein.»

«Es wird gutgehen!», sagte Deike.

«Dann tun Sie, was Sie nicht lassen können», gab er schließlich auf, stieg endlich von diesem bescheuerten Stuhl und verließ den Speisesaal durch eine der hinteren Türen. Den Rest der Veranstaltung wollte er sich lieber ersparen. So etwas hatte er noch nie erlebt.

Und am meisten wunderte ihn, dass er sich noch nicht einmal wirklich darüber ärgerte. Er staunte nur, wie unvernünftig die Welt doch sein konnte.

Ein Jubelschrei, als habe gerade die deutsche Nationalelf das entscheidende Weltmeistertor erzielt, schallte durch das ganze Hotel, und Jannike wäre zu gern aufgestanden und hinuntergelaufen, um zu erfahren, was da unten im Speisesaal vorging. Doch sie hatte Mattheusz hoch und heilig versprochen, nicht mehr aus dem Bett aufzustehen, egal was passierte. Außerdem war Monika Galinski gerade angekommen und horchte mit einem langen Rohr den kugelrunden Bauch ab.

«Was ist mit ihr?», fragte Mattheusz, der Jannikes Hand hielt, nicht nur um seine Frau zu beruhigen, er brauchte diese Berührung eher für sich selbst. Damit sie ihm auf keinen Fall wieder davonlief. Natürlich war es verständlich, dass er sich Sorgen machte. Und es musste eine Zumutung für ihn sein, immer nur danebenzustehen und nichts tun, nichts entscheiden zu können. Wenn es diese Option gäbe, würde Mattheusz wahrscheinlich den besseren Schwangeren abgeben, wäre schön vorsichtig und gewissenhaft, statt ungeduldig und überdreht wie Jannike. Der Gedanke daran, wie Mattheusz mit rundem Bauch, eingehüllt in Kirschkernkissen und Ökowolldecken, nur Vitamine essend und Kräutertee trinkend der Niederkunft entgegensah, entlockte Jannike ein Lächeln.

«Es geht ihr gut, Mattheusz, schau sie dir nur mal an. Und der Inselarzt hat auch Entwarnung gegeben, mit vorzeitigen Wehen haben wir es zum Glück nicht zu tun. Eher mit Senkwehen – die Kinder begeben sich langsam in Startposition. Groß genug scheinen sie schon mal zu sein.» Monika packte ihr Untersuchungsbesteck in den bunten Beutel. «Natürlich muss mein Befund mit einer Ultraschalluntersuchung bestätigt werden, doch leider habe ich den Verdacht, dass sich eines der beiden Kinder auf den letzten Metern der Schwangerschaft noch mal gedreht hat.»

«Wie, dafür ist noch Platz?», fragte Jannike.

«Eigentlich nicht. Aber so, wie du deine Beschwerden beschrieben hast, und nach dem, was ich gerade ertastet habe, liegt das eine Kind nun mit dem Kopf nach oben.»

«Das ist bestimmt der Junge», sagte Mattheusz und schien sogar ein bisschen stolz zu sein. «Ein echter Racker eben.»

«Eher ein besonders sensibles Kerlchen. Er muss gespürt haben, dass seine Mutter ziemlich aufgeregt ist.»

«Und was bedeutet das?», fragte Mattheusz.

«Nun, ich will ehrlich sein: Die Wahrscheinlichkeit, dass die Kinder per Kaiserschnitt geholt werden müssen, ist deutlich gestiegen. Zwar liegt das Kind, das sich gedreht hat, nun etwas höher und wird aller Wahrscheinlichkeit nach als zweites geboren werden ...»

«Ist das gut oder schlecht?»

«Eher gut. Denn dann ist das Becken schon geweitet, es wäre also mehr Platz. Dennoch handelt es sich um einen weiteren Risikofaktor. Zwillinge und Steißlage, da würde ich euch wirklich raten, jetzt schon zum Festland zu fahren und dort die Geburt abzuwarten. Dann seid ihr auf der sicheren Seite.»

Gern hätte Jannike dagegen argumentiert, schließlich ging es hier im Hotel gerade um alles oder nichts. Und Danni war nicht da, um sie würdig zu vertreten. Inzwischen waren er und Siebelt so nervös, dass sie wahrscheinlich schon überlegten,

213

nach Hause zu schwimmen. Die Abstände zwischen ihren Anrufen wurden immer kleiner, die Möglichkeiten, sie mit Floskeln halbwegs zu beruhigen, ebenfalls.

Doch Jannike war klar, es war keine gute Idee, hierzubleiben. Mattheusz und sie würden sich darüber dermaßen in die Haare bekommen, dass sie sich weiter aufregen müsste, und wer wusste schon, zu welchen akrobatischen Verrenkungen die Zwillinge noch so in der Lage waren. Also nickte sie schicksalsergeben.

«Dann packe ich jetzt sofort unsere Koffer», entschied Mattheusz und sprang von der Bettkante auf. «Vielleicht haben wir Glück, und es geht doch noch ein Flieger …»

Monika hielt ihn sanft zurück. «Bitte, Mattheusz, ich weiß, dass du es nur gut meinst. Und ich wünschte, alle werdenden Väter wären so engagiert. Aber Jannike sollte in ihrem Zustand wirklich nicht mehr in einer engen, lauten Propellermaschine sitzen und bei diesem Wetter fliegen müssen. Ruhe und Entspannung ist erst einmal das Wichtigste. Es reicht völlig, wenn ihr morgen Vormittag die Fähre nehmt.»

«Sicher?», hakte Mattheusz doch noch mal nach.

«Auf das Wort dieser Frau würde ich nichts geben!», mischte sich plötzlich jemand ein. Es war Jannikes Vater. Er hatte sich irgendwie in die Wohnung geschlichen und stand nun mit warnendem Blick in der Tür. «Ihr seid nämlich auf eine Hochstaplerin hereingefallen!»

«Papa, was soll das denn jetzt schon wieder?»

«Ich habe mir mal die Mühe gemacht und bei meiner Sachbearbeiterin des Vertrauens in der Kassenärztlichen Vereinigung nachgefragt. Und meine Skepsis war berechtigt: Es gibt keinen einzigen Hebammen-Eintrag auf den Namen Monika Galinski.»

Einige Sekunden herrschte eisiges Schweigen. Monika Galinski stand mit hängenden Schultern im Raum. Warum wehrte sie sich nicht gegen die Vorwürfe?

«Vielleicht liegt es daran, dass Monika ihre Ausbildung in San Francisco absolviert hat?», schlug Mattheusz vor.

«Fragen wir sie doch am besten selbst: Bitte, sehr verehrte Frau Galinski, bevor Sie die Verantwortung für meine einzige Tochter und meine beiden Enkelkinder übernehmen, sagen Sie uns die Wahrheit!»

Monika Galinski atmete tief durch, als ob sie eine neue Entspannungsübung vorstellen wollte. «Ich bin sehr wohl eine ausgebildete Begleiterin von Frauen in Schwangerschaft, Geburt und Wochenbett ...»

Mattheusz nickte zufrieden. «Na also, damit wäre das geklärt.»

«... aber ich bin tatsächlich keine Hebamme im eigentlichen Sinne», ergänzte Monika Galinski.

«Sondern?»

«Eine *Doula*. Das kommt aus dem Altgriechischen und bedeutet so viel wie Magd.»

«Altgriechisch! Magd!», höhne Jannikes Vater. «So weit kommt's noch, dass wir es hier handhaben wie bei armen Leuten im Mittelalter, wo die Magd die Kinder beim Kühemelken bekommen hat.»

«In den USA ist das eine durchaus angesehene Berufsbezeichnung.» Monika Galinski blieb halbwegs gelassen, die Atemübung schien also etwas gebracht zu haben. «Ich habe auch nie gesagt, dass ich bei der Geburt assistieren würde. Alle medizinischen Dinge liegen ohnehin in den Händen der Ärzte. Meine Aufgabe besteht lediglich darin, Ihre Tochter und Ihren Schwiegersohn durch diese besondere Zeit zu begleiten, sie

215

zu stärken und zu ermutigen. Die beiden haben hier im Hotel wahrlich genug Stress, sie brauchen jede Art von Unterstützung.»

«Allerdings», mischte sich Mattheusz ganz gegen seine Gewohnheit ein. «Ich bin froh, dass es Monika Galinski gibt. Egal, ob sie eine Hebamme ist oder eine D… Dingsda.»

«*Doula!*», half Monika ihm weiter.

«Es ist und bleibt ein Etikettenschwindel», blieb Heinrich Loog stur. «Und der ist strafbar!»

Jannike war hin- und hergerissen. Einerseits hatte sie sich bislang gut behütet gefühlt, nichts vermisst, andererseits … «Warum haben Sie dann behauptet, Hebamme zu sein?»

«Habe ich eigentlich nicht. Es ist, das muss ich leider zugeben, die Schuld meines geschiedenen Mannes. Gerd hat den Druck der Werbebroschüren in Auftrag gegeben, schließlich soll meine *Seelenstube* ein Angebot seines Hotels werden. Und natürlich habe ich ihm genau aufgeschrieben, was auf den Flyern stehen soll. Er hat sich nur leider nicht daran gehalten. Weil er meinte, ob Hebamme oder *Doula*, den feinen Unterschied würde niemand kennen und Ersteres wäre geläufiger und somit besser fürs Geschäft.»

Für jeden, der Gerd Bischoff kannte, war das eine absolut glaubwürdige und nachvollziehbare Erklärung, und vielleicht wäre es Jannike auch gelungen, an dieser Stelle alles zu vergessen und zu verzeihen, schließlich war nichts Schlimmes passiert, und Monika hatte sich ihnen nie als Hebamme aufgedrängt. Doch irgendwie war es ihrem Vater schon wieder gelungen, ihr den sicher geglaubten Boden unter den Füßen wegzuziehen. Das setzte ihr ordentlich zu.

Sie konnte nicht mehr. Und sie wollte nicht mehr. Dann sollte es eben so sein.

«Du hast gewonnen, Papa», sagte sie. «Mattheusz und ich fahren morgen rüber aufs Festland.»

«Nach Bergisch-Gladbach!»

«Das ist so weit …»

«Ich gebe der besten Klinik Bescheid!»

«Aber in Wilhelmshaven oder Emden können die das auch …»

«Jannike! Nun hör doch mal auf deinen Vater!»

«Okay. Ist mir egal. Ich habe keine Lust mehr auf dieses Theater. Wir kommen erst wieder zurück, wenn alles vorüber ist.»

Und damit meinte Jannike nicht nur die Geburt. Sie meinte den Sturm, sie meinte das Willkommensmenü, sie meinte im Grunde alles auf einmal.

Das erste Mal, seit sie sich für ein Leben auf der Insel entschieden hatte, wollte sie nur noch die Flucht ergreifen.

Monika Galinski saß zusammengekauert auf dem Sofa und hatte es aufgegeben, heute noch nach einem kleinen bisschen positiver Energie Ausschau zu halten. Da war nun mal nichts. Ihr ging es einfach mies. Und obwohl sie unzählige Bücher zu noch unzähligeren Themen gelesen hatte – es gab ein Gefühl, mit dem sich anscheinend keiner ihrer Gurus bislang hatte beschäftigen wollen, womöglich aus guten Grund: Es war das Misstrauen.

Über das Gegenteil gab es ganze Berge zu studieren: Vertraue dir selbst. Vertraue deinem Schutzengel. Vertraue deiner Seele. Sogar: Vertraue deinem Haustier. Das alles hatte Monika verinnerlicht, und sie hätte ohne Zögern auf den Sinn von Mülltrennung oder die Haltbarkeit von Turnschuhen mit Klettverschluss vertraut. Doch bei Gerd, der gerade neben ihr saß und im Fernsehen die Nachrichten schaute, wollte es ihr partout nicht gelingen.

Natürlich hatte sie Übungen gemacht, um diesen Mann zu akzeptieren, wie er war. Wenn Gerd mal wieder Predigten hielt über Traditionen und die Bedeutung eines Familienunternehmens, dann hatte Monika sich währenddessen auf die leicht violette Transparenz ihres *Kronen-Chakra* konzentriert, um ihrer Spiritualität Bewusstsein zu verleihen und sich zu bestätigen, dass es im Leben um mehr ging als positive Betriebsbilanzen. Wenn er polterte und schimpfte auf alle, die es nicht so machten wie er oder ihm als Konkurrenz im Wege standen, dann suchte Monika Ausgewogenheit in ihrem Solarplexus. Sie war eine eigenständige Person. Einen Mann wie Gerd zu lieben bedeutete nicht, dass man seine Persönlichkeit für ihn aufgeben musste. *Bleibe dir selbst treu. Du bist nicht wie er. Was er tut, ist nicht dein Handeln.* Die Enttarnung durch Jannikes Vater hatte Monika jedoch allzu deutlich vor Augen geführt, dass alles Meditieren für die Katz gewesen war. Diese blöden Flyer, auf denen Gerd so angeberisch behauptet hatte, sie sei eine ausgebildete Hebamme, waren spätestens jetzt zu ihrem eigenen Desaster geworden. Sein Fehlverhalten färbte auf sie ab. Entsprechend wurde auch ihr misstraut. Zu recht. Es war einfach furchtbar.

«Was ist los, mien Tüti, du bist so still heute», sagte Gerd und ließ den Arm, der bislang hinter ihr auf der Sofalehne gelegen hatte, etwas plump auf ihre Schulter fallen.

«Nichts», antwortete sie und dachte in Wirklichkeit an die vielen Dinge, die zwischen ihnen standen: an den Raum unterm Dach, den Gerd ihr vorenthielt. An die überhöhte Miete, die er ihr für das hässliche Zimmerchen im Erdgeschoss abverlangte, nur weil ihre Beziehung für sein Verständnis nicht privat genug war. An das Buch in der Truhe, aus dem er offensichtlich ein paar Seiten herausgerissen hatte. An seine Empörung, weil die Insulaner auf eigene Faust versuchten, die Helle Düne zu retten. Wie viel Kraft würde es sie in den nächsten Jahren kosten, einen solchen Menschen zu akzeptieren, wie er war?

«Soll ich uns eine gute Flasche Wein aus dem Keller holen?», fragte er, als wäre das ein Rezept gegen ihre Skepsis.

«Meinetwegen», sagte sie. Damals, als sie sich kennengelernt hatten, da hatte das mit der guten Flasche Wein noch eine gewisse Wirkung auf sie gehabt. Gerd war so selbstbewusst gewesen im Gegensatz zu ihr. Er hatte seinem strengen Vater die teuersten Tropfen aus dem Keller geklaut und zu ihrem Lager am Strand mitgenommen. Doch am schönsten waren die Momente gewesen, wenn die Sonne untergegangen war und sie die Flasche, die sie reichlich albern und unabhängig von der Rebsorte *Château Noblesse* nannten, geleert hatten. Da war Gerd auf einmal so weich und anschmiegsam geworden und hatte ein bisschen über sein Schicksal gejammert, keine Wahl zu haben, das Hotel übernehmen zu müssen, ob er wolle oder nicht. Er hatte darunter gelitten, dass seine Freunde sich nur für ihn interessierten, weil er ein wohlhabender Erbe war und später sicher mal ein einflussreicher Bürger. Da hatte Monika ihn getröstet und sich ihm sehr nahe gefühlt. An diese Momente hatte sie während ihrer Trennung oft denken müssen, hatte sich aus der Ferne wieder verliebt in den Mann von damals, der am Strand französische Spitzenweine trotzig aus der Flasche trank und anschließend heulte. Obwohl es diesen Mann heute sicher gar nicht mehr gab, denn inzwischen interessierte sich auch Gerd nur aus einem Grund für sich selbst: weil er reich und wichtig war.

Jetzt wuchtete er seine zwei Zentner aus dem Sofa, zwinkerte ihr verschwörerisch zu und verließ das Wohnzimmer. Monika zog die flauschige Sofadecke enger um ihre Beine. In den Regionalnachrichten zeigten sie gerade Bilder von der Küstenschutzaktion. Die Sprecherin überschlug sich fast vor Begeisterung über den so spontanen wie selbstlosen Einsatz der Insulaner und nannte sogar eine Kontonummer, falls die Zuschauer die unbürokratische Sofortmaßnahme unterstützen wollten. Gerd fand das Ganze natürlich absolut lächerlich und prophezeite den Helfern einen Riesenflop: «Allein diese

Wellenbrecher Marke Eigenbau! An der Hellen Düne sieht es aus wie auf einem Abenteuerspielplatz.» Diese Missgunst war kein schöner Zug an ihm, und Monika fragte sich, warum Gerd so viel daran lag, das *Hotel am Leuchtturm* scheitern zu sehen. War es noch immer, weil Jannike Loog ihm damals mit Lucyna und Bogdana zwei der besten Arbeitskräfte abgeworben hatte? Das lag doch schon fast drei Jahre zurück und könnte vergeben und vergessen sein. Oder wurmte es ihn vielmehr, dass er, der große Traditionalist, selbst keinen Erben in die Welt gesetzt hatte und somit das Ende des *Hotels Bischoff* absehbar war, während im kleinen Inselhotel gerade doppelter Nachwuchs anstand? Die Enttäuschung wäre verständlich, seine Unversöhnlichkeit jedoch nicht.

Und wenn Monika ganz ehrlich zu sich selbst war, dann wollte sie einen solchen Mann gar nicht mehr zurückhaben, um mit ihm den Rest des Lebens zu verbringen. Auch wenn er ihr Sicherheit bot, ein Zuhause, eine Zukunft. Auch wenn sie darüber hinaus ahnte, dass in diesem Kerl eine weiche, milde Seele schlummerte, die vielleicht doch eines Tages durch Liebe und Geduld erweckt werden könnte. Die Entscheidung, zur Insel zurückzukommen, war naiv und somit ein Fehler gewesen. Wie schade!

Aber wo blieb Gerd denn eigentlich? Monika lauschte. Waren das Schritte über ihr? Ja, ganz sicher, da lief jemand auf dem Dachboden herum. Und da nur Gerd den Schlüssel zu diesem Raum hatte, war klar, dass er auf dem Weg in den Weinkeller wohl eine ziemliche Umleitung genommen haben musste. Monika sprang auf, zog sich ihre Filzpantoffeln und die Strickjacke über und griff nach dem Schlüssel. Nein, sie wollte diese Heimlichkeiten nicht länger mitmachen. Außerdem hatte sie dem Museumsleiter versprochen, die fehlenden Seiten des

Buches zu suchen. Bislang hatte sie das vor sich hergeschoben, denn es war klar, dass nur Gerd wissen konnte, wo diese zu finden wären. Und dann hätte Monika ihm gestehen müssen, herumgeschnüffelt zu haben. Doch plötzlich war ihr das nicht mehr peinlich. Sie hatte schließlich nichts zu verlieren.

Monika versuchte, möglichst unbemerkt über den Flur zu schleichen, um Gerd auf frischer Tat zu ertappen, wobei auch immer. Denn dann müsste er endlich Rede und Antwort stehen. Leise huschte sie die enge Stiege nach oben. Das Holzgatter war nur angelehnt, dahinter verteilte eine nackte, von der Dachschräge baumelnde Glühbirne ihr mattes Licht. Sie hatte sich also nicht verhört, es war wirklich jemand hier. Schon das Schnaufen und Ächzen verriet, dass Gerd gerade angestrengt nach etwas suchte. Sie hob ihren Kopf vorsichtig über die Balkenlage, und es gelang ihr, einen Blick durch den Bretterverschlag in Richtung Truhe zu werfen. Ihr Mann kniete davor, hatte seinen Oberkörper weit in die Öffnung gebeugt, kramte die Langspielplatten hervor, den Aschenbecher, die Fotos und das ganze andere Zeug, das Monika inzwischen genau kannte, weil sie selbst ja auch schon mehrfach darin herumgewühlt hatte in der vergeblichen Hoffnung, die herausgerissenen Blätter zu finden.

Sie nahm all ihren Mut zusammen und stieg die letzten Stufen hinauf, dann öffnete sie die Tür und räusperte sich laut. «Seit wann wird der Wein denn hier oben gelagert?»

Ihre Stimme ließ Gerd hochschrecken, und er stieß sich den Kopf am Truhendeckel. «Autsch!» Das scharfkantige Scharnier hatte ihm eine Schramme auf den Scheitel gehauen, er hielt sich die Beule, und sein Blick wäre wohl schmerzverzerrt gewesen, hätte sich nicht bereits das Erstaunen auf dem Gesicht ausgebreitet. «Was machst du denn hier?»

Monika könnte ihm jetzt etwas von Zufall erzählen oder dass sie die Dachschindeln kontrollieren wollte, weil es wieder stürmisch zu werden drohte. Doch wenn sie Ehrlichkeit von ihm verlangte, durfte sie selbst nicht mit irgendwelchen Ausflüchten kommen. «Ich habe diesen Raum schon letzte Woche entdeckt. Er ist wunderschön. Schade, dass du ihn mir nicht als *Seelenstube* angeboten hast, er wäre viel besser geeignet als das Loch da unten.»

«Stimmt.» Er schaut sich um, als sähe er die Dachkammer zum ersten Mal. «Kannst du auch gern haben, mien Tüti. Aber das Dach müssten wir schon vernünftig isolieren lassen, sonst ist es hier im Sommer viel zu heiß für dich und deine Teilnehmer.»

Mit allem hatte Monika gerechnet, mit Vorwürfen, Ablehnung, Wut. Aber nicht mit dieser überaus wohlgesinnten Reaktion. Gerd rappelte sich langsam hoch und nahm die Hand von der Wunde. Er blutete. Oh nein, das hatte Monika nicht gewollt. Sie eilte sofort zu ihm. «Soll ich dir ein Kühlkissen holen? Und ein Pflaster?»

«Geht schon!», sagte Gerd, zog ein Taschentuch hervor und betupfte damit vorsichtig das Haupthaar. In der anderen Hand hielt er tatsächlich eine Flasche Wein, in der Hinsicht hatte er also auch nicht geflunkert. «*Château Noblesse.*» Er grinste schief. «Schon geöffnet. Wenn du willst, können wir den auch hier oben trinken. Aus der Flasche. Wie damals, weißt du noch?»

Obwohl es lausig kalt war, wurde es Monika warm ums Herz. «Ja, natürlich weiß ich das noch.»

Gerd wies auf das staubige Matratzenlager neben der Kiste. «Dann machen wir es uns doch gemütlich.» Er breitete eine der Wolldecken sorgsam aus, setzte sich, ließ Monika Platz zwischen seinen Beinen, damit sie sich an ihn schmiegen konnte. *Wie die Paare beim Schwangerschaftskurs*, dachte Monika, so nah waren sie sich schon sehr lange nicht mehr gekommen. Als er eine zweite Decke über sie legte, wurde es tatsächlich ganz behaglich, trotz des Windes, der ums Dach heulte und ab und zu eine zugige Böe durch irgendeine Lücke zu ihnen hineinschickte. Sie nahmen jeder einen Schluck aus der Flasche. Unten, auf dem Sofa, hätte der Wein wohl geschmeckt wie jeder andere. Hier war er wunderbar. Hier waren sie wieder Mitte zwanzig und voller Zuversicht, dass sie alles schaffen würden, Hauptsache, sie waren zusammen.

Und als Monika voller Erstaunen feststellte, dass ihre Atemzüge synchron waren, so ganz von allein und ohne irgendein Zutun, da traute sie sich endlich zu fragen: «Hast du das Buch gesucht?»

Weil Gerd in ihrem Rücken saß, konnte sie sein Gesicht nicht sehen, doch sie spürte, dass er zusammenzuckte. «Woher weißt du davon?»

«Ich habe es vor ein paar Tagen gefunden und mitgenommen.»

«Was willst du denn mit unserem Stammbuch?», fragte Gerd.

Jetzt verstand Monika gar nichts mehr. «Stammbuch? Ich spreche vom Logbuch der *Gebecca*.»

«Ach so.» Gerd schwieg eine Weile. «Stimmt, daran kann ich mich dunkel erinnern.»

«Der Steuermann hat darin die traurige Geschichte ihres Untergangs dokumentiert», half Monika ihm auf die Sprünge.

«War das so ein altes, braunes Lederding?»

Sie nickte. «Ich dachte, du hättest danach gekramt.»

«Nein, warum sollte ich?»

Tat er wirklich nur so scheinheilig, oder war seine Unwissenheit echt?

«Die Truhe hat einen doppelten Boden.»

«Wirklich?» Er lachte. «Das hab ich gar nicht mehr gewusst, mien Tüti. Ist schon so ewig her, dass ich da reingeschaut habe. Das meiste ist altes Zeug. Aber vielleicht finde ich jetzt auch endlich unser ...» Er zögerte, brachte den Satz nicht zu Ende, sondern nahm lieber noch einen Schluck aus der Flasche. «Aber nun sag doch mal erst, was es mit diesem Logbuch auf sich hat.»

So kuschelig es gerade war, irgendwie traute Monika ihrem Mann noch immer nicht über den Weg. Was, wenn dieses romantische Lager nur als Ablenkungsmanöver diente, um sie zu besänftigen? Um sie davon abzuhalten, ihm ein Loch in den Bauch zu fragen? Leider war Misstrauen ein äußerst hartnäckiges Problem, stellte Monika fest und beschloss, Gerd vorerst nicht alles zu erzählen. Vor allem nichts von dem, was Okko Wittkamp ihr gestern im Museum anvertraut hatte. Nein, das behielt sie lieber noch eine Weile für sich. Erst einmal war Gerd ihr ein paar Antworten schuldig. Also fasste sie den Inhalt der verbliebenen Seiten nur knapp zusammen und wartete seine Reaktion ab.

«Schöne Geschichte. Und wie ging es weiter mit der Besatzung?», fragte er, als sie geendet hatte.

«Ich dachte, das kannst du mir erzählen. Denn alles weitere steht vermutlich auf den Seiten, die du, aus welchem Grund auch immer, hast verschwinden lassen.»

«Wie kommst du darauf?», beschwerte sich Gerd.

«Vielleicht verrät die Fortsetzung etwas über den Verbleib der Diamanten?»

«Was für Diamanten?»

«Nun tu nicht unschuldiger, als du bist, Gerd. Ich kenn dich

225

doch: Wenn dich etwas an dieser Geschichte fasziniert hat, dann doch am ehesten die Edelsteine aus Brasilien, die in einem Kästchen verstaut waren. Die hat der Steuermann schließlich mehrfach erwähnt.»

«Als Junge habe ich tatsächlich mal danach gegraben. An der Hellen Düne, am Fuße des Leuchtturms. Leider ohne Erfolg.»

«Ach! Und woher wusstest du, wo du suchen musst?»

«Soweit ich mich entsinne, gab es ganz hinten im Buch eine Art Schatzkarte, da war die Stelle mit einem Kreuz markiert.» Er lachte über seine Erinnerung. «Wie besessen hab ich im Sand gebuddelt. Ich dachte, wenn ich die Diamanten finde, bin ich reich und muss nicht dieses verdammte Hotel übernehmen. Umso größer war die Enttäuschung, dass da kein Schatzkästchen war.»

«Wer außer dir wusste denn noch von diesem Buch?»

«Puh!», machte Gerd und reichte ihr die Flasche, damit sie einen Schluck nehmen konnte. «Das ist verdammt lange her. Da war ich vielleicht zwölf, höchstens dreizehn.»

«Hanne Hahn meinte, ihr hättet euch hier getroffen, um heimlich zu rauchen.»

«Stimmt!» Gerd lachte. «Zusammen mit Jochen, der wohnt aber schon lange nicht mehr hier, und Antje, die hat später einen Mann von Spiekeroog geheiratet, die hab ich auch ewig nicht mehr gesehen. Wir waren eine schräge Truppe. Die Zigaretten haben wir unserem Koch stibitzt, dem ist das nie aufgefallen, ob er vier Glimmstängel mehr oder weniger in der Tasche hat, der hat nämlich gleich mehrere Schachteln am Tag gequalmt.» Er seufzte. «Bis meine Mutter uns mal erwischt hat und wir alle vier zur Strafe einen Monat lang den Spüldienst in der Hotelküche übernehmen mussten. Ab dem Zeitpunkt war die Dachkammer für uns tabu.»

«Habt ihr damals auch in dem Buch gelesen?»

«Ja, doch.» Er musste ein wenig überlegen. «Das war eine ganz krakelige Schrift. Und hier oben ist es ja ziemlich duster.»

«Und hast du das Buch seitdem mal wieder herausgeholt?»

«Nein. Bis heute nicht.»

Nach einigem Murmeln und Ächzen gaben Gerds graue Zellen dann doch noch ein paar brauchbare Erinnerungen preis: «Ich weiß noch, dass die beiden Mädels, also Hanne und Antje, sich hinterher kaum im Dunkeln nach Hause getraut haben, weil sie Angst hatten, der Geist des Kapitäns würde sie heimsuchen. Wegen diesem komischen Fluch.»

Gerd schlang von hinten die Arme um Monika, als müsse er sie beschützen. Ab und zu küsste er ihren Nacken. Wenn sie beide doch ewig so beieinander sitzen bleiben könnten, bis ans Ende ihrer Tage, dann würde sich das mit dem Misstrauen erledigt haben, dachte Monika. Dann wäre Gerd nicht länger der Hotelier, der mit aller Macht gegen die Konkurrenz kämpfen und ständig schlechte Energie verströmen muss.

Wahrscheinlich war er auch irgendwie verflucht. Und sie ebenso. Verflucht dazu, dem jeweils anderen nicht über den Weg zu trauen, trotz der Enge des Eilandes immer auf Distanz zu gehen. Damit man bloß nicht Schiffbruch erlitt. Monika schluckte trocken. Das gespenstische Windgejammer und das Knacken der Dachbalken ringsherum waren der perfekte Soundtrack für ihre Gedanken. Sie fröstelte, trotz der Decke, trotz des Weins, trotz Gerds inniger Umarmung.

«Tja, mit mehr kann ich leider nicht dienen.» Gerd trank einen Schluck, dann überließ er ihr den letzten Rest aus der Flasche. «Ich weiß nur, dass der Leuchtturm irgendwie den Fluch bannt und die Insel schützt.»

«Solange er funktioniert», erinnerte Monika ihn. «Sollte

das Feuer länger als sieben Nächte verloschen sein, wird sich die düstere Prophezeiung erfüllen.» Ihr war schon ein wenig schwummerig im Kopf, normalerweise trank sie Alkohol nur in Maßen, er schadete den Energieströmen. Aber egal, jetzt gerade hatte sie sowieso keine Zeit für solche Sachen, zum Reden hatte sie Gerd, und um ihre Energie machte sie sich auch keine Sorgen, die war im Übermaß vorhanden. Entsprechend schnell stand sie auf, was ihren Kreislauf gehörig durcheinanderbrachte.

Gerd hielt sie sicherheitshalber fest. «Wo willst du hin, mien Tüti? Es war doch gerade so schön kuschelig!»

«Sei ehrlich mit mir: Hast du die hinteren Seiten aus dem Buch gerissen oder nicht?»

Er hob theatralisch die Hände. «Ich schwöre dir, ich hab damit nichts zu tun. Bis eben hatte ich diese Geschichte total vergessen.»

Sie glaubte ihm. «Aber dann muss es jemand anders gewesen sein. Und diese Person weiß genau, dass die Zeit abläuft. Diese Nacht ist die fünfte, seit das Feuer erloschen ist.»

«Mensch, Monika, das ist doch nur ein Schauermärchen, mehr nicht.»

«Ob der- oder diejenige das auch so sieht? Gerd, überleg doch mal, es fehlen genau die Seiten, in denen es um die Diamanten ging.»

«Ja, und?»

«Wer immer die Papiere gestohlen hat, wird wahrscheinlich die Chance nutzen, nach diesem Schatz zu suchen. Im Sand der Hellen Düne. Noch nie war es so einfach, danach zu buddeln, jedoch müssen die Diamanten gefunden werden, bevor der nächste Sturm kommt. Oder das Amt für Küstenschutz.»

«Also spätestens heute Nacht?», ergänzte Gerd.

Monika nickte. «Lass uns dort hingehen.»

«Zum Leuchtturm? Um diese Uhrzeit?»

«Wann sonst.»

«Es ist aber kalt und windig und dunkel ...»

«Ich habe dich immer für einen starken Mann gehalten.»

Dieses Argument zog natürlich. Gerd wollte ihr Held sein, selbst wenn er dazu um elf Uhr nachts in seine Wetterjacke und die Gummistiefel steigen und einige Kilometer ans Westende der Insel fahren musste. Wahrscheinlich glaubte er nicht daran, dort etwas Wichtiges zu finden, doch das war nebensächlich. Jetzt zögerte er jedenfalls keinen Moment, und nur wenig später radelten sie gemeinsam in die finstere Nacht hinaus.

Aus ökologischer Sicht war Autofreiheit ja eine tolle Sache, fand Monika, und Bewegung war für Gerd auf jeden Fall gesund, doch bei Regen und Gegenwind wünschte man sich schon ein bequemeres Vehikel als ein quietschendes, zwanzig Jahre altes Hollandrand, bei dem nur das Rücklicht funktionierte. Das nasse Wetter schlug ihr wie ein Lappen ins Gesicht. Auch Gerd ächzte schwer. Sie rechnete es ihm hoch an, dass er diesen Trip auf sich nahm. Ob er es nun ihr zuliebe tat oder vielleicht doch, weil er scharf auf die Diamanten war, darüber wollte sie sich jetzt nicht den Kopf zerbrechen.

Der Weg führte durch die Dünen, und man hörte jenseits der Sandberge laut das Meer toben. Das letzte Hochwasser war eher mäßig ausgefallen und hatte es zum Glück nicht ganz bis an die Abbruchstelle geschafft. Doch inzwischen war der Wind aufgefrischt, so dass die nächste Flut deutlich anschwellen würde. Im Dorf hatte man erzählt, dass der Freiwilligentrupp schon einiges an Arbeit geleistet hatte, bis spätabends sollten die Helfer Strandgut zusammengetragen und zu Wellenbrechern umfunktioniert haben. Doch jetzt, kurz vor Mitternacht, gönnten sie sich alle eine wohlverdiente Pause, um gegen Morgen, wenn das Meer erneut seinen höchsten Pegel erreichen würde, wieder bei Kräften zu sein.

Entsprechend einsam und dunkel breitete sich der Strand unterhalb des nutzlosen Leuchtturms aus. Monika und Gerd ließen ihre Räder in den Sand fallen und gingen die letzten Meter zu Fuß. Dass sie sich dabei an den Händen hielten, hatte neben der durchaus romantischen Komponente auch noch den Sinn, sich gegenseitig zu stützen, denn durch die Sandverwehungen war der Weg uneben, und man musste aufpassen, nicht über eine freigelegte Wurzel oder ein Stück angeschwemmtes Holz zu stolpern. Sehen konnte man nämlich noch nicht einmal die eigenen Schuhspitzen.

«Wonach sollen wir jetzt suchen?», fragte Gerd, als sie schließlich am Strand angekommen waren. Die Augen konnten allmählich das Restlicht nutzen, von hier aus wirkte die Helle Düne wie eine schwarze Mauer. Kaum vorstellbar, dass diese in Wahrheit instabil war und nur ein einziger falscher Schritt eine Lawine auslösen würde.

«Psst!» Monika duckte sich, obwohl es albern war, denn bei diesen Lichtverhältnissen hätte man selbst Goliath übersehen. «Lass uns abwarten.»

«Kann es sein, dass du mehr weißt, als du zugeben willst?»

«Eventuell», gab Monika sich vage.

«Kennst du etwa den Ort, an dem die Diamanten liegen?»

«Mag sein.» Sie hatte Glück, denn bevor Gerd konkreter nachbohren konnte und sie hätte zugeben müssen, dass sie eigentlich nicht ihrem Wissen folgte, sondern lediglich ihrer Intuition, wurden sie von einem schmalen, weißen Lichtstrahl abgelenkt, der sich den Trampelpfad hinuntertastete. «Schau da, eine Taschenlampe!»

«Ich fass es nicht!»

Wer immer sich da mühselig durch die Dünen kämpfte, war allein und fühlte sich offensichtlich unbeobachtet. Jetzt verließ die Gestalt den Weg. Der fahle Lichtkegel erfasste die Abbruchkante, und man konnte bei genauem Hinschauen eine Hand erkennen, die sich unterhalb der freigelegten Fundamente des Leuchtturms zu schaffen machte. Was immer diese Person gerade tat, war lebensgefährlich. Für sie und für die ganze Insel. Monika ließ Gerds Hand los und lief eilig in Richtung Helle Düne. «Aufhören! Sofort!» Die Taschenlampe wurde herumgeschwenkt und leuchtete Monika direkt ins Gesicht. Je näher sie kam, desto mehr wurde Monika geblendet. «Ich weiß, wer du bist, und ich weiß auch, wonach du suchst.»

Die Gestalt hielt inne, sagte aber kein Wort.

Inzwischen war auch Gerd an Monikas Seite, er atmete schwer. «Wer zum Teufel ist das?»

«Kannst du es dir nicht denken? Es gibt außer dir nur eine Person, die von dem Logbuch wusste und noch immer auf der Insel lebt.» Monika machte drei beherzte Schritte, dann war sie nahe genug herangekommen, um der Gestalt die Taschenlampe aus der Hand zu nehmen und sie damit anzustrahlen. Geblendet von dem grellen Licht, hielt die Frau sich ein altes, vergilbtes Stück Papier schützend vor die Augen. «Ach Hanne, lass es bleiben. Es ist komplett sinnlos, hier noch weiter herumzubuddeln und zu zerstören, was ohnehin schon kaputt ist. Die Diamanten wirst du dort nämlich nicht finden.»

«Aber …», protestierte Hanne Hahn kleinlaut und zeigte auf das Blatt in ihrer Hand. «So steht es doch auf dieser Karte!»

«Gib her!» Monika streckte die Hand fordernd aus. Eigentlich sollte sie verärgert sein. Sie konnte diese Frau nun mal nicht leiden, allen Übungen zur allumfassenden Liebe zum

Trotz, und dass sie wegen Hanne Hahn so eine ungemütliche Nachtwanderung auf sich nehmen musste, machte die Frau ihr nicht sympathischer. Dennoch freute Monika sich auch ein wenig, denn immerhin konnte sie dem Museumsleiter endlich die fehlenden Seiten zurückgeben und würde darüber hinaus auch erfahren, wie es dem Steuermann Johann Wittkamp denn nun ergangen war nach seinem Schiffbruch an der Hellen Düne.

Vierzig Jahre ist es nun her, dass ich mit der Gebecca auf dieser Insel gestrandet bin. Auf den Tag genau.

Der Frühling ist mild. Die See glatt. Der Himmel heute ein blaues Versprechen. Doch wenn ich meine alten, müden Augen schließe, dann sehe ich alles wieder vor mir, als wäre es gestern gewesen:

Sechs Nächte hatten wir auf den kläglichen Trümmern unserer Gebecca ausgeharrt, der Kapitän und ich. Bis er seinen furchtbaren Fluch über die Insel sprach und der Wahn ihn in die grauen Wellen trieb, in denen er seine Frau und seine Kinder auf dem rettenden Boot zu sehen glaubte.

Ich höre noch das schadenfrohe Lachen der Möwen und das Reiben der nassen Holzplanken, die mich weiterhin einkeilten. Zum Glück, sage ich heute, denn vielleicht wäre ich meinem Kapitän sonst gefolgt, verzweifelt und verletzt, wie ich war. Doch die Gebecca oder besser gesagt das, was von ihr übrig geblieben war, hielt mich fest und am Leben. Ich rieche immer wieder meine Angst, ich schmecke jeden Tag das Salzwasser und fühle ewig die Kälte dieser schier endlosen Nächte.

Und doch bin ich heute in Sicherheit, liege auf einem frisch bezogenen Bett neben meinem warmen Ofen, satt und zufrieden mit dem, was aus meinem Leben geworden ist.

Weil eben doch nicht alle Insulaner grausam und gierig sind, sondern sich am siebenten Tage einer von ihnen mehr als barmherzig gezeigt hat. Nicht eine Nacht länger hätte ich da draußen überlebt.

Okko, ein alter Mann, selbst viele Jahre als Walfänger auf hoher See unterwegs gewesen, hat von dem Spuk an der Hellen Düne lange nichts mitbekommen und fuhr schließlich gegen den Widerstand seiner Nachbarn mit dem Boot zu mir hinaus. Mühsam brach er mich aus dem Holz, ruderte mit mir an Land, trug mich in sein Haus, gab mir zu essen und zu trinken. Und seine liebenswerte Tochter pflegte mich gesund, nahm mich zum Mann, gebar mir einen Sohn, den wir ihrem Vater zu Ehren Okko nannten.

Was aber nur mein Schwiegervater – Gott hab ihn selig – und ich wissen: Damals, da draußen, auf dieser verfluchten Sandbank, da blieb uns noch Zeit, das kleine Kästlein zu bergen. Mein Retter meinte, nichts zu brauchen, doch ich habe darauf bestanden, dass wir es an uns nehmen, denn sonst wäre der Schatz den Strandräubern in die Hände gefallen, das wollte ich um alles in der Welt verhindern. Und schließlich fanden wir die Diamanten zwischen den umherschwimmenden Hölzern, versteckten das Kästlein unter meinem Mantel und brachten es unbemerkt von den gierigen Strandräubern an Land. Lange stand es unangetastet in meinem Schrank. Weil ich nicht wusste, wofür diese Diamanten nun dienen sollten. Sie gehörten genau genommen dem Schiffsreeder, der den Schatz jedoch in den Tiefen der Nordsee verloren glaubte und sich zudem nie um die trauernden Familien meiner ertrunkenen Kameraden sorgte. Also bin ich damals, sobald ich wieder bei Kräften war, nach Bremen gefahren, habe jeder Witwe einen Stein gebracht, ebenso der Mutter unseres Schiffsjungen Tönne, die bitterlich weinte und nicht genug hören konnte von dem letzten Gruß ihres Sohnes, den er ihr in Vorfreude auf die sicher geglaubte Heimkehr von Bord aus zugerufen hatte. Die Familie des Kapitäns erhielt gleich zwei Diamanten, so war für alle gesorgt, aber noch immer eine Handvoll übrig.

Was damit geschah?

Nun, schau, was heute auf der Düne steht, so stolz und so hoch, mit einem Licht, das bis an den Horizont reicht und dafür sorgt, dass nie wieder ein Schiff an den tückischen Untiefen der Insel zerbersten wird. Erbaut von meinem Sohn Okko, dessen kostspieliges Studium zum Baumeister ich damit bezahlen konnte, genau wie die Backsteine, die Arbeiter, das Leuchtfeuer ganz oben. Und den letzten Rest dieses wertvollen Schatzes, für den meine Mannschaft und ich vor vierzig Jahren unser Leben aufs Spiel setzten, habe ich in der vergangenen Nacht vergraben. Dicht beim Fundament des Leuchtturms. Dort soll er bleiben bis an das Ende aller Zeiten als Pfand an die See, die uns und unsere Insel verschonen möge vor dem Fluch des ertrunkenen Kapitäns.

So soll der Leuchtturm ein Symbol sein für die Hoffnung, die mich überleben ließ. Nie soll die Helle Düne jemals wieder im Dunkeln liegen. Und tut sie es doch, und zwar länger als sechs Nächte, dann gnade uns Gott.

Zu dem ich nun bald gehen möchte.

Ich hisse zum letzten Mal die Segel und fahre los. Verlasse ein erfülltes Leben und nehme Kurs auf die Ewigkeit.

Steuermann Johann Wittkamp

ACHTUNG, EINE DURCHSAGE DES KAPITÄNS:
Aufgrund des stürmischen Wetters wird das Anlegemanöver heute etwas länger dauern. Wir bitten alle Passagiere, sitzen zu bleiben oder sich durch Festhalten an der Reling vor einem Sturz zu schützen. Ich wiederhole: Aufgrund des stürmischen Wetters wird das Anlege…

Mindestens einmal am Tag absolvierte der Kapitän diese Strecke, die durch in den Schlickboden gespülte Birkenbäumchen markiert war. Einmal Insel und zurück, mit über fünfzig Metern Länge vom Bug zum Heck und bis zu zwölf Knoten Geschwindigkeit war das nicht immer ein Klacks, denn das Wattenmeer war ein kapriziöses Fahrwasser, bei dem man präzise navigieren musste. Doch das Anlegen beherrschte der Kapitän im Schlaf, mit verbundenen Augen oder – was durchaus schon mal vorgekommen sein könnte, denn er war ein geselliger Mensch – mit mehr als 1,0 Promille im Blut.

Doch heute vollführte er im Hafenbecken der Insel wahre Akrobatik, denn die Wellen waren so hoch, dass sie schaumig und wild gegen die Kaimauer klatschten. Zudem drückte der Wind die weiße Fähre mit aller Macht in Richtung der Spundwand, und der Schiffsführer steuerte dagegen, um einen allzu heftigen Aufprall zu verhindern. Die Gesichter der Passagiere, die sich krampfhaft an der Reling festhielten, hatten allesamt einen leichten Grünstich, nach neunzig Minuten auf permanent schwankendem Boden kein Wunder.

Auch die im Inselhafen Wartenden sahen dem Manöver deutlich angespannt zu. Sie standen zur Sicherheit ein ganzes Stück weit entfernt, denn die Nordsee schwappte über den Rand ihrer befestigten Ufer.

Weltuntergangsstimmung, schoss es Jannike durch den Kopf. Sie mochte nicht daran denken, wie es in diesem Moment an der Hellen Düne aussah. Zwei Meter über Normal und Sturm aus Nordwest waren keine guten Aussichten.

Ganz hinten, neben den Fahrkartenschaltern, stand ihr Vater und wartete auf seinen idiotischen Koch. Jannike tat so, als ob sie ihn gar nicht bemerkte. Sie war unglaublich wütend auf Heinrich Loog, der immer so prahlerisch tat, ständig von seinem blöden Mercedes sprach und mit seinen Kontakten, seinem Geschäftssinn, seinen Kieferfehlstellungsbehandlungen angab. Nur er konnte sich so etwas Bescheuertes wie dieses Wettkochen ausdenken, und hätte Jannike nur ein Fünkchen mehr Energie verspürt, sie hätte ihm diesen Quatsch bestimmt ausgeredet, ja, das hätte sie tun sollen. Stattdessen hatte sie sich gestern tatsächlich überreden lassen. Doch als Mattheusz und sie dann noch mal in Heinrichs Zimmer gewesen waren, um sich den Haustürschlüssel und ein paar Anweisungen zur Funktion der Heizungsanlage abzuholen, da war es zum absoluten Bruch gekommen. Ihr eigener Vater hatte sie nämlich letztendlich gnadenlos hängenlassen. Hatte klargemacht, wie wenig es ihn in Wahrheit interessierte, was im Hotel und somit in Jannikes Leben vor sich ging. So ein knauseriger, selbstgerechter, besserwisserischer alter Mann! Jannike zwang sich, nicht länger zu ihm hinüberzuschauen, wie er da stand und vergeblich versuchte, sich gegen den Regen zu schützen.

Deike Knopfling war gerade mit dem Krankenwagen angekommen. Der Innenraum war komplett leergeräumt worden, denn dort sollten die Sandsäcke verstaut werden, damit sie umgehend zum Strand gebracht werden konnten, wo sie bereits voller Ungeduld erwartet wurden. Zudem stand Heiners Kutsche zur Abfahrt bereit, die würde dann die zweite Ladung übernehmen.

Die enthusiastische Journalistin und ihr Mann waren ebenfalls vor Ort und versuchten, trotz widriger Umstände wie Sturm und Regen ein paar Fotos zu knipsen. Ihr Engagement hatte sich gelohnt, angeblich waren nach knapp vierundzwanzig Stunden mehr als dreißigtausend Euro zusammengekommen. Das reichte zwar hinten und vorn noch nicht, doch man durfte optimistisch bleiben, denn inzwischen berichteten auch die überregionalen Radiosender über die Aktion, und eventuell wurde heute Abend etwas in der Tagesschau gebracht.

Wie gern wäre Jannike mit von der Partie, würde dort draußen schaufeln und schnüren und schleppen und stapeln. Aber nein, damit durfte sie sich nicht belasten. Die Ansage war klar: Absolute Schonung! Nur noch rüber aufs Festland, mit dem Auto nach Bergisch Gladbach, dort würde sie sich dann in ihr altes Jugendzimmer mit den Sonnenuntergangspostern legen und abwarten, bis die Wehen einsetzten.

«Es ist die richtige Entscheidung», sagte Mattheusz, als habe er ihre Gedanken gelesen. Er legte Jannike den Arm um die Schulter und drückte sie an sich. Wahrscheinlich brauchte er keine telepathischen Fähigkeiten, um zu wissen, wie schwer es seiner Frau fiel, die Verantwortung abzugeben. Gerade jetzt, wo doch alles auf dem Spiel stand und noch nicht einmal Danni und Siebelt da waren, um die Stellung zu halten, verkrümelte sie sich.

«Du musst nicht an das denken, was wir zurücklassen», antwortete Mattheusz, ohne dass sie überhaupt eine Frage gestellt hatte. «Freu dich doch auf die Kinder. Und auf die Zeit mit mir. Endlich kann ich auch mal sehen, wo du aufgewachsen bist. Bergisch Gladbach, das klingt spannend!»

«Es ist furchtbar spießig. Das Einzige, was die Allgemeinheit über diese Stadt weiß, ist, dass Heidi Klum dort geboren wurde.»

«Wer ist Heidi Klum?» Er küsste ihre Nasenspitze. «Wir waren in Polen und haben uns meine Heimat angeschaut. Nun bin ich neugierig und will mich auch mal auf die Stühle deiner Grundschule setzen und um die Seen wandern, in denen du das Steineditschen geübt hast.»

Jannike schaffte ein halbes Grinsen. «Bergisch Gladbach ist aber nicht Żukowo. Die Grundschule wurde inzwischen wegen Asbest abgerissen, und die Seen befinden sich in einem Naturschutzgebiet, das man nicht betreten darf. Steineditschen ist dort inzwischen sicher strengstens verboten.»

«An die deutschen Gepflogenheiten werde ich mich noch gewöhnen müssen, auch wenn ich schon so viele Jahre hier bin. Aber ich mache es gern. Dieses Land wird schließlich schon bald die Heimat unserer Kinder sein. Und das Hotel ihr Zuhause.»

Wenn es das Hotel dann überhaupt noch gibt, dachte Jannike traurig, sagte aber nichts. Stattdessen beobachtete sie Deike, die ja eigentlich ein überaus kommunikativer Mensch war, doch ihrem Kollegen Dr. Wagenrath an diesem Vormittag so gar nichts zu sagen hatte. Beide saßen nebeneinander auf der leergeräumten Ladefläche des Krankenwagens, ließen die Beine baumeln und schwiegen stur vor sich hin. Ab und zu warf der hagere Naturwissenschaftler seiner Mitarbeiterin einen verstohlenen Blick zu, doch sobald Deike zurückschaute, gab er vor, sich auf den Verschluss seines Rucksacks konzentrieren zu müssen, den er neben sich abgestellt hatte. Angeblich hatte Dr. Wagenrath etwas Dringendes zu tun und konnte die Maßnahme an der Hellen Düne somit nicht weiter unterstützen. Wobei Jannike sich schon fragte, was denn für den Leiter eines Küstenamtes noch dringender sein könnte, als eine dem Untergang geweihte Insel mit Sandsäcken zu retten, so als Küstenschutzexperte.

Auch das durfte nun nicht mehr Jannikes Problem sein. Der einzige Schutz, für den sich Jannike nun noch zu interessieren hatte, war der Mutterschutz.

Langsam wurde die Laderampe der Fähre heruntergelassen. Die Matrosen riefen sich hektische Befehle zu. «Vorsicht!» und «Pass auf!» und «Nicht so schnell!» Trotzdem knallte das Teil dermaßen unsanft aufs Ufer, dass die Kutschpferde vom Lärm aufgescheucht wurden – dabei waren diese Tiere von den Straßen der Insel einiges gewohnt, schreiende Touristenkinder und Shantychöre zum Beispiel. Zu allem Übel schaukelte sich genau in diesem Augenblick eine mannshohe Welle auf und schleuderte die so mühsam ausgefahrene Schiffsklappe mit einem Ruck wieder nach oben. Die Scharniere quietschten, die Seeleute fluchten, der Knall, mit dem die metallene Rampe nun auf die Spundwand schlug, war noch lauter als der erste. Die Pferde waren drauf und dran davonzugaloppieren. Man musste kein Experte sein, um zu erkennen, dass soeben etwas völlig schiefgelaufen war, denn der hintere Teil der Gangway, über die man sonst die Frachtcontainer und Fahrräder an Land schob, hing quer in der Luft und wurde vom Wind gegen den dröhnenden Schiffsrumpf geschlagen. «Verfluchte Scheiße!», schrie einer der Matrosen, und keiner seiner Kollegen widersprach ihm.

> **ACHTUNG, EINE DURCHSAGE DES KAPITÄNS:**
> Aufgrund eines klemmenden Scharniers kann die Rampe nicht heruntergelassen werden. Wir bitten alle Passagiere um etwas Geduld. Ich wiederhole: Aufgrund eines klemmenden Scharniers kann die Rampe nicht ...

Welch ein Chaos. Hier schien wirklich niemand auch nur einen Funken Verstand zu besitzen. Erst fuhr der Kapitän die Laderampe zu Schrott, dann bekamen seine Leute es nicht gebacken, für eine anständige Evakuierung des havarierten Schiffes zu sorgen. Heinrich Loog hoffte inständig, dass die widrigen Umstände seinen Besucher nicht abschreckten. Vielleicht war Gordon Mintaker bereits seekrank geworden oder hatte akute Angst, über freihängende Holzstege zu balancieren. Denn genau das wurde den Fahrgästen gerade zugemutet, um an Land zu kommen.

Dazu der Dauerregen, gepaart mit heftigem Wind, der es unmöglich machte, sich irgendwo vor den kalten Tropfen zu schützen. Zwar hatte Heinrich sich ein überdachtes Eckchen neben dem Fahrkartenschalter gesucht, dennoch war er nass bis auf die Haut, durchgefroren und zusehends schlechter gelaunt.

Jannike und Mattheusz standen am anderen Ende des Hafens und hatten ihn anscheinend noch nicht bemerkt. Oder nicht bemerken wollen. Seit gestern hatte das ohnehin schon sehr angespannte Verhältnis weiteren Schaden genommen. Heinrich Loog zerbrach sich den Kopf darüber, warum seine Tochter plötzlich so schrecklich wütend auf ihn war.

Etwa, weil er die angebliche Hebamme als Lügnerin entlarvt hatte? Nun, dafür sollte Jannike ihm eigentlich dankbar sein. Immerhin hatte diese Erkenntnis die werdende Mutter letzten Endes dazu bewogen, rechtzeitig die Insel zu verlassen, um sich in die Hände echter Experten zu begeben. Heinrich hatte den Eindruck, dass zumindest sein Schwiegersohn ihm ein wenig dankbar dafür war.

Oder grollte Jannike ihm, weil er Gordon Mintaker eingeladen hatte? Das wäre absolut lächerlich. Welches Hotel bekam schon die Gelegenheit, einen Spitzenkoch zu beschäftigen? Das war *die* Chance für Jannike, warum wollte das bloß nicht in ihren Dickschädel? Spätestens heute Abend, wenn Gordon sein Menü servierte, wären die Würfel gefallen. Schade, dass Jannike sich nicht selbst von seinen Kochkünsten überzeugen konnte und auch ihr Kompagnon Danni abwesend war. Doch immerhin wurden drei Hotelgäste und ein paar Freunde aus der Nachbarschaft erwartet, die würden wohl Bericht erstatten.

Insgeheim hatte Heinrich den Verdacht, dass Jannike ihm in erster Linie die Sache mit dem Geld krummnahm. Und im Grunde konnte er ihre Enttäuschung in diesem Punkt sogar verstehen. Ihm war das doch auch nicht leichtgefallen.

Natürlich war diese Sache mit der Inselschutzaktion bis zu ihm durchgedrungen. Große Aufregung, ob genug Geld zusammenkäme, damit die Erste-Hilfe-Maßnahme für den Dünenrand notfalls auch ohne Unterstützung vom Staat durchgezogen werden konnte. Weil irgendein Bürohengst sein Okay verweigert hatte, stand man da finanziell auf dem Schlauch. Also hatte diese komplizierte Gästefrau aus Zimmer 1 eine spontane Spendenaktion ins Leben gerufen, eigentlich eine tolle Sache, musste Heinrich zugeben. Doch dann waren

Jannike und Mattheusz am Abend zu ihm gekommen, um die Schlüssel für den Bungalow abzuholen und alles Weitere für ihren Aufenthalt in Bergisch Gladbach zu klären. Zwangsläufig waren sie irgendwann auf das Thema Geld zu sprechen gekommen.

«Papa, wie viel kannst du denn eigentlich beisteuern?»

Heinrich hatte schon befürchtet, dass seine Tochter ihn das fragen würde. Und sich vorsorglich eine Antwort parat gelegt, die möglichst unauffällig und glaubwürdig wirkte. «Du, so spontan geht das schlecht, das muss ich erst mit meinem Steuerberater durchsprechen. Eigentlich sind meine Kontingente, die ich für wohltätige Zwecke bereithalte, für dieses Jahr schon erschöpft.» Das war doch eine erstklassige Aussage. Ließ ihn nicht als knauserigen Mistkerl dastehen, sondern als gewieften Geschäftsmann, der alles im Griff hatte. Leider sah Jannike das aber völlig anders.

«Wohltätige Zwecke? Papa, es geht um meine Zukunft. Um die Heimat deiner Tochter, deines Schwiegersohns, deiner Enkelkinder. Wie armselig ist das denn, wenn du erst deinen Steuerberater um Erlaubnis bitten musst?»

«So einfach ist das nicht. Ich folge einem recht strikten Finanzplan. Immerhin habe ich ein Haus, das in Schuss gehalten werden muss, ein Auto, dann will ich auch ab und zu auf Reisen gehen, denn nach einem harten Arbeitsleben habe ich mir das wohl verdient, findest du nicht?»

«Papa! Natürlich habe ich Verständnis, dass du deinen Ruhestand genießen willst. Aber das hier ist ein Notfall.»

«Die Absage fällt mir auch nicht leicht, liebe Tochter, aber …»

«Ich habe dich noch nie um Geld gebeten. Dies ist das allererste Mal, und ich tue es wirklich nicht gern.»

«Es geht nicht, zu Hause trage ich nun mal eine Menge Verantwortung ...»

«Und ich erst!» Die Enttäuschung stand Jannike ins Gesicht geschrieben, und er war tatsächlich kurz in Versuchung geraten, ihr die ganze Wahrheit zu erzählen: dass er quasi pleite war, weil sein Nachfolger – aus welchem Grund auch immer – ihm bereits einen sechsstelligen Betrag schuldete.

Doch rechtzeitig biss er sich auf die Zunge und sagte nur: «Es ist vermessen, meine Liebe, uns beide in dieser Hinsicht zu vergleichen.»

Was sollte er anderes sagen? Sein momentaner Engpass würde Jannike verunsichern, und dass konnte sie in ihrem Zustand nicht vertragen. Heinrich erinnerte sich nur zu gut, wie dünnhäutig seine Marlies damals gewesen war, auch wenn es über vierzig Jahre zurücklag. Sie hatten etwas überstürzt heiraten müssen, kurz vor seinem Examen, als sie noch als mittellose Studenten in einer fußkalten Einzimmerwohnung gehaust hatten. Der allgemeine Stress hatte damals bei Marlies vorzeitige Wehen ausgelöst, und die Geburt seiner Tochter war kompliziert, langwierig und außerordentlich traumatisch verlaufen – eine Erfahrung, die er Jannike unbedingt ersparen wollte. Auch wenn sie jetzt vielleicht wütend war: Immerhin vertraute sie darauf, dass er alle Fäden fest in der Hand hielt. Dass ihr Vater ein Fels in der Brandung war. Und das war wichtig, insbesondere, weil sie um sich herum ja lauter Menschen versammelt hatte, die planlos und blauäugig durch das Leben stolperten.

Diese Öko-Tante aus der *Bürgermeistersuite* zum Beispiel lief hier am Hafen herum in ihren unmöglichen Klamotten und machte die Pferde scheu – also im übertragenen Sinne, denn die wirklichen Pferde vor der Kutsche waren bei dem Lärm schon die ganze Zeit über außer sich gewesen.

Da, endlich, da war er! Heinrich verließ seinen notdürftigen Unterstand und ging auf den breitschultrigen Mann zu, der missgelaunt durch den Regen stapfte. «Mister Mintaker, wie schön, Sie hier zu begrüßen. Hatten Sie eine gute Fahrt?»

«Soll das eine Scherz sein?», entgegnete der Koch mit englischem Akzent. Sein rundes Gesicht mit der kartoffeligen Nase war aschfahl. «Das letzte Mal, dass ich war so übel, ist nach Alkoholvergiftung in Liverpool gewesen.»

«Das tut mir aufrichtig leid, Mister Mintaker. Und dann noch das Wetter.»

«Das ist kein Problem. Kenne ich aus meine Heimat.»

Heinrich streckte die Hand nach der kleinen Reisetasche aus, die der Koch in seiner Hand trug. «Darf ich Ihnen mit dem Gepäck behilflich sein?»

«No!» Gordon Mintaker hielt sich die Tasche vor den Bauch. «Ist meine Messer drin. Unbezahlbar!»

Heinrich schluckte. «Okay. Und sonst haben Sie nichts?»

«Doch. In Frachtcontainer. Jede Menge Meeresfrüchte und eine bestimmte Öl, das, wenn es nicht wird vorsichtig behandelt, es geht kaputt. Ach ja, und Steaks, *Dry Age*, beste Ware. Muss sofort in die Kühlung, sonst auch kaputt.»

«Das ist kein Problem. Die wird sofort an Land gebracht. Alles passiert hier sehr vorsichtig und professionell, keine Sorge.»

Gordon Mintaker nickte wenig überzeugt. «Das will ich hoffen. Sonst fängt das hier schon ziemlich falsch an, Mister Loog.»

ACHTUNG, EINE DURCHSAGE DES KAPITÄNS:
Aufgrund eines schweren technischen Defektes können die Frachtcontainer vorerst nicht verladen werden, zudem verzögert sich die Rückfahrt bis auf weiteres.
Ich wiederhole: Aufgrund eines schweren technischen Defektes ...

Das durfte jetzt echt nicht wahr sein! Diese verflixte Insel! Hätte er sich bloß nicht von Deike überreden lassen, überhaupt hierherzukommen!

Christoph Wagenrath musste sich schwer zusammenreißen, um nicht ebenso laut zu fluchen wie die Jungs von der Reederei. Er hatte es sich so schön ausgemalt: Nur noch schnell an den Hafen gehen, Deike pro forma ein bisschen beim Entladen der Sandsäcke helfen und dann nichts wie an Bord flüchten und so schnell wie möglich nach Hause fahren. Dass er angeblich Dringenderes zu tun habe, war natürlich bloß eine fadenscheinige Ausrede gewesen. Seitdem die gestrige Abstimmung seine Autorität als Leiter des Küstenamtes gänzlich untergraben hatte, war Christoph die Zeit bis zur Abfahrt des Schiffes unendlich erschienen. Und nun sollte er sich noch weiter gedulden müssen?

«Prima, dann kannst du uns ja doch ein bisschen helfen!» Deike freute sich natürlich, sie strahlte ihn regelrecht an. «Weißt du, ich bin auf dein Knowhow echt angewiesen. Felix und Georg sind auch tolle Kollegen, und ich finde es super, dass sie bei unserer Aktion mitmachen. Aber du, Christoph, hast von uns allen einfach am meisten Ahnung, wie man es anpacken muss.»

«Genau. Und deswegen bin ich gegen diesen Unsinn, den ihr da verzapft. Ob durch Steuergelder finanziert oder durch Spenden, macht den Kohl auch nicht fett.»

«Aber hast du dir mal angeschaut, was meine Leute und ich schon alles bewerkstelligt haben?»

«Ja. Euer toller Schutzwall sieht aus wie ein besonders langer Maulwurfshügel. Könnte die Nordsee lachen, sie würde bei dem jämmerlichen Anblick einen Schluckauf bekommen. Ich wette, die Flut hat jetzt schon das meiste davon wieder fortgespült.»

Deike schaute ihn an. Die roten Haare klebten auf ihrer Stirn. Seit heute Morgen um fünf war sie schon auf den Beinen und sah noch immer kein bisschen müde aus. Dafür aber wütend. Christoph konnte sich nicht erinnern, diese Frau mal in schlechter Stimmung erlebt zu haben, dennoch wich gerade alles Freundliche aus Deikes Gesicht, und sie kniff die Augen zusammen. Stand ihr gut, dieser Zorn. «Deinen Zynismus kannst du dir sparen, Dr. Christoph Wagenrath. Wir sind so viele, und wir geben die Hoffnung nicht auf. Wenn es dir besser gefällt, allein und mutlos herumzuhocken, dann will ich dich nicht länger davon abhalten.» Mit einem Satz war sie von der Ladefläche gesprungen. «Und jetzt entschuldige mich, ich habe zu tun.»

Er schaute ihr lange hinterher. Wie sie trotz klobiger Trekkingschuhe fröhlich wippend auf einen der Hafenarbeiter zusteuerte und ihm mit ausladenden Gesten verständlich machte, dass sie dringend die Sandsäcke benötigte.

Durch die Deformation der Laderampe ging erst mal nichts mehr, die Passagiere hatten das Schiff über einen behelfsmäßigen Steg verlassen, was nach einer extrem wackeligen Angelegenheit ausgesehen hatte. Die Fracht würde bis auf weiteres an Bord bleiben, hatte ihnen der Kapitän eben per Lautsprecherdurchsage mitgeteilt. Damit fand Deike sich natürlich nicht ab, und obwohl Christoph kein Wort verstand, wusste er genau, was Deike den Hafenarbeitern gerade sagte, wie sie es sagte, welchen Blick sie dabei aufsetzte und vor allem welches Lächeln.

Das Schlimmste an dieser Frau war nicht ihre Penetranz, ihre Überdrehtheit oder ihre Unvernunft. Nein, das Schlimmste an ihr war, dass Christoph sich vom ersten Moment ihrer Begegnung in Deike verliebt hatte. Und seitdem dagegen ankämpfen musste. Nicht nur weil sie eine Kollegin, vielleicht sogar Konkurrentin war. Sondern in erster Linie weil seine Gefühle ohnehin nie erwidert werden würden, und wenn doch, eine Beziehung mit Deike Knopfling einfach furchtbar anstrengend sein musste. Bei dieser Sache verhielt es sich nicht anders als mit dem Küstenschutz: Das Herz sagte ja, doch der Kopf hielt dagegen, weil alles Tun und Machen die Allgemeinsituation langfristig auf jeden Fall verschlimmern würde.

Inzwischen war es Deike – wer hätte es anders erwartet – gelungen, gleich drei starke Männer für sich zu gewinnen, die nun damit begannen, die Pakete mit den Säcken von Bord zu werfen. Sie klatschten schwer auf das nasse Pflaster, wo sie von Deike und diesem nervtötenden Journalistenpaar aufgelesen und zum Krankenwagen geschleppt wurden. Auch ein paar Insulaner eilten herbei und halfen beim Verladen.

Natürlich stand Christoph jetzt ziemlich ungünstig im Weg. Also verfrachtete er den Rucksack in das trockene Fahrerhaus, kletterte ins Innere des Wagens und schob die Pakete weiter nach hinten durch, stapelte sie halbwegs platzsparend und nahm direkt die nächsten an.

«Danke, Christoph», sagte Deike.

Er schaute sie keine Sekunde lang an, sondern konzentrierte sich voll auf die im Sekundentakt eintrudelnden Pakete. Jetzt war er also quasi zwangsverpflichtet worden, bei diesem Mist mitzumachen. Keine Ausrede wäre gut genug, sich davor zu drücken.

«Und hopp!», rief die Journalistin und warf ihm die Fracht zu. Sie strahlte, als verbringe sie hier einen Wellnessurlaub. «So etwas Spannendes habe ich noch nie erlebt. Du, Schatz?» Ihr wortkarger Mann pflichtete ihr bei, indem er beide Daumen nach oben hielt – was sie natürlich prompt fotografierte. «Und dafür mussten wir noch nicht einmal in ein Flugzeug steigen. Regionale Abenteuer, das könnte wirklich eine Marktlücke im Tourismus-Sektor sein. Was meinen Sie, Herr Dr. Wagenrath? Wäre das in Ihrem Sinne?»

Er zuckte nur die Achseln. Die beiden hielten das Ganze wohl für eine Art Ranger-Trip. Im Urlaub ein bisschen die Natur retten, wie toll! Christoph gruselte es geradezu vor der Vorstellung, dass in Zukunft Busladungen mit arbeitswilligen Touristen angekarrt wurden, wenn es einen Deich oder ein paar Dünen zu flicken galt. Dabei war das hier ein Knochenjob, der Wagen war bestenfalls zu einem Achtel gefüllt, und sein Rücken schmerzte schon jetzt höllisch. Wenn vor Ort die gelieferten Säcke erst einmal mit schwerem Sand gefüllt waren, würde deren Transport nicht eben angenehmer werden. Abwarten, ob die beiden Journalisten dann immer noch so begeistert waren.

Einige Mitwirkende waren auf die glorreiche Idee gekommen, eine Kette zu bilden, die Pakete wanderten von Hand zu

Hand, und alle schienen Spaß zu haben. Es blieb kaum Zeit zum Verschnaufen, nur selten hatte Christoph die Gelegenheit, bis ans Ende der Schlange zu schauen, wo sich Deike noch immer unermüdlich abrackerte. Direkt an der Hafenkante las sie die von Bord geworfenen Säcke auf und reichte sie weiter. Ihre Pluderhosen pappten ihr klatschnass an den Beinen, doch sie war noch immer flink dabei. Fast ein bisschen zu schnell, dachte Christoph noch, doch da war es schon zu spät: Deike rutschte aus, fiel nach vorn, blieb mit dem Bein unglücklich an einem gespannten Tau hängen. Ihr Schrei war trotz des Sturms und der Geschäftigkeit ringsherum unüberhörbar, zumindest für Christoph. Ohne groß nachzudenken, sprang er aus dem Wagen und rannte los.

Deike lag mit schmerzverzerrtem Gesicht in einer Pfütze, zwei Männer versuchten vorsichtig, ihr nach außen gedrehtes Bein aus einem Wirrwarr aus Hosenstoff und Schiffstau zu befreien, doch bei jeder Bewegung jammerte Deike auf. «Autsch! Vorsichtig!»

«Deike!» Christoph kniete sich hin, hob so behutsam wie möglich ihren Oberkörper an und bettete ihren Kopf in seinen Schoß. «Was machst du denn für Sachen?»

«So ein Mist! Mein Bein, verdammt, das tut schweineweh!»

«Kein Wunder», sagte Christoph und streichelte tröstend ihre Schulter. «Das sieht ziemlich krumm und schief aus.»

Nach und nach kamen die Leute herbeigelaufen. Jannike Loog hatte bereits das Handy am Ohr, um den Inselarzt zu informieren, und ihr Mann fasste nun auch beherzt mit an, sodass Deike endlich aus ihrer misslichen Lage befreit werden konnte. «Kümmert euch nicht um mich!», beschwerte sie sich über den Menschenauflauf um sie herum. «Das Bein ist noch dran, und ich lebe. Die Säcke müssen zum Strand!»

«Nichts da! Wir werden den Krankenwagen leerräumen!»,
sagte Christoph. Zwar war er kein Orthopäde, und die nasse Hose verbarg das Ausmaß der Verletzung weitestgehend,
doch dass es sich hier um mehr als nur einen blauen Fleck handelte, war offensichtlich.

«Nein!», protestierte Deike. «Den Krankenwagen nehmt ihr
gefälligst für den Transport der Säcke, das ist jetzt wichtiger.»

Diese Frau war einfach komplett verrückt. Was sollte Christoph da machen? Jannike Loog zeigte auf einen Handkarren
mit dem Logo ihres Hotels, und ihr Mann schob ihn heran. «Da
liegst du zwar nicht so komfortabel wie im Bett unserer *Bürgermeistersuite*, aber du wärst zumindest erst mal raus aus der
Nässe, und wir könnten dich Richtung Arztpraxis ziehen.»

«Wo bleibt denn der Doktor?», beschwerte sich Christoph.

«Der ist wie fast alle Insulaner an der Hellen Düne. Er hat
sich aber schon auf den Weg gemacht und ist wahrscheinlich
in zwanzig Minuten da.»

Vier starke Männer hoben Deike mit einem «Hau ruck!» an
und legten sie vorsichtig auf den Wagen. Deike stöhnte zwar
kurz auf, doch sie lächelte dabei. Natürlich, etwas anderes war
von ihr nicht zu erwarten gewesen. Christoph hielt die ganze
Zeit über ihre Hand. Es fühlte sich merkwürdigerweise absolut richtig an. Erst als sie den Wagen in Bewegung setzten, ließ
er sie doch lieber los.

«Christoph?», rief Deike sofort.

Er lief ein bisschen schneller, sodass er neben dem Karren
ging und ihr in die Augen schauen konnte. «Ich bin ja da!»

«Das weiß ich. Noch lieber wäre mir aber, wenn … Du weißt
schon.»

«Ich soll hier auf der Insel bleiben?»

Sie nickte.

«Und deinen Job an der Hellen Düne übernehmen?»
Sie lächelte.
Sie hatte ja keine Ahnung, was sie ihm da abverlangte.

ACHTUNG, EINE DURCHSAGE DES KAPITÄNS:
Unser Schiff ist leider nicht mehr fahrtauglich, deswegen fällt die Rückfahrt zum Festland heute ersatzlos aus. Ich wiederhole: Unser Schiff ist leider nicht mehr fahrtauglich!

«Und nun?», fragte Jannike, nachdem die arme Deike, deren Bein durch den unglücklichen Sturz zumindest angeknackst zu sein schien, mit dem sehr behelfsmäßigen Krankentransporter zum Inselarzt gekarrt worden war.

Kein Schiff! Kein Flugzeug! Kein Garnichts! Komisch, die ganze Zeit hatte sie sich dagegen gewehrt, die Insel zu verlassen. Hätte Himmel und Hölle in Bewegung gesetzt, um hierzubleiben. Doch jetzt, wo ihr keine andere Wahl blieb, bekam Jannike es mit der Angst zu tun.

«Dann bleiben wir eben hier», sagte Mattheusz, wie immer die Ruhe selbst.

«Aber wenn etwas mit den Kindern ist? Oder die Wehen einsetzen?»

«Dann bekommen wir das auch in den Griff, keine Sorge!»

Jannike schluckte. Warum nur war sie so unvernünftig gewesen? Schon viel eher hätte sie aufs Festland fahren sollen. Immerhin war sie über vierzig, bekam Zwillinge, und eines der

Kinder hatte auch noch kurzfristig entschieden, dass es mit dem Kopf nach oben gemütlicher lag.

Plötzlich legte sich ihr von hinten eine Hand auf die Schulter. «Kann es sein, dass du in den letzten fünf Tagen noch runder geworden bist, meine Liebe?» Sie drehte sich um. «Danni! Und Siebelt!»

Die beiden standen grinsend nebeneinander und wirkten ultimativ glücklich, nicht mehr auf Fuerteventura zu sein. «Wir haben es da einfach nicht mehr ausgehalten», sagte Danni und nahm Jannike fest in den Arm. «Viel zu sonnig. Und viel zu wenig Wind!»

«Ich dachte, die Liste am Flughafen hätte euch noch mindestens drei Tage Wartezeit verordnet.»

«Wir haben zwei Leute aus unserem Hotel bestochen!», verriet Danni. «Kein Quatsch! Auf der Frühstücksterrasse lief die ganze Zeit der Fernseher, und da kam der Bericht von der großartigen Spendenaktion. Siebelt wäre fast in den Apparat gekrochen vor Verzweiflung. Das haben unsere Tischnachbarn mitbekommen und kurzerhand ihre Rückflugtickets mit unseren getauscht.»

«Und die Bestechung?»

«Zwei Sangria – und natürlich eine Einladung zur Insel. Wenn sie bis dahin nicht untergegangen ist.»

Siebelt verzog nun doch sorgenvoll die Miene. «Ich hatte das Gefühl, als Bürgermeister zum falschen Zeitpunkt auf der absolut falschen Insel zu sein.»

«Aber jetzt sind wir da und können es kaum abwarten, in die Gummistiefel zu steigen.»

Jannike war gar nicht bewusst gewesen, wie sehr sie die beiden vermisst hatte. Mit Danni an ihrer Seite wurde ihr ein großes Stück Verantwortung von den Schultern genommen.

Und Siebelt wurde wahrscheinlich noch nie so sehr gebraucht wie heute, im Angesicht des nahenden Orkans, denn kein Bürgermeister der Welt war so sturmerprobt wie er. Die Insulaner würden ihm den roten Teppich ausrollen – wenn dieser nicht vom Wind davongeweht werden würde.

Auch Mattheusz begrüßte die beiden Heimkehrer mit herzlicher Umarmung. «Das sind doch alles nur faule Ausreden. In Wirklichkeit habt ihr mitgekriegt, dass Oma Maria heute Abend das legendäre Willkommensmenü für unsere Freunde kochen wird.»

«Dafür lassen wir jede Paella stehen, nicht war, Siebelt?» Danni legte seinem Mann den Arm um die Schulter. «Mit einem erholsamen Urlaub wird das hier in den nächsten Tagen ja definitiv nichts zu tun haben. Aber wisst ihr was? Es ist trotzdem wunderbar, wieder bei euch zu sein.»

Und jetzt hätte Jannike tatsächlich fast geheult vor Erleichterung.

Nun waren sie wieder alle zusammen. Und auf einmal, wahrscheinlich das erste Mal seit Wochen, genau genommen seit ihr Vater in ihrem Herzen diese Zweifel gesät hatte, war Jannike sicher, dass schon irgendwie alles gutgehen würde. Wenn nicht auf der Insel, wo dann? Besonders mit dieser verrückten, chaotischen, heldenhaften Familie.

Gdzie kucharek sześć,
tam nie ma co jeść

Zwanzig verschiedene Messer! Dazu noch mal so viele Reiben, Pressen, Mühlen und Schaber. Als ob der Abwasch besonders viel Spaß machen würde.

Der große Mann mit der dicken Nase breitete sich in der Küche aus, dass es unerträglich war. Und obwohl Lucyna ihr mehrfach zugeraunt hatte, sich nicht provozieren zu lassen – «Oma, bleib locker, koch einfach dein Menü, und alles wird gut!» –, konnte Maria Pajak diese feindliche Übernahme nicht so einfach hinnehmen. Wo sollte sie denn jetzt noch ihre Kartoffeln schälen? Dort, wo normalerweise das Fleisch abgestellt wurde, bevor es in den Ofen kam, stapelten sich sonderbare Gewürze, deren Namen sie noch nie gehört hatte: *Pandan-Essenz*, *Harissa*, *Jalapeño*, pff! Vorhin, als der Engländer kurz nach draußen gegangen war, um eine Zigarette zu rauchen, hatte sie die Chance genutzt und an ein paar Döschen und Fläschchen gerochen, aber spontan beschlossen, lieber bei Muskatnuss, Kümmel und Dill zu bleiben. Was der da trieb, hatte mit Kochen nur noch sehr wenig zu tun, sondern erinnerte Oma Maria eher an die ärztliche Behandlung eines Schwerkranken: Tupfer, Schere, Nadel, Garn, ein Tröpfchen hiervon, eine Messerspitze davon – Operation geglückt, Patient tot.

«Alles gerät durcheinander», beschwerte sie sich bei Lucyna, die gerade dabei war, das Besteck auf Hochglanz zu polieren, damit die Tische im Speisesaal festlich eingedeckt werden konnten. «Der Fremde spaziert in meine Küche, benutzt meine Töpfe, meine Lappen, meine Kochlöffel. Aber wehe, ich schaue mir eines seiner Messer nur mal aus der Nähe an, dann klopft er mir fast auf die Pfoten …»

«Sag ihm einfach, was dich stört. Vielleicht nimmt er dann mehr Rücksicht.»

Was für ein nutzloser Tipp von ihrer Enkeltochter. Der Mann kam schließlich aus England und sie aus Polen. Wie bitte sollte sie ihm dann auf Deutsch verständlich machen, dass er so schnell wie möglich aus ihrem Reich verduften solle? Ja, richtig: verduften, denn was er gerade mit dem Rinderbraten anstellte, roch ziemlich ungesund.

Lucyna versuchte, sie mit einem Lächeln zu beruhigen. «Schau mal, was ich gefunden habe.» Ihre Enkelin holte eine Tischdecke ganz unten aus dem Schrank. Oma Maria erkannte den Stoff sofort. Das schöne Stück hatte sie damals von Igor zur Silberhochzeit geschenkt bekommen, fester Damast, schneeweiß, nach altem kaschubischem Brauch mit einem passenden Spruch bestickt. *Gdzie kucharek sześć, tam nie ma co jeść* – Viele Köche verderben den Brei. «Passt doch wunderbar zu eurem Wettstreit, findest du nicht?» Sie brachte die Decke in den Speisesaal.

«Das ist aber kein harmloser Wettstreit», rief Maria ihrer Enkelin hinterher. «Dieser Mann hat mir den Krieg erklärt!» Und sie hatte sich auch schon einige Methoden überlegt, wie sie sich erfolgreich zur Wehr setzen könnte. Was wäre, wenn sie das Öl, mit dem er umging, als sei es flüssiges Gold, einfach in den Ausguss kippte und durch Spüli ersetzte? Die Farben waren sich jedenfalls zum Verwechseln ähnlich. Oder sie würde beim Fleischhammer den Kopf lose drehen, sodass das Teil durch die Küche schoss, sobald er anfing, damit zu hantieren. Mit etwas Glück traf er sogar seinen eigenen dicken, englischen Schädel, dann hätte sie ein Problem weniger. Aber am besten gefiel Maria die Vorstellung, eines seiner wertvollen Schneidewerkzeuge zu benutzen, um mal wieder die Fugen an der Dunstabzugshaube gründlich auszukratzen, bis es so stumpf wäre, dass man selbst eine mehlig gekochte Kartoffel nicht zerkleinert bekäme.

Natürlich blieben es reine Gewaltphantasien, in der Realität würde sie nichts dergleichen unternehmen. Zudem war Maria viel zu sehr damit beschäftigt, ihr eigenes Menü zuzubereiten. Der Grünkohl blubberte schon mehr als eine Stunde vor sich hin, und gerade legte sie die Fasanenbrüstchen, die sie bei einem der auf der Insel ansässigen Jäger gegen zwanzig Laibe Roggenbrot getauscht hatte, in einer Marinade aus Honig und Sanddornessig ein. Was sollte bitte schön besser schmecken als ein Vogel, der sein Leben in der unendlichen Freiheit der Inseldünen verbracht hatte? Immer, wenn dieser Gordon Mintaker neugierig herüberschielte, stellte sie sich so hin, dass er nichts sehen konnte. Das war nicht so einfach, denn Maria war gerade mal eins fünfzig groß, und der Kerl brauchte sich kaum zu recken, um ihr über die Schulter zu schauen. Hinterher klaute er noch ihre besten Rezepte. Zuzutrauen wäre ihm alles.

Inzwischen ließ er sein rauchendes Fleisch in Ruhe und bastelte an einigen Schalentieren herum, die wie gigantische Nordseekrabben aussahen. Warum träufelte er wohl kleine grüne Zitronen darüber? Limonen! Ob die besser schmeckten als die großen gelben, die Maria benutzte? Immerhin hantierte er auch mit Knoblauch, das machte ihn fast ein wenig sympathisch, obwohl die Knolle nach Marias Geschmack entschieden zu sparsam verwendet wurde. Aber na ja, der Mann war ja angeblich Spitzenkoch, der würde schon wissen, was er tat. Pah, jetzt hatte er bemerkt, dass Maria spionierte, denn er breitete ein Geschirrtuch über sein Werk, bevor er seine Hände gründlich wusch und abtrocknete, um anschließend in den Speisesaal zu gehen.

Dass aus ihrem geplanten Willkommensessen für Gäste, Freunde und Nachbarn des Hotels nun ein knallhartes Konkurrenzkochen geworden war, in diesen sauren Apfel musste Maria wohl beißen – und dafür sorgen, als strahlende Siegerin hervorzugehen. Wenn es nämlich nach Heinrich Loog gegangen wäre, würde sie heute lediglich das Küchenmädchen geben, also schnippeln, spülen und schälen. Und das in ihrem Alter! Und mit ihrer Erfahrung! Dagegen hatte sie sich energisch gewehrt. Hatte sogar damit gedroht, alles stehen- und liegenzulassen und zurück nach Polen zu gehen, da werde eine Köchin wie sie nämlich immer gebraucht und mit Kusshand genommen. So weit hatte es Heinrich Loog zum Glück nicht treiben wollen, denn da wäre Jannike ihm mit Sicherheit aufs Dach gestiegen. Sie hätte sich aufgeregt, und bums: Sturzgeburt oder Schlimmeres. Schließlich machten sich alle große Sorgen um die Schwangere, weil die Insel derzeit vom Rest der Welt abgeschnitten war und Jannikes riesiger Bauch eine deutlich sichtbare Veränderung durchgemacht hatte. Maria war natürlich keine Fachfrau auf diesem Gebiet, aber eben dreifache Mutter, und von daher wusste sie: Wenn sich die Rundung deutlich nach unten bewegte, nicht einem Kürbis glich, sondern mehr birnenförmig wurde, war es bald so weit. Jede Aufregung konnte zu viel sein. Das sah sogar Jannikes Vater ein, der es ansonsten schaffte, alle Welt gegen sich aufzubringen, indem er Dinge, die eigentlich wunderbar liefen, nach seinen Wünschen zu ändern versuchte. Doch diesem Mann würde sie es heute Abend zeigen, das hatte Maria sich fest vorgenommen. Er würde büßen müssen für seine Überheblichkeit, und zwar Gang für Gang, da kannte sie keine Gnade. Im Gegenteil: Sie konnte es kaum erwarten!

Tatsache: Die anfängliche Unsicherheit, dass es heute Abend wirklich um ihren Job ging, war einer Mischung aus Trotz und Entschlossenheit gewichen. Denn erstens vertraute sie auf Jannike, selbst wenn diese trotz mächtigen Bauches momentan nur eine halbe Portion war, was Willensstärke und Durchsetzungsvermögen anging. Und zweitens hatte sie Lust, diesem dahergelaufenen Bulettenbrutzler mal zu zeigen, was passierte, wenn man sich mit einer Pajak anlegte.

Lucyna kam wieder herein. «Oma, ich habe soeben erfahren, wie es heute Abend ablaufen soll. Heinrich Loog hat gerade die Spielregeln aufgestellt.»

«Und warum war ich nicht dabei?»

«Die Ansprache war auf Deutsch. Du hättest wahrscheinlich nichts verstanden. Und wenn doch, hättest du dauernd polnische Flüche ausgestoßen, damit wäre uns auch nicht geholfen.»

«Er will mich in die Pfanne hauen, dieser *szelma*.»

«Das muss ihm erst einmal gelingen. Immerhin hat er versichert, dass Jannike über alles informiert und so weit einverstanden ist.»

Maria schüttelte den Kopf. «Das glaube ich nicht. Weshalb sollte sie mir das nach zwei Jahren in diesem Hotel antun?»

«Darüber haben wir doch schon hundertmal gesprochen, Oma. Ich wette, Jannike ist überhaupt nicht einverstanden mit dem, was ihr Vater da angezettelt hat, und seit gestern reden die beiden sowieso nur noch das Nötigste miteinander, weil

der alte Geizkragen keinen müden Euro für die Rettungsaktion spenden will, stell dir das mal vor.»

«Tja, mocny w gębie, ale nie w czynach!»

«Stimmt, Heinrich Loog ist ein Maulheld, der viel quatscht
und wenig tut, aber trotzdem ist er Jannikes Vater, und sie wird
ihn natürlich schon irgendwie sehr lieb haben, Oma, so ist das
nun mal in Familien. Sie kann sich im Moment nicht gegen ihn
stellen, schließlich ist er ihr einziger Blutsverwandter.»

«Sie ist nicht zu beneiden.»

«Eben. Und weil wir unsere Jannike auch sehr lieb haben,
machen wir den ganzen Spuk einfach mal mit, oder?»

Jetzt nahm Lucyna sie auch noch in den Arm, das war nun
aber zu viel des Guten, und Maria grummelte: «Meinetwegen.»

«Außerdem bin ich mir sowieso sicher, dass du gewinnst.
Das ganze Problem mit diesem neuen Koch hat sich also bald
erledigt. Spätestens beim Nachtisch.»

«Worauf Heinrich Loog Gift nehmen kann!» Maria grummelte noch immer. «Und jetzt erklär mir endlich diese bescheuerten Regeln und lass mich weiterkochen.»

«Es ist nicht kompliziert. Jeder von euch kocht drei Gänge.
Erst die Suppe, dann der Hauptgang, am Ende das Dessert.»

«Das weiß ich doch schon.»

«Die Gerichte werden zeitgleich serviert. Die Gäste wissen
nicht, welches Gericht von wem gekocht wurde.»

«Blödsinn! Das werden sie sofort merken, weil ich nämlich
die beste Köchin der Welt bin!»

«Genauso sehe ich das auch, liebe Oma.» Lucyna schickte
sich an, mal wieder in den Kochtopf zu linsen, wie sie es immer
tat, sobald sie in die Küche kam. Doch dieses Mal war Maria
nicht einverstanden und schob sich zwischen den Herd und
ihre Enkelin.

«Nichts da. Wenn wir hier Geheimnisse haben, dann auch richtig. Dann will ich noch nicht einmal, dass die Servierkraft weiß, wessen Teller sie gerade hineinträgt.»

«Einverstanden!» Irrte Maria sich, oder hatte Lucyna vielleicht sogar ein kleines bisschen Spaß an diesem Theater? Sie wirkte ungeduldig, schon vorhin beim Serviettenfalten hatte sie sich ständig vertan. Immer dieses junge Gemüse!

«Und wer entscheidet am Ende, dass ich gewonnen habe?»

«Natürlich ist das Ganze extrem deutsch organisiert: Es wird bei jedem Gang einzeln abgestimmt. Jeder Gast darf auf einem bereitgelegten Stimmzettel Punkte vergeben. Wer am Ende die meisten hat, ist Sieger.»

Kein Problem für Oma Maria. Sie war schließlich die Königin der Schmorbraten und Kaiserin aller kohlhaltigen Eintöpfe. Ihre Armee bestand aus fast sechzig Jahren Kocherfahrung, einem alten Buch mit Familienrezepten und ihrem eisernen, unbezwingbaren, furchterregenden Willen. Nichts konnte sie schrecken.

Mögen die Kämpfe beginnen!

Jannike kannte in diesem Haus jeden Winkel, vom Weinkeller bis unter das Dach. Doch am meisten liebte sie die Küche und den Speisesaal. Weil hier die Menschen, die das Hotel mit Leben füllten, zusammenfanden, miteinander aßen, tranken, plauderten und lachten. Heute sogar alle gemeinsam an einem langen Tisch, das war besonders behaglich. Das Journalistenpaar Schönbuch aus Zimmer 1 und 2 fühlte sich zwischen den Einheimischen offensichtlich gut aufgehoben, sie hatten schon wieder etliche

Fotos geknipst, weil ihnen der altmodische holzvertäfelte Tresen gefiel, hinter dem Danni gerade die Getränke klarmachte. «Retro vom Feinsten. Für so etwas zahlen die Gastronomen in hippen Großstädten inzwischen eine Menge Geld.»

«Der ist unverkäuflich», sagte Danni lachend und stellte zwei frischgezapfte Biere bereit. «Obwohl ich ja manchmal denke, wir könnten hier und da noch ein bisschen modernisieren.»

«Na, na! Vorerst stehen andere Dinge auf unserer Prioritätenliste.» Jannike strich über ihren Bauch.

«Sehr lobenswert», bestätigte Frau Schönbuch. «Sie glauben nicht, wie viele Hotels uns begeistert schreiben, wir müssten sie unbedingt mal wieder besuchen, jetzt wäre alles auf dem neuesten Stand. Dann folgen wir der Einladung und sind enttäuscht, weil wir den ursprünglichen Charme des Hauses nicht mehr finden können.»

Danni war sichtlich geschmeichelt. Ein solches Lob aus berufenem Munde machte den abgebrochenen Urlaub wieder wett. Überhaupt hatten Siebelt und er sich merklich beruhigt, nachdem sie beim Leuchtturm gewesen waren und sich vom Voranschreiten der Arbeiten überzeugt hatten. «Aber dennoch, Frau Schönbuch, da brauchen wir nicht um den heißen Brei herumzureden: Ihre Zimmer hier im Erdgeschoss sind wirklich sehr bescheiden. Es tut uns leid, dass Sie nicht in der *Bürgermeistersuite* untergekommen sind. Ein Versehen, das ich schmerzlich bedaure.»

«Wir haben alles, was wir brauchen. Und in der Suite kann sich doch jetzt die arme Frau Knopfling erholen. Apropos, wird Deike auch zum Essen kommen können?»

«Wir tun unser Bestes.» Gerade schleppte Mattheusz gemeinsam mit Okko Wittkamp eine Couch ans Kopfende des Tisches und platzierte sie auf vier Getränkekisten. So hatte

Deike, die wegen ihre Beines vorerst liegen sollte, alles bestens im Blick: die großen Kerzenleuchter, die Servietten in Schiffsform, die Gestecke in den bauchigen Glasvasen, die Danni noch schnell aus den heruntergefegten Ästen der knorrigen Kastanie gebastelt hatte. ·

Einen Abend wie diesen hätte Jannike unter normalen Umständen mehr als genossen, denn es waren neben den Hotelgästen alle beisammen, die ihr besonders am Herzen lagen: Danni und Siebelt samt Pflegesohn Lasse, Mira und Okko Wittkamp als Nachbarn und Freunde, Oma Maria, Bogdana, Lucyna – und natürlich Mattheusz. Sogar ihr Vater war da, den sie sich so oft herbeigewünscht hatte in solchen Momenten.

Aber es herrschten leider andere Umstände. Im mehrfachen Sinne.

Denn das hier war kein gemütliches Willkommensessen unter Freunden, wie man es von Oma Maria gewohnt war, sondern ein sonderbarer Wettbewerb, den sich nur ihr Vater hatte ausdenken können. Zum Glück spielten alle mit, auch wenn die Stimmzettel auf den Tischen mehr an einen Wunschkonzertabend im Altenheim erinnerten als an eine fröhliche Zusammenkunft, mit der man in die neue Saison starten wollte. Keinesfalls würde sie im Falle von deren Niederlage Oma Maria entlassen. Und wenn ihr Vater sich auf den Kopf stellte. Ihren Gästen gegenüber versuchte sie, das Ganze als eine Art Event zu verkaufen, «Oma Maria vs. Sterne-Koch» – und tatsächlich schienen einige Spaß daran zu finden.

Sogar Lasse, der ansonsten lieber Pizza und Döner aß, freute sich auf das – wie er es ausdrückte – Battle. «Wann geht es endlich los, Leute? Ich hab so was von Schmacht, schließlich habe ich heute zehn Stunden geschuftet – und bin außerdem noch im Wachstum!» Alle lachten.

Die Gefahrenlage an der Hellen Düne war durch umfangreiche Maßnahmen im Laufe des Tages zwar etwas entschärft, jedoch meldeten die Nachrichten eine weitere Zunahme des Windes. Für die frühen Morgenstunden wurde eine schwere Sturmflut erwartet, schwerer als die vor einer Woche. Und Deike Knopfling konnte nicht mehr vor Ort sein, um alles zu dirigieren. Ihr Bein war vom Inselarzt mit einer Schiene fixiert worden. Es gab auf der Insel kein Röntgengerät, und da man nicht mit Sicherheit wusste, ob etwas gebrochen war, wollte er kein Risiko eingehen. Das Kommando an der Hellen Düne hatte Dr. Wagenrath übernommen, also ausgerechnet der Mann, der, ohne mit der Wimper zu zucken, den Leuchtturm und das Hotel geopfert hätte, um keine Steuergelder zu verschwenden. Zwar hatte Deike ihr versichert, dass er die Sache genauso gut, wenn nicht sogar noch besser, machen würde, doch war Deikes Zweckoptimismus inzwischen legendär, und Jannike wusste nicht, wie sehr sie dieser Zuversicht wirklich trauen durfte.

Außerdem – und das war im Moment ihre größte Sorge – ging es Jannike nicht besonders gut. Sie war hundemüde, dennoch hatte sie sich nach ihrer Heimkehr vom Hafen den ganzen Tag auf dem Sofa unruhig hin und her gewälzt und kein Auge zugekriegt. Trotz der Düfte aus der Küche verspürte sie überhaupt keinen Appetit, wenn überhaupt würde sie höchstens die Vorsuppe schaffen, mehr sicher nicht. Zudem spannte ihr Bauch wieder. Zum Glück weder regelmäßig noch schmerzhaft, deshalb behielt sie es lieber für sich. Was sollte sie für noch mehr Aufregung sorgen? Die Lage ließ sich ohnehin nicht ändern. Das Schiff war manövrierunfähig, der Sturm zu heftig für einen Rettungstransport, was immer in den nächsten Stunden passierte, sie würde es hier auf der Insel überstehen müssen.

Lucyna begann mit dem Servieren. Jeder Gast bekam ein Brettchen vor sich auf den Tisch gestellt, auf dem zwei Einweckgläser mit Suppe standen. Die eine war dunkelgrün und samtig, ein weißer Klecks zierte die Oberfläche, fertig. Die andere Suppe wirkte dagegen wie ein architektonisches Meisterwerk. Zu zwei Dritteln war das Glas mit einer orangeroten Flüssigkeit gefüllt, in der akkurat geschnittene Stücke von irgendwas schwammen. Laut Menübeschreibung könnten dies die Langusten sein, darüber ein fluffiger Berg aus Schaum. Am Glasrand balancierte ein krosser, halbmondförmiger Kräcker, von dem ein leichtes Käsearoma ausging.

Jannike erhob sich von ihrem Stuhl. «Liebe Gäste, liebe Freunde! Die meisten von euch waren heute den ganzen Tag am Strand, um das Schlimmste zu verhindern. Dafür möchte ich euch von ganzem Herzen danken. Ich freue mich, dass ihr trotzdem alle gekommen seid, und wünsche euch guten Appetit. Bitte lasst euch von dieser Abstimmungssache nicht den Hunger verderben, schreibt einfach eine Zahl ins Kästchen, dann ist es auch gut!» Sie setzte sich wieder.

«Danke für die Einladung», sagte Mira Wittkamp im Namen aller.

Ein kleiner Beifall brandete auf. Doch nach dem anstrengenden Tag hatten alle müde Knochen und einen Mordshunger. Die ersten Gäste hielten bereits erwartungsfroh die Löffel in der Hand. Auch Siebelt schien hungrig zu sein, aber es war ihm anzusehen, dass er vor lauter Respekt kaum den Mut fand, in diesen Suppencappuccino zu stechen. Auch Jannike begann lieber mit der Grünkohlsuppe. Dass die von Oma Maria war, dürfte wahrscheinlich jeder ahnen. Die Küchenchefin im Inselhotel stellte mit dem Essen keinen unnötigen Firlefanz an. Trotzdem schmeckte es immer köstlich. Diese Kombination hier war neu und durchaus ungewöhnlich, ein wenig ahnte man den Speck und die Zwiebeln, doch der Essig und ein wenig Schmand verliehen dem Grünkohl, der statt der sonst bei diesem Rezept üblichen Rote Bete verwendet wurde, einen ganz neuen Geschmack. Großartig, fand Jannike und war sich nun doch nicht mehr so sicher, ob es heute Abend nur bei der Suppe bleiben würde.

Natürlich hielt sie zu Oma Maria, diese Frau war unschlagbar. Doch dann musste sie zugeben, dass die zweite Suppe auch ganz hervorragend schmeckte. Sie war leicht scharf, leicht zitronig, und der Schaum prickelte auf der Zunge. Es machte schon Spaß, so etwas zu probieren. Auch wenn es schwerfiel, notierte Jannike bei beiden Suppen eine Neun. Hätte auch ohne weiteres eine Zehn sein können, aber sie wollte ihr Pulver ja nicht gleich bei der Vorspeise verschießen.

«Ungenießbar!», rief ihr Vater plötzlich aus, so laut, dass alle in seine Richtung starrten. Heinrich Loog verzog sein Gesicht, als leide er unter akuten Schmerzen. Er hatte den Suppenlöffel beinahe empört auf das Brettchen fallen lassen. Da sein Langusten-Cappuccino schon restlos aufgegessen war, musste der Grund für seine Aufregung Oma Marias Suppe sein. «Da zieht es einem ja die Zähne aus dem Kiefer.»

«Was ist damit?», fragte Mattheusz.

«Eine so saure Suppe kann man doch nicht ernsthaft den Gästen anbieten.»

Niemand sagte ein Wort. Doch, einer schon, und zwar ausgerechnet Herr Schönbuch, den bislang noch niemand je etwas hatte sagen hören. «Ich weiß nicht, wovon Sie reden, Herr Loog. Der Grünkohl-Borschtsch mundet vorzüglich. Und ich darf mir ein Urteil erlauben, bei unserem Reisemagazin bin ich für die Restaurantkritik zuständig. Natürlich hat

267

die Suppe eine leicht säuerliche Note, aber in Kombination mit dem Grünkohl gibt das so etwas angenehm Modernes, wenn Sie mich fragen.»

«Modern? Also, wenn das die Zukunft der Vorspeisen ist, dann gute Nacht, Marie!» Jannikes Vater schob das Glas mit der grünen Suppe weit von sich. Es war einfach lächerlich, was er da abzog. Versuchte er doch tatsächlich, die Meinung der Gäste durch sein völlig übertriebenes Gehabe zu beeinflussen. Jannike schaute sich um. Und wirklich, Mira nippte nun deutlich vorsichtiger an ihrer grünen Suppe, und ihr Mann Okko schmeckte noch einmal ganz genau nach, bevor er schluckte.

Ihm taten alle Knochen weh, und er war durchgefroren wie ein Eiszapfen. Die Feuchtigkeit hatte seine wetterfeste Outdoorkleidung Lügen gestraft. Aber dennoch war Christoph Wagenrath sehr, sehr zufrieden. Denn seit Jahren hatte er sich das erste Mal wieder wirklich wohlgefühlt bei der Arbeit. Komisch, wo er doch sonst auf einem ergonomisch geformten Schreibtischstuhl in einem gutgeheizten, trockenen Büro saß. Aber heute hatte er seit langem mal wieder einen ganzen Tag am Strand verbracht, statt mit einem Amtsbogen ausgerüstet irgendwelche theoretischen Gutachten zu erstellen. Er hatte den scharfen Nordwestwind abbekommen, dass ihm manches Mal die Luft weggeblieben war. Er hatte im Sand gekniet, noch immer knirschte es in jeder Hautfalte. Aber all das war nicht unangenehm, sondern irgendwie wunderbar.

Denn es hatte so einen besonderen Moment gegeben, als die Jugendlichen von der Dünenschule den vielleicht tausendsten

Sandsack gefüllt und auf den inzwischen beachtlich hohen Wall gelegt hatten. Ein Junge war zu ihm gekommen, ein bisschen blass und pickelig, schlaksig sowieso, also genau so ein Junge, wie er selbst vor zwanzig Jahren einer gewesen war. Er hatte sich als Fridjof vorgestellt. «Ich … äh, also, ich … na ja, ich find das hier irgendwie cool und wollte mal fragen, … keine Ahnung … wie man so was werden kann. Also so ein Inselretter. Was muss man da für 'ne Lehre machen? Und reicht die Mittlere Reife, weil ich bin echt schlecht in Englisch.» Diese Begegnung hatte etwas Merkwürdiges in Christoph ausgelöst. Plötzlich hatte er sich in Deike hineinversetzen können, für ein paar Sekunden nur, aber er hatte auf einmal verstanden, wie es sich anfühlte, wenn man stolz sein durfte auf das, was man tat. Er war ein Inselretter!

Doch dann war ihm wieder eingefallen, wie schlecht die Chancen standen, dass dieser Wall aus Sandsäcken halten würde. Die Vorhersagen waren noch viel beängstigender, als er es sich gestern hätte ausmalen können. Windstärke zwölf aus Nordwest, in Südholland hatte es am Nachmittag schon einen Vordeich zerrissen, und in zehn Stunden würde es hier an der Hellen Düne richtig zur Sache gehen. Es tat ihm schon jetzt furchtbar leid, dass die Schufterei dieser Männer und Frauen und Heranwachsenden beim morgigen Sonnenaufgang höchstwahrscheinlich umsonst gewesen sein würde.

Schon deswegen musste er sich jetzt ein wenig schonen und diese Verschnaufpause, die die Nordsee ihm durch die eben eingesetzte Ebbe gönnte, nutzen. Etwas Warmes essen, sich hinlegen, im besten Fall ein wenig schlafen. Es wäre zu umständlich, dazu ganz ins Inseldorf zu fahren, um im *Hotel Bischoff* abzusteigen. Nein, Christoph hoffte, dass er Deikes Angebot doch noch annehmen und mit ihr das Doppelzimmer teilen dürfte. Außerdem war er besorgt, wie es ihrem Bein ging.

«Ich mach dann mal Pause», rief er Georg und Felix zu. Die beiden hatten sich vorhin für ein paar Stunden aufs Ohr gelegt und waren jetzt wieder fit genug, die Nachtschicht zu übernehmen. «Kommt ihr auch ohne mich klar?» Sie hielten die Daumen hoch.

Er nahm die Abkürzung durch den Hotelgarten. Drinnen sah man eine Menge Leute an einem Tisch sitzen und essen. Es sah sehr behaglich aus, die junge Kellnerin räumte gerade das Geschirr ab. Auch Deike war dabei, lümmelte sich mit einem bandagierten Bein auf einem kleinen Sofa und nippte an einem Weinglas. Zum Glück wirkte sie relativ entspannt und schmerzfrei, sie schien sich zudem gut zu unterhalten, lachte und gestikulierte wie immer. Christoph blieb stehen und nutzte die Gelegenheit, sie etwas länger als sonst und vor allem ungestört beobachten zu können. Diese Sache mit dem Verliebtsein war verflixt. Dauernd wurde so ein Hype darum gemacht. Die Musiker sangen von Glück und süßem Schmerz, die Dichter reimten sich etwas über göttliche Wonnen, Lust und Vertraulichkeit zusammen. Doch in Wirklichkeit bestand die Liebe doch zum größten Teil aus Frust, weil sich Hoffnungen nur selten erfüllten und die reine Sehnsucht kein erstrebenswertes Gefühl war, sondern eine unglaubliche Ablenkung von dem, was man eigentlich zu tun hatte. Es ging ihm nämlich ganz und gar nicht besser, seit Deike bei ihnen arbeitete, vielmehr stand er oft neben sich und verlor seine Ziele aus den Augen. Außer in Momenten wie diesem, wenn er sie anschauen konnte, während sie mal wieder ihre Locken zusammenfasste, sie nach oben zwirbelte, dort eine kurze Weile festhielt, bevor sie die roten Strähnen wieder fallen ließ und durchschüttelte. Einmal nur, diktierte ihm diese verdammte Sehnsucht, einmal wollte er das bei ihr machen. Ertasten, wie weich ihr Haar war … Total unvernünftig! Diese Locken machten ja schon aus der Entfernung süchtig, besser, er käme nie damit in Berührung.

Plötzlich schaute Deike ihn durch die Scheibe hindurch an, erst verwundert, dann offensichtlich amüsiert. Christoph merkte, wie er rot wurde, und hob schüchtern die Hand. «Komm rein», formten ihre Lippen, und sie winkte ihn zu sich. Sie schien tatsächlich erfreut, ihn zu sehen.

Leicht fiel es ihm nicht, sich nun in Bewegung zu setzen und halbwegs selbstbewusst ins Hotel und in den Speisesaal zu treten. Er gab sicher eine jämmerliche Gestalt ab: Klamme, salz- und sandverkrustete Hose, von der Kälte gerötetes Gesicht, die Mütze hatte ihm die Frisur ruiniert.

«Herr Wagenrath!», begrüßte ihn Jannike Loog und wedelte mit dem Arm. «Es ist nicht unhöflich gemeint, wenn ich mich nicht erhebe, um Sie zu begrüßen. Aber mein Arzt hat mir geraten, nicht zu viel herumzuhüpfen. Fühlen Sie sich trotzdem willkommen. Haben Sie Hunger?»

«Ja, schon, aber eine Scheibe Brot tut's auch», winkte er ab. Das hier sah eher nach einer Privatfeier aus.

«Unsinn!», mischte der Bürgermeister sich ein. «Setzen Sie sich zu uns und erzählen Sie haarklein, was Sie heute geschafft haben.»

«Wie viele Sandsäcke?», fragte Deike neugierig.

«Mehr als drei Viertel der Lieferung.»

«Der Wall ist inzwischen stolze zwei Meter hoch», ergänzte Okko Wittkamp.

Deike klatschte begeistert in die Hände. «Das hätte selbst ich nicht erwartet.»

«Und die anderen werden mein Mann und ich gleich noch befüllen», versprach die Journalistin, die neben Deike saß. «Wir stärken uns bei diesem hervorragenden Menü, dann geht es sofort wieder an den Strand. Gerade werden überall Fackeln aufgestellt, damit wir überhaupt was sehen können. Und die drei Autos, die es auf der Insel gibt, werden ihre Scheinwerfer anwerfen.»

«Alles sehr improvisiert», warf der Mann, der ihnen bei der Anreise das Zimmer zugewiesen hatte, ein.

«Egal, es funktioniert ja.»

«Sind Sie denn inzwischen etwas optimistischer, was die Lage des Leuchtturms angeht?», wollte die Hoteldirektorin wissen.

Was sollte er sagen? Die Frau war hochschwanger und eine großherzige Gastgeberin. «Es ist beeindruckend, wie viele Inselbewohner bereit sind zu kämpfen.» Das stimmte, war aber nur ein Ausweichmanöver, um die Tischgesellschaft nicht mit der bitteren Wahrheit zu konfrontieren.

Der Mann der Hoteldirektorin brachte Christoph einen Stuhl und stellte ihn rechts neben Deikes Luxusliege. «Sie kommen gerade pünktlich zum Hauptgang. Oder besser gesagt: zu den beiden Hauptgängen. Aber machen wir es nicht komplizierter, als es ist: Sie lassen es sich einfach schmecken und schreiben hinterher zweimal Zehn in die Kästchen.»

Die meisten am Tisch lachten über diesen Scherz, den Christoph nicht so recht verstanden hatte. Nur der Mann von der Rezeption blieb ernst. «Keine Beeinflussung, so lautet die Regel!»

Christoph nahm dankbar Platz. «Keine Sorge, ich bin ohnehin kein Gourmet. Mir schmeckt alles außer Graupensuppe.»

Die Kellnerin kam herein. Auf dem rechten Teller erkannte Christoph etwas, das ein wenig wie ein dunkles Hühnchen aussah, was man unter dem Sauerkraut jedoch kaum erkennen konnte. Auf die Klöße daneben freute er sich schon, er liebte Kartoffelknödel! Was das Gericht auf der linken Hälfte anging, da war er doch etwas überfordert. Vielleicht ein Steak? Das irgendwie rauchig roch, daneben irgendwas mit Linsen. Egal, Hauptsache, es schmeckte und machte satt. Denn erst jetzt wurde ihm bewusst, wie hungrig er war.

«Riecht köstlich!» Deike hatte sich natürlich die vegetarische Variante bestellt, die beinahe genauso aussah, nur dass dieses Geflügelteil fehlte und das Steak durch ein Stück Tofu ersetzt worden war.

Sie begannen zu essen. *Gefräßige Stille* hatte Christophs Mutter das immer genannt und sich gefreut, *da merkt man, dass es allen schmeckt.* Und was sollte er sagen, es war wirklich extrem lecker. Die rechte Seite erinnerte ihn an deftige Familienfeiern, obwohl das Sauerkraut kein bisschen trocken oder suppig war, sondern samtig und anders gewürzt, ein bisschen scharf, sehr schmackhaft. Bei diesem auf der Zunge zergehenden Fleisch handelte es sich um Fasan, wie er inzwischen der Speisekarte entnommen hatte. So was hatte er noch nie auf dem Teller gehabt, bessere Knödel hatte er definitiv auch noch nie gegessen. Am liebsten hätte er Nachschlag genommen, doch dann widmete er sich der linken Seite und war ebenso begeistert. Dieses leichte Raucharoma, welches dem rosa Steak das gewisse Etwas verlieh, passte perfekt zu der leicht süß gewürzten Linsen-Frucht-Mixtur. Bislang hatte sich Christoph nicht erschlossen, warum einige Menschen so ein Gewese um das Essen machten. Heute offenbarte es sich ihm. Das hier war echte Kunst. Wie unangenehm, dass er dafür nun wirklich Noten vergeben musste. Wer war er, dem normalerweise Fertiggerichte aus der

273

Mikrowelle reichten, so eine Leistung zu bewerten? Zweimal die Zehn, und fertig!

«Kann ich noch ein Glas Wasser haben?», rief der Vater der Hoteldirektorin dramatisch laut. Sein Gesicht war knallrot. «Schnell bitte!» Die Kellnerin rannte geradezu, um seinen dringenden Wunsch zu erfüllen. Die anderen Gäste ächzten oder rollten mit den Augen.

«Der macht schon die ganze Zeit so einen Terror», flüsterte Deike ihm zu. «Keine Ahnung, was der für ein Problem mit dem Essen hat.»

Herr Loog schüttete das ihm eingeschenkte Wasser in einem Zug herunter. «Ist dieser Frau die Pfeffermühle über dem Kochtopf explodiert, oder was?»

«Papa!», empörte sich Jannike Loog. «Geht das schon wieder los?»

«Meine Kehle brennt! Das Sauerkraut ist so scharf, dass es sogar in Indien verboten würde.»

«Du übertreibst maßlos!»

«Es hat genau den richtigen Pep!», betonte der Mann der Journalistin.

Doch Herr Loog ließ sich nicht besänftigen. Er schimpfte und trank mindestens einen Liter Wasser auf ex. Was für ein Affe.

Christoph wusste wirklich nicht, wo das Problem war. Und als er sich für einen Moment unbeobachtet glaubte, hob er schnell den Teller an und schleckte mit der Zunge die letzten Reste auf. Das hatte er noch nie getan!

«Ich hab's genau gesehen», sagte Deike. Und lächelte ihn an. Anders als sonst.

«Und beim Dessert möchte ich von Ihnen kein Herumgestänker mehr hören», raunte sein Sitznachbar, der sich eben als Restaurantkritiker geoutet hatte, ihm zu. Unvorstellbar, dass ein Mann, der offensichtlich unter lahmgelegten Geschmacksnerven litt, sich ein öffentliches Urteil über wahre Kochkunst erlauben durfte.

Heinrich Loog schien hier sowieso der Einzige in der Runde zu sein, bei dem Zunge und Gaumen noch funktionierten. Die anderen mussten entweder völlig – ja, wie nannte man das eigentlich bei mangelnder gustikatorischer Wahrnehmung? – geschmacksverirrt sein. Oder sie hatten allesamt Mitleid mit der armen, alten Frau in der Küche. Anders konnte Heinrich es sich nicht erklären, dass sich niemand beschwert hatte über die essigsaure Grünkohlsuppe und das pfefferscharfe Sauerkraut. Er war froh, dass er auf die Idee mit den anonymen Stimmzetteln gekommen war, auf diese Weise würde sich im Endergebnis deutlich zeigen, dass zwischen Gordon Mintaker und Maria Pajak kulinarische Welten lagen. Es konnte doch niemandem hier am Tisch ernsthaft daran gelegen sein, dass das *Hotel am Leuchtturm* Speisen servierte, die zum Davonlaufen waren. Er hatte jedenfalls beide Male nur einen lausigen Gnadenpunkt an die Polin vergeben, einfach nur dafür, dass das Essen wenigstens warm gewesen war.

Die Tischrunde wartete nun auf das süße Finale und lauschte bis dahin gespannt auf die Berichte des Küstenschutzbeauftragten.

«Werden die Sandsäcke der Flut standhalten?», wollte der Bürgermeister wissen.

«Die Sandsäcke schon. Problematisch sind eher die Überhänge zu den Dünen. Sollte das Meer sich dort den Weg suchen, wären wir machtlos ...» Dr. Wagenrath war der Pessimismus deutlich anzumerken.

«Gibt es denn keine Möglichkeit, diese Schwachstellen darüber hinaus irgendwie zu schützen?», fragte Danni.

«Normalerweise baut man in einem solchen Fall Betonklötze in die Brandung, damit die Energie der heranrollenden Wassermassen gemindert wird. Aber für solche Maßnahmen fehlt uns natürlich die Zeit.»

«Ich dachte, dass wir an den Stellen die selbstgebauten Wellenbrecher platzieren», warf die liegende Kollegin ein. «Natürlich ist das alles sehr improvisiert, aber besser als nichts.»

«Wir tun unser Bestes und sammeln auch immer noch fleißig Material. Aber es ist nicht so einfach, da wirkliche Stabilität zu erlangen.»

Heinrich Loog räusperte sich. «Solche Probleme kenne ich!» Es war höchste Zeit, dass er sich in dieses Gespräch einschaltete. «Ich habe nämlich ebenfalls einen Doktortitel, allerdings in Zahnmedizin, Fachrichtung Kieferorthopädie. Doch wahrscheinlich liegen unsere Fachgebiete gar nicht so weit auseinander. Wir müssen der Natur ein wenig auf die Sprünge helfen, damit sie keinen größeren Schaden anrichtet, ist es nicht so?»

Er lachte. Allerdings als Einziger. War ja auch eigentlich gar kein Witz gewesen, sondern ein ernsthafter Vorschlag, er hatte nur vorsichtshalber gelacht, falls man ihn sonst für größenwahnsinnig hielt. Seiner Meinung nach hatte die Arbeit, die er jahrelang in zahlreichen Mündern verrichtet hatte, tatsächlich einige Ähnlichkeiten mit dem, was die Küstenschützer so trieben. Auch bei ihm waren die Übergänge immer das Schwierigste. «Ich meine ja nur, wenn wir es beispielsweise mit einer *bukkalen Nonokklusion* zu tun ...»

«Papa, bitte nerv die Leute nicht mit deinem Fachchinesisch!», mahnte Jannike.

«Okay, du hast recht, auf gut Deutsch rede ich von einem sogenannten Scherenbiss, wenn also der Unterkiefer am Oberkiefer vorbeibeißt ...»

«Es reicht wirklich, Papa. Kein Mensch interessiert sich für deine Praxisanekdoten.»

«Nun lass mich doch mal ausreden, Jannike. Du weißt doch noch gar nicht, worauf ich hinauswill.» Und dann nahm er sich extra ein bisschen mehr Zeit, der Tischgesellschaft zu erläutern, wie genau man die Brackets durch das Bebändern und Einlegen der Drahtbögen miteinander verband, um den Druck, dem die Zähne ausgesetzt waren, gleichmäßiger zu verteilen. Außerdem musste man entscheiden, an welcher Stelle genau eine stabile Verankerung angebracht werden sollte, um einen großmöglichen Effekt zu erzielen. Darüber hinaus war es auch unerlässlich, nach Erreichen eines Etappenziels den Schwerpunkt neu zu definieren, damit der langfristige Behandlungserfolg gewährleistet blieb. «Bei einer kieferorthopädischen Maßnahme handelt es sich immer um einen voranschreitenden Prozess, bei dem wir uns flexibel an die äußeren Umstände anpassen müssen. Also genau wie bei Ihnen, Dr. Wagenrath. Nur dass wir uns mit Faktoren wie Wachstum und Beschaffenheit der Knochen und Zähne herumschlagen dürfen, während ...»

«... wir mit den Gezeiten, den Strömungen, dem Wind und der Sedimentverlagerung zurechtkommen müssen», ergänzte der Wissenschaftler. Na also, da war man doch schon auf derselben Wellenlänge. Als habe Heinrich Loog es nicht längst geahnt.

«Dann helfen Sie uns doch bitte, Herr Dr. Loog», schlug die verletzte Umweltfachfrau vor. «Wenn in den frühen Morgenstunden die Flut einsetzt, brauchen wir wirklich jede Hand, sonst wird es gefährlich. Und da Sie so etwas wie ein Experte auf diesem Gebiet sind ...»

Heinrich Loog war geschmeichelt. «Sie dürfen auf mich zählen!» Er konnte sich nicht beherrschen und schenkte seiner Tochter ein vielleicht etwas zu selbstgefälliges Lächeln, auf das sie natürlich nicht reagierte. Jannike war zweifellos sauer auf ihn.

Zum Glück begann Lucyna nun damit, das Dessert zu servieren. Die junge Polin war anscheinend überfordert, was – und das musste man ihr wirklich zugutehalten – der sehr aufwendigen Kreation geschuldet war, die sie zu kredenzen hatte. Nein, damit meinte er nicht diese knubbeligen, ravioliähnlichen Dinger, die einzig mit einem Berg Sahne dekoriert worden waren. Sondern den Höhepunkt des Tages: ein flambiertes Eis! Das wollte nämlich Kugel für Kugel entfacht werden, damit war die Kellnerin lange beschäftigt. Doch man konnte die Begeisterung auf den Gesichtern der Gäste erkennen, die dem Nachtisch-Spektakel zusahen. Ein krönender Abschluss eines königlichen Menüs – wenn man die misslungene andere Hälfte außer Acht ließ.

Ja, Heinrich Loog war zufrieden mit dem Verlauf des Abends. Und nachdem das Feuer auf seinem Porzellantellerchen erloschen war, löffelte er hingebungsvoll das unter der karamellisierten Kruste halbgeschmolzene Basilikumeis und die cremige Soße, die ein wenig an Vanille erinnerte und einfach perfekt sämig war. Anschließend musste er sich der Vollständigkeit halber wieder der Alternative zuwenden. Er versuchte, den warnenden Blick seines Sitznachbarn zu ignorieren. Wie hatte der es eben ausgedrückt? Herumgestänker? Nein, wirklich, er wollte diesen Piroggen eine faire Chance geben. Angeblich war das ja Oma Marias Spezialität, also konnte man die berechtigte Hoffnung hegen, hier wenigstens einen Bissen herunterzubekommen. Er piekste mit der Gabel in die Teigtasche. Rotes Brombeermus quoll aus den Einstichstellen. Er führte das Teilchen zum Mund. Probierte. Kaute. Spukte es zurück in die Serviette. «Igitt!»

«Was haben Sie denn jetzt schon wieder zu mäkeln?», fragte Herr Schönbuch.

«Ekelhaft süß!»

«Es ist ein Nachtisch!»

«Nein, eine Zumutung!» Wirklich, das war es. Als ob man Honig und Sirup gemischt und um ein Kilo Zucker angereichert hätte. «Als Zahnarzt bin ich sowieso schon aus beruflichen Gründen gegen zu viel des Süßen, aber das hier ist ein Anschlag auf meine Gesundheit.»

Er erntete einigen Widerspruch, aber das war ihm egal. Jannike warf ihm vor, mit zweierlei Maß zu messen. Herr Schönbuch betonte wieder einmal sein angebliches Knowhow und lobte die Piroggen über den grünen Klee. Sollen die sich doch alle gegen ihn verschwören, für das Dessert würde er Oma Maria null Punkte geben, basta! «Und jetzt falten Sie bitte die Zettel zusammen und werfen sie in den dafür bereitgestellten Behälter.» Er hielt erwartungsfroh den Sektkühler hoch.

«Wer zählt denn das Ganze jetzt aus?», wollte sein Sitznachbar wissen. «Ich hoffe, nicht Sie, denn Sie scheinen mir mehr als voreingenommen zu sein.»

Was für ein blöder Besserwisser, dieser Herr Schönbuch, mit solchen Typen konnte Heinrich Loog ja nun wirklich gar nichts anfangen. «Bittschön, ich reiß mich nicht drum, Sie dürfen gern die Endabrechnung übernehmen.»

Das ließ der eingebildete Möchtegern-Gourmet sich nicht

zweimal sagen, er schnappte sich den silbernen Behälter, ging reihum und sammelte die Zettel ein. Egal, das würde an dem Ergebnis nicht das Geringste ändern. Nur noch wenige Minuten, und das *Hotel am Leuchtturm* hätte endlich den Koch, den es verdiente.

ENDERGEBNIS

Und wieder hatten Oma Marias Piroggen die Welt gerettet. Hatte sie je daran gezweifelt?

«*Na zdrowie!*» Sie hob das Glas. Es war das vierte. Nach jedem Gang einen Wodka und diesen hier, weil Jannike vorhin einen Zettel mit dem sogenannten Endergebnis gebracht hatte, zusammen mit einem verschämten Gesichtsausdruck und tausend Entschuldigungen. Oma Maria hatte sie beruhigt, egal was auf dem Zettel stehe, es sei alles in Ordnung, Jannike könne jetzt gehen, man wolle beim Öffnen lieber unter sich bleiben. Und – was sie verschwiegen hatte – erst einmal einen darauf trinken, Gordon und sie. Denn seitdem Maria Pajak den Teig für die Piroggen hauchdünn ausgerollt, ausgestanzt und mit Brombeermus gefüllt hatte, war der Engländer ihr allerbester Freund.

«Auf uns!», sagte Gordon und kippte das Glas in einem Zug. Er hatte Tränen in den Augen. «Und auf meine liebe *Matka!*»

Was niemand hatte ahnen können: Der englische Koch, der im deutschen Restaurant für die Spezialitäten des Mittelmeers zuständig war, hatte ausgerechnet eine polnische Mutter. Das hatte er Oma Maria beim Anblick der Piroggen deutlich ergriffen erzählt. Zum Glück gerade noch rechtzeitig, bevor sie ihm mit dem Nudelholz eins übergebraten hätte, weil sie schon die ganze Zeit von ihm beobachtet worden war.

«Mein Leibspeise als Kind!», hatte er in gebrochenem Polnisch gesagt. «Hab ich schon Wasser in Mund, weil auch Borschtsch und auch Kraut und Klöße!» Deswegen habe er ständig zu ihr herübergeschielt. «Darf ich probieren bitte?»

Natürlich hatte Oma Maria ihn noch ein wenig zappeln lassen. Dass ihr die Konkurrenz einfach so in die Töpfe guckte, nein, so leichtsinnig war sie natürlich nicht. Doch dann hatte Gordon die Initiative ergriffen und sie dabei zuschauen lassen, wie man pürierte Muscheln aufschlug, sodass sie so cremig und weiß waren wie reinste Sahne. Zwar schmeckte der Austernschaum mehr nach nichts als nach Meer, aber dann hatte Oma Maria dem jungen Mann den Tipp gegeben, statt Wein lieber ein klein wenig Gurkenwasser zu verwenden, auch wenn das vielleicht nicht so edel klang, aber Gurkenwasser war einfach die perfekte Mischung aus süß, sauer, salzig und Bodenständigkeit. Er hatte es ausprobiert und war begeistert gewesen. Revanchiert hatte er sich mit dem Einfall, die Fasanenbrust kurz vor dem Servieren einzuschneiden, sodass die Sauerkrautbrühe hineinfloss, sonst könne so ein Vogel auch schnell trocken und etwas streng schmecken. Es hatte prima geklappt, so würde sie es in Zukunft immer machen.

Von dem Moment an war das Kriegsbeil zwischen ihnen begraben. Gordon Mintaker war ein feiner junger Mann, der tatsächlich schon eine ganze Menge auf der Pfanne hatte und zudem neugierig war, wie eine erfahrene Maria Pajak es noch ein bisschen geschickter als er anstellte. Sie hatten also in friedlichem Miteinander die Küche geteilt, Maria hatte seine Messer benutzen dürfen und Gordon ihr Gurkenwasser. Er hatte ihren Grünkohl mit einer raffinierten Zutat aus Südamerika verfeinert und sie ihm für sein Linsengericht die Granatapfelkerne aus der Frucht gepult. Im Grunde hatte nicht jeder von ihnen drei einzelne Gänge, sondern beide gemeinsam hatten sechs Gänge zubereitet. Und kein einziges Gericht wäre so köstlich geworden, wenn einer alleine dafür verantwortlich gewesen wäre. Dass viele Köche den Brei verdarben, hatte sich bei ihnen nicht bewahrheitet. Polnische Sprichworte stimmten zwar meistens, aber nicht immer.

Sobald Lucyna gerade mal wieder alle Teller nach draußen geschleppt hatte, waren Gordon und Oma Maria dann für eine kurze Verschnaufpause zur Wodkaflasche geeilt, hatten sich an den Küchentisch gesetzt und sich einen genehmigt.

«Warum steht eigentlich überall was drauf?», wollte Gordon schließlich wissen. «Auf Tischdecke, auf Schürze, auf Schneidebrettchen oder hier ...» Er stellte die beiden Wodkagläser nebeneinander. «Kann ich Polnisch reden ein bisschen, aber nicht lesen.»

Oma Maria nutzte die Gelegenheit und schenkte noch mal ein. «Ich hatte einen Mann, Igor, er war Lagerist im Hafen von Gdańsk, hat gern gebastelt und mein Essen geliebt. Und Sprichworte. Er war ein schweigsamer Mann, eigentlich hat Igor kaum etwas anderes von sich gegeben als Weisheiten, die er mal irgendwo aufgeschnappt und für richtig befunden hatte. Aber ganz ehrlich, so einer ist mir lieber als ein Mann, der dauernd redet, aber von nichts eine Ahnung hat.» Damit meinte sie natürlich niemand anderen als Heinrich Loog, der ihnen

282

diesen albernen Küchenkrieg aufgezwungen hatte. «Mein Igor hat mir jedes Jahr zum Hochzeitstag ein Geschenk gemacht, bei dem er die Dinge, die er liebte, verbinden konnte: Basteln, Bekochtwerden und Binsenweisheiten.»

«Wie, dein Mann hat die Tischdecke bestickt?»

«Ja, natürlich, für mich hat er alles getan! Auch die Gläser graviert. Einmal hat er mir sogar Topflappen gehäkelt, ebenfalls mit einem klugen Spruch drauf.»

«Und welchem?»

«Zakazany owoc smakuje najlepiej.»

Gordon lachte herzlich. «Verbotene Früchte schmecken am besten! Dein Mann war lustig, oder?»

«Ja, das war er.» Maria hob das Glas. Jetzt hatte sie feuchte Augen. «Auf Igor!»

«Auf Igor! Und was steht hier auf den Gläsern?»

«Wer Sorgen hat, hat auch Likör.» Sie lachten beide. Doch dann bemerkten sie beide gleichzeitig wieder diesen Zettel, der da schon eine Weile zusammengefaltet vor ihnen lag und inzwischen Ränder hatte von den Gläschen, die sie darauf abstellten. «Und? Wir haben Wodka, aber haben wir beide überhaupt irgendwelche Sorgen?», fragte Maria.

«Ich nicht! Es ist egal, was da draufsteht. Wir haben gekocht zusammen. Es kann also keinen Sieger geben, weil es war Gemeinschaftsproduktion.» Gordon Mintaker nahm den Zettel mit spitzen Fingern auf. «Und ich bleibe sowieso nicht hier. Diese Insel ist viel zu kompliziert für mich, habe ich schon gemerkt am Hafen. So ein wackelige Steg, über den ich muss gehen. Dann es dauert Ewigkeit, bis meine Gepäck ist an Land. Außerdem kein Auto, mit dem ich kann fahren. Nein, nein, du musst keine Angst haben, Oma Maria! So lieb ich dich habe, ich bin bald wieder weg.»

«Aber was willst du dann tun?»

«Ich will ein eigenes Restaurant haben. Egal wo. Aber ich hatte kein Konzept bislang, deswegen habe ich mich nicht getraut, mich selbständig zu machen.»

«Und jetzt?»

Er zögerte. Hob die Flasche an, schaute fragend, ob sie noch einen vertragen könne. Sie konnte.

«Bist du mir nicht böse, wenn ich sage: Ich liebe dein Konzept, Oma Maria.»

Bislang war Maria sich gar nicht klar gewesen, dass sie ein Konzept hatte, deswegen zuckte sie nur die Achseln.

«Am liebsten ich würde es stehlen. Ich könnte polnisches Lokal nach meiner Mutter benennen und Piroggen mit allem Möglichen füllen. Steinpilze, Waldmeister, Büffelmozzarella.» Er schaute sie von unten nach oben an wie ein Hund. «Wäre das für dich okay?»

«Solang du nicht auf der Insel bleibst, ist es in Ordnung. Ich kann dir sogar ein paar Rezepte geben, wenn du willst.»

Er stand auf, ging um den Tisch herum und nahm sie ganz fest in den Arm. Das war nun doch ein bisschen übertrieben, dachte Maria. Ihre Nase steckte irgendwo in Höhe seines Bauchnabels, und sie hatte fast Angst zu ersticken. «Was machen wir denn jetzt mit diesem Zettel?», nuschelte sie in seine Kochjacke.

Er ließ sie wieder los. «Wir können wegschmeißen, wenn du willst.» Schon trat er auf das Fußpedal, das den Deckel des großen Mülleimers nach oben schwingen ließ. «Oder möchtest du wissen, wie es ausgegangen ist?»

«Ich denke, dein Menü hat gewonnen.»

«Ach Quatsch, nie im Leben. Vielleicht es war schicker anzusehen, aber vom Geschmack her …»

«Weißt du, ich hab da ein bisschen manipuliert.»

Gordon schaute sie fragend an. «Hast du etwa mein Essen versalzen? Nein, das ich traue dir nicht zu, dass du mir so etwas Schlimmes antust. Mein guter Ruf steht auf dem Spiel!»

«Es ging mir nicht darum, dich schlechtzumachen, deswegen habe ich mein eigenes Essen kurz vor dem Servieren noch etwas verändert. Allerdings nur auf einem Teller.»

«Das musst du mir erklären.»

Er setzte sich erneut hin. Und die Gläser waren auch schon wieder voll. Oma Maria war mit dem Ergebnis ihres kleinen Streiches nämlich so zufrieden, dass es ihrer Meinung nach etwas zu feiern gab. «Den letzten Wodka für heute trinke ich auf Heinrich Loog. Ich habe ihm bei jedem Gang ein ziemlich ekliges Essen untergejubelt, damit er sich ständig über mich beschwert.»

«Warum du tust so etwas? Du hast dich doch selbst damit geschadet.»

«Ich wollte, dass er sich durch sein Gemotze bei den anderen unbeliebt macht. Dass er als der eingebildete *przemądrzały typ* dasteht, der er ist. Und das hat geklappt. Lucyna hat mir eben berichtet, dass er am Ende sogar einigermaßen klaglos den völlig übersüßten Nachtisch aufgegessen hat, nur um es sich nicht mit allen zu verscherzen.» Sie nahm den letzten Schluck. Das musste reichen. Sie war ja keine zwanzig mehr, und der Alkohol zeigte schon seine Wirkung, sie war gefühlsduseliger, als gut sein konnte. Und hatte vielleicht auch schon ein bisschen zu sorglos geplaudert. «Ich hoffe, du verpetzt mich nicht bei deinem Freund Heinrich.»

Gordon verschluckte sich fast. «Mein Freund? Wie kommst du darauf?»

«Ihr kennt euch doch irgendwie über einen Kollegen.»

«Ja, ausgerechnet über Professor Dr. Steffen Eckmann. Und der ist eine schlimme Betrüger, wenn du mich fragst. Wegen dem habe ich auch kurz gezögert, die Einladung zur Insel anzunehmen. Wer mit solche Menschen Geschäfte macht, ist entweder dumm oder selber ein Gauner.»

Nun wurde Maria Pajak hellhörig. «Wie meinst du das?»

«Das ist eine lange Geschichte, Maria.»

Wortlos schenkte sie noch mal nach.

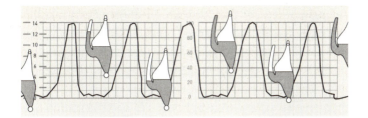

Ein Sturm ist nichts anderes als der Ausgleich zweier Wetterfronten. Die verschiedenen Luftdruckgebiete prallen aufeinander. Die starken Winde wagen sich über die Grenzen, je größer das Gefälle zwischen Hoch und Tief, desto mehr Luftmassen wechseln ins andere Lager, vermischen sich, verwirbeln miteinander. Das kann Stunden dauern oder Tage. Und manchmal, sehr selten, verbinden sich sogar zwei Tiefdruckgebiete zu einem, erheben sich zu einem Orkan, einem Hurrikan, einem Tornado und agieren mit einer solchen Potenz, dass einem unten auf der Erde angst und bange werden kann.

Die kämpferischen Winde reiten auf den Wellen der Meere, peitschen deren Kämme zu Gebirgszügen auf, kantig und schroff. Weit draußen auf See treiben sie mit den Schiffen ein gefährliches Spiel, rollen weiter in Richtung Land, um dort auf Sand oder Stein zu treffen und erst richtig zu zeigen, was in ihnen steckt. Wozu sie wirklich in der Lage sind. Um klarzustellen, dass der Mensch mit all seinen cleveren Ideen ein Nichts ist, ein Popanz.

Dass Wehen über ihr zusammenschlagen würden wie meterhohe Wellen, damit hatte Jannike nicht gerechnet. Sie hatte im Grunde genommen mit überhaupt nichts wirklich gerechnet, da sie so ziemlich jeden Gedanken an die bevorstehende

Geburt all die Monate erfolgreich verdrängt hatte. Natürlich war sie aufgeklärt worden von ihrem Gynäkologen, von Monika, von einem Berg Infobroschüren, der proportional zu ihrem Bauch gewachsen war. Sie wusste, dass es verschiedene Geburtsphasen gab, die zwischen wenigen Minuten und mehreren Stunden dauern konnten. Und sie wusste auch, dass sich diese durch regelmäßig wiederkehrende Kontraktionen ihres Bauches und ein leichtes Ziehen im Rücken ankündigen würden. Dennoch, als sie in dieser Nacht zum dritten Mal aufwachte, weil in ihrem Körper etwas anders lief als sonst, da hatte sie all diese sachlichen Berichte schlagartig vergessen und konnte sich nur noch an die Schilderungen ihrer Eltern erinnern. «Deine Geburt war ein echtes Horrorerlebnis», hatte ihr Vater immer mal wieder erwähnt, in den unmöglichsten Situationen, zum Beispiel bei der Tischrede zu ihrer Erstkommunion. Und als ob das Schicksal hier schadenfroh ein Worst-Case-Szenario entwerfen wollte, schien die Geburt ihrer Kinder auch kein Spaziergang zu werden. Denn wenn Jannike die Zeichen richtig deutete, hatten die Zwillinge beschlossen, ausgerechnet in dieser Sturmnacht auf einer von der ganzen Welt abgeschotteten Insel zur Welt zu kommen.

Da, jetzt ging es schon wieder los. Als ob sich ein eiserner Gürtel um ihren Leib legte, kein richtiger Schmerz, aber bereits eine Ahnung davon. Sie blickte zum Radiowecker. Kurz nach zwei. Eben hatte die Flut eingesetzt. Auch das passte. «Bei auflaufendem Wasser geht es los!», lautete der Spruch, den Jannike von den Insulanern schon mehrfach gehört hatte. Dann war es jetzt wohl so weit.

Sie schob ihre Hand auf die andere Bettseite, in Erwartung, nach ein paar Zentimetern auf Mattheusz zu treffen. Sie wollte ihn vorsichtig wachrütteln und ihm möglichst schonend beibringen, dass ihre Tagesplanung heute eine dramatische Wendung nehmen würde. Doch ihre Finger suchten vergeblich, da lag kein wohlig warmer, schlafender Mann neben ihr.

Mühsam setzte Jannike sich auf. «Mattheusz?» Keine Antwort.

Dafür tobte draußen der Wind ums Hotel, noch aggressiver als vor einer Woche. Dies hier schien der große, unter ADHS leidende Bruder von Sturmtief Linda zu sein.

Jannike knipste die Nachttischlampe an. Tatsächlich, das Bett neben ihr war leer. Statt Mattheuszs vertraut-zerknautschter Lockenmähne lag nur ein kleiner Zettel auf dem Kopfkissen.

```
Gehe zum Strand. Muss dabei sein, das
verstehst du sicher. Mach dir keine
Sorgen. Wenn was ist, ruf mich auf dem
Handy an, ich hab es immer bei mir.
Mattheusz
```

Ach, vielleicht war das ja sogar ganz gut, versuchte Jannike sich zu beruhigen. Es würde bestimmt noch eine Weile dauern, bis es richtig losging, warum sollte sie Mattheusz jetzt schon mit einbeziehen? Er würde sich nur verrückt machen, und dort draußen an der Hellen Düne brauchte man ihn momentan sicher dringender.

Sie schaltete das Licht wieder aus, zog sich die Decke bis unters Kinn, schloss die Augen und versuchte zu schlafen. Das war das Schöne an den Wellen: Sie kamen und gingen. Wahrscheinlich hatte sie sich das Ganze sowieso nur eingebildet.

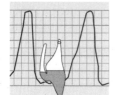

«Bitte, nimm mich mit», flehte Deike und griff nach den beiden Krücken, die der Inselarzt ihr nur für den allernötigsten Notfall ausgeliehen hatte und die neben dem Bett standen.

Dem Bett, in dem sie tatsächlich eine gemeinsame Nacht verbracht hatten! Natürlich bekleidet und weit voneinander abgerückt, wie es sich gehörte. Außerdem waren sie beide ziemlich schnell eingeschlafen vor Erschöpfung. Dennoch war es intimer als alles gewesen, was Deike und Christoph bislang miteinander erlebt hatten. Er hatte ihr nach dem Festessen die Treppe hinauf- und beim Ausziehen der Pluderhosen geholfen, danach einen nassen Lappen aus dem Badezimmer gebracht, damit sie wenigstens Katzenwäsche machen konnte. Und als Deike nachts dringend auf die Toilette musste, hatte er sie auf dem Weg dorthin gestützt. Auf einmal fand er die erzwungene Intimität nicht mehr so schlimm. Sogar die Milchglasscheibe in der Badezimmertür machte ihm nichts aus.

«Es tut fast nicht mehr weh!» Zum Beweis schlug sie die Bettdecke beiseite und zeigte ihm ihr bandagiertes Bein, als ob er einen Röntgenblick hätte und schlimmere Verletzungen ausschließen könnte.

«Draußen ist es nass und kalt. Wenn du da die ganze Zeit herumsitzt, wirst du dir eine böse Lungenentzündung holen.»

Sie fischte sich den Fleecepullover vom Fußende des Bettes und zog ihn entschlossen über. «Ich hab ein Super-Immunsystem, Christoph. Bitte!»

«Wie stellst du dir das vor?» Er stieg gerade in die Regenklamotten, die noch immer klamm waren, obwohl er sie gestern über die Heizung gehängt hatte. «Soll ich dich etwa huckepack nehmen?»

«Mit der Gepäckkarre könnten wir es versuchen. Das hat doch am Hafen auch prima geklappt.»

«Vergiss es!» Er schlüpfte in die Trekkingschuhe, die zum Glück inzwischen trocken waren, weil er sie mit Zeitungspapier ausgestopft hatte. «Das kostet viel zu viel Zeit, Deike. Wir haben es jetzt zehn nach zwei. Noch drei Stunden bis zur kritischen Phase. Wenn wir bis dahin nicht die Übergänge zu den Dünen gesichert haben, wird es gefährlich.» Als ob es das nicht ohnehin schon wäre.

«Wir sollten wirklich die Wellenbrecher …», hob sie an.

«Machen wir. Versprochen!» Jetzt war er wetterfest verpackt. Deike guckte ziemlich enttäuscht, das konnte selbst ein emotionaler Legastheniker wie er an ihrem Gesicht ablesen. Wären sie ein Paar, würde er sie jetzt noch einmal in den Arm nehmen und etwas Gefühlvolles sagen. Etwas in der Art wie: «Solange du auf dieser Insel bist, werde ich alles tun, um sie vor dem Untergang zu retten.» Aber sie waren ja nur Kollegen, deshalb beließ er es bei einem vorsichtigen Klopfen auf die Schulter.

«Und dieser Heinrich Loog …»

«Was ist mit ihm?»

«Christoph, ich weiß, er ist nervig, aber was er beim Abendessen über die Stabilisierung von Teenie-Gebissen erzählt hat, klang wirklich spannend. Ich bin mir sicher, der Mann könnte dir eine Hilfe sein. Wenn du mich schon nicht dabeihaben willst …»

«Gut, ich werde an seine Tür klopfen und fragen, ob sein Angebot noch steht.»

Deike nickte und wirkte ein kleines bisschen zufriedener als gerade eben noch. «Und Christoph?» Sie winkte ihn zu sich heran. «Noch näher.» Das war jetzt aber schon ganz dicht dran, fand er, doch sie zog ihn entschieden zu sich herunter. «Vergiss nicht, du hast es mit einer Invalidin zu tun.» Plötzlich spürte er ihre Lippen auf den seinen. Eventuell war das ein Kuss. Ganz sicher war er nicht, dafür war er leider zu schnell zurückgewichen.

«Ich geh dann mal!»

«Ich wünsche euch allen viel Glück!»

Er hatte Deike lieber nicht mehr angeschaut, aber ihre Stimme hatte nach einem Lächeln geklungen. Leise schloss er die Zimmertür, schlich den Hotelflur entlang bis zur Treppe. Seine Vorsicht war unnötig, denn erstens war das Unwetter da draußen so laut, dass er auch wie eine Elefantenherde hätte stampfen können. Und zweitens standen unten im Erdgeschoss sämtliche Bewohner dieses Hauses abmarschbereit versammelt: das Ehepaar Schönbuch, die rundliche Hausdame, die schlanke Servierkraft, der Bürgermeister mit seinem Mann, Okko Wittkamp mit seiner Frau, der Gatte der Hotelbesitzerin und – allen voran, als habe er zwischenzeitlich einen hochoffiziellen Auftrag erhalten – der Kieferorthopäde.

«Dann lasst uns losziehen und die Insel retten!», sagte Christoph. Das klang natürlich sehr pathetisch. Aber nach diesem Kuss dort oben in der *Bürgermeistersuite* war ihm einfach danach zumute gewesen.

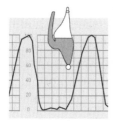

Die roten Ziffern sprangen auf drei Uhr. Und die Wellen rollten immer regelmäßiger über Jannike hinweg. Alle sieben bis acht Minuten, sie hatte die Zeit mit dem Handy gestoppt, was ihr irgendwie komisch vorgekommen war, so wie damals, als sie in der Badewanne Tauchen geübt hatte, mit

292

der Stoppuhr auf der Seifenablage. Wenn sie vorhin an einen Eisenring gedacht hatte, der sie einschnürte und ihr den Atem nahm, so war es jetzt ein ganzes Eisenkorsett, das sich Mal um Mal fester zog und Jannike für einige Momente bewegungsunfähig machte. Und weh tat es inzwischen auch. Nicht richtig schlimm, sie musste weder hysterisch schreien noch in die Kante ihres Bettgestells beißen. Aber wenn das hier ein Zahnarztbesuch wäre, hätte sie schon mal vorsorglich um eine örtliche Betäubung gebeten.

Sollte sie Mattheusz anrufen? Er hatte immer betont, er wolle das unbedingt mit ihr gemeinsam durchstehen, und zwar vom Anfang bis zum Ende. Wenn sie noch länger wartete, war der Anfang vielleicht schon vorbei. Ah, die nächste Wehe kam, nun schon nach sechseinhalb Minuten. Sie zählte bis zwanzig, einundzwanzig, zweiundzwanzig. Dann ließ der Schmerz wieder nach. Doch, es wäre entschieden angenehmer, jetzt jemanden an ihrer Seite zu wissen, also wählte sie Mattheuszs Nummer. Es dauerte eine Weile, bis ein kurzes Piepen ertönte, schneller und heller als ein normales Freizeichen. *Der Teilnehmer ist zurzeit nicht zu erreichen.*

Bitte nicht, dachte Jannike und probierte es gleich noch mal. *Der Teilnehmer ist zur Zeit nicht …* Sie legte auf und atmete tief durch, um gegen die aufkommende Panik anzukämpfen. *Sei nicht albern, Jannike, er steckt wahrscheinlich gerade in einem Funkloch, das ist hier auf der Insel keine Seltenheit.* Und Mattheusz war ja zum Glück nicht der einzige Mensch, dessen Telefonnummer sie für den Notfall gespeichert hatte. Sie scrollte nach Monika Galinski, na also, nur noch die nächste Wehe abwarten … dreiundzwanzig, vierundzwanzig, fünfundzwanzig, sechsundzwanzig … dann auf den grünen Hörer drücken und warten.

Der Teilnehmer ist zurzeit nicht zu erreichen, der Teilnehmer …

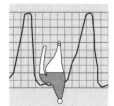
Monika Galinski spürte die Seele des Meeres, sie war tief und dunkel. Aber vor allem war sie die reinste Gegenwart. Gerd und sie waren nämlich hier am Strand, gemeinsam mit vielen anderen Menschen, und hatten weder Zeit zum Denken noch zum Einschwingen irgendwelcher *Chakren*. Denn dann wären sie schlichtweg abgesoffen.

Das hier war die wahre Meditation, erkannte sie: sich im nicht enden wollenden Takt die Sandsäcke zuwerfen. Außerdem war es anstrengend und ging auf den Rücken. Aber dennoch würde es eine wertvolle Erfahrung sein, das spürte Monika schon jetzt.

Sie hatte sich die Gummistiefel oben zugeschnürt, damit es nicht reinregnete, doch inzwischen standen sie so tief im Wasser, dass es bald über den Rand schwappen und ins Innere laufen würde. Egal, sie durften nicht für eine Sekunde aufhören, sonst käme die ganze Menschenkette durcheinander. Sie musste ihre geballte Konzentration darauf verwenden, die Sandsäcke von Gerd zu fangen und sie Hanne Hahn zuzuwerfen. Da blieb noch nicht einmal Zeit für irgendwelche Animositäten. Und hopp und hopp und ...

Wenn dann doch einmal eine kurze Pause zustande kam, weil jemand etwas fallen ließ oder die Sandsäcke ausgegangen waren, nutzte Monika die Gelegenheit, auf ihr Handy zu schauen. Denn irgendwie hatte sie kein gutes Gefühl. Obwohl es bei Jannike keine akuten Anzeichen für eine bevorstehende Geburt gegeben hatte, konnten solche Unwetter weit mehr ausrichten, als in den gängigen Lehrbüchern stand. Zudem war jetzt gerade Vollmond, dazu noch Flut und eine günstige astrologische Konstellation. Doch Monika konnte keine eingegangenen Anrufe feststellen, und auch der gute Mattheusz hatte für seine Verhältnisse gelassen reagiert, als sie ihn eben darauf angesprochen hatte. «Vorhin hat Jannike jedenfalls tief und fest geschlafen. Und wenn wirklich etwas wäre, hätte sie sich bestimmt schon bei mir gemeldet, oder nicht?» Also schien wirklich alles in Ordnung zu sein, und Monikas Vorahnungen waren vielleicht ein bisschen albern.

… und hopp und hopp …

Hanne Hahn war heute außergewöhnlich still. So hatte man die Tratschtante wahrscheinlich noch nie erlebt. Seit Gerd und Monika sie bei der gefährlichen Schatzsuche erwischt hatten, war sie regelrecht schweigsam. Wahrscheinlich weil sie gemerkt hatte, dass ihre Erklärungen nicht so recht überzeugen konnten. «Ich … bin nur hier, um die Insel zu retten», hatte sie frech behauptet. *Für wie blöd hältst du uns eigentlich, Hanne Hahn?* Und die Seiten habe sie damals als Teenager aus dem Logbuch gerissen, weil Gerd sie immer so aufgezogen hatte wegen des Fluchs und ihrer Angst davor. *Ja, klar, wer's glaubt, wird selig!* An den Schatz habe sie sich erst jetzt wieder erinnert, das müsse man ihr einfach glauben. *Tu ich aber nicht!* «Wenn ich die Diamanten finde, könnten wir damit die gesamte Rettungsaktion finanzieren. Das wäre doch toll, habe ich mir überlegt.» Und mehrfach hatte sie betont: «Nein, für mich habe ich die Edelsteine nicht gebraucht, wirklich nicht!» Irgendwann hatten Gerd und Monika sich damit zufriedengegeben. Hauptsache, diese Frau hörte auf, den instabilen Dünen noch mehr Schaden zuzufügen. Die Diamanten würde man ohnehin nie finden. Hanne Hahn nicht und auch sonst kein Mensch. Doch das behielt Monika weiterhin für sich. Irgendwann würde der richtige Moment kommen, die Wahrheit über den Steuermann Wittkamp zu erzählen. Jetzt war etwas anderes wichtiger.

Dass der wahre, der wertvollste Schatz im Leben ohnehin ganz woanders zu finden war, hatte Monika ja auch erst in dieser Nacht begriffen, als sie gemeinsam mit ihrem Mann in die Dunkelheit geradelt war. Da hatte sie nämlich – vielleicht auch aufgrund eines kleinen Schwipses, verursacht durch den *Château Noblesse* – entdeckt, dass Gerd das mit Abstand Wertvollste in ihrem Leben war. Ja, genau, dieser etwas zu dicke, etwas zu rotgesichtige, etwas zu aufbrausende Kerl, der bestimmt keinen Orden für einen tadellosen Charakter verdient hatte.

Aber sie selbst war womöglich auch nicht so viel besser, musste sie zugeben. Schließlich hatte sie Gerd damals mit einem windigen Masseur betrogen, sich von ihm scheiden lassen und ihn darüber hinaus noch viele Jahre lang gedemütigt mit manchmal vielleicht doch etwas überzogenen Forderungen. Keine Glanzleistung, wirklich nicht. Monika hatte die ganze Welt gesehen, während Gerd immer auf dieser kleinen Insel geblieben war und für sie gesorgt hatte. Trotzdem war sie von ihm nach ihrer Rückkehr mit offenen Armen empfangen worden. Gerd hatte ihr sein Zuhause wieder zur Verfügung gestellt, ihr verziehen. Und Monika damit gezeigt, dass auch sie ihm verzeihen durfte. Ja, es herrschte Gleichstand zwischen ihnen. Alle Schwingungen im Einklang, auch bei Windstärke zwölf. Welch ein überwältigendes Gefühl. Fast so schön wie das Gefühl, das sie in seinen Armen empfunden hatte. Nach ihrer Rückkehr von der Hellen Düne. Bei ihrer ersten gemeinsamen Nacht, mit Sand zwischen den Zehen und Rotwein im Schädel.

… und hopp und hopp und …

Jetzt war es so weit, das Meerwasser reichte ihr bis knapp unter die Knie, lief in die Stiefel, durchnässte ihre Socken, machte die Beine schwer wie Blei und kalt wie Eis. Keine Situation also, in der man normalerweise romantische Gefühle entwickelte. Es fehlten Kerzen, Musik, Räucherstäbchen und sonstiger Budenzauber. Trotzdem hatte Monika sich noch nie im Leben so angenommen, so aufgefangen, so eins mit dem Menschen an ihrer Seite gefühlt.

«Sag mal, Gerd», rief sie gegen den Wind.

«Was ist, mien Tüti?»

«Warum hast du eigentlich oben in der Truhe nach dem Stammbuch gesucht?»

«Ich? Ähm ...»

Die nächste Welle sprang ihr bis an die Hüfte und durchnässte die Hose komplett.

«Hast du vielleicht nach unseren Geburtsurkunden gesucht?»

Gerd sagte nichts, sondern warf ihr den nächsten Sandsack zu. Die Blasen an Monikas Handinnenflächen drohten bei jedem Paket, das sie fing, aufzuplatzen.

«Denkst du daran, mich noch mal heiraten zu wollen?»

... und hopp und hopp und ...

«Weil, falls du darüber nachdenken solltest, Gerd Bischoff, dann kannst du mich auch einfach fragen. Ich würde nämlich ja sagen.»

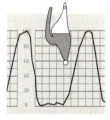

Monika Galinski: ... *ist zurzeit nicht zu erreichen, der Teilnehmer* ... Mattheusz: ... *ist zurzeit nicht zu erreichen, der Teilnehmer* ... Danni: ... *ist zurzeit nicht zu erreichen, der Teilnehmer* ... Papa: ... *ist zurzeit nicht zu erreichen, der Teilnehmer* ...

Niemand war niemals zu erreichen, langsam hatte Jannike es kapiert. Der Sturm musste mal wieder etwas Wichtiges kaputt gemacht haben. Irgendeinen Funkmast oder Satelliten oder vielleicht auch das ganze blöde Netz, mit dem man sich heutzutage auf so wunderbar sichere Art verbunden fühlte. Alles unbrauchbar. Ausgerechnet jetzt.

Seit einer halben Stunde waren die Wehen so regelmäßig, dass Jannike schon nicht mehr auf die Uhr schauen musste. Sie wusste es auch so, denn diese Urgewalt, von der ihr Körper ergriffen wurde, hielt immer genau so lange an, bis sie schon dachte: *Jetzt geht's nicht mehr, jetzt halte ich das keine Sekunde länger aus, Hilfe!* Dann stellte sich der Schmerz für eine wohltuende Weile ab, die sie bislang dazu genutzt hatte, der halben Welt hinterherzutelefonieren. Vergeblich, es war niemand zu erreichen, und sie hatte wirklich jede Nummer aus ihrem Telefonbuch ausprobiert, sogar die ganz alten, die sie schon längst hatte löschen wollen. Doch selbst fast vergessene Pappnasen wie Steffen Eckmann aus Bergisch Gladbach waren … *zurzeit nicht zu erreichen.*

Also nahm sie all ihre Kraft zusammen, um in der nächsten Wehenpause um Hilfe zu rufen. Nach Leibeskräften – und dieser Ausdruck hatte heute eine völlig neue Bedeutung bekommen. «Hallo! Ist jemand da? Ich bin es, Jannike! Ich brauche Hilfe!» Das kostete wahnsinnig viel Energie, und zudem fehlte ihr die nötige Luft, um wirklich laut zu brüllen, denn was sie bislang harmlos Bauch genannt hatte, lag wie ein Zementklotz auf ihrem Zwerchfell. Wenig verwunderlich, dass eine Antwort ausblieb.

Die waren sowieso alle unten am Strand. Oder fast alle. Deike Knopfling würde mit ihrem Bein kaum aus dem Bett kommen, doch die *Bürgermeistersuite* lag ein Stockwerk höher und zudem am anderen Ende des Flurs. Auch Oma Maria war bestimmt nicht mitgegangen. Sie war nach dem fulminanten Essen ein bisschen durch den Wind gewesen, was anscheinend an ein paar Wodka zu viel gelegen hatte, träumte jetzt in ihrer Kammer unter dem Dach womöglich von Piroggen und würde Jannikes klägliches Wimmern überhören.

Oh nein, es ging schon wieder los. Zog als allumfassender Schmerz die Wirbelsäule hinab, als spiele jemand mit einer Spitzhacke auf jeder einzelnen Bandscheibe Xylophon. Jannike konnte nicht mehr länger liegenbleiben, trotz der Kontraktionen musste sie sich wie unter Zwang aus dem Bett erheben. Ihre Beine erschienen ihr unter dem riesigen Bauch plötzlich ganz fremd und viel zu dürr, wie zwei Zahnstocher in einem Kastanienmännchen sahen die aus. Als der höchste Kamm der peinigenden Welle abflaute, schob sie sich über den Matratzenrand, stützte sich auf dem Nachttischchen ab, zog sich mühsam nach oben und lief ein paar taumelnde Schritte. So wurde der Kopf wenigstens klarer, und wenn sie mutig voranschritt, würde sie es bis zur Wohnungstür schaffen. Doch obwohl sie all ihr zur Verfügung stehende Kraft aufwendete, hätte eine Schildkröte sie locker überholt. Zwei Wehen und etliche Schweißperlen später hatte sie es dennoch geschafft. Sie drückte die Klinke, öffnete die Tür, schob sich in den Flur Richtung Treppe.

«Hallo? Deike? Kannst du mich hören?» Warum musste der Wind so verdammt laut sein, das war ungerecht, dem hatte sie einfach nichts entgegenzusetzen. «Oma Maria? Bist du da?»

Die nächste Wehe. Jannike hielt sich am Türrahmen fest. Ihr fielen die guten Tipps von Monika wieder ein: «Das Wichtigste ist das Atmen. Solange du dich und deine Kinder mit genügend Sauerstoff versorgst, wirst du bei Kräften bleiben.» Je stärker der Schmerz, desto mehr Luft sog sie zischend ein und schnaubte wie eine alte Dampflokomotive, die einen Berg hinauffahren wollte, der eigentlich viel zu steil für sie war. Ganz deutlich spürte Jannike, dass die Kinder sich die Schwerkraft zunutze machten, um herauszukommen. Alles in ihr schien sich Richtung Boden zu ziehen, doch sie blieb auf den Beinen und atmete stur, bis es wieder vorbei war.

Sie musste schneller sein, hier mal vorankommen. Vorsichtshalber setzte sie sich hin und nahm jede Stufe einzeln, indem sie sich am Geländer nach oben zog und, wenn es gar nicht mehr ging, erschöpft im Sitzen verharrte. Warum hatte sie nicht auf Mattheusz gehört? Dann läge sie jetzt in einem Krankenhaus, würde von vorne bis hinten versorgt und über irgendwelche technischen Geräte angefunkt werden, wie es den Kindern ging. Stattdessen saß sie im Nachthemd auf der Treppe und fühlte sich mutterseelenallein. «Hört mich denn niemand?», rief sie leise und mit Tränen in den Augen, als sie endlich oben angekommen war.

Und dann, welch ein Glück, schlurften, begleitet von einem Klackern, langsame Schritte über den Flur, und nach einer halben Ewigkeit stand Deike Knopfling neben ihr, auf zwei Krücken gestützt. «Hab ich doch richtig gehört! Was ist los?»

Jannike wollte antworten, doch es ging nicht, sie musste atmen, atmen, atmen. Da sich aber im selben Moment ein warmes, nasses Rinnsal neben ihrem Sitzplatz auf der Treppe ausbreitete, war eh schon alles gesagt.

«Oh Mann, die Babys kommen.»

Jannike nickte.

«Warum rufst du nicht den Arzt?»

Jannike machte mit der rechten Hand das Telefonzeichen und deutete mit der linken an, dass da nichts, aber auch gar nichts ging.

«Ach du Scheiße», entfuhr es der sonst so optimistischen Deike Knopfling. «Ich kann ja wirklich viel, aber eine Geburt?

Muss man da nicht als Erstes heißes Wasser und saubere Tücher holen?»

Jannike schüttelte den Kopf, atmete endlich wieder aus, die Wehe war vorüber. Zum Glück, es war die bislang mit Abstand schmerzhafteste gewesen. Irgendwo hatte sie mal gelesen, dass es den Geburtsvorgang beschleunigte, wenn erst die Fruchtblase geplatzt war. «Hol Oma Maria!» Jannike zeigte nach oben. «Und danach musst du irgendwie meinen Mann finden. Meinst du, das kriegst du hin?»

«Ja, klar, das Bein tut nicht mehr so schrecklich weh. Und ich bin sowieso die ganze Zeit wach, weil ich ständig an die Leute da draußen an der Hellen Düne denken muss.» Deike humpelte zur Treppe, die zum Spitzdach führte, griff links und rechts nach dem Geländer und hievte sich empor. Wenig später tauchte endlich Oma Maria auf, im schlohweißen Nachthemd und mit wirrem Haar, als sei sie eben noch draußen im Sturm spazieren gewesen.

«Stell dir vor, du wirst gerade Uroma. Und ich habe keine Ahnung, was ich tun soll.»

«Ach!», sagte Oma Maria und krempelte die Ärmel hoch, als habe Jannike lediglich gefragt, was es am Abend zu essen geben wird. «Habe ich drei Kinder. Also kein Problem.»

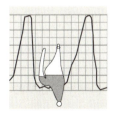

Vielleicht war der Unterschied zwischen der Nordsee, die immerhin Teil des Atlantischen Ozeans war, und einem Teenagergebiss doch größer, als Heinrich Loog es hatte wahrhaben wollen. Die Wucht der Natur beeindruckte ihn jedenfalls. Es kam nicht oft vor, dass er sich klein und mickrig fühlte, doch jetzt gerade hatte er Angst, von einer Ladung

Salzwasser erfasst und in die dunkle Nacht davongespült zu werden.

«Wir müssen durchhalten!», brüllte Christoph Wagenrath. «Noch neunzig Minuten bis zum höchsten Wasserstand.» Der Küstenschutzexperte stand etwas weiter oben und hielt gemeinsam mit dem Bürgermeister und Okko Wittkamp drei große Metalltonnen fest, die mit Sand gefüllt und dann so schnell wie möglich ein ganzes Stück weit in den Dünen vergraben werden mussten. Nach Heinrich Loogs kieferorthopädischem Prinzip waren das quasi die Backenzähne, also die Anker, an denen eine wichtige Konstruktion ihren Halt finden würde.

«Weiter links», rief er der Journalistin und ihrem Mann zu. Die beiden hatten längst aufgehört zu fotografieren. Wahrscheinlich war ihre gesamte Ausrüstung Opfer des Sturms geworden. Das hier war viel dramatischer, als man es sich im Vorfeld hätte ausmalen können. Es ging um alles oder nichts, da waren schicke Fotos noch weniger als eine Nebensache.

«Los, ihr müsst ganz dicht an das vordere Teil ran!»

Damit meinte Heinrich Loog ein Gestell aus zeltförmig miteinander verschraubten Holzplanken, das als Wellenbrecher dienen sollte, jedoch von der Strömung wie Spielzeug hin und her geschleudert wurde. Das Prinzip war ja eigentlich logisch, doch wenn ein Gerät nicht sicher stehen blieb und den Wogen trotzte, war es nichts wert. Genau wie – da musste man doch wieder einen Vergleich wagen dürfen – eine saubere Reihe Brackets, die zwar bombensicher auf den Zähnen klebten, jedoch nicht durch Draht miteinander verbunden und somit nutzlos waren. Deshalb war ihm ja auch die Idee mit den Schiffstauen gekommen.

«Okay, ich hab ihn!», brüllte Frau Schönbuch nun zurück.

Das schwere nasse Etwas festzuhalten war fast ein Ding der Unmöglichkeit, es wippte hin und her, als wäre es ein wildes Tier, das es zu zähmen galt. «Wer kann mir helfen?»

Danni ruderte auf die Journalistin zu. Wirklich, man konnte es so nennen, denn er stand bis zur Hüfte im Wasser und konnte sich gegen die Strömung nur vorwärtsbewegen, indem er beide Arme zu Hilfe nahm. «Heinrich, gib mir das Tau!», rief Danni und streckte die Hand aus.

Zuerst wand er die orangeroten Plastikfasern noch einmal um die hervorstehenden Schrauben, die das Gestell an allen Ecken zusammenhielten, dann warf Heinrich das andere Ende des dicken Seils in Dannis Richtung. «Achtung, fang auf!»

Es konnte gelingen, hoffte Heinrich. Wenn sie alle die nächste Stunde durchhielten, hatten sie eine reelle Chance, die Wucht des Meeres abzulenken durch das aus Strandgut notdürftig zusammengezimmerte Gebilde, welches durch filzige Seile, Fischernetzreste und Ankerketten verflochten war. Ein Teil allein wäre im Nu zertrümmert worden oder davongeschwemmt. Doch es gab diesen Trick, die Taue so um das Holz zu schlingen, dass sich die Knoten bei jeder Welle nur noch enger zogen und die Gesamtkonstruktion umso stabiler werden ließ. Die Nordsee kam nicht mehr an ihnen vorbei. Sie musste ihre zerstörerische Kraft schon hier verschwenden und war, wenn sie schließlich bis zum Wall und den restlichen Dünen vordrang, deutlich harmloser geworden. Um sechs Uhr war Hochwasser, wenn die Sandsäcke dann noch immer einigermaßen aufeinanderlagen, hatten sie es geschafft. Seit halb drei waren sie dabei, die Insel zu retten. Rein rechnerisch bedeutete dies, dass sie die Hälfte der Zeit schon hinter sich hatten. Doch wenn man sich die immer drastischer werdenden Zustände ansah, war klar, das schwierigste Stück Arbeit stand ihnen noch bevor. Wegen der Dunkelheit konnte Heinrich nicht genau erkennen, wie viele Menschen drüben beschäftigt waren, weitere Säcke zu platzieren oder davongeschwemmte zurückzuholen. Sicher mehr als hundert. Und keiner jammerte über die unbarmherzige Kälte. Nie hätte Heinrich gedacht, dass sich so viele Helden auf einem so kleinen Fleckchen Erde versammeln konnten.

«Hey, Heinrich, hier ist ein neues Netz!», rief Mattheusz, der unermüdlich Befestigungsmaterial zusammensuchte. «Soll ich es dir bringen?»

«Nein, das ist zu gefährlich.» Zwischen ihnen lagen sicher fünf Meter, durch die das Wasser floss, als wollten sämtliche Weltmeere sich genau an dieser Stelle ergießen. Er winkte Mattheusz zu. «Ich fange es auf!» Der hatte am Ende des Seils ein Holzscheit befestigt, damit es sich besser werfen ließ. Ein kluger Junge eben.

Mattheusz holte aus, der Brocken flog durch die Luft, wurde vom Sturm weiter nach links geweht, Heinrich beugte sich hinüber, und seine Fingerspitzen fühlten das Holz bereits, doch im selben Moment brach unter ihm der Sand weg, er rutschte tiefer und wurde vom kalten Nass verschluckt. Es dauerte wertvolle Sekunden, bis er verstand, dass er untergegangen war, keinen Boden mehr fand, mitgerissen wurde von der höllischen Strömung. Das Salzwasser floss ihm in die Nasenlöcher, in die Ohren, in den Mund, und seine Augen brannten scheußlich. Aber das Schlimmste war die starre Angst, die ihn lähmte, obwohl er doch wusste, dass er jetzt eigentlich schwimmen musste, strampeln und treten.

Die Luft, die sich in seinem Anorak verfangen hatte, hob ihn glücklicherweise wieder an die Oberfläche, doch er erkannte sofort, dass er mehrere Meter abgetrieben war. Nur noch zwei oder drei Wellen, und er würde mit voller Wucht gegen die Holzgestelle geschleudert werden. Die splittrigen Balken ragten ihm entgegen wie Waffen. *Ich werde aufgespießt*, dachte er, und plötzlich waren da ganz andere Bilder, die ihm die Furcht direkt ins Hirn projizierte: seine geliebte Marlies in den Wehen, mit flehendem Blick, da hatte er sich ebenso hilflos gefühlt wie jetzt gerade; oder als er seine fast erwachsene Tochter Jannike hatte trösten müssen, weil ihre Mutter nicht mehr aus dem Krankenhaus zurückgekommen war. Er sah auch sein blödes Auto, auf das es jetzt wirklich nicht ankam, sah die pinkfarbenen Möbel im Wartezimmer, Corinna an der Rezeption und Steffen Eckmann im Praxisflur, sie schauten ihn an und unternahmen nichts, um ihn zu retten. Er tauchte unter, schluckte Wasser, konnte sich irgendwo weit unten vom Boden abstoßen, trieb hoch, bekam Gott sei Dank wieder Luft. Irgendjemand schrie.

Das kann doch nicht sein, dass ich jetzt hier elend sterbe, dachte er, *ohne meine Enkelkinder je gesehen zu haben. Das ist doch ein schlechter Witz, so kann es mit einem Heinrich Loog wirklich nicht zu Ende gehen.*

Jemand packte ihn fest am Arm, Finger krallten sich in seine Jacke und stoppten die verhängnisvolle Route Richtung Wellenbrecher. «Halt dich an mir fest», sagte dieser Jemand. «Keine Angst, zusammen kommen wir an Land!»

Heinrich schloss die Augen, als würde es ihm etwas bringen, wenn er der Chancenlosigkeit nicht entgegenblickte. Sein Retter zog ihn tapfer gegen die Strömung. «Super, wir schaffen das!» Die lähmende Furcht ließ nach, er brachte so etwas Ähnliches wie Schwimmbewegungen zustande. «Ja, gut, Heinrich, wenn du mithilfst, geht es leichter!» Das motivierte ihn, auch die Arme zu benutzen. Mit aller Kraft schob er sich durch das

Wasser. Und dann war da plötzlich wieder etwas unter seinen Füßen. Er musste einen Stiefel verloren haben, denn er spürte ganz genau den Sand und etwas, das die Schale einer Muschel hätte sein können, die ihm leicht in die Sohle schnitt. Sie waren gerettet. Zumindest fürs Erste.

«Das war knapp», sagte Mattheusz und half ihm dabei, sich aufzurichten. «Aber wir beide können ja auch schlecht einfach so ertrinken, oder? Schließlich werden wir noch gebraucht.»

Heinrich war zum Heulen zumute, und am liebsten hätte er sich seinem Schwiegersohn schluchzend an den Hals geworfen, aber er riss sich am Riemen und beließ es bei einem schlichten «Danke». Dann ordnete er seine verrutschten Kleider.

Einige Leute eilten herbei, wollten Heinrich auf seinem Weg zu den sicheren Dünen unterstützen, doch er lehnte ab. «Bleibt hier! Ihr müsst durchhalten! Denkt an die Seile und Taue, zieht die Schlaufe genau so zu, wie ich es euch gezeigt habe, dann bricht nichts auseinander.»

«Aber wir beide gehen jetzt besser zum Hotel», schlug Mattheusz vor.

«Und zwar dringend!», bestätigte eine Frauenstimme. Es war Deike Knopfling, die Umweltfrau mit den Zirkushosen, die auf Krücken gestützt durch den Sand gehumpelt kam. «Da ist nämlich auch ganz schön was los.»

«Wieso?», fragte Heinrich, obwohl er eine Vorahnung hatte.

«Die Kinder kommen.»

«Oh mein Gott», brachte Mattheusz hervor.

«Keine Angst. Oma Maria hat alles im Griff. Die beiden haben die *Bürgermeistersuite* spontan in einen Kreißsaal umgewandelt.»

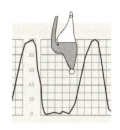
Dass die High-Tech-Badewanne mit ihren tausend Sprudeldüsen und dem Massagegeblubber auf diese Weise eingeweiht werden würde, hätte sich auch niemand träumen lassen. Doch Deike hatte als letzte Amtshandlung, bevor sie sich in die Sturmnacht hinausgewagt hatte, um Mattheusz und den Inselarzt zu suchen, Wasser einlaufen lassen. «Das soll bei der Geburt total guttun, hat mir eine Freundin erzählt.»

Und nun lag Jannike in der Wanne und musste zugeben, es war eine Wohltat. Zwar machten sich die Wehen noch immer über sie her, aber die Schwerelosigkeit im Wasser und die allumfassende Wärme linderten den Schmerz deutlich und wirkten unter den gegebenen Umständen fast erholsam.

Oma Maria schien die Ruhe selbst zu sein und behandelte Jannike mit derselben Gelassenheit, mit der sie einen gut aufgegangenen, backfertigen Hefeteig geknetet hätte. Dass sie sich wegen der Sprachbarriere mehr schlecht als recht verständigen konnten, war halb so wild. Zwar hatte Jannike keine Ahnung, was *uspokój się!* hieß und *bardzo dobrze*, aber noch nie hatte Polnisch so melodisch und besänftigend in ihren Ohren geklungen wie jetzt. Sie würde Oma Marias Muttersprache lernen, beschloss sie spontan, sie würde die Zwillinge auf Polnisch in den Schlaf singen, sie auf Polnisch trösten, manchmal würde sie auf Polnisch schimpfen. Wenn sie denn nur endlich da wären! Eine Geburt lief überall auf der Welt gleich ab, beschwichtigte sie sich, zumindest was die groben Mechanismen anging, und Oma Maria hatte ihr mit einer Mischung aus Deutsch, Polnisch und Pantomime zu verstehen gegeben, dass Jannike einfach nur auf ihre eigenen Bedürfnisse hören sollte. Dass es kein Richtig und kein Falsch gab, wenn man in den

Wehen lag, sondern eine Frau tun musste, was ihr der Körper diktierte, so einfach sei das.

Gerade war Oma Maria einen kurzen Moment verschwunden, um etwas aus der Küche zu holen, jetzt breitete sie auf dem Waschtisch ein ganzes Arsenal an Messern aus, eines schärfer als das andere, dazu Küchenpapier und eine Garnrolle, als bereite sie für alle Fälle schon mal einen Kaiserschnitt vor. Zuzutrauen wäre es ihr.

«Was willst du damit?», brachte Jannike stockend hervor.

«Abwarten!», sagte Oma Maria. «Gute Messer. Teure Messer. Von Freund.»

Jannike wusste nicht, ob es sie erleichtern sollte, dass die provisorische Hebamme wenigstens mit hochwertigem Werkzeug hantierte. «Ich habe Angst!», gestand sie mehr sich als Oma Maria ein.

«Musst du nicht.»

«Aber das eine Kind liegt verkehrt herum. Und mein Vater hat mir immer solche Horrorgeschichten erzählt von meiner eigenen Geburt. So viel Blut und so viel Schmerz ... Autsch, ja, jetzt gerade wieder. Heißt es nicht auf Polnisch: *Jaka matka, taka córka*? Wie die Mutter, so die Tochter ...»

«Stimmt nicht immer polnische Sprichwort. Und glaube ich ...» Oma Maria suchte nach den richtigen Worten, während sie zwei flauschige Laken aus dem Schrank holte und sie über dem Handtuchwärmer ausbreitete. «... glaube ich, dein Vater sagt Horror, weil er selbst Angst. Große Angst.»

Jannike musste trotz einer sie ausdauernd piesackenden Wehe lachen. «Mein Vater und Angst? Nein, da täuschst du dich, Oma Maria. Er hat immer alles im Griff und muss sich um nichts Sorgen machen.»

«Er hat Sorgen mit *oszust*.»

«Mit einem Betrüger?»

«Hat mein Freund Gordon gesagt. Dieser Doktor ist ein *os-zust*. Kein Geld. Wegen Spiel.»

«Welcher Doktor? Etwa Steffen Eckmann?»

«Ja, glaube ich, war Name.»

Das war eine Neuigkeit, der Jannike gern ein paar ausführlichere Gedanken gewidmet hätte. Ihr Vater war von Steffen betrogen worden? Unmöglich! Doch etwas Gewaltiges, Lawinengleiches übermannte Jannike und setzte dem Grübeln ein heftiges Ende. «Oh! Es geht los! Jetzt wirklich!»

«*Zgnieść*», sagte Oma in aller Ruhe, und ohne dass Jannike dieses Wort je übersetzt hätte, wusste sie, was es bedeutete: Pressen! Sie musste pressen!

Unter normalen Umständen wäre sie jetzt aufgestanden und weggegangen. *Leute, macht ohne mich weiter, das ist mir nämlich viel zu anstrengend.* Doch so einfach wollte das Leben es ihr nicht machen. Und sie freute sich ja auch, trotz aller Sorge, ob es gutgehen würde, ob die Kinder kräftig genug wären, gesund genug. Deswegen durfte sie sich in diesem Moment nicht verrückt machen, sondern musste guten Mutes an die beiden Wesen glauben, die ihr nach mehr als acht Monaten einerseits so vertraut und doch noch zwei völlig Unbekannte waren. Diese Menschen, die Mattheusz und sie vor einiger Zeit in Liebe und Zuversicht gezeugt hatten und die es jetzt so eilig hatten, auf die Welt zu kommen. Kein Wunder, die Welt war schließlich schön. Wunderschön. *Herzlich willkommen, ihr beiden. Ich gebe alles!*

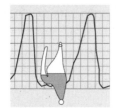 Ein bisschen froh war Oma Maria dann schon, als sie ihren Enkel von unten her rufen hörte. Gerade noch rechtzeitig. Obwohl sie das natürlich auch irgendwie allein geschafft hätte. Doch diese Geburt unterschied sich von ihren eigenen, denn es waren ja zwei Kinder. Und sie hatte schon krampfhaft überlegt, wie sie das eine, das nun schon fast geboren war, hätte versorgen und das andere zeitgleich entbinden sollen. Oma Maria hatte doch nur zwei Arme.

«Ist er endlich da?», fragte Jannike. Ihr klebte das Haar an der Stirn. Sie hatte die Beine weit gespreizt und links und rechts gegen den Badewannenrand gestemmt. Es war eine gute Idee gewesen, hierhin zu gehen, denn so konnte sich die werdende Mutter sehr gut abstützen – und zudem ließ sich hinterher alles prima wegputzen.

«Wir sind im Badezimmer!», rief Oma Maria. «Wenn du dich beeilst, kannst du das Köpfchen deines ersten Kindes halten!»

Mattheusz erschien im Türrahmen. Er war von oben bis unten durchnässt. «Wirklich wahr?» Er rannte zu Jannike und küsste ihren Scheitel. Ob sie es bemerkte, war nicht zu erkennen, Frauen in ihrer Lage bekamen oft nichts mehr mit. Doch Jannike lächelte, trotz der Schmerzen.

Oma Maria hätte Mattheusz gern erklärt, was hier gerade passierte, doch dafür fehlte schlicht die Zeit. Außerdem hätte er auch kein Wort verstanden, denn Jannike stieß gerade einige sehr laute Schreie aus.

«Wo ist dein Schwiegervater?»

«Er traut sich nicht rein.»

«Sag ihm, er hat keine Wahl. Er muss sofort kommen. Wir brauchen jemanden, der sich um das Erstgeborene kümmert.»

Mattheusz verließ nur kurz das Bad, um dem werdenden Großvater Bescheid zu geben, dann war er zurück und einsatzbereit. «Was soll ich tun?»

«Komm her. Steig zu deiner Frau in die Wanne. Das runde Ding mit den blonden Haaren, das zwischen ihren Beinen hervorschaut, das musst du vorsichtig in die Hände nehmen. Und pass auf, wenn es erst mal draußen ist, rutscht der Rest ziemlich schnell hinterher.»

Wie ferngesteuert folgte Mattheusz ihren Anweisungen. Bloß gut, dass sie durch die Arbeit in der Küche ein eingespieltes Team waren, dachte Oma Maria.

Nur dieser Heinrich ließ noch immer auf sich warten. Jannike wurde wieder etwas ruhiger und schien eine kleine Pause einlegen zu können. Wahrscheinlich würde es ihre letzte sein. So, wie es hier gerade voranging, könnte die nächste Wehe das Kind vollends herausbringen. «Komm endlich rein, Heinrich Loog!», rief sie und drehte sich zur Tür um. Da stand der Kerl. Hatte von seiner Arroganz so gar nichts mehr übrig. Wirkte eher, als würde er gern die Beine in die Hand nehmen und verschwinden. Aber so etwas gab es bei Oma Maria nicht. *«Do odważnych świat należy.»*

Sie sah ihn schlucken. «Was heißt das?»

Mattheusz übersetzte. «Den Mutigen gehört die Welt. Und wenn du mutig genug bist, Schwiegervater, dann darfst du die ganze Welt gleich in deinen Händen halten!»

Jannikes nächste Wehe begann mit einem leisen Stöhnen, das schnell in einen ziemlich lauten, ziemlich inbrünstigen Schrei überging. Das hörte sich an wie eine Operndiva, die sich aufmachte, die höchsten Töne einer Liebesarie zu singen. Oma Maria kniete sich neben die Wanne, legte ihre Hände auf den prallen Bauch, versuchte, das richtige Kind zu erwischen, und half beherzt, indem sie von oben her etwas anschob. Prompt, Jannike war gerade in einer Stimmlage angekommen, die die Fensterscheiben zum Vibrieren brachte, passierte es: Das Köpfchen kam, die Schultern auch, das Bäuchlein, der Po und die kurzen, krummen Beinchen. Da war alles dran, erkannte Oma Maria auf den ersten Blick, und das kleine Mädchen begrüßte die Welt da draußen mit einem Schrei, der es an Höhe und Volumen durchaus mit dem der Mutter aufnehmen könnte.

Sie reichte Mattheusz das Messer, band alles mit einem Stückchen Garn ab, und dann durchtrennte der frischgebackene Vater die Nabelschnur mit dem gekonnten Griff eines Küchengehilfen. «Sie ist wunderschön», stellte Mattheusz gerührt fest. Dann schaute er auffordernd zu seinem Schwiegervater, der es endlich schaffte, sich aus seiner sicheren Ecke hervorzuwagen.

«Sag ihm, er soll das warme Laken von der Heizung nehmen und seine Enkeltochter schön eng darin einwickeln.»

Doch Heinrich Loog hatte all diese Dinge bereits erledigt, fast instinktiv, und die Geste, mit der er das Neugeborene entgegennahm, wirkte schon viel mutiger. «Hallo, ich bin dein Opa! Und wer bist du?»

Man konnte Jannike ansehen, wie glücklich dieser Anblick sie machte. Doch da sie zu erschöpft zum Reden war, übernahm Mattheusz das Antworten: «Den Vornamen verraten wir noch nicht. Aber die Familie wird von nun an Loog heißen.»

Oma Maria verstand den Wortlaut nur bruchstückhaft, doch sie wusste schließlich von dieser Verabredung. Auch wenn es für ihren Geschmack furchtbar neumodisch war, dass ihr ältester Enkelsohn nun den Namen seiner Frau annahm, es war keine Katastrophe. Schließlich hatten sie und Igor genügend Nachfahren in die Welt gesetzt, die Pajaks würden deswegen nicht aussterben. Und dass Heinrich Loog über die Nachricht hocherfreut war, konnte er nicht verleugnen. Er schien zwei Köpfe größer, als er den Säugling behutsam aus dem Bad ins Schlafzimmer trug.

Oma Maria hatte inzwischen den Stöpsel gezogen, und ein Großteil des nicht mehr ganz so klaren Wassers war abgelaufen. Mit der Handbrause spülte Oma Maria den Rest fort. «Soll ich neues Wasser?», fragte sie auf Deutsch.

Jannike schüttelte den Kopf. Sie war offensichtlich ziemlich erschöpft, aber noch war ein Feierabend nicht in Sicht. Obwohl das erste Kind relativ problemlos herausgekommen war, würde das zweite ein größeres Stück Arbeit werden. Denn wenn Oma Maria richtig verstanden hatte, kam der Junge mit dem Steiß zuerst. Genau wie Boris damals, ja, ja, sie erinnerte sich genau, schön war das nicht gewesen. Aber für eine Frau wie Jannike durchaus kein Ding der Unmöglichkeit. «Mattheusz, sag deiner Frau, sie soll versuchen, auf alle viere zu gehen», gab sie den Tipp. «So machen es die Kühe ja auch. Und die Pferde. Jannike muss den Bauch einfach ganz locker herunterhängen lassen. Dann kann das Kind sich nämlich besser bewegen.»

Das war natürlich leichter gesagt als getan, vor allem, weil die nächsten Presswehen bereits eingesetzt hatten. Jannike musste mehrmals innehalten, bevor sie es schaffte, sich um ihre eigene Achse zu drehen. Oma Maria fasste mit an und trocknete Jannike nebenbei von allen Seiten ab, damit sie sich nicht erkältete. Außerdem hatte sie ihr die Steppdecke aus dem Schlafzimmer untergeschoben. Dieses Mal war Jannike nicht so laut, sang oder kreischte nicht, sondern wagte sich voller Konzentration und mit geschlossenen Augen an die nächste Geburt. Wahrscheinlich weil sie inzwischen wusste, dass sie es konnte, dass dieser Leib wirklich dazu in der Lage war, einem Kind das Leben zu schenken. So etwas stärkte eine Frau bis ans Ende ihrer Tage, wusste Oma Maria schon von ihrer Oma damals.

Mattheusz saß hinter Jannike, half ihr in den Vierfüßlerstand, massierte ihre Wirbelsäule, atmete gemeinsam mit ihr ein und aus. Oma Maria war richtig stolz auf ihren Enkel!

«Ich kann nicht mehr», stöhnte Jannike.

«Kannst du!», sagte Oma Maria. Doch sie schielte ein wenig verstohlen zu den Messern hinüber. Was wäre, wenn …

«Nein, ich kann absolut nicht mehr!», wiederholte Jannike. «Ich hör auf. Ich bin am Ende. Bitte, ich …» Dann mobilisierte ihr Körper die allerletzten Kräfte, man sah jeden Muskel sich unter der Haut spannen, jede Faser sich anstrengen. Nur drei Atemzüge später hielt Mattheusz seinen Sohn in der Hand. Er war ein bisschen kleiner als seine Schwester, ein bisschen stiller, ein bisschen erstaunter. Doch er atmete regelmäßig und schien wirklich kerngesund zu sein. Genau wie die Mutter, die das kleine Bündel lächelnd entgegennahm. «Jetzt sind wir komplett!»

Oma Maria wischte sich mit dem Unterarm über die Stirn und ließ sich gegen das Waschbecken sinken. Sie brauchte jetzt dringend einen Wodka.

«Welch ein Segen!», freute sich Mattheusz. «Jannike, meine Liebste, wir haben es geschafft!» Und als er die zweite Nabelschnur durchtrennte, weinte er vor Glück.

E s war Frühling. Jetzt endlich. Und zwar so ein richtiger Frühling, mit wärmenden Sonnenstrahlen, Vogelgezwitscher und Blümchen auf dem hellgrünen Rasen. Dass man darauf DIS Mitte Mai hatte warten müssen, war ziemlich hart gewesen. Umso mehr genossen die Menschen, die sich im Hotelgarten versammelt hatten, dass die Zeit der Stürme, der Regenschauer und scheußlichen Kälte endlich vorüber war. Und die Insel noch stand. Mit Leuchtturm und Hotel und allem Drum und Dran.

«Wer will noch Bohntjesopp?», fragte Danni, der die bauchige Bowlenschale auf den großen Gartentisch gestellt hatte und jedem neu eintreffenden Gast großzügig daraus einschenkte. Ein Teufelszeug, diese Rosinen in Branntwein, doch niemand lehnte ab, weil dieses Getränk schließlich ein guter alter Brauch war. Und ziemlich lecker dazu.

Gleich neben dem Tisch stand der Kinderwagen bereit. Das war praktisch, so konnten die Gäste direkt mit ihrem Glas weitergehen und nach den Zwillingen gucken. Die beiden schliefen. Endlich! Bis kurz vor fünf Uhr hatten sie um die Wette geschrien, der Junge hatte immer Bauchweh und das Mädchen ständig Hunger. Aber sonst waren sie einfach herzallerliebst!

315

Hinter dem Kinderwagen wachten wie persönliche Body-guards Oma Maria und Opa Heinrich. Man mochte fast glauben, in trauter Zweisamkeit, wenn sie nicht die ganze Zeit akribisch darauf geachtet hätten, dass der jeweils andere auch bloß keinen Zentimeter näher bei den Babys stand.

«Hinnerk und Mareke, so schöne ostfriesische Namen», lobte Okko Wittkamp, der gemeinsam mit Mira und einigen anderen Insulanern gleich den Türbogen abnehmen würde. Wie angekündigt hatten die Nachbarn und Freunde den Hochzeitskranz noch um ein paar Schnuller und allerhand Kinderspielzeug bereichert, außerdem standen zwei etwas kitschige Holzstörche daneben, einer mit rosa, der andere mit hellblauem Baby im Tuch.

«Tja, echte Insulaner eben!», sagte Danni so stolz, als habe er selbst einen Anteil daran gehabt. Babys, die wirklich auf dem Eiland das Licht der Welt erblickten, statt in irgendeiner stinknormalen Festlandklinik, waren nämlich eine Rarität. Und dann gleich zwei von der Sorte!

Doch man musste auch ehrlich sein: Dass die Geburt so reibungslos verlaufen war, beide Kinder ohne Brutkasten auskommen konnten und Jannike sich halbwegs schnell erholt hatte, war vor allem ein Riesenglück gewesen. Der Inselarzt und Monika Galinski waren erst eine knappe Stunde später im allgemeinen Chaos am Strand gefunden und informiert worden und sofort ins Hotel geeilt, um nach dem Rechten zu schauen. Da hatten Jannike und Mattheusz schon erschöpft, aber friedlich im Bett gelegen, gemeinsam mit ihren schlafenden Kindern, während Bogdana die Badewanne putzte, Oma Maria Haferbrei kochte, Lucyna Tee servierte und Heinrich Loog sich lautstark ärgerte, weil die Telefonleitungen noch immer nicht funktionierten. Welch eine dramatische Nacht –

die nun schon fast zwei Monate zurücklag. Zwei zwar auch nicht gerade erholsame Monate, aber verglichen mit dem stürmischen Geburtstag der Zwillinge doch deutlich ruhiger.

«Hinnerk kommt übrigens von Heinrich!», betonte der frischgebackene Opa stolz und hob sein Glas, um mit den Gästen darauf anzustoßen. «Der Kleine wurde nach seinem Großvater benannt. Ich habe nämlich bei der Geburt mitgeholfen. Genau genommen wäre es ohne mich schwierig geworden.»

Oma Maria funkelte ihn von der Seite her an. Natürlich hatte sie ihn verstanden, jedes Wort. Ihr war klar, dass dieser Angeber mit den albern gefärbten Haaren damit prahlte, in der Sturmnacht Hebamme, Oberarzt und Klapperstorch in einem gewesen zu sein. Nun, sie wusste es besser, hielt aber den Mund. Schließlich hatte sie in der Küchenfrage eindeutig triumphiert, nachdem Gordon Mintaker den blöden Zettel mit dem Wettbewerbsergebnis einfach in den Mülleimer geworfen und sie kurzerhand zur Siegerin ernannt hatte. In seinem neuen Restaurant würde ein gerahmtes Foto von Oma Maria direkt neben dem Eingang hängen, mit einer Danksagung für die wunderbaren Rezeptideen. Bei der Eröffnung in acht Wochen war sie als Ehrengast geladen. War das etwa nichts?

«Und Mareke ist die norddeutsche Version von Maria», wusste Okko Wittkamp. «Wie ich hörte, hatte die Uroma ja auch ihr Verdienst an der glücklichen Niederkunft.»

Heinrich Loog nickte. Zwar hatte das, was die polnische Urgroßmutter da im Hotelbadezimmer veranstaltet hatte, seiner Meinung nach mehr mit der Arbeit in einer Großküche zu tun als mit medizinischer Versorgung, aber es war letzten Endes ja gut ausgegangen. Was sollte er diese alte Frau also noch länger

kritisieren. Immerhin hatte sie sich wohl bei Gordon Mintaker einiges abgeschaut, seit dem Wettkochen schmeckte das
Essen im Hotel deutlich besser, nein, wenn er ehrlich war, sogar sehr gut. Besonders dieses warme Brot mit dem cremigen
Heringssalat, also, ja, das könnte Heinrich Loog täglich essen.
Tat er auch. Denn zumindest bis zum Ende der Saison würde
er noch hier auf der Insel bleiben, bei seiner Tochter und Familie, bis der Laden wieder richtig gut lief und die Kinder aus
dem Gröbsten raus waren.

Und er selbst. Den Bungalow in Bergisch Gladbach hatte
er zwischenvermietet und das Auto verkauft, also war das
Finanzloch vorerst notdürftig gestopft. Die Vertragsstrei-
tigkeiten mit Steffen Eckmann hatte inzwischen ein Anwalt
übernommen, und es sah alles danach aus, dass die Praxis
demnächst in andere Hände übergeben werden müsste, damit er an sein Geld kam. Wie Heinrich Loog sich so in seinem Nachfolger hatte täuschen können, Prof. Dr. Eckmann
ein Spieler und Betrüger … Zum Glück hatte Jannike diesen
windigen Kerl damals nicht geheiratet. War das nicht schon
immer sein Credo gewesen? Nein, mein Kind, der Steffen ist
nichts für dich, such dir einen Besseren, einen, der es ehrlich
mit dir meint, der zu dir steht in guten und in schlechten Zeiten. Also im Grunde genau so einen wie Mattheusz.

Der war übrigens gerade schwer damit beschäftigt, den Grill
am Laufen zu halten. Mehr als hundert Würstchen hatten sie
gekauft. Einige davon aus Tofu, denn auch Deike Knopfling
war angereist, gemeinsam mit Christoph Wagenrath, um den
Antrag auf umfangreiche Maßnahmen zum Schutz der Randdünen auf den Weg zu bringen. Dazu mussten die Gegeben-
heiten rund um den Leuchtturm begutachtet werden. Dort sah
es noch immer ziemlich wüst aus. Zum Glück hatte die Nord-

see das gefährdete Stück Land nach der letzten Sturmnacht verschont, doch die sandigen Wunden, die trotz des Einsatzes der Insulaner entstanden waren, würden leider nicht in diesem oder dem nächsten Jahr verheilen, so etwas brauchte seine Zeit. Und Geduld. Und das Wissen, dass man der Natur nicht einfach so alles abverlangen konnte, nur weil es einem in die eigenen Pläne passte. Vielleicht würde man die Helle Düne erhalten können, vielleicht auch nicht, da fielen die Expertisen unterschiedlich aus.

«Wann gehen die Arbeiten eigentlich los?», fragte Mattheusz.

«Nächsten Monat!», sagte Deike.

«Nächstes Jahr!», verbesserte Christoph Wagenrath. Denn es war einfach utopisch, dass die Gelder so schnell bewilligt und die Pläne so bald berechnet sein würden. Aber Deike war hundertprozentig sicher, alles würde sich ganz schnell zum Guten wenden, was Christoph wie immer ganz nervös machte. Einzig dass Deike ihrer inzwischen nicht mehr rein kollegialen Verbindung ebenso viel Zuversicht entgegenbrachte, stimmte ihn froh.

«Jedenfalls hat der Spendenaufruf im Reisemagazin so viel zusammengebracht, dass wir auf jeden Fall im September mit den Strandhaferpflanzungen beginnen können», berichtete Christoph. «Das Ehepaar Schönbuch ist schon ganz scharf drauf, wieder mit anzupacken.»

«Aber wir bekommen doch trotzdem die *Bürgermeistersuite*?», wollte Deike wissen.

Mattheusz nickte lachend. «Was macht denn eigentlich dein Bein?»

«Ach, halb so wild. Das Schienbein war zwar tatsächlich gebrochen ...»

«… eine kleine, aber komplizierte Fraktur!», ergänzte Christoph.

Mattheusz machte große Augen. «Und trotzdem bist du zum Strand gehumpelt, um mir Bescheid zu geben, dass die Kinder kommen.»

«Klar. Da hätten auch beide Beine ab sein können. Ich hätte das irgendwie geschafft.»

Kein Zweifel, dachte Christoph, *das hättest du.* Er konnte sich nicht beherrschen, hob kurz den Arm und strich über ihren Lockenkopf. Das war ihm ja jetzt offiziell erlaubt. Deikes Haar war übrigens so weich wie Sand. Gut, dass er das endlich herausgefunden hatte.

«Alle mal herhören!», rief Jannike in diesem Moment.

Sie stand neben dem Hoteleingang und trug ein Kostüm, das sie sich zu Beginn des fünften Monats gekauft hatte, in der optimistischen Hoffnung, es bis zum Ende der Schwangerschaft tragen zu können. Was natürlich absolut nicht geklappt hatte. Und auch jetzt, zwei Monate nach der Geburt, saß es noch ziemlich eng. Doch das hatte Jannike notdürftig durch eine Sicherheitsnadel und die etwas längere, locker fallende Bluse kaschiert. Nein, ihre alte Figur hatte sie noch längst nicht zurück. Doch die meisten sagten, es stünde ihr gut, etwas mehr auf den Hüften zu haben. Außerdem fielen bei einem rundlicheren Gesicht die dunklen Augenringe nicht so auf. Der Schlafmangel war schon extrem anstrengend. Nie hätte Jannike gedacht, einmal froh zu sein, ihren Vater in ständiger Nähe zu wissen. Denn obwohl er nach wie vor nervig war und alle Probleme der Welt mit kieferorthopädischen Kniffen lösen zu können glaubte, nahm er ihr eine Menge ab. Inzwischen wusste sie ja, dass er gar kein so toller Hecht war, kein wohlhabender Geschäftsmann und Menschenkenner der Extraklasse. Doch er war ein wunderbarer Großvater. Allein dass er an diesem Abend kein noch so kleines Stück von seinen Enkelkindern abrücken mochte, rührte Jannike sehr.

«Mattheusz und ich möchten danke sagen. Nicht nur für die vielen Geschenke und den tollen Türschmuck zu unserer Hochzeit und zur Geburt unserer Kinder. Sondern in erster Linie weil ihr uns so tatkräftig unterstützt habt. Nicht erst seit Sturmtief Linda, sondern seit wir hier auf dieser Insel leben. Durch euch ist das alles unser Zuhause geworden.»

Die Gäste applaudierten. «Allmählich sind wir in ruhigerem Fahrwasser unterwegs – wenn man mal davon absieht, dass Hinnerk und Mareke Tag und Nacht den Kurs vorgeben und volle Fahrt voraus wollen.»

Wie auf Kommando meldeten sich die beiden. Bogdana und Lucyna, die bislang damit beschäftigt gewesen waren, Brot, Salate und andere Leckereien bereitzustellen, ließen alles stehen und liegen und rannten begeistert zum Kinderwagen. Es war ein lustiges Bild, denn die rundliche Oma schnappte sich den zierlichen Enkel, während die dünne Tante eine propere Nichte im Arm hielt. Die Zwillinge heulten trotzdem. Wäre ja sonst auch zu schön gewesen.

«Genießt den Abend, ihr Lieben, und lasst euch noch mal die Gläser nachfüllen, denn gleich ist Sonnenuntergang, und da erwartet euch eine ganz besondere Überraschung.» Jannike erhob ihr Glas, in dem natürlich keine Bohntjesopp, sondern nur Apfelschorle war.

«Da bin ich aber mal gespannt!», sagte Monika und hakte sich bei ihrem Gerd unter. Sie standen in netter Runde zusammen mit Okko Wittkamp und seiner Frau. Auch Jannike gesellte sich nun zu ihnen. «Der Moment des Sonnenuntergangs hat nämlich eine ganz besondere Wirkung auf uns Menschen. Gestern erst habe ich mit den Teilnehmerinnen meines Lichtenergie-Workshops darüber meditiert.»

Gerd grummelte nur. Natürlich, das tat er immer bei diesen Themen. Monika nahm das inzwischen nicht mehr persönlich. Seit er mit vollem Einsatz die Dachkammer ausgeräumt, isoliert und als *Monika's Seelenstube* hergerichtet hatte, fühlte sie sich ihm noch enger verbunden.

Ihm ging es wohl ähnlich, und das nicht nur weil der Hotelbelegungsplan neuerdings deutlich weniger Lücken zeigte. Die Kursangebote im *Hotel Bischoff* hatten sich herumgesprochen. Selbst Hanne Hahn nahm regelmäßig teil. Die hatte wohl neuerdings ihre spirituelle Ader entdeckt. Oder wollte bloß eine weitere Chance nutzen, in Gerds Nähe zu sein. *Egal*, dachte Monika, und streichelte zur Beruhigung doch noch mal lieber ihren *Qihai*-Punkt. Denn gerade kam besagte Dame auf sie zugestürmt.

«Hallo zusammen!» Hannes Bohntjesopp schwappte fast über den Glasrand.

Es würde niemals besser werden, musste sich Monika eingestehen, selbst wenn sie alle Energiepunkte wund massierte und den ganzen Chor ihrer Schutzengel zum Singen brächte, begleitet von sämtlichen Panflöten der Welt, sie würde diese Frau niemals leiden können. Immerhin schaffte Monika ein Lächeln. «Ach, schau mal an, Hanne. Dann kann ich dich ja endlich mit Okko Wittkamp ins Gespräch bringen. Er interessiert sich nämlich sehr für das Logbuch.»

Das gefiel Hanne Hahn anscheinend, denn sie streckte wichtigtuerisch den Rücken durch und reichte allen ringsherum die Hand. «Also, ich habe ja nie an diesen albernen Fluch geglaubt.»

«Natürlich nicht», sagte Jannike und nahm lieber einen Schluck Apfelschorle, damit nicht auffiel, wie gezwungen ihr Lächeln war.

«Aber wie ich hörte, hast du die verlorenen Logbuch-Seiten aufbewahrt», stieg Okko Wittkamp ins Gespräch ein.

«Ja, ich habe all die Jahre auf diese wertvollen Blätter aufgepasst, damit sie nicht verloren gehen.»

«Und nach dem Schatz hast du wohl auch gesucht?», fragte Jannike.

Hanne Hahn wurde rot. Das war, soweit Monika es beurteilen konnte, noch nie passiert. «Ähm, ja, leider vergeblich. Ich hätte damit gern die Rettungsaktion unterstützt. Das wäre sicher auch im Sinne der armen Seeleute gewesen, oder nicht?»

«Vielleicht.» Okko Wittkamp schmunzelte. «Jedoch muss ich an dieser Stelle wohl eines klarstellen: Johann Wittkamp, mein direkter Vorfahre, der diese Zeilen verfasst hat, war leider gar kein Seemann.»

Alle schauten den Museumsleiter erwartungsvoll an. Hanne Hahn verschluckte sich sogar ein bisschen an ihrer Neugierde. «Aber er hat doch mit den Diamanten das Architekturstudium seines Sohnes finanziert, damit der den Leuchtturm bauen kann.»

«Nur im übertragenen Sinne», erklärte Wittkamp. «Mein Ururgroßvater hat die Diamanten schon irgendwie besessen. Jedoch nur in seiner Phantasie.»

Monika konnte es nun nicht mehr für sich behalten und platzte heraus: «Johann Wittkamp war nämlich Schriftsteller. Ein Heimatdichter sozusagen. Sogar ziemlich erfolgreich.» Es war eine reine Freude, die offenen Münder der anderen zu sehen.

«Und warum kennt man ihn dann nicht?», fragte Gerd.

«Im Museum haben wir eine ganze Schautafel über ihn, aber leider statten die Insulaner unserem Haus nur äußerst selten einen Besuch ab.» Okko Wittkamps Lächeln wurde immer breiter. «Bei der schaurigen Geschichte über den Untergang der *Gebecca* muss es sich um eine bislang unentdeckte Novelle handeln, und das Buch in der Truhe ist sozusagen das Originalmanuskript.»

«Wow», sagte Jannike. «Dann ist es wahrscheinlich ziemlich wertvoll.»

«Ja, sobald wir die herausgerissenen Seiten wieder restauriert haben. Es wird eines der kostbarsten Exponate unserer Ausstellung sein.»

Hanne Hahn war inzwischen noch röter geworden. «Ich hatte ja überhaupt keine Ahnung. Damals, als ich die Blätter rausgerissen habe, war ich dreizehn oder so. Wir durften nicht mehr auf den Dachboden, also hab ich die letzte Gelegenheit genutzt und ...» Hanne Hahn merkte anscheinend, dass sie sich um Kopf und Kragen redete. «Na ja, ich wollte halt irgendwann einmal den Schatz ...»

«Da hättest du lange gesucht. Es gab keine Diamanten, kein falsches Leuchtfeuer, keinen Kapitän und keinen Schiffsjungen namens Tönne.»

«Und keinen Fluch!», ergänzte Jannike lachend. «Das passt ja hervorragend zu unserer kleinen Überraschung.» Sie schaute auf die Uhr. «In wenigen Minuten ist es so weit. Ihr entschuldigt mich?»

Sie warf Mattheusz, der am inzwischen deutlich leergeräumten Grill stand, einen auffordernden Blick zu. «Kommst du?» Nur noch wenige Würstchen warteten auf hungrige Gäste, doch der Abend würde lang werden, da machte Jannike sich keine Sorgen.

Mattheusz und Jannike nahmen Bogdana und Lucyna die Kinder ab. «Wir bringen sie euch gleich zurück.» Dann gingen sie gemeinsam den kleinen Trampelpfad entlang durch die Dünen, bis sie fast am Strand angekommen waren.

«Schau mal, Jannike, wie neugierig Mareke sich hier schon umschaut.» Mattheusz war restlos begeistert von seiner Tochter. «Ja, meine Süße, du wirst noch mal eine echte Forscherin!»

«Hinnerk scheint allerdings ein bisschen ängstlich zu sein», stellte Jannike fest, denn die Unterlippe ihres Sohnes zitterte. «Es ist ja alles in Ordnung, mein Kleiner, das wirst du gleich sehen.»

Sie erreichten den Leuchtturm, Mattheusz zog den Schlüssel aus der Tasche und öffnete die schwere Tür. «172 Stufen. Schaffen wir das zu viert?»

«Was ist das für eine Frage!» Jannike machte sich beherzt an den Aufstieg. Viel zu lange war sie nicht mehr dort oben gewesen. Und jetzt konnte sie es kaum erwarten, gemeinsam mit ihrer kleinen Familie die Wendeltreppe zu erklimmen, um an den Ort zu kommen, an dem man in all dem Chaos des Lebens immer wieder die nötige Übersicht gewann. Der Aufstieg war trotzdem mühselig. «Noch eine Minute!» Sie hatten es geschafft. Dunkel und leblos hockte die Lampe, die eigentlich ein Leuchtfeuer sein sollte, in der Spitze des Turms. Jannike hielt Mattheusz die Tür zur Aussichtsplattform auf. «Gleich geht es los!»

Dann standen sie da. An die Rückwand des Leuchtturms gelehnt, mit Blick auf das Meer. Ihre Kinder hielten sie fest im Arm, so waren die beiden vor dem bisschen Wind geschützt, der hier oben heute wehte. Weit unten rauschten beruhigend die Wellen. Ein paar Möwen schwebten der Sonne entgegen, deren letzter Zipfel gerade in den Horizont tauchte. Nur noch eine Handbreit, einen Fingerbreit, dann war sie weg.

Im selben Moment ging das Licht an. Hell und warm und irgendwie tröstlich. Im altvertrauten Takt beschien es die Insel und das Meer. Unten im Garten hörte man die Gäste jubeln.

«Endlich», sagte Jannike. «Jetzt weiß ich, es wird alles gut!»

Stammpersonal im kleinen Inselhotel

Folgende Personen sind bereits bekannt aus «Das kleine Insel-hotel», «Inselhochzeit» und «Inselträume»

Jannike Loog – ehemals auf der Showbühne zu Hause, jetzt Hoteldirektorin auf der Insel, und zwar mit Leib und Seele

Mattheusz Pajak – hat als Inselbriefträger Jannikes Herz er-obert und arbeitet nun als Hilfskoch und Hausmeister im kleinen Inselhotel

Danni Verholz – ist Jannikes ehemaliger Musikpartner und nun Geschäftsführer im Hotel am Leuchtturm, seit fast zwei Jahren ist er mit dem Inselbürgermeister verheiratet

Lucyna Pajak – Jannikes charmanteste Hotelfachkraft, die im Restaurant die Gäste bedient und mit Frachtschiff-Ingo verlobt ist

Bogdana Pajak – Mutter von Mattheusz und Lucyna und die kompetenteste Hotelfachkraft, die das ganze Haus sauber und in Schuss hält

Oma Maria – Oma von Mattheusz und Lucyna, die mit ihren über siebzig Jahren so richtig auflebt, wenn sie den Koch-löffel schwingen kann, und die besser Deutsch versteht, als man ahnt

Freundliche und weniger freundliche Mit-Insulaner

Siebelt Freese – bringt als Bürgermeister immer Ruhe und Besonnenheit in den Hoteltrubel, dafür wird er von Danni bedingungslos geliebt

Gerd Bischoff – hat seit Jannikes Einzug auf der Insel nur noch das zweitschönste Hotel, weswegen der Stinkstiefel jede Gelegenheit nutzt, es seiner Konkurrentin heimzuzahlen

Monika Galinski – Bischoffs Exfrau, die einen neuen Versuch auf der Insel wagen will

Hanne Hahn – die Gleichstellungsbeauftragte der Insel steckt ihre Nase wirklich in alles, was sie nichts angeht

Mira Wittkamp – Nachbarin und Freundin von Jannike, die das Inselleben schon seit Ewigkeiten kennt und sich gern aus dem Klüngel raushält

Okko Wittkamp – Miras Mann, ein eher ruhiger Zeitgenosse, Ratsmitglied und Museumsleiter der Insel

Das erste Mal zu Gast im kleinen Inselhotel

Heinrich Loog – ein Besserwisser, Nervsack – aber vor allem Jannikes Vater

Dr. Christoph Wagenrath – Leiter des Landesamtes für Küstenschutz – und ein harter Knochen

Deike Knopfling – etwas überdrehte Umweltaktivistin, die die Welt retten will

Ehepaar Schönbuch – haben als Journalisten die ganze Welt bereist und werden auf der Insel doch noch mal überrascht

Danksagung

Ein Buch zu schreiben ist nicht viel anders als eine Schiffsreise. Man startet voller Abenteuerlust, muss manche Klippe umschiffen, stürmische Zeiten überstehen, und manchmal herrscht auch absolute Flaute. Bis man sicher in den Zielhafen einlaufen kann und das Wort ENDE unter die letzte Zeile setzt, ist es ein langer Weg

Und genau wie auf einem Schiff braucht es für eine solche Reise mehr als nur den Kapitän. An dieser Stelle möchte ich meine Besatzung vorstellen, ohne deren Unterstützung ich wohl mehr als einmal in Seenot geraten wäre:

Als Nautische Offiziere zuständig für den richtigen Kurs:

meine Lektorin Ditta Friedrich sowie meine Literaturagentur Copywrite, allen voran Lisa Volpp

Als Technische Offiziere zuständig für den reibungslosen Ablauf:

meine Lektorin Suann Rehlein sowie meine Testleser Sara Fricke und Tobias Perrey

Als Lotsen zuständig für Gewässer, in denen ich mich nicht so gut auskenne:

Raphaela Hoyer, Hebamme im Geburtshaus Lohfeld in Everswinkel

Steffi und Frank van Bebber sowie Rita und Martin Coenen, Zwillingseltern

Kieferorthopädische Praxis Dr. Stefani (wo die Wartezeiten kurz und die Sitzmöbel bequem sind)

Prof. Dr. B. W. Flemming, Geowissenschaftler und Meeresforscher am Institut Senckenberg

Gosia und Pjotr Podlinsky, Gastgeber in «Peters Esszimmer» bei uns um die Ecke

Als Smutje zuständig für den (Augen-)Schmaus:

Ulrike Theilig vom www. buch-herstellungsbuero.de

Als Segelmacherin zuständig für Rückenwind auf Lesereisen:

Gudrun Todeskino von www.textundton-kulturbuero.de

Als Hafenmeister zuständig für die nötige Bodenhaftung:

Julie, Lisanne und Jürgen

Ahoi!

Sandra Lüpkes bei rororo

Wencke Tydmers ermittelt

Die Sanddornkönigin

Der Brombeerpirat

Das Hagebutten-Mädchen

Die Wacholderteufel

Das Sonnentau-Kind

Die Blütenfrau

Das Inselhotel

Das kleine Inselhotel

Inselhochzeit

Inselträume

Weitere Romane

Die Inselvogtin

Fischer, wie tief ist das Wasser

Halbmast

Inselweihnachten

Nordseesommer

Sandra Lüpkes
Das kleine Inselhotel

Das Haus des Leuchtturmwärters, eine Oase der Ruhe und des Friedens: So preist der Makler das verwunschene Backsteinhäuschen in den Dünen an. Und Ruhe ist genau das, wovon Jannike träumt. Nach einem handfesten Skandal will die Fernsehmoderatorin nur noch weg aus Köln – und von ihrem Ex Clemens. Kurzerhand kauft sie das Haus, mit dem Plan, auf der idyllischen Nordseeinsel ein kleines Hotel zu eröffnen. Das Häuschen erweist sich allerdings als renovierungsbedürftig, und von den Insulanern wird Jannike skeptisch beäugt: Wie lang wird die Frau vom Festland wohl durchhalten? Als dann auch noch Clemens mit dem gesamten Filmteam bei ihr vor der Tür steht, droht ihr Traum zu platzen, bevor er überhaupt begonnen hat …

320 Seiten

«Ein großartiges Lesevergnügen! … Bei diesem Buch stimmt einfach alles: Charaktere, Schauplatz, Handlung – so macht Lesen Spaß!»

Lübecker Nachrichten

Weitere Informationen finden Sie unter www.rowohlt.de

Sandra Lüpkes
Inselhochzeit

Humor, Herz und ganz viel Inselflair

Jannike hat es gewagt: Auf der kleinen Nordseeinsel konnte sie das heruntergekommene Leuchtturmwärterhaus in ein charmantes Hotel verwandeln. Genauer: in ein romantisches Hochzeitshotel! Ob Heiratsantrag beim Dünenpicknick oder Hochzeit im Watt – Jannike macht alles möglich. Doch ihr eigenes Liebesleben liegt brach. Erst als der ehemalige Postbote Mattheusz auf die Insel zurückkehrt, schöpft sie neue Hoffnung. Läuten am Ende die Hochzeitsglocken der kleinen Inselkirche auch für Jannike?

320 Seiten

«Sandra Lüpkes überzeugt mit einer witzig-romantischen Geschichte voller Nordseeflair und mit einer Heldin, die man sofort ins Herz schließt.»

Für Sie

Weitere Informationen finden Sie unter www.rowohlt.de

Sandra Lüpkes
Inselträume

Eigentlich läuft es rund für Jannike: Ihr kleines Hotel neben dem Leuchtturm ist bis in den Herbst ausgebucht. Die Gäste schwärmen vom zauberhaften Flair und von der familiären Atmosphäre. Nur in Herzensdingen herrscht Flaute. Denn Jannike wünscht sich ein Kind von Mattheusz. Doch der zögert. Also beschließt Jannike, sich abzulenken: Sie trainiert für den großen Sportwettkampf, den Nils Boomgarden, Bademeister des örtlichen Wellenbads, initiiert hat. Nils ist ein ausgesprochen attraktiver Insulaner. Und während die Situation für Jannike langsam zu heiß wird, beginnt ein Feuerteufel, auf der Insel sein Unwesen zu treiben ...

336 Seiten

Das für dieses Buch verwendete Papier ist FSC®-zertifiziert.